回望 张恨水

Huiwang Zhang Henshui

谢家顺 主编

张恨水小说图志

宋海东

著

广陵书社

图书在版编目（ＣＩＰ）数据

张恨水小说图志 / 宋海东著. -- 扬州：广陵书社，
2019.5
（回望张恨水 / 谢家顺主编）
ISBN 978-7-5554-1213-7

Ⅰ．①张… Ⅱ．①宋… Ⅲ．①张恨水（1895-1967）
－小说研究 Ⅳ．①I207.42

中国版本图书馆CIP数据核字(2019)第058528号

丛　书　名　回望张恨水
丛书主编　谢家顺

书　　名　张恨水小说图志
著　　者　宋海东
责任编辑　方慧君　　　　特约编辑　曹文静
出 版 人　曾学文　　　　装帧设计　鸿儒文轩·书心瞬意

出版发行　广陵书社
　　　　　扬州市维扬路 349 号　　　邮编：225009
　　　　　http://www.yzglpub.com　　　E - mail:yzglss@163.com
印　　刷　三河市华东印刷有限公司

开　　本　650mm×940mm　　　1/16
字　　数　317 千字
印　　张　28.5
版　　次　2019 年 5 月第 1 版第 1 次印刷
书　　号　ISBN 978-7-5554-1213-7
定　　价　85.00 元

寻找·回望(总序)

——谨以此献给张恨水先生逝世五十周年

19世纪末、20世纪上半叶的中国风云激荡——在国门洞开和急剧动荡的社会环境中，从经济、政治到思想文化和社会生活，开始了一系列深刻的变革，形成了中国社会向现代化艰难迈进的历史画卷，同时深刻影响着当时社会的每个人。

张恨水就是一位深受影响的作家。从1894年7月开始到1895年4月结束，历时近一年的甲午中日战争，一个最明显的标志就是签订了丧权辱国的《马关条约》，对当时的中国影响巨大。战争结束一个月后的5月18日，一位名叫张心远的孩子在江西出生。而令他没有想到的是，四十年后的1937年，由"七七卢沟桥事变"引发的全面侵华战争（史称"第二次中日战争"），则彻底改变了他的生活与创作。另一件值得一提的事件是，1905年9月清朝廷发布上谕，自1906年开始废除自隋代起实行千余年的科举取士制度。这就无形之中改变了张恨水的人生走向——所受教育与人生价值观的形成。

张恨水就是在这种背景下接受了中国传统文化的浸染、五四新文化的洗礼，经历了山河破碎的颠沛流离和新中国的和平建设。他天资聪颖，勤奋好学，是命运将其推向了新闻记者岗位。他选择了文学创作之路，几十年来，无论是早期的习作、中期的辉煌，还是晚期的力不从心，在其所历经的晚清、北洋军阀、民国时期以及新中国等各个历史阶段，他用如椽之笔，描情摹态所留下的包括小说、散文、诗词等在内的三千多万字作品，构成了一座文学的金字塔。透过这些作品，我们可以发现张恨水立足20世纪初的中国都市与乡村，对中国传统文化的精神坚守，对当时广阔社会生活的形象再现，对底层普通民众的深切同情，以及对社会黑暗的暴露与鞭挞。尤其值得称道的，是他与时俱进和精进不已的精神追求。也正因如此，当面对来自文学界的争议时，他才能始终默然，从容处之，坚信只要自己的作品存在就是最好的回答。历史最终证明，他是对的。

在研读先生作品过程中，我常常在思考，到底是什么原因使先生的作品长盛不衰，具有一种穿越时空的艺术魅力？于是，我和我的研究团队开始寻找答案。

2001年，为寻求研究项目资金支持，我申报的安徽省教育厅人文社科项目"张恨水对联艺术研究"获准立项，随之，项目成果《张恨水对联艺术论稿》也呼之欲出。

2003年，为扩大研究视野、拓宽研究思路，"张恨水小说民俗学研究"又获准立项。

2004年，我受学校派遣，赴北京大学中文系做访问学者。在此期间，我明白了，要了解、分析一位作家，必须深入研读文本。由于导师陈平原教授的及时点拨，"从旧报刊入手"成为了自己今后的研究思路。

2006年暑假开始，在安徽省张恨水研究会的大力支持下，我开展了为期近十年的"寻访张恨水生活足迹"活动，足迹遍及江西、安徽、上海、江苏、北京、湖北、重庆、四川、陕西、甘肃和辽宁等省市，对张恨水的子女和其他亲属，生前同事、好友及后人，从事张恨水研究的相关学者进行了采访，对张恨水曾经的生活、工作地做了实地探访，对涉及的地方档案馆、图书馆的资料做了最大程度的搜集与复制。

为提升研究层次，全面搜集张恨水研究资料，同时寻求更多的研究经费支持，在中国人民大学朱万曙教授的倾力指导下，2007年、2010年先后申报的安徽省社科项目"张恨水年谱长编"和国家社科基金项目"张恨水年谱"分别获准立项，其终极成果83万字的《张恨水年谱》于2014年正式出版发行，为读者和研究者奉献了一份较为完整翔实的资料。

还有就是参与安徽省张恨水研究会先后组织召开的十次学术研讨会，以及2015年受邀赴美进行的讲学与学术交流。

……

"十年辛苦不寻常"，奔波的过程是艰辛的，查阅的过程是枯燥的，整理分析的过程是寂寞的，发现的结果却令人兴奋和喜悦。

我仿佛在与先生对话。城市和乡村，高楼之间的街道和原野上的阡陌，从1895年至1967年，凡张恨水先生所到与描述之处，无论是白墙灰瓦的皖赣民居、巴蜀山间的茅草房屋，还是老屋纸窗的北京四合院，尽管时间流逝，时代变更，外部环境改变，仍无法洗刷掉当年的痕迹，只要脚下的土地尚在，历史记载还在，只要遗迹犹存，记忆就不会消失——因为文化基因永远扎根在人们的心中，那含有文化内涵的立体、丰满的张恨水就会永驻读者心中。

我还在思索，恨水先生仙逝五十年了，我们应该做点什么呢？

2016年8月，在东北师范大学文学院召开的"年谱与新文学研究的经典化"学术研讨会上，我和作家、知名策划人陈武先生一拍即合，策划推出《回望张恨水》系列丛书，并得到北京鸿儒文轩文化传播有限公司的大力支持，由我负责丛书的选题，围绕"纪念"主题，初步选定了《张恨水纪念文集》《此山　此水　此人——张恨水生活足迹寻踪（皖江篇）》《遗珠晶莹——探寻父亲张恨水先生的岁月之痕》《张恨水小说图志》《张恨水传》五部著作。

《张恨水纪念文集》是迄今为止编辑的第一部纪念张恨水的文章选集。编者力求通过图片展示、自述，亲属、同事、好友与后学怀念，以及学术界张恨水研究代表性观点梳理等展示张恨水生平、创作成就及学术地位。值得一提的是，文集所收文章、图片除学术评论外，多为首次面世，具有较强的史料价值。

《此山　此水　此人——张恨水生活足迹寻踪（皖江篇）》是作者十多年来寻访张恨水生活足迹的真实记录与文化思考，其中所展示的，是易被人们忽略的有关张恨水的生活、创作的细节，图文并茂，可以看成《张恨水年谱》的姊妹篇，凡年谱不好展开的内容，在本书里均得到了一一再现。

《遗珠晶莹——探寻父亲张恨水先生的岁月之痕》是张恨水先生现居北京的四子张伍和美国华盛顿的女儿张明明之间的通信结集，虽为兄妹书信，但展示的却是不为我们熟知的张恨水生前生活、创作的点点滴滴。

　　《张恨水小说图志》介绍了张恨水各种小说版本（含单行本和报刊连载版本，绝大多数系作者宋海东所藏），尤其是民国版本在书中得到了充分展示，刊布了200张相关图片。图文并茂是该书一大特色，是一部真正意义上的"图书"。

　　《张恨水传》的作者马季，是一位作家，以作家特有的笔力与眼光，以第三人称的角度叙述了张恨水的人生经历和创作成就。

　　这就是湮没在20世纪时间长河里的张恨水，他是一位报人和文学跋涉者。我们寻找他，是为了更全面地了解他，更深入地解读他和他的文学精神，进而通过他从一个侧面探寻20世纪中国文学发展的历史风貌。

　　今年南方暖冬，间或偶有寒流，望着窗外纷纷扬扬的雪花，不禁想起了张恨水先生在1927年那个彤云覆树、雪意满天的腊月撰写的《春明外史》后序，其中有云：

　　　　予书既成，凡予同世之人，得读予书而悦之，无论识与不识，皆引予为友，予已慰矣。即予身死之后，予墓木已拱，予骸骨已泥，而予之书，或幸而不亡，乃更令后世之人，取予书读而悦之，进而友此陈死人，则以百年以上之我，与百年以下之诸男女老少，得而为友，不亦人生大快之事耶？

　　不识人情且看花，文章华国鉴千秋。让我们阅读他的华彩文章，走进张恨水先生内心世界，就像恨水先生所期望的那样，和他身后百年之后的人进行灵魂上的沟通。

这就是我们回望张恨水的缘由。

是为序。

谢家顺

写于农历丁酉正月十二池州雪花飘飞之时

自　序

　　《张恨水小说图志》形诸笔墨，可以前推至十余年前。当时我筹划写本《张恨水小说版本考》，主要是从版本角度与世人分享张恨水的每一部小说。陆陆续续地，涂抹出四五十篇稿子，涵盖北岳文艺出版社一九九三年出版的《张恨水全集》收录的大部分中长篇小说，其中一些稿子已经刊发在河北《藏书报》上。时间来到二〇一三年，我又开始专注于"打捞"《张恨水全集》外的文字，花费三年多工夫写成一篇《〈张恨水全集〉遗漏的小说》。正当我准备将此文投寄北京的杂志的前夜，收到谢家顺教授从安徽打来的电话，要求我提供一部张恨水研究专著。时间紧迫，我也来不及考虑其他选题，便把这两大块的现成文字拼接在一起，填充进诸多新资料，又补写了二三十篇，继而搬弄章节、经营标题、雕琢文字，最终编为一帙。

　　考稽钩沉张恨水小说版本，需要尽可能多地掌握第一手资料。最初，我是利用出差、旅游、探亲的空当，逛各地旧书肆。最近十来年，手头俗事渐多，很难有机会外出，网络就此成为主要淘书渠道。我专门清点了一下，我收的张恨水著作的民国单行本已有四十三种、一百四十三部（套）、三百二十二册；中华人民共和国成立早期印本有十一种、二十九部（套）、三十二册；港台印本有二十一种、二十六部（套）、三十三册；海外印本有三种；改革开放后的大陆地区印本最多，有四百来册。可以炫耀一下的是，其中的大多数早期印本在《中国现代文学总书目》《民国时期总书目》《中国现代作家著译目录》等工具书中不见著录。幸亏自己下手还算早，如今网上张恨水小说的早期单行本尽管历经岁月侵蚀、频繁辗转，大多徐娘颜谢、萧郎鬓霜，但在痴迷藏家眼中依然风韵犹存、视如拱璧，售价已经翻了好几番，不是我的财力能够承受的，更何况许多珍稀印本，即使有再多钞票，也没法让它们充塞自家书斋四壁。

前面说的都是单行本。在收藏与张恨水相关的民国报刊方面，我也竭尽全力。张恨水在十多家报馆工作过，另在几十家报刊上发表了大量作品。对这些报刊，我有一种收一种，能将原件什袭珍藏当然好，可惜价格大多承受不了，不行就收剪贴本、复印本、影印本以及电子版本。所幸机遇一直眷顾我，屡有斩获。

作为现代文坛的高梁巨柱，张恨水先生确实是一座矿藏丰富的文学大山。正是在这些早期单行本中和数十种民国报刊上，我不仅享受到与这位小说大师穿越握手的愉悦，还觅得他的不少集外小说。《张恨水全集》中只收录有他创作的六十四部中长篇小说和十七篇短篇小说，约一千六百六十万字；不仅如此，全集中的长篇小说《魍魉世界》《锦片前程》并非足本，剪裁文字颇多。而据我掌握的资料，张恨水至少创作有一百零六部中长篇小说和八十八篇短篇小说，加上《魍魉世界》《锦片前程》所遗漏的篇幅，大约有两千三百万言。

本书分为三编，另有两篇附录资料，共约二十万字。第一编介绍张恨水笔下的七十七部长篇小说，第二编介绍他创作的二十九部中篇小说，其短篇小说在第三编以简目形式罗列。第一编和第二编每一节的文字均独立成篇，以书话体裁呈现每部小说版本的变迁史（改革开放后的大陆印本比较常见，大多从略介绍）、创作背景、故事梗概、宣传广告等，并穿插张恨水在写作及发表过程中发生的趣闻逸事和我的收藏故事，同时对作品的文学价值进行点评。对全集中未收录的作品，本书还尽我所知照录了回目及章节名。第三编简要介绍每篇短篇小说的篇名、发表时间、署名、所载报刊及书籍。张恨水小说一稿多名的现象十分普遍，在不同印本上经常使用迥异的篇名。已知的张恨水小说中，至少有三十二部（篇）存在一稿多名现象。为避免以讹传讹，本书将《一稿多名的张恨水小说简目》作为附录刊出。我与家顺兄合著有《冒名张恨水的小说伪作考略》一文，刊发在《中国现代文学研究丛刊》二〇一三年第三期上。文中提及民国时期至少有八十六种伪作冒张恨水之名出版；近几年，我又发现了二十余部伪作，之前发现的伪作也有更详尽的资料佐证。为有助于读者朋友去伪存真，亦将《冒名张恨水小说伪作简目》附录于后。此外，张恨水笔下的多部中篇小说在有关研究专著中被当作长篇小说统计，如《平沪通车》《游击队》《巷战之夜》《蜀道难》《秋江》《孟姜女》《凤求凰》等；也有多篇短制小章被误当作中篇小说，如《难言之隐》《一件女袄》《三个时代》《战地斜阳》《仇敌夫妻》《人心大变》《多变之姑娘》等，同样需要说明。当然，关于长、中、短篇小说的划分，向来无统一标准，本书系将十万字以上的小说划入长篇，十万字以下两万字以上的小说列为中篇，两万字以下的小说基本上被视作短篇。

既曰"图志"，便必须图文并茂。张恨水小说的各种印本（含单行本和报刊连载版本、手稿本、油印本）尤其是民国印本在本书中得到充分展示，全书配了一百二十余张相关图片，是一部实实在在的"图书"。

必须解释的是，本书引用了张恨水笔下的大量回忆文章，如《写作生涯回忆》《我的创作和生活》《我的小说过程》等，但这些引文与中华人民共和国成立后印本存在诸多差异。这是因为我的引文均据民国原始印本而来，除了硬伤，悉依原稿，尽可能保留原汤原汁。

本书的顺利交稿和出版，需要感谢的人有很多。首先要致谢谢家顺教授。我的第一本书《张恨水情归何处》便是经家顺兄提携推荐，于二○○八年十二月在新华出版社付梓；《张恨水小说图志》的问世更是离不开他大力举荐。书话大家龚明德教授同样必须深致谢忱。当年我痴迷旧书收藏，便是因为拜读了他的几部集佚钩玄、显幽烛微的书话专著。我虽有幸多次在网上向龚教授讨教，却始终无缘与这位湖北老乡谋面，不曾想他居然一口应允为拙著作跋，令人感动。张恨水的小女儿张正女士是我多次拜访请益的一位长辈，也是我在张恨水研究上的引路人，为我提供了大量民国史料。张恨水的长孙女张洁女士将其所珍藏的张恨水研究资料倾囊相授，件件弥足珍贵。张恨水之孙张纪先生近些年来在张恨水研究上多有建树，对我亦奖掖有加。新闻记者出身的他擅长摄影，本书中的多张书影便是这位老大哥用专业相机拍摄的。国家图书馆的黎女士为我查阅、复制民国报刊提供了极大帮助。台湾世新大学林纯桢老师虽远在海峡对岸，却热心肠地向我提供了众多在大陆无法查阅的资料。在本书创作编辑过程中，北京的赵鑫和秦国娟两位老师也给予了指导和帮助。不仅如此，华东师范大学陈子善教授、复旦大学袁进教授、文化批评家解玺璋先生、张恨水哲嗣张伍先生、张恨水女公子张明明女士、张恨水之侄张一骐先生、四川外国语大学朱周斌教授、北京大学韩籍教师薛熹桢博士、安徽科技学院陆山花教授、河北藏书报社张铮先生、安徽省潜山县政府官员芮立祥先生、安徽省潜山县博物馆副馆长涂爱华女士、安徽省张恨水研究会秘书处朱显亮先生和徐春晖先生等良师益友或教诲或点拨，也让我受益匪浅。我希望将此书献给所有在张恨水研究上给予我关爱的人们。

对张恨水小说的研治，我自忖是尝鼎一脔。好在自己正当盛年，我谨待高明郢正，更期待若干年后还有机会对本书加以修订再版。

行笔至此，家中窗外的露台上正是满眼的绿肥红瘦，信手翻开书桌上的一册民国版《春明外史》，杨杏园、李冬青如在眼前。有此良辰，有此美景，有此好书，今生非虚度矣。

是为序。

二〇一八年四月二十八日于汉北近月轩

目 录
CONTENTS

第二编 中篇小说

第三编　短篇小说简目

第一编 长篇小说

1.未完成的"大杰作"——《青衫泪》

作为民国通俗文坛的"带头大哥"，张恨水早期亦有追随前贤描红画影的习作。

一九一三年，张恨水年方十八岁。就在这一年寒冬，他躲进自家"老书房"，依傍火炉，埋首牖下，写出长篇白话小说《青衫泪》。

张恨水早期的小说均摆脱不了社会环境和个人生活际遇变迁的局限。据作者笔下记载："（《青衫泪》）体裁大致像《花月痕》，夹着许多词章，但是谈青年失学失业的苦闷，一托之于吟风弄月，并不谈冶游。"（《我的小说过程》一九三一年一月《上海画报》）所谓"青年失学失业的苦闷"，实际上是对作者现实生活的写照。

张恨水原本是官宦人家子弟，生长于江西。一九一二年，身为税吏的父亲张钰准备送张恨水去留学花费相对较少的日本，张恨水则希望去英伦三岛，认为那里能够接受更先进的自然科学教育。爷俩尚未达成共识，做父亲的就因病猝然离世。由于全家人主要依仗张钰薪俸糊口度日，张恨水的留洋计划被迫搁浅。不仅如此，他在南昌甲种农业学校的学业也无法延续下去，不得不随家人回到天柱山下的故乡，也就是安徽省潜山县黄土岭村。次年，不甘心与农夫牧童为伍的他考入苏州蒙藏垦殖学校。仅念了一个学期，该校便停办，他再次辍学，回归黄土岭。

在这个小村庄，孀居的母亲戴信兰日日以泪洗面。她怀念着亡夫，思念着寄养在自己娘家的大女儿，忧虑着往后的生计，忍受着外人的蔑视欺凌；而张恨水同样要面对乡人对他功名未成的嘲讽，更不知道自己的未来到底在什么地方。于是他远离乡人，走进祖辈留下的一间"老书房"（又称"黄土书屋"），借书卷排遣心头苦闷，同时用手中的笔倾诉满腹牢骚，创作了这部《青衫泪》。

该小说不曾正式对外投稿，当然也就不曾发表。张恨水此时的写作，除了"发泄"功能，便是作为一名"文学青年"受到旺盛创作欲的驱遣。此时的他，尚未产生以写小说为职业的念头。可以这么讲，《青衫泪》完整体现了通俗小说的平视性，满足于情绪感观上的自娱、自赏和自我宣泄。

在《写作生涯回忆》（载一九四九年一月一日至二月十三日《新民报·北平日刊》）中，张恨水用了不少笔墨介绍创作这部小说的情形："在我书桌上，有好几个稿本，一本是诗集，一本是词集，还有若干本，却是我新写的长篇小说《青衫泪》。在这个书名上，可以知道我写的是些什么。这书是白话章回体，除了苦闷的叙述，和幻想的故事，有不少诗词小品。"这部回忆录漏写一幅"悲壮"的画面：当年的他上身裹一件父亲留下的大棉袄，拦腰扎根带子，任凭北风呼啸着不断自门缝钻入书屋，吹得油灯忽明忽暗，我

北岳文艺出版社版《张恨水全集》（一九九三年版）

自岿然不动，振笔疾书不辍。

《青衫泪》仅写至十七回，未完成。同样是在《写作生涯回忆》里，他坦言："是由于后来读书略有进益，觉得这小说太不够水准，自己加以放弃了。这是我第一部长篇，未完成的'大杰作'。"

据张恨水的多位乡人回忆，在一九四九年的土地改革中，他抗战前夜保留在家乡的十二箱书籍和手稿被村民付之一炬，他一九三八年之前的著作手稿大多因此葬身火海，里面既有后文将要提及的《紫玉成烟》《南国相思谱》《鸡犬神仙》等已出版作品的手稿和样报、样刊，也应该包括《青衫泪》等未发表习作的手稿。这是张恨水创作史上一件无法挽回的大憾事！

2. "落伍"的小说——《南国相思谱》

一九一八年新年伊始，历经多年漂泊的张恨水经朋友引荐，成为芜湖皖江日报社副刊编辑。

皖江日报社是创办于清宣统二年（一九一〇）的一家民办报馆。其时报馆仅有一架平版机，日出四开四版，每期印刷千把份。算上张恨水，有编辑四名，连同发行、广告、财务、印刷、勤杂人员，也才二十来人。该报副刊原先全靠剪辑上海报刊文章"编"成，在话本诗词里呼吸煦沐已久的张恨水抛弃老作法，将此前在家乡创作的中篇文言小说《紫玉成烟》搬进副刊连载。连载结束后，他又新写成一部长篇白话小说《南国相思谱》，在副刊上每天登五六百字。

张恨水的《我的小说过程》（载一九三一年一月二十七日至二月十二日《上海画报》）对该小说创作有如下记载："我在文字结构上，自始就有点偏重于词藻，因之那个时候作回目，就力求工整，较之现在，有过之无不及。记得这时，我的思想，完全陶醉在两小无猜、旧式儿女的恋爱中，论起来，十分落伍的了。"不仅如此，对于《南国相思谱》这个艳俗的篇名，张恨水成名后未免为之赧然。

　　此时，这位作家已不满足于单纯的创作欲，而是升级为发表欲。他在《写作生涯回忆》里交代："当年写点东西，完全是少年人好虚荣。虽然很穷，我已知道靠稿费活不了命，所以起初的

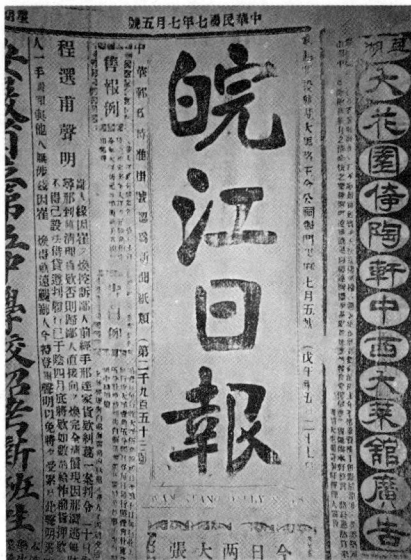

发表《南国相思谱》的芜湖《皖江日报》

稿子，根本不是由'利'字上着想得来。自己写的东西印在书上，别人看到，自己也看到，我这就很满足了。我费工夫，费纸笔，费邮票，我的目的，只是满足我的发表欲。"当年皖江日报社的老板娘便很喜欢这部小说，每期必看，让年轻的张恨水备受鼓舞。

　　《南国相思谱》初版即绝版，连《张恨水全集》亦未收录。我手头存有几份一九一八年的《皖江日报》，可惜并没有在上面觅得该作。尽管张恨水自谦这是一部"十分落伍"的作品，然而由于他当年已饱览群书，对中国传统小说的叙事智慧及抒情艺术有深刻领悟，因此这部小说与《紫玉成烟》《青衫泪》等作品一样，对研究张恨水的早期创作意义重大。

3.赶时髦的《皖江潮》

　　李涵秋的代表作《广陵潮》在民国初年出版单行本后，跟风者甚众，章回小说以"潮"命名者不下数十种，如李定夷的《鸳湖潮》、海上说梦人的《歇浦潮》、网蛛生的《人海潮》等。其时张恨水翩翩年少，亦未能免俗，在一九二二年写出章回小说《皖江潮》，寓意皖江两岸的时代潮流如滚滚江涛一般不可阻挡。

　　此前，张恨水已于一九一九年秋进入北京报界发展，先后在上海申报馆驻京办事处、益世报馆、晨报社当差。为了养活安徽的一家老小，也为了提供弟弟妹妹们的学费，他自谓"成了新闻工作的苦力"，既无心情也没工夫从事文学创作。有两三个年头，他不曾写小说。

　　一九二一年，张恨水又谋得一份差事，担任芜湖工商日报社驻京记者。张恨水之前初抵芜湖，很快了解到城内还有一家工商日报社，社长便是皖江日报社总编辑张九皋。当年的工商日报社只有一部对开印刷机和少许铅字，版型比四开稍微大一些，用的是土皮纸印刷，每周出六期，周日休刊。版面安排上，最初只有"工商新闻"和"商业行情"，一九一六年后增设"电讯"、"本埠新闻"和副刊"工商余兴"和"心声"。应张九皋邀请，张恨水一九一八年曾兼任该报校对一职。

作为驻京记者，张恨水负责每日用电报向《工商日报》发送京城新闻，同时应张九皋之约重启久违的小说创作，开始撰写《皖江潮》。该作发表于一九二二年二月二十二日至七月二十七日《工商日报》副刊"工商余兴"，至第十一回中断，约九万字。（参考谢家顺著《张恨水年谱》。）连载伊始，当地市民便竞相传阅，成为报社的一块金字招牌。小说尽管未告竣，仍然被芜湖进步学生改编为话剧公演。

《皖江潮》以上世纪二十年代初的安徽自治运动为背景，展现达官贵人在安徽的所谓"政绩"，以及市民尤其是学界的抗争。小说第十回"出风头二木匠流血　悲夜月三小姐吟诗"读来尤为摄人心魄、血沸神销，描绘了二木匠带领众多市民浴血攻打军阀衙门的壮烈场面。总体上讲，这属于一部讽刺小说和黑幕小说，讥讽时弊，呼醒浊世，虽然亦有言情成分，但已经开始摆脱旧式言情小说窠臼。一九五七年五月二十七日，张恨水在上海《文汇报》发表《为小听客服务变到为大众服务》一文。文章指出在他来京后，"一面当新闻记者，一面写小说"。"但是我虽然依旧写小说，却慢慢地摸上一点路子。觉得写小说，专门写爱情，那也似乎太窄狭。我自己以为自这以后，我的小说，又有一点小变动，以社会各种变化情形为经，以爱情为纬。我的小说自然也应该有些变化，可是我依旧不能完全抛弃爱情。大概有几十年工夫，不，可以说一辈子吧，总是不能离开这经纬线。"显然，正是以《皖江潮》为标志，张恨水对章回小说的理解从相对片面走向更为广大，走出了一条带有强烈谴责色彩的社会言情小说创作新径。

张恨水一直对这部作品念念不忘。上世纪四十年代末，他托人找到一套《工商日报》，抄录下《皖江潮》连载稿，筹划付梓，惜未能遂愿。这部书稿在他的书橱里躺了二十来年，"文革"中不慎失落，也让它丧失出版单行本的机会。还算幸运的是，安徽省档案馆现存有一套当年的《工商日报》，上有《皖江潮》连载稿，可惜存在不少缺漏。

4.首部单行本著作——《春明外史》

享誉中外的北京《世界晚报》，是一九二四年四月十六日由成舍我出资两百块大洋创办的，日出四开一张，报馆就设在手帕胡同成舍我私宅。

成舍我系中国近代著名报业家，其子便是原全国人大常委会副委员长成思危。张恨水来京早期，曾在成舍我任总编辑的北京益世报馆工作，二人私谊深厚。应成舍我热忱邀请，张恨水加入了世界晚报社。他的想法单纯得很：是为兴趣合作而来，对于前途，有个光明的希望，根本也没谈什么待遇。

当时北京市面上常见的晚报有十七家，竞争激烈。《世界晚报》出刊前，成舍我大造宣传声势，在《京报》等报刊登广告，标榜《世界晚报》"主张公正，消息灵确"，并宣传该报有五大特色：一是"本报新闻，力求灵确"；二是"特聘专人担任各国通讯，并与外国通信社特约"；三是"特辟专栏，揭载关于教育界之种种消息"；四是"对于政治上各种问题，均时有公正之批评"；

另有一条格外引人关注，为"本报特辟'夜光'一版，揭载各种富于兴趣之文字，均聘有专员，分类担任撰述。而《春明外史》描写北京各级社会之状况，淋漓尽致，尤为不可多得之作"。

所谓的《春明外史》，指的是《世界晚报》即将连载的一部长篇小说，作者便是张恨水。成舍我知道张恨水在南方发表过小说，便建议他写一部供晚报连载，张恨水爽快地答应下来。

上世纪二十年代，北京虽为"首善之区"，却被一帮贪婪凶残、声色犬马的军阀官僚搅得乌烟瘴气。在当局高压政策下，面对社会阴暗面，新闻记者无法诉诸笔端。张恨水如鲠在喉，不吐不快，拿定主意效仿晚清谴责小说讨伐权贵，撰写"新闻外的新闻"。

《春明外史》就是这么一部"新闻外的新闻"。用作者自己的话来讲，是"用作《红楼梦》的办法，来作《儒林外史》"。小说熔言情与谴责于一炉，庄谐杂出，通篇用报馆记者杨杏园与勾栏雏妓梨云以及孤苦女子李冬青、史科莲的情感波折串起一段段故事，全视角勾勒北洋军阀统治下的北京城中军、政、警、学、商以及梨园、青楼、佛门内各阶层人士的生活画面，充分彰显了中国传统章回小说包罗万象、地负海涵的雄伟气魄。其中，杨杏园与梨云的故事出现在前二十二回。梨云是个小鸟依人的清倌人，纯旧式女子。二人"同是天涯沦落人"，爱得一往情深，但杨杏园无力为梨云赎身，梨云郁郁成疾，香消玉殒。自第二十三回至第五十三回，写的是杨杏园与李冬青曲折动人的恋情。李冬青幽娴贞静、才比易安，且自食其力，是一个半新不旧的女子，与杨杏园灵魂契合、相互钦慕。只因李冬青身患暗疾，无法完婚。后文直至最后一回即第八十六回，主要讲述杨杏园与女学生史科莲的交往，李冬青偶尔亦

北京世界日晚报社版《春明外史》

上海世界书局版《春明外史》函套

上海世界书局版《春明外史》平
装本

上海世界书局版《春明外史》精
装本

惊鸿一现。史科莲是李冬青闺蜜，李冬青将其介绍给杨杏园，欲促
成美好姻缘。然而，史科莲不晓内情，无意破坏杨杏园与李冬青间
的感情，远走南方。最终，多才、多情、多愁、多病的杨杏园因屡
遭打击，为情殉身。

　　文学作品当然不能等同于历史，但纪实性相当强的《春明外

史》所描写的各界人物并非面壁虚构，书中的三百二十六位人物大多有所影射。"此中有人，呼之欲出。"经粗略考证，就可以找出一批艺术形象的原型，如魏极峰即大总统曹锟，章学孟即国务总理张绍曾，鲁大昌和关孟纲即直鲁联军总司令张宗昌，闵克玉即财政总长王克敏，何达即作家胡适，时文彦即诗人徐志摩，胡晓梅即名媛陆小曼，余梦霞即小说家徐枕亚，梁墨西即翻译家林琴南，吴问禅和舒九成即报业家成舍我，等等。还需要说明的是，杨杏园至少在出身、职业、性格、才干、志趣方面与张恨水别无二样，而且"杏园"二字恰与张恨水的本名"心远"谐音。

《春明外史》连载于一九二四年四月十六日至一九二九年一月二十四日《世界晚报》副刊"夜光"。张恨水在《世界晚报》最初从事新闻编辑及记者工作，小说问世的次月，"夜光"编辑余秋墨便知趣地把自己的职位移交给张恨水。小说连载期间，《世界晚报》办得风声水起，始终为北京销量最大的晚报，原因是很多读者买报纸就是为了看这部作品。凭借该作，没有任何帮派团体烘云托月的张恨水只手打天下，独辟蹊径，自成一路，从一名寂寂无名的报人跃升为北方一流小说家。

一九二五年秋，《春明外史》写出前十三回，暂告一段落，一些亲友向张恨水建议将它们结集出版，也可挣些版税。要知道，该作在《世界晚报》连载，张恨水作为编辑只能领取编务费，并无一分钱稿酬。不仅该作如此，之后他在《世界晚报》《世界日报》上连载的《新斩鬼传》《金粉世家》《荆棘山河》《交际明星》《斯人记》等小说同样是这般。不过，好在他拥有以上作品的版权，可以自行出版。

张恨水的作品之前从未出过单行本，对亲友们的建议他自然是一百个乐意，无奈自己手头活太多，腾不出工夫。同样是在世界日晚报社（《世界日报》由成舍我于一九二五年二月十日创办）当差的二弟张啸空看在眼里，接过这件苦差事。张啸空先是约张恨水忙删饰，写序言，跑印刷，将《春明外史》前十三回作为"世界日晚报社丛书之一"分订两册于一九二五年十月出版，继而又奔走于京津两地搞发行。不到两个月，初版一千余册便告罄。次年再版时，仅在北京一地就售出三千余册。二〇一一年六月，我在孔夫子旧书网抢下这部最早的张恨水作品单行本的上集。上集仅有前八回，正文一百六十八页，为特殊的二十五开本，封面上仅有蓝白二色，书名在左侧，右侧图案下方是一口香炉，香烟袅袅升起，烟雾中隐隐现出老北京的楼宇，寓意书中故事亦真亦假，虚幻飘渺。另外，书前有一则凡例，是之后诸印本中见不到的，文中特别注明："是书得世界日晚报社之同意，版权归于作者。"我手中的这册书纸页已经泛黄变脆，但堪称网上孤本。一九二七年十二月，世界日晚报社经理吴范寰又组织人马将前二十六回作为第一集和第二集一同出版，销路也不错，张恨水拿到一笔可观的版税。一九二九年八月，全书三十九回又分三集印行，其出版者仍为世界日晚报社，印刷者为北京书局，分平装和精装两种版本。我手头有世界日晚报社的平装本，第一集为一九三〇年一月的四版本，第二集和第三集是同年同月的三版本。

　　在新文化运动之后，张恨水居然横空出世、点石成金，其章回小说《春明外史》风行坊间，让当时京津两地的文人无不称奇，更有某些激进分子大泼污水，针砭张恨水及其作品是礼拜六派的余毒，应当予以扫除。对此，张恨水除了予以关注，并没有任何回击文字。正所谓"行笔在我，毁誉由人"。谁也无法撼动新文学作家在中国现代文学史上的主流地位，但谁也无法否认正是张恨水这样的通俗文学大家，拥有中国文学最庞大的读者群即市民阶层，也始终根植于被大多数新文学作家摒弃的中国传统文化。只有读过《春明外史》这样的改良版章回小说，我们才会叹服苏州大学教授范伯群对通俗文学作家的评价所言不虚："他们笔下出现的生活场景和人物形象的多样性、丰富性和复杂性往往为新文学作家所望尘莫及。"

且说张恨水的另一部作品《啼笑因缘》名扬天下后，他身价陡增，八方索稿。一九三〇年十二月，应世界书局总经理沈知方之邀，张恨水从北平南下，出现在黄浦江畔。世界书局是一家民营出版机构，创办于一九一七年，在各大城市设分局三十余家。该书局初期以出版小说为主，从一九二四年起编辑出版中小学教科书，与商务印书馆、中华书局出版的教科书三足鼎立。书局总经理沈知方有"书业怪杰"之称，对书业行情了如指掌，只需看看书名，翻翻内容，便知晓书该销往哪个地方，各地分别可以卖多少册。在沈知方精心运作下，世界书局确系民国极具实力的出版公司，但与一些顶尖出版机构比较，只能说是"小巫见大巫"，张恨水选择在此出书，是打有自己算盘的。他在《写作生涯回忆》里明言："我还可以告诉同文一个诀窍，你若有书出版，千万别找那天字第一号的书店合作。因为他们销书，是普遍的发展，不会为那一本书专登广告，专办推销。人家出了上万种的书，你交给他一两本书出版，那不是九牛之一毛吗？他岂能为你这书推销而努力？"必须指出，上述引文仅见于《写作生涯回忆》民国初版本，被中华人民共和国成立后的各种印本漏收。

经过两轮蹉商，世界书局与张恨水终于敲定多部新作旧著的出版合同，其中对《春明外史》书局按千字四元的价码付酬，并且承诺一次付清，条件是必须将北平所印行单行本的纸型交世界书局销毁。就这样，一部《春明外史》让张恨水一下子挣到四千元。他不肯亏待世界书局，对作品进行全面修订，进一步清除了连载时随写随印留下的一些不足和漏失，并将全书由三十九回调整为八十六回，每回都在万字左右，回目当然也改得截然不同。

一九三一年三月，世界书局推出新版《春明外史》前六卷；当年五月，后六卷也得以出版。每卷售小洋九角，十二卷合售的价格为大洋十元。封面设计以蓝色为主色调，画面主体是巍峨的北平城门楼，旁缀浅淡花草，大气且不乏灵动，呈现不趋时、不卖弄的装饰风格。尽管是按西书装订，但分册都仿照线装书模式装入两个纸质函套内（前六卷和后六卷各装入一函），书函左侧是用两枚小牙刀扣住全函，精巧工致。正式发行前，出版方不惜重金，在上海发行量最大的两家报纸《申报》和《新闻报》上打出巨幅广告，把全书回目用大号字刊载，吸引到不少眼球。书出，马上抢购一空。这套十二卷本我有三种版本，除了如前所述的初版本，还有一九三二年十一月再版本、一九三四年十月三版本，均为两函十二册，正文厚达两千六百一十五页，三十二开，用疏朗的四号字印刷，版式始终未变，售价未改，只是纸张的厚薄和封面的色泽有些许区别。按当今出版术语来讲，上述再版本、三版本不过是第一版的第二次和第三次印刷而已。

为降低成本，满足中低收入读者需求，一九三五年十二月，世界书局将《春明外史》缩小字号重新排版，精减为一册出版，每册厚如砖，正文多达九百八十一页，为硬精装本，书价也骤跌至洋钱贰元伍角。

世界书局后来还推出分订两册的印本，我藏有五种。前四种分别是一九三九年二月新一版、一九四〇年四月新二版、一九四〇年十一月新三版，一九四一年八月新四版，均为精装本，正文九百八十一页，开本依旧，封面以蓝色为主色调，上方绘有一位跪弹琵琶的女子，下方呈现的是天坛全景。我还有一套一九四七年三月出的新六版，是罕见的平装本，与硬精装本比较，其页数、开本均未变，封面设计也大同小异，只是改为以绿色为主色调。另查阅《民国时期总书目》（书目文献出版社一九九二年十一月版），上面记载着世界书局曾于一九四五年一月在成都推出《春明外史》蓉版本，分订四册，三十二开，每册正文页数分别为三百二十页、三百六十二页、三百六十四页、三百八十八页。

据京城藏书家柯卫东撰文介绍，本世纪初他曾在潘家园以人民币四十元，购得一部世界书局精装本《春明外史》，不仅护封完美，连外包的玻璃纸也全无损伤，品相比起寒舍所藏，高出不止一个档次，真真好书运！这样的访书机遇大概不会再有了。

民国盗版书商大多拿张恨水当作第一衣食父母。二〇〇六年，我在炎炎夏日里从武昌一家旧书店淘得上海天汉书局《春明外史续集》初版本。书为一九三四年三月出版，收录了这部小说的后四十三回，分订三册，是二十五开本，订价为大洋两元。从书后附录的广告上可以知道，该书局也出过《春明外史正集》，同样是分订三册。我的书橱里，还躺着一套奉天艺光书店发行、益文印刷局印刷的《春明外史》，系一九四二年八月一日印刷，一九四二年十月二十五日发行，为六卷本，三十二开，封面图案是一对西装男女伫立在轮船甲板上的背影，属于沦陷区编校质量低劣的盗印本。沦陷区盗印本亦有一种出自奉天文艺画报社，分订四册，每部售一元六角，其它信息不详。不仅如此，上海摄影社在民国时期也出版过该作，其封面上为影星胡蝶手托地球仪的靓照，系二十五开本，分订三册，我仅藏有中册，从第十五回至第二十八回，正文一百四十八页，同样疑似盗版。

中国新闻出版社一九八五年九月出版了《春明外史》，列入"中国报人小说丛书"，约请张恨水生前的好友左笑鸿、金寄水分别撰写序跋，这也是一九四九年后该作首次印行。该书为上、中、下三卷，正文一千三百九十七页，不仅分为精装、平装两种形式，还拥有正三十二开和大三十二开两种开本，其中正三十二开本开机便是十五万册，大三十二开本印量为四万八千册——这当然属于"书荒"过后的非正常现象。我到新华书店买下这套小说时，尚在念中学，用去七元八角五分，也算是一笔不小的花销。因为书中多段故事情节出现在北海公园，年少时有一回我游履北京，特意带上了这套《春明外史》，坐在太液池畔的长椅上饱览。其时沐浴春风，一卷在手，穿越时空，怎不叫人沉醉书香？

后来，岳麓书社、北岳文艺出版社、群众出版社、江苏文艺出版社、华中师范大学出版社、时代文艺出版社亦先后出版《春明外史》，我均有藏。其中，北岳文艺出版社一九九三年一至八月陆续印行《张恨水全集》之际，共计七十卷的平装本是将《春明外史》作为前四卷出版，而共计六十二卷的精装本是将它作为前三卷出版，可见其重要地位。这套全集平装版的定价高达近五百元，而那时我的月薪不足三百元。为了凑足这笔钱，我将二姐赠送的两张杨钰莹演唱会门票转让出去，加上仅有的积蓄，从汉口最气派的书店即武圣路新华书店换来七十册《张恨水全集》平装本。当经济条件稍有好转，我又买回精装本《张恨水全集》一套。

根据《美国国会图书馆总目录》和笔者在中国国家数字图书馆的搜寻结果，美国普林斯顿大学图书馆藏有该书世界书局一九三二年十一月再版本。中国国家图书馆藏有世界日晚报社一九二五年十月初版本和一九二九年八月再版本，另藏有世界书局一九三一年三月初版本和一九四五年一月蓉版本。

《春明外史》发表至今，历经九十余个春秋，从来不乏超级粉丝。

一九二五年冬，这部连载小说中出现了一位韩幼楼将军，这也是作品内唯一以正面形象现身的上层人物。后经核实，小说中涉及韩幼楼的趣闻逸事，原本是一条发生在张学良身上的社会新闻，张恨水仅仅是稍加艺术处理而已。张恨水不曾料想到，他笔下的这段文字，会成为与张学良交往的媒介。一九二六年春，张学良当了一回不速之客，带着几位随从突然出现在张恨水私宅。围绕《春明外史》，双方谈得甚投机，张学良与张恨水自此便建立起稳定的往来关系。

鲜为人知的是，巴金也是《春明外史》的忠实读者。二〇〇六年七月二十一日的《文汇读书周报》上，刊有上海作协研究室主任冯沛龄撰写的一篇《此情绵绵无尽期》，文中言："八十年代初，巴老特将自己珍藏多年的新中国成立前出版的著名作家张恨水的作品如《春明外史》《落霞孤鹜》《啼笑因缘》《满城风雨》《现代青年》《热血之花》《秦淮世家》《蜀道难》《平沪通车》《山窗小品》《到农村去》《偶像》《大江东去》《中原豪侠传》《斯人记》等40余册图书捐赠给资料室。一九三一年五月世界书局出版的《春明外史》共12册，每一册都盖有'巴金'印章，相信巴老当年是十分珍爱的，这次也一并捐给了资料室。"文中所谓的"资料室"，指的是上海作协资料室。

　　著名翻译家、钱锺书的堂妹夫劳陇曾言："钱先生（钱锺书）特别喜欢看张恨水的小说。有一次他问我有没有《春明外史》，我说没有，于是两人就一起去旧书摊找这本书。"这一段话，记录在台湾联合文学出版社股份有限公司二〇一一年二月出版的《啼笑因缘》护封上。

　　应当讲，正是以《春明外史》为起点，张恨水开始以谈笑从容的态度描摹世界，内容及文字虽多风趣而不落轻佻，是张恨水小说走向成熟的标志。该小说与《金粉世家》一样，属于他最得意的作品之一。

5.无从"藏拙"的《新斩鬼传》

　　《斩鬼传》出自清初山西文人刘璋笔下，系中国讽刺小说开山之作，讲述钟馗率领含冤、负屈二将寻鬼斩鬼的故事。

　　张恨水在民国初年便读过此书，但他看的是印刷粗糙的石印本，书名误印为《捉鬼传》。当年他尚是位青葱少年，读时只觉得有趣而已，每每大笑不止。之后他以贩文为业，偶然又读到这部小说，觉得这不单单是调侃之作，便又从坊间捧回两部《斩鬼传》木刻本研究。他后来在《新捉鬼传》单行本自序中称："我以为这部书，虽不能像《儒林外史》那样有含蓄，然而他讽刺的笔调，又犀利，又隽永，在中国旧小说界另创一格，这在学界所捧的《何典》之上。"他本想下一番水磨功夫，将其考证标点出来出版。尝试了一个月，因手头资料所限而作罢。考证既然不可能，他心想自己是写小说的，何妨续上一段"狗尾"？也是宣传之一法。恰巧他的一位好友亦极推崇《斩鬼传》，劝他写部续书。

　　此时，张恨水正在编辑北京《世界日报》副刊"明珠"。他于一九二六年二月十九日起，在"明珠"上连载自己创作的章回小说《新捉鬼传》，每期刊出三百余字。到当年七月四日，小说第七回刊毕，在尾末注明"上集完"。至此，小说已登出约九万字。该作叙述民国年间，钟馗继续率领含冤、负屈二将及阴兵，下界先后剿灭鸦片鬼、刁钻鬼、势利鬼、风流鬼、装腔鬼、吝啬鬼、冒失鬼、大话鬼、没脸鬼、马屁鬼、投机鬼等世俗之鬼怪，亦扫荡玄学鬼、不通鬼、空心鬼、道学鬼等文化妖魔的故事。书中的每一个鬼，都是人类社会渣滓的化身，也是人性卑污的象征。小说以怪诞、夸张的形式干预生活、批判现实、泄导人性、娱乐人心，让读者在笑声中有所领悟，但也存在堆砌丑闻、鬼像展览的嫌疑。

作品中止连载的原因，张恨水在该作单行本自序里是这么解释的："这一部书开始在十五年，正是安福二次当国的时代。我住在北京，见了不少的人中之鬼，随手拈来，便是绝好材料，写得却不费力。不过环境变化，我觉得可以适可而止，便未向下作。加之我年来常看些佛书，不愿多造口孽，虽然还以小说为业，这样明明白白的讥讽文字，我也不愿作，所以就束之高阁了。"不过，他的好友张友鸾在《章回小说大师张恨水》（载《新文学史料》一九八二年第二期）一文中对此有不同见解，认为该作"因为写的是抽象人物，尽管也很淋漓尽致，一般读者不能十分理解，'叫座'的能力不高"。台湾辅仁大学中文研究所博士赵孝萱也指出此作"惜下笔太过直露，趣味十足，厚重不足"（载台湾学生书局二〇〇二年二月版《张恨水小说新论》）。赵博士家学深厚，对中国现代文学和艺术鉴赏收藏有真知灼见，现居北京。几年前我曾与她同赴四川外国语大学参加学术研讨会，有一面之缘。可惜她来去匆匆，原本三天的会议她仅出席了半日，来不及更多地交流请益。好在她的多部专著我均有藏，可细细咀嚼。本《图志》援引了她的多段精彩论述，一些内容也受到她笔下文字的启发。

一九二六年十二月十三日至次年二月二十八日，《新捉鬼传》又被芜湖《工商日报》副刊"工商余兴"转载。

按张恨水的本意，是不想让这部好看却不耐看的小说过多抛头露面的，落得人家骂他嘴损；然而，它在民国时期还是出现了单行本。一九三〇年岁尾，张恨水赴上海与世界书局商谈出版合同，老朋友、戏剧家马彦祥介绍他和几位当地文人相见，说他们中有几位想要办杂志，希望得到张恨水的一部小说。张恨水其时在文坛上如日中天，稿约连连，实在挤不出时间为他们写新作。马彦祥见状，便提出索要旧稿《新捉鬼传》："有些地方还不失为幽默，可以让人见识你另一种笔法。"张恨水不好推却，只好应允。

后来稿子寄到上海，马彦祥的那帮朋友没有让《新捉鬼传》登上杂志，倒是将其更名为《新斩鬼传》，交给上海新自由书局于一九三一年四月推出单行本，上海岚声书局为总代发行商。单行本为一函三册，正文共三百八十二页，三十二开。其封面设计画面狰狞恐怖，乃是在一把利剑上插有两颗恶鬼的头颅，头颅一红一蓝，正流淌着大串鲜血，染红利刃。国家图书馆便收藏有这种印本。另外，书的扉页上有海上知名文人严独鹤题写的"燃犀烛怪"四个大字，套红印刷。与连载稿不同的是，单行本将每一回一分为二，由七回改为十四回，并且加上了作者自序和海上文人锺吉宇、来岚声、许廑父创作的序言。张恨水在自序中调侃："数年前，我少不处事骂人的文字，而今虽要藏拙，竟是不可能。那么，这篇《新斩鬼传》，我自动的印出来也好。我不敢说什么知我罪我，都在此书。据卫生家说，每日大笑数次，是于人身有益的。这部书里，倒

上海正风书局版《新斩鬼传》

有几处，看了可以发一大笑。在这一点，读者或不至于开卷无益。
这就算是我的贡献罢。"而小说家锺吉宇的序言则曰："此《新斩
鬼传》，为恨水讽刺军阀之作，立意遣词无一不异常深刻，在言情
社会之外，别有风格。"

之后几年，由殷正为校阅的《新斩鬼传》也在上海一版再版，
其出版机构为正风书局，发行机构为震华书局，亦为一函三册，较
之新自由书局版本，其排版甚至连封面设计都未曾变更。我所藏
的，为一九三六年四月五版本和一九四一年五月六版本。据张恨水
笔下记载，上海沦陷期间，当地文人还曾擅改该作印行。另据悉，
一九四七年四月，上海百新书店亦出版改版第一版。我手头有两册
不知出处的《新斩鬼传》，封面重新进行了设计，沿用的是新自由
书局的纸型，其中第一册为四篇序言和前三回，正文七十八页；第
二册为第四回至第六回，正文从七十九页至一百六十二页。以此推
算，共计十四回的该印本全书应当有四到五册。这两册书或许便是
上海百新书店改版第一版吧。

中华人民共和国成立后，截至目前仅见《张恨水全集》中收录
有《新斩鬼传》。

6.官场"浮世绘"——《京尘幻影录》

　　《京尘幻影录》堪称"惊世之作"。小说鸟瞰民国社会的视野非常开阔，是一块研究北洋军阀时代官场野史的活化石。其主要人物为文人李逢吉，他在北洋军阀时期自南方进京谋职，投靠在显贵唐雁程门下。后唐雁程荣升国务总理，鸡犬升天，李逢吉亦谋得内阁秘书长一职。不曾想唐雁程突然间在政界失势，有几分正气的李逢吉不肯同流合污、卖主求荣，主动放弃"金饭碗"，落魄离京。但李逢吉并非如同《春明外史》中的杨杏园一般，作为核心人物即结构人物串接起整部小说，他仅仅是在作品开篇和收尾露面较多，中间许多章回只是偶尔露一小脸。这部民国野史中的人物多达两百五十七个，他们作为穿场人物，"你方唱罢我登场"，上下场速度之快让人目不暇接，形成特殊的艺术效果。所有人物中，站在塔尖的是八省督练蒋子秋、中原督理仇世雄、保定军方首脑刘都护、保定军方政务处长铁树人、朱督军以及长江巡阅使等大军阀，他们左右政局，鱼肉百姓，整日价争地盘、索粮饷、推牌九。塔尖下是大总统和戚总理、唐雁程、吴丰声等三任内阁首脑，尽管他们不过是军阀面前的傀儡，但毕竟属于名义上的国家元首和国务总理，更诱人的是可以大肆卖官鬻爵，日进斗金。再往下，便是国务院秘书长李逢吉、财政总长洪丽源、农商总长龙际云、教育总长张成伯、海军总长光求旧、烟酒署长关伟业、某省主席王坦等大员，他们攀龙附凤，跃居高位，富贵一时。最底层的则是朱国栋、牛古琴、胡佩书、葛天民、鲁老头等人，他们整日做着当官发财梦，倾尽卑鄙伎俩，幸运者即便是看大门的老叟也能够官印在握，但更多的投机者是赔了夫人又折兵。小说的尾声，李逢吉的一番慨叹表达了作品中心思想："觉得人生在世，不但不可一日无钱，而且也不可一日无权。以唐雁老之声名赫赫，一下台却是这样凄凉冷落，可见人类的共同事业，都是片刻间的相互利用，到了这个时期，谁不能利用谁，就反眼和路人一般了。"

与《春明外史》相似，新闻性被深度介入到《京尘幻影录》。作品中的人物大多有所影射，如蒋子秋即张作霖，刘都护即曹锟，铁树人即吴佩孚，仇世雄即张宗昌，大总统即徐世昌，唐雁程即梁士诒，龙际云即叶恭绰。惜乎我对民国史缺乏系统研究，无法索隐书中更多人物与历史名人的关联，小说内哪些故事与史实相抵牾也不曾探微爬梳。尽管当时的读者对这些军政大员以及发生在他们身上的新闻事件已有所了解，但经过小说再度连续"报道"和发酵，这种心理上的接近性和前所未有的趣味性，促使世人对《京尘幻影录》的阅读热情远远超过同时期其他小说。

毫不夸张地讲，《京尘幻影录》是张恨水早期小说中对北洋军阀时期社会尤其是政坛及军界阴暗面暴露得最集中、最直白、最辛辣的一部，对其相对暧昧模糊的一面大胆地提供了阐释。寻常报刊不敢发表此类惊世骇俗的作品，为此，他选择了《益世报》。

张恨水与益世报馆存在千丝万缕的联系。抵京不久，他便进入北京益世报馆看大样，一年后改任天津益世报馆驻京记者。自一九二六年始，他成为北京《益世报》副刊"小说"栏目的骨干作者。当年三月五日至一九二八年九月十二日，《京尘幻影录》连载于"小说"栏目，每期登七八百字。同一时在"小说"上连载的说部还有赵焕亭的武侠小说《大侠殷一官轶事》、荫狐的讽刺小说《铸鼎燃犀录》等。连载末期，报馆一再拖欠稿费，但他仍然坚持写完，只是收尾有些仓促，有敷衍嫌疑。一九二六年五月一日至一九二八年九月十二日，天津《益世报》副刊也转载该作。

《京尘幻影录》连载了两年多，共二十回，六十一万三千字。张恨水未留底稿，也无剪报留存。当他想修订一下出书的时候，已经无法找到一套全份的连载稿。

北岳文艺出版社在出版《张恨水全集》前夕，终于觅获一套完整的天津《益世报》，令《京尘幻影录》重见天日，其中精装本于一九九三年一月出版，分订两册，正文九百零五页，大三十二开；平装本于一九九三年八月出版，分订三册，正文页码不变，三十二开。"北岳版"也成为《京尘幻影录》第一种单行本。另外，中国文联出版公司二〇〇五年一月出版该书，分订两册，正文七百一十四页，大三十二开。

非常遗憾，这几种单行本都没有采用张恨水亲自"设计"的封面。要知道，在该作楔子中，张恨水已将他理想中的封面化为文字："这画是一片大海，波涛汹涌，一望无际。海的左角，由水里冒出一股青气，青气越散越大，结成了一团黑云。黑云里面，露出一列城墙。城墙的前面，有一个大门，重楼高峙，巍然在望，十分雄壮。这楼的下面，屋宇市街。小得像一粒粟米那样大，加上尘灰蔽天，只是模模糊糊的。不过街市上面，黑影幢幢，又像是人，又像不是人，却拥挤得十分厉害。这海的右角，有一个竹子编的筏，在海上浮着，筏上除了一个人坐在中间外，也别无一物。陈斯年因为要引起买书人的注意，封面上就是这一张图，没有书的名字。"

7.命运多舛的《荆棘山河》

一九二六年七月四日，《新捉鬼传》上集在北京《世界日报》副刊"明珠"结束连载，为此编者发布预告："滑稽小说《新捉鬼传》，今日已告一结束，另由恨水君新撰社会长篇小说《荆棘山河》，逐日在本栏发表。是篇性质，大体取迳《水浒传》《野叟曝言》上半部，及《绿野仙踪》之间。行文叙事，力求整洁，或不仅茶余饭后之助而已。特此预告。"

自次日起，"明珠"开始连载《荆棘山河》，每期刊出五六百言。当时，生活在北京的张恨水同样饱受战乱之苦。某次军阀交战，北京城上空居然出现了轰炸机，频扔炸弹，机声轧轧然，不时掠过张家屋脊。张恨水需逐日卖文，不容稍为间断，虽泰山崩于前，他仍如常撰稿，其心中却早已惴惴矣。作为一名正直文人，他为此奋笔疾书，在《荆棘山河》中揭露了军阀混战给老百姓造成的深重苦难。

未几，军阀张宗昌整肃新闻舆论，下令枪毙京城著名报人林白水，逮捕世界日晚报社负责人成舍我。报馆高层认为这部小说可能是导火索之一，为避免让成舍我惹下杀身大祸，只得从当年八月十日起放弃连载，临时改刊张恨水的中篇小说《交际明星》。

《交际明星》连载进入尾声之际，"明珠"连续发布题为"《荆棘山河》继续发表"的预告："恨水所撰之长篇小说，《荆棘山河》，前因中搁，致劳读者函询。现准于《交际明星》一篇结束后，即行发表。"一九二六年十月五日，《荆棘山河》重返"明珠"。次年二月一日，又一次因张宗昌施压，小说结束连载，并且再也不曾续登。至此，小说已刊出一百四十五次，共五回，约九万言。编者当时对本次停载没有做出一个字的解释，直到当年二月十三日，当张恨水的另一部长篇《金粉世家》开始在"明珠"连载时，才登了一则《开场白》进行说明。此文与其说是《金粉世家》的开场白，毋宁说是《荆棘山河》的结束语，道出了无法直抒胸臆的苦衷。它在《金粉世家》各种单行本中是见不到的，弥足珍贵，兹摘引两段，以飨读者：

> 苏东坡之诗曰："野雁见人时，未起意先改。"当吾作《荆棘山河》之时，觉无日而不为野雁。盖胸中所构之《荆棘山河》是一部小说，而报上发表之《荆棘山河》，又是一部小说也。作小说如此，毋乃大苦？作长篇小说如此，毋乃更苦？人生之至便，莫如以我之心，运我之手，以我之手，运我之笔。此犹不能指挥如意焉，则诚不如其已矣。
>
> 吾之感想，有如上述，故予对《荆棘山河》之一书，在去年暮冬，即不欲复作。新春假期，尝出入歌舞之场，聊以自慰。

北京《世界日报》连载的《荆棘山河》

转换一个角度分析，倘若《荆棘山河》能够顺利连载下去，那么时过境迁，恐怕既不会诞生《交际明星》，也会让张恨水笔下少了《金粉世家》这部巍峨宏构。

小说回目如下：

第一回　古墓吊英雄吟诗当哭　　荒村来远客倾盖成交
第二回　隔岸听渔歌斯人宛在　　断桥留屐齿游子何之
第三回　囊无一文琴书化废物　　狱成三字桎梏困英雄
第四回　陷阵入枪林须眉溅血　　下马作露布气概如虹
第五回　看剑引杯鸡群嗟鹤立　　回风落叶虎穴得珠来

《荆棘山河》刻意模糊了时代背景，但书中情节莫不反映故事发生在军阀混战时期，描绘出一派苍凉的社会生活图景。小说第一回讲述由于兵匪之灾，中原一带赤地千里，民不聊生。一日，官兵突袭汴梁（开封）附近某村庄，岳飞后裔岳凌云不甘凌辱，身陷囹圄。倚仗一身武艺，他连毙两名官兵，逃脱囚禁，远遁南方。在南京小住期间，他偶遇少年侠客朱褰儒，并目睹了后者在火车站刺杀卖国求荣的政府大员的一幕。第二回讲述岳凌云在朱褰儒引荐下，结识老侠客聂老健。后岳凌云赴杭州，遵照聂老健嘱托去西湖拜访武官出身、退隐多年的张跃。恰逢当地一位军阀身边的管家垂涎张跃女儿美色，欲强行霸占。岳凌云协助张跃击退管家及其喽啰，彼此结为忘年之交。第三回讲述岳凌云在西湖救下欲投湖自尽的浪子纪朗秋。与此同时，张跃被军阀属下囚入大牢，岳凌云一面资助张跃妻女维持生计，一面设法营救张跃。第四回叙述张跃被迫加入官兵组织的敢死队下乡剿匪，屡建奇功。第五回揭露了兵匪一家的黑幕，小说至此中断。

这部未竟之作也是张恨水的第一部长篇武侠小说。作品充分吸收中国传统侠义小说的精髓，人物形象描写、人物对话及其武打场面尤为精彩，尽显章回小说大家风范，读来令人或怒发冲冠，或热泪湿巾。

该作未收入一九九三年版《张恨水全集》。

8.现代章回小说成型之作——《金粉世家》

记得十八岁那年，我在父亲的书橱里发现了一套《金粉世家》，当即便取出翻看起来，一口气读了五六十页。正值盛夏，江城如蒸，读来心中顿有清泉生焉，摄魂忘疲，至此方知小说原来能够这么写，居然能够写得这么好！当时我已阅览数百部所谓"公认"的中外名著，但厚厚两大册《金粉世家》，让我从张恨水独特的文化视野洞见他人无法看到的一个世界，惊诧历史长河中居然出现过他这样一位小说大师。这部书也是我接触张恨水小说的开端。从此，我便踏上了研读张恨水的"不归路"。

《金粉世家》是张恨水继《春明外史》后的第二部长篇巨制，共一百一十二回，前有楔子，后有尾声，洋洋洒洒一百万言。它以上世纪二十年代北京的豪门生活为背景，以国务总理金铨一家人的悲欢离合和兴衰为重点，以金家七少爷金燕西与小家碧玉冷清秋的相识、相恋、结合、反目、离散为主线，细致描摹当年上层社会挥金如土、醉生梦死、钩心斗角的生活场景。具体故事情节如下：金燕西在郊游中偶遇冷清秋，一时惊为天人。打听到冷清秋住址后，他疏远未婚妻白秀珠，租赁下冷宅邻院，耍弄种种手腕赢得冷清秋芳心。婚后，金燕西依然拈花惹草，特别是金铨猝亡后，他更是如几位兄长一般浪荡无形。为寻求后台，他与军阀之妹白秀珠旧情重燃，频频夜不归宿。冷清秋是一位带有才子气的平民女子，坚守人格的独立，在一场大火中携子逃离金家，过着自食其力、淡泊自甘的生活。冷清秋可谓完美女性的化身，小说连载至尾声，读者中居然发动了一场为冷清秋"请命"的运动，包括著名报人许君武在内的大批粉丝均投书要求作者不得笔下无情。应该说，冷清秋犹若一股叮咚作响的清泉，流淌在金粉斑驳陆离的大墙内。在她的身上，我们感受到了张恨水的精神追寻。

有评论家认为："《春明外史》给中国章回小说确定了一个主人公、确定了一条发展线索、确定了一个完整的结构，使得现代章回小说'站立'了起来。《金粉世家》则给'站立'起来的中国章回小说增添了充沛的'血脉'，它使得中国现代章回小说成型了。"张恨水创作前就把作品定位在一个高雅的坐标上，呕血构思，认真写作，解决了之前主要是凭借个人天赋随意而为，较少顾及章法的毛病，充分表现了他从容调度宏大场面、驾驭庞大叙事网络的腕力。他在《写作生涯回忆》内交代："《金粉世家》的重点，既然放在家上，登场人物的描写，就不能忽略哪一个人。而且人数众多，下笔也须提防性格和身份写得雷同。所以在整个小说布局之后，我列有一个人物表，不时地查阅表格，以免错误。同时，关于每个人物所发生的故事，也都极简单的注明在表格下。这是我写小说以来，第一次这样做的。"传统章回小说基本上是一种线性时间结构，而《金粉世家》采用复杂的网状式结构，以倒叙开篇，尾声是"准开放式"。另外,传统章回小说罕见心理描写,而《金粉世家》将人物的所思所想直接反映到字里行间,使得人物性格的刻画深度明显加强。从这个视角上讲,这部作品打通了通俗小说的"任督二脉"。

《金粉世家》创作过程长达六年。这六年也是张恨水创作上的第一个喷发期,经常同时撰写六七部小说。为此,他总是先列好每部小说的故事提纲,然后制定日程表轮流撰稿。当为一部小说写够可以刊登三五天的文字,便迅速交到报馆,转头创作其他作品。家人问张恨水:"你怎么有那么多故事,没有用完的时候?"他回答:"我感觉只要拿起笔,就如同打开自来水开关,文章如同流水般涌出来。一天不写文章,心里就不痛快。"多管齐下写连载小说,勤奋写作、文思敏捷是必不可缺的,此外,张恨水的两个"特异功能"也帮了自己不少忙。他写作时,不管身旁多么嘈杂,哪怕窗外小贩的叫卖声、行人的谈笑声以及车笛马蹄声组成"交响乐",他都能够做到心静气和,"两耳不闻窗外事",一支妙笔可生花。

同时,这部书也见证了张恨水的两个爱女短暂的生命历程。他关注着女儿们咿呀学语、蹒跚学步,也目睹她俩走入学堂,继而眼睁睁地望着她俩离开自己。大女儿大宝两岁多一点,他开始创作《金粉世家》。妻子胡秋霞为了让丈夫静下心,总会把大宝从书房里抱开,告诉她:"你爸写《金粉世家》,不许打扰他。"乖巧的大宝听在心里,进出书房轻悄悄的,有时还趴在父亲的书桌边,模仿母亲的神情和口吻道:"嘘,不许打扰,爸写《金粉世家》呢。"逗得张恨水哈哈大笑。一九三二年夏,大宝和次女康儿患上猩红热,一月之内相继夭折,张恨水几欲崩溃。此时正值《金粉世家》的创作进入尾声之际，为此他在该书单行本序言中凄然感叹："嗟夫！人生宇宙间，岂非一玄妙不可捉摸之悲剧乎？"他甚至一度萌生出家念头。

《金粉世家》随写随发，创作历程也是首发过程。从一九二七年二月十三日起，它开始在北京《世界日报》副刊"明珠"连载，每期刊出五百余字，题头采用作者手迹印制，至一九三二年五月二十二日结束。之后，东北《民报》也转载该作。

小说连载未结束，张恨水便把单行本版权转让给上海世界书局。他是陆续将书稿交到书局的，书局也分四次向他支付稿酬，每次给一千块大洋。一九三二年十月，该书前五十六回和楔子作为正集初版，一九三四年三月再版，均为一函六册，正文一千四百二十一页，三十二开，定价五元。一九三三年二月，世界书局又将后五十六回连同尾声作为续集出版，次年又再版，正文一千四百五十四页，册数、本开、定价与正集一致。正集与续集的封面大同小异，均为松树下携手前行的一对青年男女，显然便是书中的男女主人公金燕西和冷清秋，只不过正集的底色为绿色，续集为紫色。我所藏的《金粉世家》初版本是二〇一四年秋天得到的。我与店主在网上结识，得知他有该书正集五册（缺第六册）和续集六册。当时我从未见过正集，怀疑它们是香港出的影印本，遂提出只买续集。网友涉足旧书行当不久，也无法肯定正集是正版，几经商议，将正集五册以三百元的低价抛售。在一个阳光明媚的上午，我和妻子去汉口最繁华的江汉路步行街闲逛，其间抽空在附近与网友愉快地完成了这笔交易。拿到书的一刹那，我便开心地断定自己之前的判断有误，也算是捡了个漏。当晚，我携书归家，灯下披读，又找到这五册正集是正版书的诸多证据。不久，我还在旧书网站配齐正集第六册。

　　之后几年间，世界书局又出版了《金粉世家》另外两种印本。第一种分订六册，小三十二开；第二种分订十二册，三十二开，一九三五年出版。因我手头所藏并非全套，且缺版权页，无法说明上述印本具体的出版时间和正文页数。

　　一九三五年十一月，世界书局将该书重新排版，印行重排初版本，系精装书，有书衣，单册，正文一千零七十页，三十二开，封面上是西装革履的金燕西目视白衫黑裙的冷清秋步入家门的画面，并且特意在书脊处注明乃足本。一九三六年七月和一九三六年十月，则相继印行重排再版本和重排三版本，同样系精装书，有书衣，正文页码、开本未变，不同的是分订两册。"孔网"上现挂有重排再版本，品相好得出奇，店主将它视作镇店之宝，并不急于售出，标出了一个应该是二十年后的市场价——三万元，令人望洋兴叹。

　　抗战年代及之后，世界书局推出了新版《金粉世家》。我所藏所知的精装本有如下三种：一九三九年二月新一版，一九四〇年十一月新三版，一九四一年八月新四版，均分订两册，正文一千零七十页，三十二开。平装本已知的有两种，即一九四四年四月湘一版（系土纸本）和一九四七年十月七版，亦为上下两册，正文九百二十二页，三十二开。著名学者杨义在他编著的《中国现代文学图志》（人民文学出版社一九九六年八月版）重点介绍过这几种印本的封面设计："封面画是金燕西与寒儒之女冷清秋情意缠绵地携手游西山，周围是繁密的树丛，使粉红色的基调透出几分阴冷。这是书中关键性的一幕，因为同宿西山别墅而朱门纳娇之后，导致冷清秋的悔恨：'锦样年华一指弹，风花直似梦中看，终乖鹦鹉贪

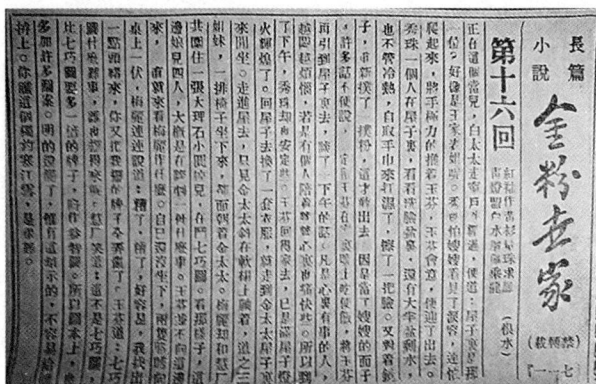

北京《世界日报》连载的《金粉世家》

香稻，博得鲇鱼上竹竿。'"

在张恨水被世界书局买断版权的五部书即《春明外史》《金粉世家》《落霞孤鹜》《美人恩》《满江红》中，销路最好的便是《金粉世家》。他曾经忍不住"炫耀"："而在不声不响的情形下，这书的销行，在我的写作里，始终是列于一级的。它始终在那生活稳定的人家，为男女老少所传看。"这里附带介绍一下，在张恨水著作的民国版单行本中，世界书局印本大多装帧一流、用纸考究、排版疏朗、校勘精良，是精工细做的产物，誉称"民国新善本"，亦不为过。

上海东亚书店也于一九三四年翻印了两次《金粉世家》，均分订六册，三十二开。一种封面设计与世界书局初版本大同小异；另一种封面系木刻形式，刻画的是月夜里栖息在枝头的一对小鸟，衬出淡淡的哀伤。这两种印本当属盗版。

奉天东方书店亦盗版过该作，其印刷时间为一九四二年十二月十五日，发行时间为一九四三年一月十五日，总批发处是满洲书籍配给株式会社。该书系平装本，分订六册，三十二开。封面上伫立有一名西装男子，旁边坐有一烫发巨胸美女，似分别为金燕西和他的前任女友白秀珠。

另据奉天文艺画报社出版部一九三四年盗版的《银汉双星》一书中的广告称，该社同样出版过《金粉世家》，分上下两部，每部又各分三册，售价为两元整。

上述民国单行本与连载本均有一定区别：一是单行本删除了开场白，加上一篇自序；二是连载本一回长者两万言，短者仅几千言，因此单行本经过了作者的一番修剪整理，各回篇幅长短尽量保持一致。此后他便吸取教训，再写连载小说时首先顾及这点，免除事后修订的麻烦。

中华人民共和国成立后，率先出版《金粉世家》的地区为香港，其中两种由世界书局推出，一为一九七四年出版，一为一九八〇年出版，均分订三册，正文九百二十二页，三十二开。另有一种印本由香江文化出版社出版，分订四册，正文九百二十二页，三十二开，版权页上无出版时间。

内地"第一个吃螃蟹"的是贵州人民出版社，系一九八五年一月出版，两巨册，砖头一般厚，正文一千四百七十四页，三十二开，印数高达二十万册。时值改革开放初期，为求万全，编辑在书前的《出版说明》里小心翼翼地加上了一句："本书是二十年代的作品，作者在创作上不能不受到历史的局限，读者在阅读时请注意到书中存在的这个方面的情况。"我初次接触的《金粉世家》，便是这种印本。

同年五月，安徽文艺出版社也出版此书，系《张恨水选集》中的一种，分订三册，正文一千三百二十六页，三十二开，前有张友

上海世界书局版
《金粉世家》正集

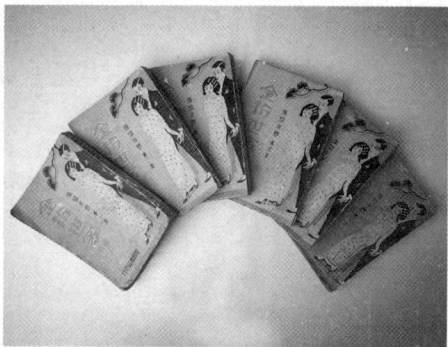

上海世界书局版
《金粉世家》续集

鸾序言，后有作者原序，封面由张恨水的好友、著名报人左笑鸿题签，插图作者为毓继明。毓继明是一名从皇室走出的画家，原名爱新觉罗·毓峘，为清道光皇帝第六子恭亲王奕䜣的曾孙。他的代表作既有连环画《骆驼祥子》，还包括为张恨水小说单行本《啼笑因缘》《夜深沉》配的系列插图。"安徽文艺版"《金粉世家》印数再创纪录，达四十五万册。该印本与以往印本最大的不同，是首次分了段落，并配有插图。

尔后，北岳文艺出版社、华中师范大学出版社、江苏文艺出版社、时代文艺出版社、团结出版社、陕西师范大学出版社、长江文艺出版社、人民文学出版社、新华出版社、岳麓书社、天津人民出版社、中国文史出版社均曾印行该作。其中，新华出版社在出书前，承选题策划人兼责任编辑刘志宏不弃，专门征求我的意见，最终他们确定出版一套《张恨水原著精品集》，包括《金粉世家》《啼笑因缘》《纸醉金迷》三部作品。

《金粉世家》向来不乏影视缘。它第一次被改编，出现在一九四二年，分上下两集，张石川执导，周曼华、吕玉堃主演，风靡一时。著名作家王蒙少年时代就看过这部《金粉世家》，"看后虽不理解仍感怅怅"。同一时期，香港也拍了一部粤语版电影《金粉世家》，男主角为吴楚帆。一九八〇年，香港电视广播有限公司将这部小说首度改编为电视连续剧，共二十五集，剧名为《京华春梦》，汪明荃、刘松仁、鲍方、汤镇业等著名演员参与其中。不过，编剧不知作何考虑，更改了主要人物姓名，如金燕西变为金振西，冷清秋变为贺燕秋，白秀珠变为洪丽珠，金铨变为金鹏。二十世纪八十年代中后期，该剧在内地电视台广为播映，收视率奇高。二〇〇三年，中央电视台中国电视剧制作中心亦拍出四十集电视连续剧《金粉世家》。导演为母子组合——刘国权、李大为，陈坤饰金燕西，董洁饰冷清秋，刘亦菲饰白秀珠，寇振海饰金铨。播出期间，平均收视率创下央视八套的最高纪录。该剧不仅捧红一大批俊男靓女，嗓音大气唯美的沙宝亮也凭借演唱主题曲《暗香》一夜成名，被誉为"情歌王子"。另据有关史料记载，《金粉世家》当年在《世界日报》连载尚未结束，北京评书艺人便把小说改编为评书，先是在茶楼讲，听众反映强烈。当地广播电台灵机一动，索性把评书艺人请进播音室，逐日"欲知后事如何，且听下回分解"，与小说连载互为呼应。现代题材小说被改编为评书，这在北京城属于破天荒头一回。

较之《春明外史》，雅俗共赏的《金粉世家》的粉丝群乃至研究队伍更为庞大。

张友鸾在《章回小说大家张恨水》一文中再现了当年的盛况："小说在报上连载时，受到读者的注意，是为的许多人很想知道大官僚的私生活，和一些宦海秘闻。对于故事情节兴趣更为浓厚的，却是那些具有一般文化水平的妇女们，包括老太太群在内。抗战时期在重庆，我曾陪他出席过朋友的家宴，他的读者——那些太太、老太太们，纷纷向他提出问题，议论这部小说人物处理的当否，并追问背景和那些人物后来真正的结局。一部小说在发表若干年后，还得到读者如此关心，可见不是寻常之作。"据鲁迅留下的日记和信件披露，他的母亲鲁瑞便是这"老太太群"中的一员。

民国作家中，除去张恨水，没有另外一个人值得张爱玲去膜拜。翻阅《张爱玲全集》，我们不难读到这位孤高冷傲的才女对张恨水的推崇言词。在创作于二十世纪七十年代中期的长篇小说《小团圆》中，张爱玲一再提及张恨水和《金粉世家》，并设计了一位名叫"剑妮"的人物："她完全像张恨水小说里的人，打辫子，蓝布旗袍……"

徐文滢则在《民国以来的章回小说》（载一九四四年十二月《万象》第一年第六期）中极尽推崇之语："承继着《红楼梦》的人情恋爱小说，在小说史上我们看见《绘芳园》《青楼梦》……等等的名字，则我们应该高兴地说，我们的'民国《红楼梦》'《金粉世家》成熟的程度其实远在它的这些前辈之上。《金粉世家》有一个近于贾府的金总理大宅，一个摩登林黛玉冷清秋，一个时装贾宝玉金燕西，其他贾母、贾政、贾琏、王熙凤、迎春、探春、惜春诸人，可以说应有尽有。这些人物被穿上了时代的新装，我们却并不觉得有勉强之处，原因是他写着世家子弟的庸俗、自私、放荡、奢华，种种特点，和一个大家庭的树倒猢狲散而趋于崩溃，无一不是当前现实的题材。"

时至当代，仍有北大学人孔庆东在《通俗文学十五讲》（北京大学出版社二〇〇三年一月版）中对它赞不绝口："《金粉世家》

在描写中国式大家族方面，上追《红楼梦》，下与巴金的《家》《春》《秋》等巨著相比，毫不逊色。……可以说《金粉世家》无论是在艺术思想的丰富性，还是艺术手法的革新性方面，都称得上是张恨水最杰出的作品。"他强调，正是得益于《金粉世家》《啼笑因缘》等作品的问世，"张恨水以后，通俗小说再也不能回到以前的老路，包天笑等老一辈作家成了古董，徐枕亚的《玉梨魂》那类骈四俪六之作更恍如隔世。"

9.《啼笑因缘》之前身——《天上人间》

我第一次接触《天上人间》，是在一个休息日，自早至晚贪婪地一气读尽，方酣然入梦。之后，我翻读这部精巧的作品不下十次，对它的喜爱程度甚至超过《啼笑因缘》。

《天上人间》约二十一万字，共九回。作品以清丽的文笔，讲述了一个三角恋故事：北京某大学教授周秀峰先是垂青楼下大杂院里清纯、聪慧的贫家姑娘陈玉子，后又结识风流靓丽、交际广阔的豪门千金黄丽华。周秀峰游走于二人之间，最终难抵物欲，将感情天平倾向黄丽华。陈玉子羞愤之下，随家人离开北京城……拿《啼笑因缘》与《天上人间》比较，樊家树身上不乏周秀峰的影子，何丽娜差不多可以对应黄丽华，在沈凤喜身上也能够找到陈玉子的痕迹；至于三角恋的骨架，更是一脉相承。不同的是，《啼笑因缘》是社会+言情+武侠"三位一体"的色香味俱佳的文化拼盘，《天上人间》则似一碟清爽的清粥小菜。

《天上人间》写风花雪月，也写柴米油盐，题材本身大俗特俗，极具草根性，但由于张恨水是编织言情故事的高手，拥有独特的文化意识和超人的艺术才秉，全书散发着一种不可阻挡的魅力，令读者心荡神迷，展现出作者驾驭小题材作品的非凡功力。而且，这部小说从思想意识到写作技巧都在向新文学靠拢，在融汇新旧文学技巧、塑造女性形象方面是一次成功的尝试。作品尤其注重环境和气氛的渲染和对比，周秀峰反复出入陈玉子的平民世界和黄丽华的富贵天堂之间，不断转换场景，构成"天上"和"人间"两幅画面、两种生活，读者不由自主地被带入故事中，随男主人公一起去彷徨徘徊，去艰难抉择。尤为难得的是，它不似当年的大多数言情小说一般满纸肥艳浓香之笔，其遣词造句系"大雅之俗"的典范。

在《写作生涯回忆》里，张恨水对该作自我评价甚高："《天上人间》，我是用对比法写的，情、景、事我全用细腻的手法出之，自视是用心写的。"《我的小说过程》一文也有载："在作《春明外史》期间，我的长篇，便不断地在报上披露。我自己认为还满意的，就是《天上人间》。这部书原登在北京《晨报》，后来《晨报》停版，改登《上海画报》。我写这部书，换了一个办法，用双管齐下法，就是同一个时代，写一双极不同的女子，互相反映，连陪客也是这样。可是《上画》是三日刊，全书不容易速完，未免减少一笔呵成的势子。"

正如张恨水所言，《天上人间》拥有丰富的连载史。

一九二八年三月五日，北京《晨报》副刊"北京"开始连载该作，仅登至六月五日便因报馆关门而中止，刊至第三回第九十二节。

《上海画报》是由毕倚虹、周瘦鹃、钱芥尘等文人编辑的一份套色印刷的报纸，与《北洋画报》《良友画报》齐名，包天笑、袁寒云、张恨水是该报招牌作者。一九二八年八月二十七日，《上海画报》开始连载《天上人间》。此稿系钱芥尘所约，为此张恨水边连载边续写。启动连载之际，该报发表《介绍〈天上人间〉长篇小说》（署名"记者"）一文予以推介："《红楼梦》是人人爱读的，可是《红楼梦》写林黛玉，我们总还觉得她有'超人'的毛病，过于做作。现在张恨水先生撰有《天上人间》的言情小说，取'流水落花春去也，天上人间'之意，哀感顽艳，可称与《红楼梦》异曲同工，实在是一部不可多得的小说。从今天起登入本报后幅，愿看官们细细地咀嚼一下，看在下的话对也不对。"这也是张恨水的长篇小说首次亮相十里洋场。以此为标志，他真正挺进中国现代文学的核心部落。后来，上海《新闻报》副刊主笔严独鹤之所以约请张恨水写《啼笑因缘》，正是因为读了《上海画报》上的《天上人间》。因该小说连载过程漫长，发表过程中难免会出现一些排校失误。如第一回尾声的两句诗本为"有怨不逢知己说，无人能解女儿愁"，排版时被颠倒过来。尽管后来报纸刊发张恨水

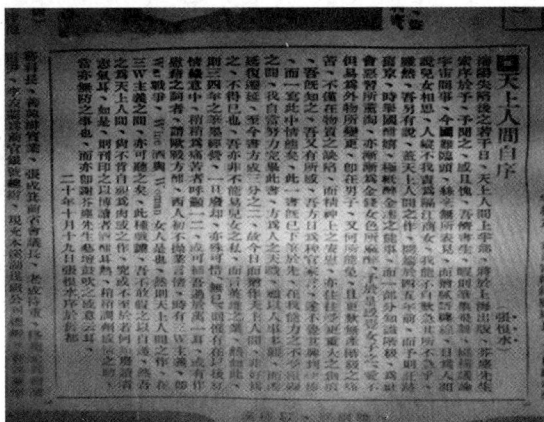

《上海画报》发表的《天上人间自序》

来函予以更正，却"流毒至今"，《张恨水全集》中的《天上人间》便是以该印本为母本，这两句诗被错排为"无人能解女儿愁，惟怨不逢知己说"，不仅旧错未纠，且又添新伤，将"有"误印为"惟"。另外，报纸还一度将第七回错排为第九回。本次连载结束时间不详，笔者只知道直到一九三二年五月二十一日，它仍出现在《上海画报》上。

一九二八年九月二十日，沈阳《新民晚报》副刊"附刊之二·小说海"也开始连载《天上人间》，截止时间同样不详。

《天上人间》另曾被无锡《锡报》更名为《金碧争辉》转载，时段为一九三五年十月二十八日至一九三七年五月。

一九三一年十一月，上海画报社还曾出版《天上人间》上半部单行本，可惜我无缘过目。该单行本中有作者自序，当年十月二十四日提前发表于《上海画报》。通过这篇序言，我们至少可以捕捉到三条信息。一是作者提及"书方成三分之二"，那么未写成的篇幅应该在十万字左右；二是时值"九·一八"事变不久，悲愤填膺的张恨水原本无意出版这部言情小说的单行本，无奈钱芥尘一催再催，盛情难却。作者在序言的收尾宣称："然吾之为《天上人间》，尚不肯自视为肉感之作，究或不至于若何颓废读者志气耳。如是，则刊印之以博读者酒酣耳热，稍稍调剂情感之助，当亦无妨之事也，而亦叩谢芥尘先生艺坛鼓吹之感意云耳。"

时至一九四七年，上海春明书店仍对这部未竟之作念念不忘，要求张恨水玉成出版，并在该店同年四月印行的《过渡时代》一书内预告《天上人间》即将问世。然而，此时早已情过境迁，且张恨水又是诸事繁忙，既没心情也没工夫让这项工程竣工。

《天上人间》在中华人民共和国成立后的印本仅一种，它便是

《张恨水全集》中所收录的这种。

由于该作未能终篇，读者无法知晓作者为三人安排了怎样的归宿。我曾与张恨水研究会的一位学者在QQ（腾讯即时通信）上探讨预测《天上人间》的结局。对方判断这部小说理所当然是大团圆；我认为张恨水民国时期所写完的作品除去《啼笑因缘》续集和《自朝至暮》《人迹板桥霜》的结局较为圆满外，其余作品都是在伤感凄美的氛围中收场的，作家的美学思想决定了他笔下人物的命运。

不仅如此，细览成书部分，其"倾向"已见端倪。小说第五回提到，有"两个西洋留学生"拜访黄丽华，邀她同游北海，她为此对周秀峰刻意隐瞒，这两个留学生出场应该是为后面情节的发展埋下的伏笔。另外，黄丽华生性奢侈、刁蛮。作者花费许多笔墨描写她与姨母间的冲突，正是为日后她与周秀峰反目进行性格上的铺垫。她之所以追求周秀峰，不单单是慕其名爱其才，更多的是一股孩子气，将难以得到的东西视作最渴望得到的。当热潮消退后，从前梦寐以求的东西也就变得普通寻常了。黄丽华较之《啼笑因缘》中的何丽娜，更加张扬好斗，很难想象她能够持久地为爱而改变，也很难想象她能够和斯文一脉的周秀峰长久融洽相处。他俩之间没有互补性，只有排斥性。旁观者清，连周秀峰的同事、浪漫画家魏丹忱也知道："楼下那一位（指陈玉子），才是你的配偶。"聪明的周秀峰也心知肚明："假如黄丽华一辈子都是如此待我体贴周到的，那么，今生也就死而无憾了。然而这似乎是不可能的事，因为从来没有看到哪个有钱人家的女子肯这样对待丈夫的。"由此，我们不难推测作品的最终走向。

10.催出来的《春明新史》

　　"皇姑屯事件"后,日本人开办的沈阳《盛京时报》信口雌黄,混淆视听。接任东三省保安总司令的张学良拍案而起,决心自办一份有影响力的报纸驳斥日报谬论,同时教育东北民众爱国爱乡。一九二八年夏,沈阳《新民晚报》筹备创刊,特邀上海报业巨子钱芥尘出面负责。钱芥尘立马想起了张恨水,希望这位作家为该报提供一部类似《春明外史》的长篇。张恨水告诉钱芥尘,说钱先生的命令当然不敢违抗,但实在难以照办。要知道,《春明外史》的主人公已经病入膏肓,行将结束浮生梦。世上无续命汤,我不能让他还魂啊!钱芥尘的回复是,既然是新史,便非续集;既不是续集,何妨另起炉灶?钱芥尘是张恨水的多年老友,对他多有勖勉提携。不得已,张恨水开始夜以继日地赶稿。这部书稿,便是《春明新史》。

　　在《春明新史》自序中,张恨水将该作和《春明外史》进行了比较:"《外史》如春日,此则如天末斜阳;《外史》如歌曲,此则如弦外余音；《外史》如全本故事，此则一幕喜剧。"《春明新史》承袭了《春明外史》创作套路，冯玉祥、张宗昌、梅兰芳、孟小冬、福芝芳、齐如山等现代名人的影子均可在其中寻觅。不同的是，它仅有十回，前有楔子，约二十二万七千字。刘得胜是书中唯一贯穿始终的人物，通过他穿针引线，这部结构纵横交错的作品走出了一个个军阀、大兵、土匪、商贩、戏子、妓女……勾画人间的一幕幕丑剧。刘得胜原名"快嘴刘"，本是北京城郊一个栽培盆景的穷小子，靠时不时进城贩卖盆景为生。后当上薛又蟠大帅的汽车兵，易名为"刘得胜"。因为说书说得好，加之善于投机取巧，"屡建奇功"，被薛又蟠大帅和王全海镇守使（后升任洛阳护军使）一步步提拔为营长、团长、旅长以迄师长。几年后，发生兵变，部下纷纷弃他投敌，他不得不又改名为"刘自安"，孤身逃回北京。此时他早已将私吞军饷和搜刮民脂民膏所得到的八十来万元存入京城银行，打算在此隐姓埋名过安稳日子。妓女吴月卿是他的老相好，见他家财万贯，表面上答应与之成亲，背地里却与一名西装少年谈婚论嫁。他得知真相，加之突见自己昔日上司包旅长流落街头，并在报纸上获悉孙督军被利刃分尸，不由得大彻大悟，在喜期里将存款捐赠给慈善机构，身穿僧衣僧鞋，手持佛珠，狂笑而去。这部小说最大的亮点，在于刻画了一群禽兽般的军阀形象。除去刘得胜，割据一方的薛又蟠大帅走到哪里军用钞票就印到哪里，老百姓买把夜壶都要交奢侈品印花税，而他自己给戏子和妓女发赏钱出手就是上万元；孙督军强占属下妻妾，可一旦发现自己的四姨太与戏子私通，立马格杀勿论；王全海镇守使发迹之后，每到一处要娶一房姨太太，领到军饷三十万元军用票，居然一下子私吞二十万。

因《新民晚报》迟迟未创刊，钱芥尘便把这部小说交到《上海画报》，自一九二八年七月十五日起启动连载。当月三十日，编辑专门发文推介："张恨水先生民党健者，报界闻人，主撰《北京日报》《世界日报》《世界晚报》《世界画报》有年，文名藉甚，论者推为北方小说界第一作家，所著《春明外史》，几于人手一编，本报一再请求，始以最近杰作《春明新史》见界。全书约十二万言，一年可以登毕，中途决不间断。爱读社会小说者，幸一读《春明新史》，庶不负此名作也。本报特启。"

《上海画报》每刊出几期小说稿，便会把样报给作者，而作者亦每期必及时阅览。在一九二九年一月二十一日的该报上，发表了张恨水给编辑的一封信："《春明新史》第五十四次，在'这话未免说不过去'句以下，中间脱落敝稿两页，约一千字，曾经先生斧正，使无痕迹，惟其中戏场后台一段……殊关紧要，兹将存稿（弟惟恐遗失留有底稿一件）检陈，乞在一期中更正，以便将来发单行本时，可以补入。"

不过，小说并未像《上海画报》编辑承诺的那般"决不间断"，而是至一九二九年五月二十一日登至第三回即告中止，共刊出八十四期。

据《写作生涯回忆》记载，连载期间，张恨水索性把版权卖给上海画报社。不久，报社便火速出版单行本。换句话讲，画报上的连载只是为单行本的出版做了个预热，书已出，也就没有必要继续刊登了。张恨水对此很不满，说："我的写作，应该让我自行检讨、订正，这样胡乱出书，那是不好的。"对方答复："用不着订正，你的小说，总会够水准的。"其实，他们心里想表达的是，张恨水的小说只要印出去，就稳赚不赔，用不着再精雕细琢，耽误工夫。

张恨水之所以希望对《春明新史》进行修订，显然是认为初版本存在不少瑕疵。如张宇虹司令（以冯玉祥为原型）和林芝芳（以梅兰芳为原型）这两个重要人物的出现略显突兀，张宇虹练兵和林芝芳遇刺等故事情节游离于作品整体之外；又如薛又蟠大帅给戏子按是否抽大烟发赏，抽大烟的送价值三四百元的上好烟土，不抽者赠大洋二百元，这一情节与张恨水的另一部长篇小说《京尘幻影录》中对军阀仇世雄的一段描写雷同；再如作品结尾亦过于仓促，主人公从遭遇兵变到离家出走仅使用了几千言，作为一部长篇小说显得缺乏足够铺垫，有强行"刹车"嫌疑。

直到一九二八年九月二十日，沈阳《新民晚报》的创刊号问世，这部小说才得以亮相该报副刊"附刊之二·小说海"，至一九三〇年夏登毕。连载末期，报社社长已由钱芥尘换成张学良的幕僚赵雨时。赵雨时后人讪然曾撰写《姥爷赵雨时》一文透露："张恨水的这篇小说在全国影响很大，《春明新史》的连载，满足了读者的阅读兴趣，也促使《新民晚报》的销量大增，最高销售量曾达到每期五十万份。"

连载结束之际，赵雨时与张恨水协商，希望由他们印行单行本。张恨水抽不出时间对连载稿进行大刀阔斧修订，只能挤出三天时间作纯文字技术上的删润。一九三〇年十二月，《春明新史》由辽宁新民晚报社作为"辽宁新民晚报出版品之一"出版，署名"皖潜张恨水"，前有作者新写的自序，正文三百七十六页，大三十二开，封面描绘的是阴云笼罩下的北京城。

北平远恒学社（注：实为远恒书社）随后也出版该作。其初版本信息不详，我手头有其一九三二年一月的再版本，同样署名"皖潜张恨水"，分上下两卷，正文三百七十六页，三十二开，世界日

北平世界日报印刷部版《春明新史》

报出版部负责总批发，世界日报印刷部负责印刷。这个版本系以辽宁新民晚报社单行本为母本，并未再次进行修订，之后的诸种单行本亦如此。远恒书社曾多次在北平《世界日报》上以"《春明新史》已再版出书"为题，为再版本发行预热："张恨水君，以《春明外史》一书得名，此书亦继《外史》续著之书。结构紧密，另有蹊径。措辞叙事，亦极有含蓄。书之始末，取一卖花人与一旧家女子，从中穿插之。卖花人贵至手握军符，幡然为僧而去。女子亦为虚荣所害，抑郁寡欢，卒以身殉。在一般社会小说中，自为有意义可寻者。至文字如何，曾读张君其他著作者，当可想及。……"该书在网上共上拍两次，一次是二〇〇七年三月，仅存上册，我无缘得手；一次是二〇一七年九月，完整无缺，为余所获。我是在该书上架的当天下的订单，不料之前已有江苏书友通过微信捷足先登。懊恼之际，店主给我传来佳音，说那位书友无法按期付款，给我了！失而复得，让人喜出望外。

　　一九三五年七月至十一月，《春明新史》又被上海《社会月报》第一卷第七期至第十一期转载。

　　该书盗版本层出不穷。一九三二年四月二十四日，《世界日报》刊发了一条新闻《张恨水控告翻版商人——为〈啼笑因缘〉〈春明新史〉两书事》，报道张恨水本人不久前在西单市场、东安市场的七家书店购得盗版本《春明新史》。为此，他去内政部补领了该书执照，并聘请谢越石为常年法律顾问，通过北平地方法院控告非法书商。这种盗印本我未曾捕获，但见过其他六种盗版书。第一种是一九三九年七月，由上海良友书局将其更名为《满城语》出版，其他版本信息不详。第二种和第三种是上海义华书局两度克隆《满城语》这一书名进行盗版，包括一九三九年十月初版本和一九四〇年五月再版本（国家图书馆有藏），分为第一集和第二集共计两册，三十二开，其中第一集正文一百六十四页，第二集正文一百零八页，封面描绘的是风雨飘摇中的北京古城墙与门楼。我所收藏的两册《满城语》均得自"孔网"，两册书购买时间与销售书店均不同，一册来自上海浦东坊间，一册是从山东枣庄的一家旧书店购来，封面上却都赫然印有"大众小说流通社"的图章，编号都是九十五号。显然，它们本系"原配"，不知道走过了七十余年的风风雨雨，这两册书经历了哪些从保存、流传到散佚的故事。非常幸运，它们今天能够在我的书斋团聚，怎一个"奇"字了得？尤为珍贵的是，这也是截至目前"孔网"上仅有的一套《满城语》，真得感谢上苍赐予我这般千年等一回的奇遇。第四种是一九四一年十一月，由香港新文书局翻印，其他版本信息不详。第五种出版机构为伪满洲国新京文化社，分订两册，三十二开，上册印刷时间为一九四二年七月二十五日，发行时间为同年十月十五日，页数不详；下册印刷时间为一九四二年九月二十五日，发行时间为同年十月二十五日，正文一百九十一页。第六种系新生书局出品，正文三百零七页，三十二开，土纸本。该书为单册，但盗版者盗得甚马虎，不仅在目录中有上下册之分，而且正文也按上下册分别排页码，其中"上册"正文一百四十二页，"下册"正文一百六十五页。我所藏印本缺版权页，无法知晓印行时间。

　　改革开放后，《张恨水全集》内收录有《春明新史》，中国文联出版公司也曾印行该作。

11.民国版《儒林外史》——《青春之花》

　　我首次见到《青春之花》，是在国家图书馆，面对缩微胶卷足足读了一个下午。走出阅览室时，虽腰酸眼涩，仍兴致勃勃，连呼"不虚此行"。

　　我读的是《青春之花》连载版。一九二八年九月十三日至一九二九年二月四日，北平《益世报》第五版发表了张恨水的长篇章回小说《青春之花》。在近五个月的时间里，小说共刊出三回，六万余字。

　　作品回目如下：

　　第一回　有句皆香一篇杨柳曲　无人不醉三月鹧鸪天
　　第二回　红粉列门墙先生不倦　白头供鞭策名士何多
　　第三回　闲度黄昏暗香来阵阵　高谈红学急雁去行行

　　需要说明的是，第三回有十多期的回目被错排为"昏闲度黄暗

香来阵阵　高谈红学急雁去行行"。

《青春之花》堪称"民国版《儒林外史》",根据有三:

——作品中人物均以大学师生为主体,叙述儒林人士扭曲异化的生活。

——在结构上,亦与《儒林外史》类似,"虽云长篇,颇同短制",没有贯穿全书的中心人物和主要情节,而是分别以几个人物为中心,其他一些人物作陪衬,形成一个个相对独立的故事。第一回的主要人物为大学生范桐华、江月村。范桐华是个不学无术的浮滑少年,考英语托江月村当枪手,写成一首歪诗请江月村大力"斧正"后四处炫耀,陪女朋友看电影也不忘揩江月村的油。江月村乃书呆子一个,为了走上"爱情之路","见菩萨就拜",希望周围的情场高手指点迷津。他除了托范桐华的女友介绍女朋友,还宴请同学张海潮,换来跟随大批男女同学免费同游颐和园的机会。第二回上半回写江月村眼见得不到女同学青睐,乃另辟蹊径,进入平民

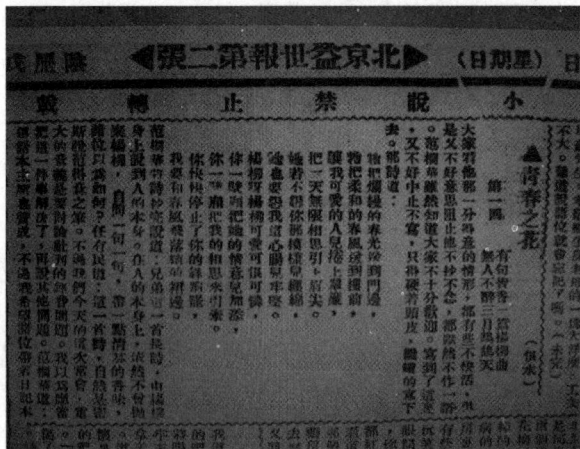

北平《益世报》连载的《青春之花》

学校当义务教员，趁机觅得与女弟子赵畹兰亲近的机会；后半回讲大学生杨毅然为追求演话剧的孙小姐，在课堂上赶写剧本，不料被翰林出身的老师韩起衰误认为是勤做笔记，将其视作得意门生。第三回写韩起衰在家中与几位晚清遗老一起款待唱京戏的男花旦白兰卿，恰好杨毅然前来拜访。借此良机，杨毅然不仅与白兰卿成为朋友，还结识了韩家大小姐韩慧珠，相互约定晚上去听白兰卿唱戏。告别韩府，杨毅然来到演话剧的悠悠社，接孙小姐、金春蕾等同学去高档影院看电影。出了影院，囊空如洗的他又摆脱开几位同学，赴戏院听不花钱的夜场戏，期待进一步接近韩慧珠。

——更具说服力的是，《青春之花》通篇充满喜剧色彩，是一部典型的讽刺小说。比如好装面子的杨毅然为请女同学看电影不惜当掉金戒指，吝啬的江月村请张海潮吃饭之前精心编制仅有九毛七分钱的预算表，等等。人物形象的夸张性、漫画化特征得到充分展示。

因系连载作品，《青春之花》的三个章回在篇幅上相差悬殊，第一回足有三万言，后面两回每回才一万五千字。如能结集出版，作者想必会对此进行修订。可惜的是小说连载过程中，报社一再拖欠作者稿费，后来干脆不给了。张恨水并非孤家寡人，还得养活一家老小，中止了供稿，小说从此便无再版机会。

12.湮没不彰的《鸡犬神仙》

一九二八年夏，国民革命军第二集团军总司令冯玉祥决定在北平办一家报馆作为宣传机关报，亲自命名为《北平朝报》，由北平市长何其巩兼任社长，并指示当地财政局每月提供三千元办报经费。不久，《北平朝报》创刊，该报为对开大报，日刊两大张。

《北平朝报》创刊伊始，便约请张恨水为副刊"鹊声"提供章回小说《鸡犬神仙》。谢家顺著《张恨水年谱》（安徽文艺出版社二〇一四年七月版）对该作有如下介绍："小说《鸡犬神仙》共连载63号三回即中止（时间是10月26日——笔者注）。第二回自40号起至50号。未完。因原报纸残缺，第一回未查阅到，根据连载期号推算，该小说应从8月22日开始连载。其中止当为该报内部改组所造成。"

为提升报纸号召力，一九二八年十一月十六日，何其巩礼贤下士，亲自出面邀请张恨水加盟北平朝报社，并委托多位名流游说。几经协商，张恨水答应在不放弃世界日晚报社差事的前提下，自同年十二月一日起兼任北平朝报社总编辑。次年夏天，由阎锡山担任总司令的国民革命军第三集团军进驻北平，当局不允许冯玉祥的机关报刊存在，该报随之走到生命尽头，张恨水也结束了这段短暂的总编辑生涯。令人费解的是，在张恨水在此任职期间，《鸡犬神仙》为何未能继续连载下去？这也成为张恨水研究中的一个谜团。

该作同样未收入一九九三年版《张恨水全集》。

13.不涉神怪的武侠力作——《剑胆琴心》

　　《剑胆琴心》是一部章回体武侠言情小说，共三十六回，三十三万五千字。

　　小说选择太平天国运动之后的时局为背景，以年轻侠客柴竞为贯串人物，用汪洋恣肆的笔墨叙述三位在太平军中立过战功的人物朱怀亮、张道人、于婆婆的活动轨迹。他们都身怀绝技，在江湖上行侠仗义、劫富济贫。通过三位老侠客的口述，还再现了诸多历史事件，如忠王李秀成在南京清凉山突围、洪杨内讧、诸王纷争等等。作品既书写万丈豪情，也不乏似水柔情，讲述了朱怀亮之女朱振华与秀才李云鹤、大家闺秀德小姐与潦倒书生秦学诗之间的两段旷世恋情。小说的尾声，甚至出现了张恨水祖父（书中为广信知府张全震）和父亲（书中被称作"张三公子"）的身影。从结构上讲，整部作品脉络清晰，结构缜密。它没有沿袭传统武侠小说的线性结构方式，而是经纬交织地设计了多条情节线，以其中一条主线引领，其余副线则错落有致地穿插其间，构筑成一幢复杂庞大的文学建筑。

《剑胆琴心》最初发表于一九二八年十月一日至一九三〇年七月三日北平《新晨报》副刊"新北平"（自一九二八年十月十日起该副刊更名为"晨光"），但仅刊出十回，后附作者按："走手无缚鸡之力，作武侠小说，将及三十万言，夏虫语冰，毋乃可笑。然走惟因手无缚鸡之力，斯不敢闭门造车。凡所描写，非得之先辈辗转所得，即得之此中人之自道。自信不敢犯以下二病，一不抄袭古今笔记而铺张之，二不敢稍涉神怪以炫奇也。《剑胆琴心》，兹已十回，理应告之段落，至个中人事之结束，则当俟之下部。下部之续撰，或为时非遥，惟目前则佣书苦冗，拟少休耳。据考，续集未作。"

连载刚结束，北京新晨报社擅自当家，张罗出版单行本。张恨水得知消息时，报社已排好版，直接请他作序。木已成舟，他不便推辞，也没办法进行全面修订，只得让这本书在一九三〇年九月出版。经对比，单行本与连载本的回目并不一致。

张友鸾是张恨水割头换颈的挚友。一九二九年，张友鸾协助弟弟张友鹤创办起《南京晚报》。这家报馆规模不大，为此金陵报人张慧剑曾撰文将张友鹤比作《水浒传》中的"扑天雕"李应，注文是："小虽小，俺也是一庄之主。""小小的"《南京晚报》之所以维持得下去，除了张友鹤苦心经营，全赖张恨水等文友帮衬。一九三〇年十二月五日，《剑胆琴心》更名为《世外群龙传》，被该报转载，同样仅刊出十回，结束时间不详。

一九三三年五月，郑逸梅任主笔的上海小报《金刚钻》又将该作更名为《铁血情丝》转载，共刊出十二回。转载前夜，报纸发布预告："……兹由张君整理一过，共成三集，都三十六回。本报先

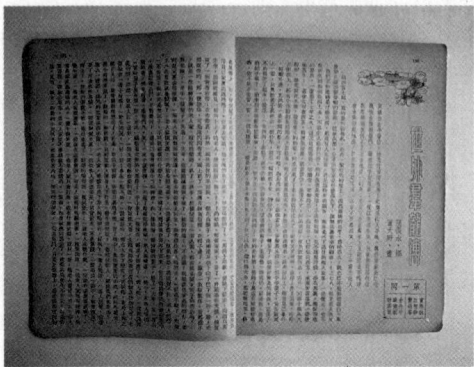

上海《春秋》连载的《世外群龙传》

刊第一集十二回，爱读张君小说者，请拭目俟之。"

随后，张恨水又在上海赶写出后面的二十四回，共计三十六回，三十三万五千字，由金刚钻社出版单行本。初版本每部分订四册，三十二开。之后的重版本册数有变，比如我所藏收的一种印本仅存三册，无版权页，但根据回目推断全书应为八册，三十二开，每一页都配有插图。

伪满洲国奉天文艺画报社曾盗版《铁血情丝》，印行时间为一九三五年十二月，分订两册，三十二开。出版前，奉天文艺画报社大做广告，极尽鼓吹："他从来未作过武侠小说，最近他也改换笔锋，作了一部武侠小说名为《铁血情丝》。书中有你在别的书里所未看见的奇人奇事。该书在上海销售之数目打破以先所著小说的记录。书中的内容，超过一切武侠小说以上。爱看小说的人，不可不看这部最有趣味的《铁血情丝》！"

奉天文光书局也不甘人后。一九三八年八月二十五日，这家书局擅自将该作以《铁血情丝》之名出版。全书分订三册，三十二开，属于编校质量拙劣的印本。因系残本，全书页数不详。

《春秋》是二十世纪四十年代风行上海滩的一种方型杂志，对各种流派的作家作品兼收并蓄，惯以名家小说和随笔招徕读者。一九四三年八月十五日至一九四五年八月一日，春秋杂志社请来名画家董天野配上插图，以《世外群龙传》一名，从创刊号至第二年第七期连载该作。据《春秋》主编陈蝶衣在创刊号卷末的"编辑室"栏目里透露，该杂志早在一九四二年冬便开始筹办，却始终未出刊，后来筹办人才找到陈蝶衣主持该刊。文中还指出："《世外群龙传》是原来所有，为了尊重主持人的意见，现在仍加以保留。"不过，这部小说登至第十七回便因杂志停刊而夭折。一九四六年四月一日，《春秋》复刊，但并未续登《世外群龙传》。

改革开放后，吉林文史出版社、北岳文艺出版社、国际文化出版公司亦印行该作。

14.冠盖满京华　斯人独憔悴——《斯人记》

　　学者杨义主编的《张恨水名作欣赏》（中国和平出版社
一九九六年十月版）中，如此评价《斯人记》："就表现婚姻的困
境这个意义说，《斯人记》是二十年代版本的《围城》；就其刻画
士人的萎靡不振的精神状态而言，《斯人记》是中国版本的《当代
英雄》。"

　　《斯人记》是部典型的"以言情为经，以社会为纬"的张恨水
风格小说，与《春明外史》《春明新史》类似，它采用的是以横断
面表现社会环境的连缀式结构。作品以北京报馆编辑梁寒山与女诗
人张梅仙由诗相识、由诗相慕的故事为主线，串接起北洋政府时期
士人阶层"捧戏子，逛窑子，酒肉征逐"，"弄弄风月文艺"的颓
废生活场景。梁寒山与张梅仙二人可谓超凡脱尘，周边人物大多
荒淫无度，相互形成鲜明对照，正所谓"冠盖满京华，斯人独憔
悴"。值得一提的是，张恨水在书中用相当纪实的手法将梅兰芳及
他的夫人福芝芳作为重要人物呈现给读者。小说内的梅兰芳被易名

叫"华小兰",尽乎一个"完人"的形象。他是一位"美男子","为人和气,真有点西洋人文明风味","虽是科班出身,终日跟着斗方名士周旋","挣这些个钱,不嫖不赌"……粉墨场上,梅兰芳显然可以算作洁身自好的人中龙凤。而华小兰也成为《斯人记》中屈指可数的几个正面人物之一。另外,书中还借金海栗向梁寒山约稿的故事,再现了《新闻报》主笔严独鹤向张恨水邀写《啼笑因缘》的一幕。与张恨水其他作品不同的是,作品的楔子是一套南曲散套,或者说一幕折子戏的剧本。尽管属于"开倒车",对于作者自己而言却颇具新意。

《斯人记》最初连载于《世界晚报》副刊"夜光",时段为一九二九年二月十五日至一九三〇年十一月十九日。共二十四回,三十二万字。作者在自序中自谦创作该小说不过是"想法子填补空白而已"。作品从结构到内容都堪称《春明外史》姊妹篇,只不过其时受军阀高压政策影响,他已不敢曝光官场阴暗面,只能展现文人的堕落。

时至一九三六年,张恨水来到南京创办《南京人报》,亲任社长。民国时代的报纸,大多靠政界资金扶持。张恨水不会也不屑向权臣大僚讨好谄媚,报纸尽管销量不错,但报社收益有限,只能保本经营。为增加收入,不得不开源,其中一条渠道便是于一九三六年十月出版《斯人记》上集单行本。该书为"南京人报社小说丛书"之一,上集凡十三回,正文二百三十八页,三十二开,约有二十万言。当年十月六日,《南京人报》副刊"南华经"刊发广告,称此书"笔魄雄厚,直欲破纸背而出","印刷精美,纸张洁白,封面秀丽,实价定售八角,不可谓之不廉"。这也是该作的单行本初版本,印了三千册,前有一纸自序,大多用于赠送《南京人

上海百新书店版《斯人记》

报》长期订户和亲朋好友，真正售出的并不多。

抗战期间，张恨水生活在重庆。一九四三年岁末，万象周刊社找上门来，要求重版这部书，他当即应允。不料由于种种原因，作品迟迟未出版。转过年来，百新书店店员在西安买到一套由上海新新书店印行的《京尘影事》，全套三集，分订五册，署名"张恨水"，交给作者过目。张恨水一翻书，气炸肺腑，原来这就是篡改后的《斯人记》，将二十四回的原作改为三十章，并略有增删，于一九四三年十月盗版。张恨水和百新书店都不知道的是，这并非《京尘影事》首次问世，早在一九四二年十一月一日，该篡改本便出现在上海《大众》杂志创刊号上，至一九四五年五月一日才于第四年五月号（总第三十号）刊毕。

百新书店的朋友劝张恨水："与其让人出改装品，你何不把真的拿出来，多少减却你一点盛德之累。"张恨水表示："盛德是谈不上的，我向来看我是个起码文人。拿真的出来，自然是可以，还是'以资笑谑'吧。"为了平衡两家出版社的关系，书由万象周刊社作为"万象丛书之五"出版发行，却又由百新书店负责西北区总经销。该书我见过两种印本，一种为一九四五年三月初版（国家图书馆有藏），分订两册，正文五百二十页，三十二开；另一种为一九四五年四月蓉一版，同样是正文五百二十页，小三十二开，仅有一册，为土纸本。蓉一版照登了南京人报社所出版单行本的序言，且刊有《〈斯人记〉重印后方版新序》，记录了《斯人记》的历次发表及出版历程，并进行了深刻的自我反省。

抗战胜利后，百新书店总部自重庆重返上海，又独家出版《斯人记》，共有三种印本，我均有藏，分别是一九四六年十月初版本、一九四七年一月再版本和一九四八年十月三版本，均分订两册，正文页码不变，三十二开。再版本是我二〇一一年购得，上钤两枚"京沪区铁路书报服务社经售"印章，虽历经大半个世纪的沧桑，品相仍近乎十品，只因为原藏家为它披上了一层漂亮的书衣。必须说明，三版本在版权页上被错排为"第二版"，美国密西根大学图书馆便收藏有这种版本。

中华人民共和国成立后，北岳文艺出版社、中国文联出版社亦先后再版该作。

谈起本节反复提及的百新书店，对于张恨水民国版著作的出版而言，没有第二家能够超越它的地位。这家书店创办于一九一二年，早期主要从事贩卖、出租旧书和经销文具，后以印行或经销通俗小说为主，该店的出版物举其荦荦大者，计有秦瘦鸥的《秋海棠》、还珠楼主的《蜀山剑侠新传》、张爱玲的《传奇》（增订本）等名家名作。随着太平洋战争打响，香港被日寇魔爪控制，大批上海出版的张恨水著作打香港兜了个圈子，到达重庆。百新书店也辗转来到陪都，找到同处一城的张恨水，表示愿意出版和经销他的新旧作品。之后几年间，他笔下的《啼笑因缘》《夜深沉》《似水流年》《欢喜冤家》《斯人记》《热血之花》《太平花》《石头城外》《中原豪侠传》《如此江山》《秘密谷》《现代青年》《秦淮世家》《平沪通车》《蜀道难》《水浒人物论赞》《傲霜花》

《虎贲万岁》《新斩鬼传》《纸醉金迷》等作品陆续由该店推出。其中，香港百新书店曾出版发行过《似水流年》《欢喜冤家》《纸醉金迷》等书。海上学者陈子善为此赞誉"张恨水作品得以在海内外不胫而走，百新功不可没"。

这些出版物有个共同特点，那就是书的版权页上贴有张恨水私人的版权印花。之所以如此，是因为抗战前因物价起伏不大，他作品的单行本均是向出版社卖断版权，一次性收取稿酬；全面抗战爆发后，币值极不稳定，出卖版权已变成最不合算的买卖。因此自从入川，凡有报刊约稿子，他首先会声明坚决不出售版权，只拿所谓的"发表费"。至于出单行本，他会与出版社签订一份合同，之后他便按照书价抽取版税，其中新书税率一般是百分之三十，旧作为百分之二十。这在当时对于著作人来讲是一个极高的税率，作家的税率普遍都在百分之十六以下。版税收入是张恨水薪水和稿费的十倍左右，依靠它，他在重庆的后期生活较为宽裕，直到抗战结束返乡时，都是依靠这笔钱作为川资。

15.浪子梦——《似水流年》

一九二八年底，张恨水曾向钱芥尘透露自己将在近期创作"三大时代"小说，即《黄金时代》《青年时代》《过渡时代》，并大略地介绍了构思。

他首先创作的是《黄金时代》。作品叙述农家子弟黄惜时被父亲送往北京某大学求学，却荒废学业，终日沉湎女色，先后与女同学白行素和米锦华谈情说爱，并与父亲断绝父子关系。最终，他患上花柳病，一贫如洗，始得幡然醒悟。

一九三〇年秋，《黄金时代》开始在沈阳《新民晚报》连载。当年八月十二日，《上海画报》登载署名"削颖"（即曾任张学良秘书的王益知）写的《张恨水之〈黄金时代〉》一文，称"近闻《新民晚报》之《春明新史》于十回后，即行结束，另刊新著曰《黄金时代》。据恨水自云，此篇与前作大不相同，不独使读者得到心灵上之慰藉，且使读者得人格之修养，可作益友，可作良师。果如所言，书中于针砭世俗外，必使有情人都成眷属，免再花残月

香港百新书店版《似水流年》

缺。恨水果网开一面，善心发动乎？愚闻之不禁雀跃三百"。由于"九·一八"事变，《新民晚报》被迫停办，《黄金时代》随之停刊。另据张恨水在百新书店《似水流年》重印后方版新序中称，该作还曾以《锦样年华》之名连载于北方某报。

足本《黄金时代》首先出现在上海《旅行杂志》上。《旅行杂志》一九二七年创刊于上海，聘请《申报》编辑赵君豪主编务，画家张振宇司美术。由于战事原因后又迁至桂林、重庆出版，一九五四年在北京终刊。刊物以发表游记、旅行小说为主，辅以铜版纸印刷的风景名胜图片，图文并茂，深受有闲阶层喜爱。张恨水与《旅行杂志》颇有渊源，为其提供了不下一百万字的作品，包括《秘密谷》《平沪通车》《如此江山》《蜀道难》《负贩列传》《一路福星》多部中长篇小说。这家刊物对外公开的稿酬标准是千字一至四元，但张恨水显然享受了"贵宾待遇"："像《旅行杂志》的稿费，是五元千字，就保留版权。后来《旅行杂志》给我代卖版权去，补足了八元或十元千字。"这段文字见于《写作生涯回忆》第五十节《稿酬与版税》，可惜它只能在民国时期的《北平新民报日刊》上看到，一九四九年后的各种单行本都删除了这一节。

张恨水为《旅行杂志》奉献的首部作品，便是由《黄金时代》更名而来的《似水流年》，连载在一九三一年一月至一九三二年十二月出版的第五卷第一号至第六卷第十二号，每期登一回，配有插图，共刊出二十四回，长达二十七万七千言，这也是他为该杂志撰写的篇幅最长的作品。启动连载之际，赵君豪在卷首的《编者之言》中特别指出："本年小说，现有两种，一为刘凤君之《黄金影》译本，一为张恨水君之《似水流年》。……张君则治小说家言，久已驰誉南北，读者必心仪其人，亦毋庸多所介绍。张君近顷南游，于百忙中撰此鸿著。此则编者不得不致其最诚恳之感谢者也。"《似水流年》连载至尾声，作者考虑到要为这部作品添加些旅行元素，于是又叙述黄惜时无颜回乡，且无钱继续学业，遂徒步旅行大江南北，撰写考察文章投稿报社，不料成为名噪一时的旅行家。再然后，他又"进化"为东北义勇军将领……

作为《旅行杂志》主编，赵君豪不仅让《似水流年》在杂志上发表，还力促该作由上海时代书局出版。在他邀请下，张恨水为单行本的初版和再版各写下一篇序言，成为单行本与连载本的最大区别。后来，小说由上海天一电影公司摄制为同名电影，同样离不开赵君豪牵线搭桥。

上海时代书局单行本我无缘目睹，倒是见过《似水流年》的其他多种民国印本。

其中，以《似水流年》之名出版的多达十三种。

前两种分别为中国旅行社一九三三年二月初版本和一九三四年五月再版本，封面罕见的素净，上面仅印有由书画家叶恭绰题写的书名，分订两册，正文五百二十五页，二十五开。通俗小说封面当然不必过于花哨，但更不宜古板呆滞。像这两种印本灰沉沉的面孔似乎更适合于政治经济以及哲学类读物，文学书尤其是通俗小说是要竭力避免的。

第三种至第八种为上海百新书店一九四○年二月第一版、一九四○年六月第二版、一九四○年十一月第三版、一九四一年三月第四版、一九四一年六月第五版、一九四四年五月第八版，上述印本均分订两册，每回配有插图一至两幅，正文五百二十四页，三十二开。第九种为百新书店一九四六年六月蓉二版，亦称"重印后方版"，系土纸印刷，单册本，每回配有插图一幅，正文五百二十四页，三十二开，国家图书馆有藏。第十种为香港百新书店一九四九年三月第十版，为单册本，二十四回，正文二百九十一页，三十二开，美国密西根大学图书馆有藏。值得关注的是，第十版删除了其他民国印本中收尾的一大段话："这样的过了五六年之久，东三省已非我有了。辽东地方，有一支义勇军，最是厉害。他们的首领，只有二十六岁，带了五千人，横行二三十县。而且他们所到的地方，对老百姓秋毫无犯，旗帜上大书两个字：就是'黄金'。于是有人说：辽东有了黄金的义勇军，那就是黄金时代了。这黄金的军队，在辽东转战半年以后，声势更是浩大，他的首领，派人到南方联络各界，请予以接济，这才发表了黄金先生，就是黄惜时先生，算是他明白了怎样去造成他的黄金时代，怎样宝贵他的黄金时代，以前失掉了的黄金时代，并不难加以补救的呀。"割弃这段话是可以理解的，黄惜时浪子回头尚在情理之中，若将他拔高为民族英雄，就显得过于"跳跃"了，让读者很难接受。以上"百新版"《似水流年》除蓉二版外，其余内封书名均由曾任上海总商会会长和全国商会副会长的虞洽卿题写。

第十一种和第十二种印本均由奉天时代书局出版，正文页数不详，分别于一九四一年五月二十一日初版、一九四三年四月二十日再版。至于最后一种，系由奉天文艺画报社盗印，正文页数和印行时间不详。上述三种印本全是分订两册，三十二开。

以《黄金时代》之名出版的，坊间也出现过三种。一种是太古山房一九三八年一月盗印本，分订三册，正文页数不详，三十二开。另外两种由奉天时代书局翻印，一九三八年五月一日初版发行；一九四〇年十二月十日再版印刷，一九四一年一月十日再版发行，均分订两册，三十二开。

《似水流年》民国印本大多刊有张恨水的自序与后序，这两则序言在一九四九年后北岳文艺出版社、中国文联出版社、陕西人民出版社、国际文化出版公司、天津人民出版社推出的各种印本（均以"百新第十版"为母本）中均不见刊登，现将一九三二年撰写的自序照录如下：

　　尝闻老辈言，希望可达，奢望不可达。希望与奢望之分别，吾不知其意何在。然私意揣之，不外二义：一曰人当知足，一曰人当悬一可达之目标而求之而已。大凡少年人，干黄口，脱乳牙，而其所希冀者，必三事同时起，则为求学求业求恋。顾此三事，不能并得，必有所先后。而少年人昧之，恒颠倒其本末。乃先求恋，求恋必有所立，于是求业。求业非有本能不可，始乃求学。于是始也纷然，继而茫然，其结果必至不可收拾而后已，此犹为平常人而言也。乃若学问既有根基，事业无须恐惧，而爱情之伴侣，亦复相得而相亲，此则凡百满足，为人生之黄金时代。而当事者反不觉悟，自撤藩篱，足而思更足，遂登高跌重，自陷绝境，可怜亦复可叹矣。是书叙一少年人，欲三者得之，结果乃三者失之。事在人情之常，要非耸听之说。少

年人工业少暇，展卷一读，或亦有所借镜，较胜于风花雪
月、神鬼怪异之文乎。是为序。

　　　　　　　　二十一年十二月一日张恨水识于旧都

　　另据张恨水在百新书店《似水流年》重印后方版新序中称，他
的几位弟弟妹妹当年正是读了此书而发愤苦读，皆学业有成。

　　要说张恨水生前对哪一部根据自己小说改编的电影最感兴趣，
它不是胡蝶主演的《啼笑因缘》，也不是周璇主演的《夜深沉》，
而是缺少大牌明星助阵的《似水流年》。该片导演高梨痕系张恨水
老友，编剧则是张恨水本人。一九三三年，影片在上海首映时，张
恨水恰好旅沪，特意前往观看。当放映到男主角当着女友的面不认
乡下来的老父一幕时，坐在张恨水身后的一位观众喟然道："这不
是瞎编滥造的，我们乡下的确有这种事啊。"张恨水听在耳内，暗
自欣慰，庆幸自己的原著未脱离生活，也赞赏电影公司能够忠实于
原著，未别出心裁、哗众取宠。

16.民国出版史上的奇迹——《啼笑因缘》（正续）

有一年，张恨水之孙、京城资深报人张纪从北京南下来寒舍小聚。打开我书房里装满《啼笑因缘》资料的大书橱，他感叹："这是个民间《啼笑因缘》博物馆！"张纪兄的谬赞受之愧怍，但我专藏《啼笑因缘》多年，确实形成些许规模，搜集到关于该作的报刊、图书、手稿、戏单、烟画、海报、图片、明信片、书信、音像制品等不下千件。我期冀在不久的将来，能够用手中的资料，编写一部图文相彰的《〈啼笑因缘〉艳异录》，与世人分享这部文学名著的点点滴滴。

谈起《啼笑因缘》的诞生，就不能不提严独鹤这位"接生婆"。

那是一九二九年五月，上海新闻记者团到达北平，在沈阳主持《新民晚报》的钱芥尘特意赶去，介绍张恨水和上海《新闻报》副刊"快活林"主笔严独鹤见面。会见中，严独鹤谈起他主编的副刊中正刊登武侠小说名家顾明道的武侠小说《荒江女侠》，要不了多久就会结束，正考虑再选择一部连载作品。钱芥尘很凑趣，从旁撮合，说京、津、沈的报纸副刊无不以能拉到张恨水的稿子为幸事。"快活林"上的小说历来拿南方社会为背景，现在也应该考虑发表反映北方生活的小说，让读者换换口味。严独鹤颔首称是，当即向张恨水口头约定创作一部具有纯正北平味的长篇小说，这位作家爽快地应允下来。

到底写什么，张恨水冥思苦想了数日，最后决定以几年前发生的"高翠兰被抢案"作为故事主干。鼓书艺人高翠兰原本是老北京四平海升园的红角，人美嗓甜，却被一位姓田的旅长抢去纳为妾。消息传出，一时间轰动京城。

却说张恨水拿定主意后，在一日清晨身穿灰色哔叽便装，再次漫步中山公园。面对如画美景，他的灵感喷涌如泉，在四宜轩附近的石墩上构思出《啼笑因缘》雏形，用铅笔记录于随身携带的袖珍笔记本上。对面小山的巨石上坐了几个妙龄女郎，看到他这么在园子里埋头大写，皆大惑不解，喁喁私语，似在猜测他究竟是何许人也。等他一口气写完，女郎们已踪迹全无，不远处柳树丛中"啪"的一声，轻盈地飞出一只喜鹊，打破园中的沉寂，令他心旷神怡。当晚，他便为这部小说开了头，启动第一回的创作。

"快活林"正在连载的《荒江女侠》本是一部中篇小说，由于很受读者追捧，作者临时将它扩张为长篇小说，直至次年三月登完。因此，《啼笑因缘》到一九三〇年三月十七日才被"快活林"推出，至同年十一月三十日结束。小说共二十二回，二十三万字。

那几年间，上海洋场章回小说流行两条路线，一条是情色的，一条是武侠神怪类的，使用的是半文半白的语句。《啼笑因缘》则

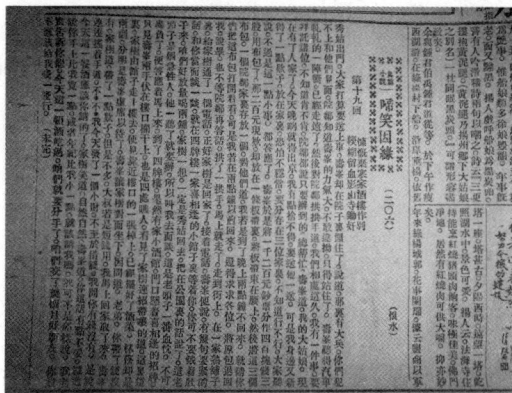

上海《新闻报》连载的《啼笑因缘》

不然，它以言情为经，社会为纬，旨在暴露社会问题，语言是纯粹的白话国语。该小说刊出的头几天，许多读者觉得眼生，还有人认为描写过于琐碎，但没有几位就此止步。

一个月后，几乎所有的《新闻报》读者都对《啼笑因缘》产生兴趣。严独鹤激动之余，飞鸿告诉张恨水《啼笑因缘》反响热烈，希望他继续加油。不过，严独鹤担心小说中缺少武侠情节会削弱吸引力，再三要求张恨水突出关寿峰、关秀姑父女的侠义行为。张恨水本是武术世家出身，添上这些佐料驾轻就熟，立马照办了。

此后，《啼笑因缘》进一步吊起成千上万上海人的胃口。小说连载如同连台戏剧一般，诱惑人们一本本地看下去，不肯中辍。

《啼笑因缘》就此轰动了上海滩乃至海内外，张恨水也因此升格为纵横南北、妇孺皆知的大作家，《新闻报》的销量史无前例地突破二十万份。世人惊呼："民国章回小说的真命天子降世了！"

《啼笑因缘》不仅有《新闻报》上的连载版本，亦有在北平《世界日报》上的连载版本。这次连载起始于一九三〇年九月二十四日。时值军阀混战激烈，南北交通受阻，北平读者没法看到《新闻报》，见不到《啼笑因缘》连载，便呼吁《世界日报》转载。张恨水之前担任《世界日报》副刊主笔长达四五年，尽管此时因与成舍我发生龃龉，已离开报馆，然而仍与该报存在剪不断理还乱的联系。他答应让《世界日报》连载，并且还对原稿进行修订，使得故事情节紧凑了许多。由于《新闻报》对此提出抗议，《世界日报》在当年十一月二十七日中断刊载，仅登至第八回。

严独鹤是个文人，同时不失为一位精明的生意人。《啼笑因缘》连载尚未结束，他便与另外两位编辑严谔声、徐耻痕组织起一家三友书社，将这部小说的单行本夹带多种商业广告出版，不仅扩大了作品的影响，还狂赚了一把。据一九三一年一月十三日上海《申报》的《〈啼笑因缘〉小说畅销》一文报道，初版本出版"两日间已销去千余册"。《啼笑因缘》初版及第二版的定价为两元六角，共销售两万五千部。除去各种开销及发行折扣，书社和作者的纯收入应在三万块大洋左右。而这仅仅是前两版的获利，加上随后的一版再版和续集的发行，作者和出版商均受益匪浅。后来，三友书社还出版了张恨水的《现代青年》《秦淮世家》《太平花》《热血之花》等作品。

《啼笑因缘》乍问世，雪片般的读者来信强烈呼吁作者写作续集，严独鹤也劝张恨水："你自己不续，恐怕别人就要续了。"张恨水拒绝狗尾续貂，没答应。一九三三年一月，张恨水去了趟上海，受到严独鹤盛情接待。严独鹤递给张恨水一大摞《啼笑因缘》续书，它们的执笔人大多缺乏北方生活经验，写出来的北平风俗人情真是叫人又啼又笑。严独鹤埋怨老友把后半截买卖都让别人抢去了。张恨水一来情面难却，二来以为书中人物只有自己知道得最详尽，与其让别人翻新花样，不妨亲自尝试一下。他便花费两周时间，写出一本共计十回、大约七万言的续集。

严独鹤拿到原稿，漏夜展读，如获至宝，迅速将它送往印刷厂。印行在即，他适时地利用《新闻报》展开铺天盖地的宣传攻势，在五天时间里刊发关于《〈啼笑因缘〉续集》的广告共五则九项，其中一则中写道：

> 万人瞻仰《续啼笑因缘》现已出版了，看过张恨水之《啼笑因缘》正集者，不能不看《续啼笑因缘》惊人事实的追忆。过去与将来……《续啼笑因缘》，写沈凤喜出疯人病院！写关秀姑，天涯漂泊时！何丽娜，享尽风流债！的确！《续啼笑因缘》，是她们最后的归宿！

广告刊发后不过十几天，《〈啼笑因缘〉续集》便神速出版，并再度呈现万人争购的火爆场面。

《啼笑因缘》及其续集的印本众多，这里且尽我的所藏所见加以介绍。

一九三〇年十二月，三友书社推出单行本《啼笑因缘》初版本，三益书局负责总发行，其实际发行日期为一九三一年一月十一日（同日的《新闻报》发布了公告《〈啼笑因缘〉今日出版》）。书为一函三册，定价两元六角。封面设计者为漫画家、装饰艺术家张光宇，《小说月报》首任主编王西神题眉，封面为浅红底色，右下角是位眸浅笑都市女郎的娇艳面庞，左侧缀有一条似花似鸟的装饰图案，精美绝伦。卷首配有张恨水英俊的西装照和明星影片公司拍摄中的电影《啼笑因缘》剧照。二〇一一年，我得到该书初版本，只可惜缺五色锦套。
次年，又购得再版本，版
权页上注明出版于"民国
二十年一月"。二〇一四
年，"孔网"有出版于
一九三一年二月的第三版
的拍卖，函套完整，各册
书品上佳，被志在必得的
我拿下。至于第四版，则
印行于一九三一年三月。
第五版至第八版我至今无
缘得见。第九版本是二〇
一六年到手的，诞生于
一九三三年三月，有原本
和缩印本两种，其中缩印
本纤巧玲珑，书装秀雅，
是我最爱。记得在网上订
下这套缩印本后，我与那
位上海卖家沟通了好几
轮，我向他咨询此书开本
是否近乎普通小人书，他
却担心我嫌此书为袖珍版
放弃购买，只同意在价格
上大幅优惠，避而不谈开
本大小。见我一再追问，

上海三友书社版《啼笑因缘》初版本

上海三友书社版《啼笑因缘》袖珍本

他才勉强回复了一句"是六十四开"。他哪里知道,《啼笑因缘》的这种口袋书当年印数极少,而今在网上更是独此一套。收来快递过来的此书,摩挲再三,我头脑中浮现出民国时代的一幅绮丽画面:上海滩的一位旗袍小姐在电车上为打发无聊时光,从皮包里随手取出这套口袋书,做了一路才子佳人梦……第十版和第十一版同样与我缘悭一面。至于第十二版,出现在一九三五年三月,我仅存有下册。我另收有一套一九三七年五月印行的第十三版,书中文字无大的变化,但六张电影剧照全部更换了,价格也跌至小洋八角。以上诸书均分订三册,正文五百三十页,除缩印本外均为三十二开;其正文用上等新闻纸精印,图片更是用铜版纸印刷。"三友版"单行本与连载版比较,书前多了《李浩然先生题词》《严独鹤先生序》《作者自序》各一篇,书后附录了张恨水新写的一篇《作完〈啼笑因缘〉后的说话》;其正文并无太多修订,主要是在第二十二回也就是最后一回添加了如下一大段话:

> 家树一时不能答话,只呀了一声,望着秀姑道:"这倒奇了。二位怎么会在此地会面?"秀姑微笑道:"大概樊先生是要认为惊人之笔了。说起来,这还得多谢您在公园里给咱们那一番介绍。我搬出了城,也住在这里近边,和何小姐成了乡邻。有一天,我走这园子门口,遇到何小姐,我们就来往起来了。她说:'搬到乡下来住,要永不进城了。对人说,可说是出了洋哩。'我们这要算是在外国相会了。"说着,又吟吟微笑。

一九三三年一月,三友书社推出《啼笑因缘续集》,共十回,正文一百三十八页，三十二开，里面夹杂冠生园、面用油、"亚浦耳"电火炉、"白金龙"香烟等广告十余幅，可见其对商家的吸引力。书很快售罄，次月又在一月之内先后印行再版本和三版本；到了三月，则赶印出四版本，委实供不应求。一九三三年四月的五版本有三十二开原本和六十四开缩印本两种。缩印本印行前夜，一度在该书四版本上预告："自正集缩本《啼笑因缘》发行以来，博得读者满意，同声赞扬。今本社为购缩本《啼笑因缘》诸君之请求，仍将《啼笑因缘续集》再印缩本，现已发行，不日出版，定价五角。"

三友书社正续集合刊的单行本初版于一九三五年一月，为四卷本，基本上保留正集三册和续集一册的原有版型不变，拼凑在一起统一定价合售而已。这套初版本我至今仍未得手，但拥有该书社的另外五种印本，其中一九四一年三月第十五版分订四册，另四种印本分订两册，分别为一九四一年十月改版第一版、一九四六年九月改版第三版、一九四七年五月第二十一版、一九四八年十月第二十二版。这些民国印本正文均是四百六十二页，三十二开，由百新书店负责总经销。

抗战年代，成都百新书店经三友书社授权，也曾推出《啼笑因缘》正续集合刊，版权页上注明为"一九四四年十一月蓉一版"。

为防止《啼笑因缘》被侵权，三友书社煞费苦心。一是特意早早地在国民政府内政部为该作注册，正集编号为"注册证书警号第六六〇号"，续集编号为"注册证书警号第二三七一号"；二是聘请海上著名律师吴之屏、武荫严为法律顾问，捍卫版权；三是多次在媒体上刊登《〈啼笑因缘〉悬赏启事》，捉拿盗版者。然而，民国时代坊间的盗印本依然滚滚而来、不胜枚举，仅我所藏所知便有十余种。

前四种盗印本均为上海文艺书社所出。第一种为一九三三年一月出版的《啼笑因缘》，正文三百零八页，保留了严独鹤和张恨水的序跋，但卷首无图片，封面上有一名对镜梳妆的摩登女子，远不及"三友版"精美。第二种系一九三三年（注：无出版月份）出版，保留有严独鹤和张恨水的序言以及卷首图片，正文三百零八页，但封面书名印为《啼笑姻缘》，不知是印误还是故意。第三种版权页上无出版时间，原藏家用钢笔字注明该书购于一九三四年十月，严独鹤和张恨水的序言以及卷首图片均保留，正文三百三十八页，书名同样印为《啼笑姻缘》。第四种出版于一九三七年正月，分订两册，寒舍上册缺失，其下册正文一百四十八页，封面与第一种大同小异，只是由彩色转为黑白色。文艺书社诸印本均为三十二开。令人惊诧的是，以上印本标点基本上是由逗号和省略号组成，仅有的一个句号出现在正文收尾处。

第五种盗版本为一九三二年七月印行的《啼笑因缘的批评》。是由一位名叫朱通孺的教书先生写了两三万言的点评文字，与原著混搭在一起，交平化合作社作为"明月清风斋丛书之五"出版。为此，张恨水与朱通孺在媒体上大打笔墨官司。该印本正文三百一十页，三十二开。

第六种盗印本《啼笑姻缘续集》系某书商打着三友书社的旗号于一九四〇年七月出版，正文八十九页，三十二开，封面上描绘的是花枝依依的水岸，美不胜收。我所收藏的这一册，原系北平沦陷时期西单临时商场晨光书屋的出租书。谢天谢地，这书仅有五次出租记录，且租阅者人人爱惜，使得它历经岁月洗礼，仍品相完好。

我手头另有一种《啼笑因缘全集》，分订三册，三十二开，无

日文版《啼笑因缘》

版权页，无法得知出版方和出版年份，只知晓系广州某书局翻印。

鲜为人知的是，还有一种翻印本《啼笑因缘》的发行机构为日本生活社，昭和十八年即一九四三年十一月二十日印刷，同年十一月二十五日发行，系日文版，译者饭冢朗，为"中国文学丛书"之一，被列入该丛书的亦有《老残游记》《洪秀全的幻想》《赛金花》《日本杂事诗》《北京笼城》等作品。与中国书籍迥异的是，该书上下两册的封面迥然不同，但画风都极具中国味。其上册封面上画的是一位席地而坐的旗袍女子，面露哀怨，当为落入军阀魔爪的沈凤喜；下册封面上是一名倚马回首的村姑，应该便是侠肝义胆的关秀姑了。从推广中国文化的视角考量，这种异域翻印本虽未经原著作者授权，却是多多益善的，还是宽容些好。

另外，新京启智书店和奉天文艺画报社出版部也分别推出过《啼笑因缘》，均分订两册，其他信息不详。

据张恨水笔下记载，该作还曾有"南洋各处私人盗印翻版"。

仅据以上资料，《啼笑因缘》正续集在中华人民共和国成立前便至少有四十余种印本，确实是不折不扣的民国第一畅销小说。

当代出版的《啼笑因缘》单行本中，出自大陆的有近四十种，通俗文艺出版社、浙江人民出版社、北京出版社、安徽文艺出版社、北京燕山出版社、新世纪出版社、华夏出版社、群众出版社、华中师范大学出版社、台海出版社、中国青年出版社、浙江文艺出版社、人民文学出版社、团结出版社、贵州人民出版社、中国友谊出版公司、江苏文艺出版社、北岳文艺出版社、时代文艺出版社、陕西师范大学出版社、中国盲文出版社、新华出版社、天津人民出版社、国际文化出版公司、岳麓书社、中国文史出版社等出版机构均曾涉足，有多家出版社甚至一版再版。

以上印本中，最珍贵的一种当数通俗文艺出版社一九五五年十月的初版初印本，正文二百四十八页，三十二开，配有毓继明创作的十二幅木刻插图，印量为五万五千册。一九五七年九月，该社又二度印刷，两次印刷的总量虽有十二万五千册，留存至今的却不多见。大洋彼岸的张恨水之女张明明至今仍保留着父亲赠送的这本书，上有他亲笔题写的"恨水给明明我儿"七个字。据史料记载，通俗文艺出版社与张恨水签订的是阶梯式稿酬合同，只有该书销量超过十万册，才能付给他一千四百元稿酬。显然，他直到第二次加印才领到这笔钱。"通俗版"与民国版比较，调整了部分词语，内容上也略有删节，尤为可惜的是，书尾删除了民国版的一首七言诗："毕竟人间色相空，伯劳燕子各西东。可怜无限难言隐，只在拈花一笑中。"

二十世纪八十年代初，大陆一下子有四家出版机构印行《啼笑因缘》。这些出版社，有的是经张恨水家人授权出版，有的是先斩后奏，有的甚至是斩而不奏，暴露出当时出版市场的混乱。

在大陆停印期间，港台地区出现了至少七种繁体字印本，分别由香港百新图书文具公司于一九六〇年三月、香港乐知出版社于一九六〇年七月、香港百新图书公司于一九六五年三月和一九七四年五月、台北河洛图书出版社于一九七八年十二月以及香港天天图书发行公司、香港百新公司（后两种版权页未注明出版时间）印行。之后，还有台北"国家出版社"于一九八二年四月和一九九七年七月、台北联合文学出版社于二〇一一年二月印行的新版本。"河洛版"和所谓"国家版"的初版本均为硬精装，开本阔大。"联合版"尽管是平装，装帧精美程度不亚于任何一种大陆印本，全书以环衬包勒口封面，封面设计处理为大面积留白，加深蓝腰封装帧。腰封集毛泽东、张爱玲、钱锺书、茅盾、老舍等名人对张恨水作品的评语，颇招眼。另外，在香港中文大学主办的《译丛》杂志上，也刊登过萨威伯夫人用英文节译的《啼笑因缘》。

《啼笑因缘》的续书种类、改编次数极多，堪称中国文化史上的奇观。

民国时期，三友书社凭借《啼笑因缘》获利颇丰。其他书商见之垂涎眼红，除了盗版，便是赶紧邀约一些二三流文人写些续书、翻案书和改编本，目前已知的不下二三十种，无非是借鸡生蛋、沾光发财，真可谓快刀出鞘，分而食之。

不仅如此，《啼笑因缘》还被改编为数十种影视剧、舞台剧及曲艺形式，包括有话剧、滑稽戏、木偶戏、京剧、河北梆子、评剧、曲剧、沪剧、越剧、粤剧、琼剧、甬剧、黄梅戏、评弹、宝卷、大鼓、评书等等，尤其是影视界曾先后十三次改编该作。

对《啼笑因缘》的评论，历来便在张恨水小说中独占鳌头，且向来褒贬不一，有横眉怒目、大张挞伐者，亦有人"引吭高歌"，赞声如雷。

在一九三二年五月二十日和五月二十一日的《新闻报》"本埠附刊"上，刊出了一篇演讲记录：《丁玲女士演讲之文艺大众化问题》，副标题为《〈啼笑姻缘〉何以能握着大众的信心？》。其中一段为："我们也不必菲薄《啼笑姻缘》这类作品（我并且也看过它），我们要研究它所以能够握住大众的信心的是些什么条件。我们很知道任何新文艺作品的销数，都没有《啼笑姻缘》大，足见他是得大多数的爱好和拥戴的。现在我们要做到文艺大众化，第一须接近大众，其次要改变我们的格调。我们要借用《啼笑姻缘》《江湖奇侠传》之类作品的乃至俚俗的歌谣的形式，放入我们所要描写的东西。"该演讲发表于暨南大学，时间为五月十六日，记录者署名"未卜"，可惜将书名写错。

老舍曾公开称赞张恨水"是国内唯一的妇孺皆知的老作家"、"是个可爱的朋友"。一九三四年十二月十二日，阅读谱系复杂多样的老舍在《太白》杂志第一卷第七期上发表《读书》一文，称："（我）读完一本书，没有批评，谁也不告诉。一告诉就糟：'嘿，你读《啼笑因缘》？'要大家都不读《啼笑因缘》，人家写它干吗呢？一批评就糟：'尊家这点意见？'我不惹气。读完一本书再打通儿架，不上算。我有我的爱与不爱，存在我自己心里。"

张爱玲的名作《半生缘》里，明显带有《啼笑因缘》《金粉世家》等小说的痕迹。她在一封致香港好友邝文美的信中强调，《半生缘》是"照张恨水的规矩写的"。

时间来到二十一世纪，有更多的大师站出来认可《啼笑因缘》的文学价值，这其中便包括孔庆东、杨义、袁进等知名学者。因为参加张恨水学术研讨会，我几度得以与孔教授谋面，堪称幸事。这位先生随口道来，妙语连珠，学识与口才均让人叹服。二〇〇四年九月二十八日，他在中央电视台"百家讲坛"发表题为《〈啼笑因缘〉的爱情三模式》的讲座，强调："二十世纪我国产生了很多名家名作，但是最轰动的一部作品，它不是鲁迅的《阿Q正传》，不是茅盾的《子夜》，不是曹禺的《雷雨》，不是郭沫若的《女神》《蔡文姬》，而是张恨水的《啼笑因缘》。……为什么这部小说有这么大的轰动？《啼笑因缘》是大众文学的范本，是最精致的一范本。很多人说这么简单，我一写就超过它。你可以写得比它复杂，复杂十倍都可以，但是你超不过它，我想它是上世纪三十年代的作品，我想到了本世纪三十年代，一百年的时候，也不可能有一部作品超过《啼笑因缘》。"

美国哈佛大学博士、著名汉学家梅维恒在二〇〇一年出版的英文版《哥伦比亚中国文学史》中，花了很大篇幅评论《啼笑因缘》："《啼笑因缘》将武侠小说和才子佳人小说的特点出色地结合在一起，堪称二十世纪最流行的三四部长篇小说之一。……《啼笑因缘》在很多地方让当时的上海读者联想到他们所熟悉的二十世纪二十年代好莱坞电影，又因大量借鉴本土文学模式而与武侠小说和才子佳人小说很接近。"

二〇〇六年七月，香港《亚洲周刊》组织来自全球的十四位文坛名家，联合完成了一项"不可能的任务"，评选出"二十世纪中文小说一百强"，《啼笑因缘》众望所归，榜上有名。

17.拥有最早外文译本的《满城风雨》

　　《满城风雨》写大户人家子弟曾伯坚在暑假期间从大学回到家乡县城，不幸的是该地区沦为军阀混战区域，交战双方为联合军与同盟军。联合军占领县城后，曾伯坚被强行拉夫，担任团部书记官，随部队开拔。联合军途经繁华商埠茶香镇，淫威之下，茶香镇商会送给联合军十二万元慰劳费。联合军仍不满足，在夜半偷袭茶香镇，一座繁华的商埠顿时化作瓦砾。转瞬之间，同盟军又攻入茶香镇，联合军败退。曾伯坚在混乱中换上便装，躲进教堂，并巧遇在同盟军师部当参谋的老同学卫尚志。尚志引荐曾伯坚担任师长秘书，不久又升任西平县知事，负责为同盟军搜刮地皮，筹备军饷。他由此知道了"中国就是这么回事，不做贪官，天理不容"。后联合军反攻进入西平县，到处抢劫奸淫。生灵涂炭之际，外寇以保护侨民为名占领西平县城。曾伯坚带上生活在此的表妹淑芬一同逃难，途中结为夫妻，随即双双落入外寇之手。外寇为让曾伯坚出任已沦陷的安乐县伪知事，对二人绝粮断水，威逼利诱。淑芬经受不

上海岭南图书馆版《满城风雨》

住折磨，劝说曾伯坚妥协。其时，当地老百姓自发组织起义勇军抗击外寇，光复安乐县，曾伯坚夫妇得以恢复自由。曾伯坚深感愧对国人，主动出任光复西平县的敢死队队长，并成功驱逐外寇，然而他也付出了生命的代价。

一九三一年一月六日至一九三二年十月八日，这部共有十回、约二十万字的小说首发于北平《晨报》副刊"北晨艺圃"。张恨水有过在《晨报》短暂从业的经历，这部长篇同样属于盛情难却的人情稿。

几乎所有的研究专著都认为，最早的《满城风雨》单行本由大众书局出版，但我的所藏表明，早在一九三四年十一月，上海岭南图书馆就已印行该作。这种单行本分订两册，正文二百三十二页，二十五开，封面是漂亮的粉彩画，艳而不俗。

随后的一九三五年三月，该作才由上海大众书局出版。寒舍的这一套为东北某图书馆旧藏，应当是该馆更新书库时当废纸论斤处理给废品回收站，又由废品回收站"二传"给旧书贩子的。奇葩的是，这套书的中册和下册得自抚顺某旧书店，上册得自沈阳某旧书店，且购买时间相差两年，堪称奇遇。一九三六年六月，大众书局又重版该作。一九三六年七月，三版本也问世。以上印本均为分订三册，正文六百五十一页，三十二开。一九三八年五月，大众书局又推出一种小三十二开本，册数和页数不变，却同样标注为"三版"。有研究专著称，大众书局于一九四三年七月亦印行该作单行本，惜无缘得见。

日本人熟知张恨水，便始于《满城风雨》。抗战期间，一位叫山悬初男的日本军

上海大众书局版《满城风雨》

人把这部长篇翻译成日文，由冈仓书房出版，书名更改为带有侮辱性的《支那的自画像》，这也是张恨水作品最早的外文译本。上述信息来自袁进著《小说奇才张恨水》，由台湾业强出版社一九九二年四月出版。多年之后，池州学院谢家顺教授又透露给我一条更详尽的信息，即他的一位学者朋友在东京国立大学图书馆亲眼见到了东京冈仓书房印行的《支那的自画像》。版权页上记载着该书一九三九年六月十五日印刷，同年六月二十日发行，发行者为冈村佑子，印刷者为大森清一。封面上勾勒了一位半卧在榻上抽大烟的长袍男子，左下角为原著作者名和译者名；封底是一位在榻上殷勤伺候的旗袍美女。显然，封面和封底原本是同一幅画。二〇一七年一月，该书惊现"孔网"拍卖区，我却一无所知，错失收藏良机。"冈仓版"译作保留下原著关于军阀混战的描写，但删除了中国民众自发组织敢死队抗击外寇的情节。书前有一篇序言，称从未走出国门的张恨水"作为一个留学生来过日本学医，因为他留学过日本，所以他非常熟悉日本军队的优秀性，这点从这本书里也容易看到"，无耻地将一部抗击外侮的小说篡改为汉奸文学作品。事实上，书中的外寇指的便是日寇，暴露了日本军人的霸道残暴给中国

老百姓带来的深重灾难和一些日本侨民的飞扬跋扈，全无一句正面褒扬，何谈"容易看到""日本军队的优秀性"？总体上讲，《支那的自画像》对原著《满城风雨》虽有删节，但幅度不算大，主要人物及故事情节尚存。

四川兄弟书店亦于一九四六年四月印行《满城风雨》，为单册，正文一百八十三页，三十二开，由分设重庆、成都的新生书店负责总经销。该版本未见著录，多年前在旧书网现身后即被我秒杀。举世滔滔，似乎仅此一册。

我手头还有一种该书的民国单行本，书名为《银色春秋》，分订两册，正文三百一十一页，三十二开，出版机构不详，当属盗版。与《满城风雨》的诸多民国正版本比较，《银色春秋》仿佛蓬首乞丐置身于王孙公子间一般丑陋寒酸。

改革开放后，北岳文艺出版社、中国文联出版社也先后印行这部小说。

学者张毅在《文人的黄昏——通俗小说大家张恨水评传》（华夏出版社一九九一年六月版）中，称"《满城风雨》是张恨水一部很重要的作品，在他的创作经历中占有比较突出的地位"，是"张恨水'国难小说'中最为出色的一部作品"。

18.土财主的白日梦——《别有天地》

　　《别有天地》讲述土财主宋阳泉一心想当官发财，却不知官场别有天地而两度受骗的故事。第一次受骗的过程如下：宋阳泉在乡绅唐尧卿引荐下，带上两千多块大洋从安徽乡间前往省城买官。不曾想他这一去，便如同羊入群狼口。不几日，他箱中的巨款便被同乡宋忠恕、魏有德、童秀奇以及女骗子杜梅贞等人设局瓜分一空。第二次受骗的故事讲的是：正当宋阳泉失魂落魄之际，唐尧卿的表弟赖国恒出现在他面前。赖国恒为某地厘金局局长，他拉拢省财政厅官员，为宋阳泉谋得鸡蛋捐局局长一职。为此，宋阳泉回乡下借来八百块大洋交给赖国恒充当"手续费"。不料鸡蛋捐局设在一个偏远小镇的关帝庙内，数月收不到一分钱捐，上面也未拨一毛钱办公经费，下属纷纷弃他而逃，扔下他独守破庙。整部作品共三十回，卷末附有尾声，长达十五万三千言。

　　《红玫瑰》系世界书局旗下刊物，是一家以休闲和消遣为特色的，以普通市民为阅读主体的上海文学杂志。《别有天地》最早于

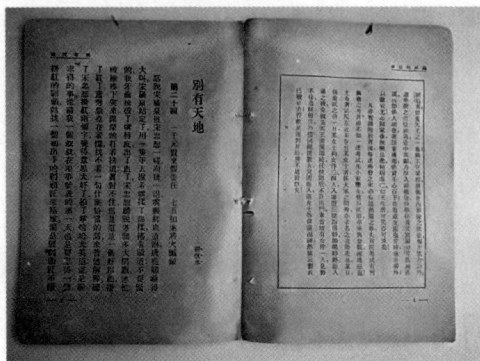

上海《红玫瑰》连载的《别有天地》

一九三一年二月十一日至一九三二年一月十一日，出现在该刊第六卷第三十六期至第七卷第三十期（即终刊号）上。小说是一九三一年秋张恨水来沪时，《红玫瑰》主编赵苕狂向他特约的。赵苕狂系张恨水与世界书局签订多部著作出版合同的牵线人，其约稿自然不容推辞。小说启动连载之际，赵苕狂在该刊卷首的《花前小语》一文中专门进行说明："恨水之《别有天地》，先将他的第一回刊在本期中；俾渴欲一读他的文字的一般读者们，可以早一点寓目。不过，他的这个题名他是匆匆取下的；等到我宣布以后，他自悔太笼统一些，很想再换上个好一点的！其实，这是与内容无关的，我倒以为大可不必！不知诸位读者的意思怎样？也要他换上一个不要？"

寒斋有一册奉天广艺书局一九四一年七月出版的张恨水伪作《沦落艳迹》，书中附录的一页广告披露，该书局也出版过这部《别有天地》，分订两册，售价为大洋六角，由奉天信源印书馆总代售。

《别有天地》收入了《张恨水全集》，与中篇小说《热血之花》合为一册出版，三十二开。全书正文三百六十页，其中《别有天地》部分二百三十六页。这也是中华人民共和国成立后仅有的一种《别有天地》单行本。

赵孝萱在《张恨水小说新论》中评价："张恨水把人性在女色、名利、官位与钱财前的渴望虚伪，勾描地十分深刻而耐人寻味。其中尤以《别有天地》为佳作。"

19.不落俗套的《落霞孤鹜》

在张恨水与上海世界书局签订的版权合同中，他除了把《春明外史》《金粉世家》这两部旧作的版权转让给世界书局，还需另写四部长篇小说（仅写成三部），其中便包括《落霞孤鹜》。这部小说约二十三万字，书局是按千字八元给他计酬，也就是说，他通过这部书挣了大约一千八百块大洋。

和之前随写随发的小说不同，根据张恨水与世界书局签订的协议，《落霞孤鹜》不得先行在报刊上连载。这就使得该作是按计划有条不紊地推进，也保证了作品质量。在他发表于一九三一年四月三十日《上海画报》的《张恨水之新居与新著——与逸芬书》一文中，提及当时《落霞孤鹜》"已成廿七回，再有九回可完"。后来，这部小说果真是一共写了三十六回，可见他在创作之初便拟有详尽的提纲。

一九三一年八月，《落霞孤鹜》首次出版，为一函四册，正文六百三十七页，三十二开，售价三元五角。其封面素净，仅在顶部有限的区域里勾勒了一只孤独的白鹜在水中仰天朝落日余晖鸣叫的画面，用笔淡雅，洋溢诗情画意。其书名竖排，采用美术字体。我第一次见到这种初版本，是在张纪家中。张纪的父亲张晓水是张恨水与胡秋霞的长子，系原北京第二外国语学院教师，已于一九九〇年去世。品茗闲聊时，张纪提及其父生前经常逛琉璃厂，从那里淘到不少民国版张恨水著作，如《落霞孤鹜》《银汉双星》《现代青年》等。张晓水对于《落霞孤鹜》情有独钟，见一种收一种。其中一套初版本是他一九七七年用八元钱从中国书店买回的，外面函套完整，函套内各册书品相上佳。后来，他又在旧书店见到另一种民国版《落霞孤鹜》，残缺不全，但还是花大价钱买下。而今，张纪已将那套《落霞孤鹜》函装初版本捐赠给安徽省潜山县张恨水纪念馆，陈列于显要位置，也算是名花有主、物有所归了。

一九三二年十月，该作由世界书局再版，同样为一函四册，正文页数、开本、售价和封面设计不变。再版本与初版本最大的区别在于，初版本无插画，而再版本在每一回都配有两帧插图，呈示作品中出现的场景。三联书店二〇〇〇年六月出版的《插图拾翠》是当代爱书人案头必备读物。书中，编著者姜德明选用了世界书局版《落霞孤鹜》中的两幅插图，并配文点评："张恨水的通俗小说一向拥有大量作者，但配有精美插图者则稀见。本书插图作者佚名，作品表现却不俗。画家的造型能力较准确，线条亦流畅，最主要的是熟悉社会生活，描摹人物生动。"姜德明乃藏书界和书话界的泰斗，经他点评过的图书，大多会身价倍增。

《落霞孤鹜》给世界书局带来了巨大的经济利益。一九三五年四月，为继续开拓市场，这家书局不惜放弃原有纸型，将《落霞孤鹜》重新排版，与张恨水的另一部长篇小说《满江红》合为一册出版重排初版本。书为精装本，单册，亦有插图，正文五百零四页，其中《落霞孤鹜》部分的正文为二百三十七页，三十二开。之后又一版再版，包括一九三六年三月重排第三版和一九三七年四月重排第五版。以上诸印本均有书衣，可惜我至今无缘得到一本带书衣的单行本，不免为之怅怅。穷余所知所见，张恨水著作的民国单行本虽不胜枚举，精装本种类却屈指可数，仅有《金粉世家》和《春明外史》《落霞孤鹜　满江红》这三部书享受精装待遇，而且均系世界书局出。网上虽有《太平花》《秦淮世家》《满城风雨》精装本惊鸿一现，但属于后人根据平装本改装而成。

一九四一年八月，在重排本基础上，世界书局又出版新四版，沿袭精装形制。很遗憾，我尚未见识之前推出的新一版、新二版、新三版。新版本与重排本的最大区别，在于各种新版本均无书衣。

世界书局还在成都出版有《落霞孤鹜》蓉一版，将《满江红》剥离出去。系土纸本，分订两册，正文四百二十二页，三十二开，印行于一九四四年十二月，封面设计与初版本大同小异，只是在地脚处加了两道蓝色饰线，并在顶端的画面上添了几抹蓝色。此书在"孔网"仅有一次上拍记录，买主正是在下。

据美国国会图书馆总目录显示，密西根大学图书馆藏有世界书局一九四八年十月出版的《落霞孤鹜》。这种印本三十二开，封面以浅蓝为底色，绘有一对倚栏同赏落霞孤鹜美景的时装男女。此书曾公开上网拍卖，品相上佳，我虽志在必得，然拍卖过程中因电脑故障，与拍品失之交臂，让我懊丧了好几日。

《落霞孤鹜》也未逃脱盗版者的侵袭。东北沦陷时期，奉天文艺画报社印行过该作，为单册，每册售价四角五分。

香港版《落霞孤鹜》我藏有一种，由大地出版社出版，南洋图书公司发行，系一九五六年六月再版本，单册，正文二百三十四页，三十二开，印数仅一千五百册，其封面克隆了世界书局新四版。

台湾版有一种，由台北慈风出版社一九八一年十月印行，单册，正文四百三十三页，三十二开。书中有一则为《落霞孤鹜》精心炮制的广告："关山难越，谁悲失路之人；萍水相逢，尽是他乡之客。动荡的时局下，三个儿女英雄于坎坷路上相扶相携，错综复杂的情意结，恩与爱的徘徊抉择，铭心的恩情，刻骨的相思……令人不胜低回。"在张恨水一位后人的回忆录中，将"慈风版"《落霞孤鹜》以及《秘密谷》《巷战之夜》《美人恩》定性为"盗版"，而我更愿意如当代藏书家谢其章一般以"翻印本"相称，毕竟那个年代海峡两岸隔绝，虽说书商从中得利，但是传播文化总是件好事。幸亏有了这些翻印本，如若不然，新一代台湾人不知有几位知道张恨水系何许人也。

此外，大陆的吉林文史出版社、北岳文艺出版社、中国文联出版社、陕西人民出版社、国际文化出版公司、天津人民出版社亦印行该作。据张晓水女公子张洁透露，一九八五年四月，时逢其祖母胡秋霞去世三周年，骨灰由张纪从殡仪馆取回。恰好在这个时候，吉林文史出版社找上门来，希望再版张恨水的几部小说，列入"晚清民国小说研究丛书"。张晓水郑重向他们推荐了三部父亲遗著，一为《北雁南飞》，二为《剑胆琴心》，三为《落霞孤鹜》。随后一段时间，他逢人便报告喜讯，并专门写信向千里之外的女儿女婿传递佳音。信中写道："告诉你们一个好消息，《落霞孤鹜》年内由吉林文史出版社出版。书中的落霞描写了奶奶童年青年时不幸遭遇。这也是我以这本书的再版献给奶奶吧。"不过，好事多磨，该

上海世界书局版《落霞孤鹜》

书直到一九八六年五月才送上各地书店货架。

张恨水对《落霞孤鹜》自视甚高。一九三二年一月二十五日《大公报》第二百一十一期"文学副刊"上，刊有一则《张恨水君来函》。张恨水在这封写给清华大学学者毕树棠的信中称："弟紧接撰有《落霞孤鹜》一书，惨淡经营，虽声情之作，自视不落旧套，而友朋读之者，亦谓价值在《啼笑因缘》之上。"然而，毕树棠并不认可这部小说，他在一九三二年三月三日的日记内坦言："前日张恨水寄赠《落霞孤鹜》说部，今晚已阅毕。伦理观念较前为高，描写亦有意深入，而力不逮。以张君之天才与经验，总以写《啼笑因缘》一类故事为当行本色。若想写入现代青年之心理境界，则非力之所及。尽心力而为之，亦不免'隔'，不免事倍功半也。日内将草一文详论之。"

虽然《落霞孤鹜》并未在文学圈得到充分肯定，却受到电影界青睐。这部作品在一九三一年被上海明星影片公司改编为电影，著名影星胡蝶饰女主角落霞。影片在西郊温泉拍戏期间，张恨水经常光顾，而且有时候一去就是好几天。他除了待在外景队驻地的房间里埋头写作，就是受张石川委托为胡蝶等演员讲解角色的一些心理变化和性格特征。张恨水半开玩笑地告诉明星们："多学学，有机会也想搞搞电影这玩意儿。"一九六一年，香港也拍过电影《落霞孤鹜》，由张瑛、白燕、夏萍主演。

《落霞孤鹜》讲述了一段灰姑娘式的爱情故事：民国初年，北京中学教员江秋鹜秘密参加革命党。某日，他路遇因丢失买菜钱不敢回主人家的婢女落霞，出于同情，赠款为其解难。后落霞获知军警将抓捕江秋鹜，急往报信，使江秋鹜幸免于难。不久，主人家表少爷调戏落霞被拒。她被迫流落妇女留养院，自此与同院孤女冯玉如成为闺蜜。江秋鹜潜居南方数月后重返京城，经友人相助，与冯玉如订下终身。之后冯玉如为报答落霞救命之恩，主动退出情场，促成江秋鹜与落霞结为夫妇，自己则下嫁裁缝店老板之子，沦为恶势力牺牲品。

必须承认，在女主人公落霞身上，随处可见张恨水第二位夫人胡秋霞的影子。二者同样是在儿时被拐卖到异乡，同样是当过丫鬟并备受欺凌，同样曾栖身妇女救济院，同样是与所心仪的文人喜结良缘。

上世纪末，我曾赴北京拜谒张恨水与胡秋霞的小女儿张正。在两次会面中，这位中学语文教师对我的提问知无不言，言无不尽，并一再提及《落霞孤鹜》。她认为这部小说能够顺利脱稿，主要受益于其母日复一日的口述："月下灯前，母亲常把自己的生活经历，自己的爱与恨，娓娓诉于父亲听，这些沉淀于心中的情感，被真真切切写入故事中。……父亲能把女主角落霞的举手投足、情感冲突、心理变化都描写得如此细腻入微、如此生动感人，而语言又是如此鲜活、清新，那确是得力于真实生活体验的赐予。"张正还介绍，当年张恨水颇具寓意地在新房内悬挂起一副出自王勃作品的名联："落霞与孤鹜齐飞，秋水共长天一色。"受此联启发，张恨水在登记结婚时，将这位原名"招弟"的妻子易名为"秋霞"。

二〇〇六年四月二十三日，在一片悲泣声中，胡秋霞的骨灰和张恨水穿过的一件旧皮大衣合葬在北京市通惠陵园。墓碑的背面镌刻着："落霞与孤鹜齐飞。"

在张家诸多后人心目中，《落霞孤鹜》就是张恨水为胡秋霞树立的一块纪念碑。

上海世界书局版《落霞孤鹜》插图

20. "不太平"的《太平花》

长篇小说《太平花》一直处于增删重版的异动状态中，小说版本和文本亦呈现"不太平"的面貌。

《啼笑因缘》连载完毕，《新闻报》又登出一部武侠小说。此时该类作品业已式微，风光不再，没等它进入尾声，严独鹤就传书张恨水，要求他再写一部小说，而且希望稍长一些。张恨水遵嘱启动《太平花》的创作。作品中的太平花是江北"安乐窝三宝"的总称，一是稀世名花，二是江北地区流行小调，三是漂亮乡姑韩小梅的别名。作品通过若有若无的太平花与不太平的时局相对照，反映同室操戈之残酷、苛捐杂税之暴虐。

稿子写到中间，张恨水的同乡好友郝耕仁来平小聚。正值暮春三月，张恨水向客人发出邀请，说自己正在创作《太平花》，稿已及半，不过描写太平花的文字不够深刻，希望能够同去故宫看一看。次日上午，二人驱车前往故宫。面对几株盛开的太平花，张恨水时而远观，时而近昵，或抚柔枝长叹，或拾残瓣沉思，流连再三，迟迟不肯离去。

一九三一年九月一日，小说正式登上"快活林"，严独鹤特意在连载稿前面刊发了一篇《说话：一个重要的报告》，称这部新作"近之可以说是和《啼笑因缘》异曲同工，远之可以说是和《西线无战事》彼此抗衡"。一九三二年四月一日，"快活林"更名为"新园林"，《太平花》又继续在"新园林"连载。连载过程中，报纸留给这部小说的篇幅并不一致，从四五百字至八九百字不等。

《太平花》最初的主旨是反对内战。连载不久，"九·一八"事变发生，全国都要求武装救国。面对外族铁蹄的践踏，秉承中国传统文人济世情怀的张恨水忧心如焚，意识到该小说表现的和平主义思想太不合时宜，自己倘若继续沉溺原有故事中做白日梦，是对现实世界的冷漠乃至犯罪。严独鹤也有同感，写信询问张恨水何以善其后。张恨水考虑有两个办法，一是改写；二是腰斩，另写一部。商量的结果，双方都同意采用前一种方案。于是从第八回起，作者放弃已写成的稿件和为之积累的素材，进行了大幅度调整，即改为由于外寇侵袭，交战双方认识到不能同室操戈，一致言定共御外侮。

至一九三三年三月二十六日，始于续约、改于时政的《太平花》才在《新闻报》结束连载。《新闻报》连载版也成为其他版本的母本。二〇一六年底，我在网上拍得该连载版本，从第一期至最后一期，一期不缺，从报纸上剪裁下贴在白纸上，装订成厚厚三大册。如此剪报本，不知是哪位有心人精心剪贴收藏的。要知道，小说连载经历了四百八十四天，需要极大的爱心和耐心才能让这项"浩大工程"竣工。

《太平花》的连载尚未结束，上海三友书社便抢到它的单行本版权，并委托作者加以删润，将连载版三十六回体制压缩为三十回，文字及内容也有较大调整。一九三三年六月，由三友书社出版、三益书局总发行的《太平花》单行本初版本问世。该书由严独鹤负责校订，分订三册，正文五百八十六页，三十二开，扉页上印有张恨水赠送给严独鹤的一张照片。这张照片是小说即将在《新闻报》连载之际由张恨水自北平寄来的，上面有一大簇太平花并有他亲笔题签："《太平花》小说开始揭载，寄奉独鹤先生太平花新照一纸以作纪念。二十年七月恨水赠。"一九三三年九月，三友书社又出再版本，版本形式与初版本全无区别。我仅藏有该印本下册，但在一场无底价微拍上有幸见过一套完整的再版本，意外地发现它居然有漂亮的锦盒盛装，锦盒上的书名由王西神题写。记得那是我头一回上微拍，节奏快得惊人，竞拍者出价之猛也甚是吓人，我几乎尚未反应过来，这部书便以一千六百元落槌，而我此前一个月得到一套《太平花》初版本仅费六百八十元。

"三友版"《太平花》初版本和再版本的封面均由叶浅予设计，用几笔简单的线条勾勒出男女主人公相吻的头像，并饰以几束挂枝带叶的花朵。画面虽将封面占满，却丝毫不显拥挤，素雅大方，颇具抒情色彩。书名和著者名均采用棕色底翻白的字体，极富装饰性。民国出版界向来轻视书籍的封面装帧和插图，对其设计者大多不屑署名，认为这些画家仅仅是跑龙套角色，三友书社却一改旧习，在目录第一行隆重介绍封面设计者系叶浅予。

"三友版"图书普遍商业气息浓厚。《太平花》出版前，三友书社提前半年专门委托上海普益广告社负责广告事宜，并在"三友版"《啼笑因缘续集》上刊发《〈太平花〉单行本招登广告启事》。众多商家也毫不怀疑张恨水作品能够带来巨大的宣传效应，

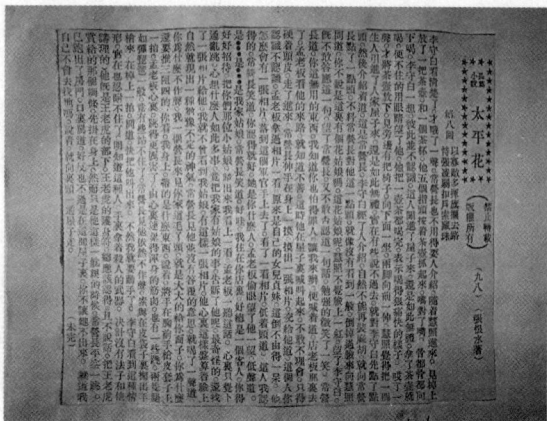

上海《新闻报》连载的《太平花》

其锦盒上印有"华德实业公司太平花牌雪花精赠品"字样，版权页上同样有类似标注，内页则刊有收音机、绸布、皮鞋、书籍、香烟、药品、化妆品、人力车出租等广告二十余幅，五花八门，且多为套色彩印，吸人眼球。

按照惯例，书中亦有作者自序。该自序在一九四九年出版的单行本均未收录，这里且抄录其中关于情感描写一段："至于爱情之穿插，虽曰为全书之纲领，免结构之散漫，然愚亦略有寓意于其中。即今日对男女问题，苟执不新不旧之态度时，恒抱一种难言之苦闷。吾人欲如何免除其苦闷，亦殊可讨论之一事也。"

著名学者、收藏家周煦良认为："初版本仿佛是作者的灵魂，而其他版本只能看作是影子。"因此，一般爱书人都喜欢初版本，但如果再版本经历了作者本人的大幅度修订，其价值与初版本比较亦不遑多让。一九四四年夏，三友书社和百新书店欲联手再版《太平花》，给作者送来样书。张恨水业已经历多年抗战，认为其中涉及军事的描写过于幼稚，决定再次全面修订，却因文债苦多，无从着手。直到一年后，在百新书店再三催促下，张恨水才用一个月完成全面修订和完善工作，清除了连载时随写随印留下的一些不足和漏失，且加写了一篇新序。与之前的单行本相比，这个印本有几点重大改动，一是删除了军阀群起对外抗战的情节，增加了书中人物的"情感戏"；二是将原有的三十回删改为二十回，又新写了六章，形成一部共计二十六章的小说，使得《太平花》从传统章回体演变为新文学形制。直到一年多之后的一九四六年九月，《太平花》改作后初版本才由三友书社出版，百新书店负责总经销，老版本的纸型则按作者要求全部销毁。一九四六年十月，又出改作后再版本。一九四八年三月，续出改作后三版本。一九四九年三月，则出版改作后四版本。以上改作后印本均为单册，正文二百三十八页，三十二开。尽管屡经修订，范伯群主编的《中国近现代通俗文学史》（江苏教育出版社二〇一〇年四月版）依然认为："小说在艺术上是失败的，作家没有贯彻故事的整体性和谐原则，将两种不同风格的故事强行扭合在一起，造成故事失真，文脉失调。"

除此之外，伪满洲国昌明印刷出版部也于一九三五年盗版该作，系以三友书店早期单行本为母本，共分为三集，三十回，三十二开。我仅藏有前两集，不知总页数。

与三友书社初版本和再版本比较，之后诸种印本的封面或俗媚，或不知所云，较之叶浅予的

上海三友书社版《太平花》

封面设计水准差了不止一两个档次。

中华人民共和国成立后，中国电影出版社、北岳文艺出版社、中国文联出版社均印行《太平花》，皆以三友书社的章体改作本为母本。这种最终版本的主人公为北京黎明报战地记者李守白，尽管他的足迹踏遍江北地区多县，却始终以安乐窝村为轴心。小说开篇，写李守白采访途经安乐窝村时，借住在教书先生韩乐余家。后李守白随共和军到前线采访，被炸伤小腿，不得不回韩家疗伤。韩乐余的闺女小梅对李守白殷勤照料，二人渐生好感。几日后，李守白康复，前往永平县城采访，住进孟家老店。一日，常营长欲强暴店老板的女儿贞妹，幸遇李守白夺枪相救。李守白将常营长押往共和军师部，王老虎师长正为常营长之前面对日本军人临阵退缩大光其火，一怒之下，枪毙了这位部下。不久，李守白返回安乐窝村，常营长的胞弟常德标连长为报兄仇，也追随而至。韩家父女避难外逃，留下仆人二秃看家。恰巧在这个时候，孟家父女避难途经安乐窝村，小住一晚。次日早起，常德标突然现身，而李守白偏偏在此时从附近军营返回村中。李守白被逼与常德标生死相搏，危难关头，贞妹挺身而出，对常德标晓以大义，化干戈为玉帛。随后，定国军占领安乐窝村，师长欲强纳贞妹为姜。情急之下，李守白谎称自己是贞妹的未婚夫，最终假戏真做，订下婚约。面对军阀淫威，一对鸳鸯被迫离散，孟家父女匆匆逃往村外破庙暂住，李守白则前往铁山县城与京城和省城来此采访的媒体记者相聚。在铁山，李守白先后邂逅已升任共和军团长的老同学、英武儒将黄种强和逃乱至此的韩家父女。黄种强托李守白向韩家提亲，李守白此时才发现小梅是他深爱的女人，一番狂饮后，卧病在床。此时定国军兵临城下，城内几近断炊，韩乐余侥幸出城，小梅因一步之差阻隔在城内。无奈之下，小梅来到李守白居所，伺候他直至病愈。黄种强对小梅苦追不舍，施手段逼走李守白，并促使小梅与父亲团聚，最终赢得小梅芳心。之前，孟家父女已回过安乐窝村，他们听说李守白已与小梅同居，伤心欲绝，贞妹乃另嫁他人。当李守白故地重游，早人去室空。他从春天来到这里，这时已是秋天，安乐窝十室九空，疮痍满目，自己在情感上更是两头落空。为了营造一个"四万万多人"的"安乐窝"，他决定离开这块伤心地，踏上留学之路。此时，趁军阀混战，日军以保护侨民为名，占领了江北沿海多县。面对国难当头，共和军和定国军终于尽弃前嫌，放弃内战，以御外侮。

从动笔时间上讲，《满城风雨》是张恨水的第一部国难小说，但就公开发表抗击外侮文字的时段而言，则首推《太平花》。有学者认为，自《太平花》始，至一九四八年《纸醉金迷》问世止，张恨水创作了近三十部国难小说和抗战小说，是中国抗战小说第一人，也是中国现代文学史上国家意识最为鲜明的作家之一。

21.记录武昌起义的《旧时京华》

　　《旧时京华》是一九九三年版《张恨水全集》漏收的一部重要作品。一九三二年元旦这一天,《南京新民报日刊》第四版开始连载这部章回小说,至当年九月十一日停载,共登出八回,一百一十一次(注:报纸上最后一次连载所标序号为一一〇,不确),每次刊出四至五百字,共计五万余字。需要指出的是,该作于当年四月十九日至五月三十一日一度移至第二版连载。小说夭折的原因,是张恨水当时接连失去两个爱女,肝肠寸断,身心俱疲,无法执笔。

　　小说回目如下:

第一回　笳鼓清闲古城寒永夜　轮蹄簇拥旧邸耀余威
第二回　半夜高谈两肩家国恨　几声低唱一声女儿愁
第三回　天宝宫人不堪谈往事　隔江商女犹自作新歌
第四回　上国朱门辉煌官上寿　秦淮碧水慷慨客登场

第五回　满族有健儿舍身革命　哲人失长子忍泪酬宾

第六回　埋玉不终场醉将千古　托孤成大错误用一人

第七回　慈母纳螟蛉真成貂续　娇娃坠琥珀未许珠还

第八回　摄影晚归家快人责善　理财终鬻产竖子藏奸

　　《旧时京华》对辛亥革命时期都市生活作了有趣而细致的临摹，为我们提供了多侧面的社会画卷。前六回写清王朝外交咨询大员桐鹗不堪面对所谓的"亡国之痛"，加之中年丧子，借为自己举办寿庆，在堂会戏上粉墨登场，哀歌一曲，服毒自尽。第七回和第八回则写桐鹗去世后，桐太太不问世事，将家政全权委托给年轻的

《南京新民报日刊》连载的《旧时京华》

听差李毓青，并收其为养子，家业渐渐败落。几年间，李毓青不仅屡屡翻手为云，覆手为雨，中饱私囊，还勾搭上桐家大小姐，娇宠一时……

该小说最大的亮点集中在第四回和第五回。第四回叙述在桐府的堂会戏上，上演了一部根据唐代诗人杜牧的名诗《泊秦淮》改编的昆曲《秦淮夜泊》。张恨水完整地将剧本上半部搬到小说中，而剧本作者正是他本人。除去《秦淮夜泊》，目前我们仅在张恨水笔下读到过一部名为《江亭秋》的戏曲剧本，殊为珍罕。该小说第五回则叙述桐鹗长子桐成武二十岁赴德国军校求学，加入革命党。桐成武二十三岁回国后，参加武昌起义，任起义军管带。在与清军交战中，他中弹牺牲。也就是说，作为《张恨水全集》集外文，《旧时京华》的出现，使得我们又拥有了一部正面反映武昌起义这一伟大史实的民国小说，也让我们读到张恨水笔下的第二部戏曲作品。

22.被篡改的《锦片前程》

《晶报》由钱芥尘创办，余大雄主编，创刊于一九一九年三月三日，销量在上海一度仅次于《申报》和《新闻报》。当年有人评价："小报界的地位，可以说是上海《晶报》造成的。"

一九三二年一月二十四日，《晶报》第三版刊发小说《锦片前程》预告："张恨水先生原拟为本报所撰之长篇小说，名曰《热血之花》，近改称《锦片前程》，内容虽未全体露布，大致有一爱国女子，在国难当头时不惜生命，为国家、为情人于旖旎风光之中，作一番悲涌热烈之事，写来有声有色。自下期本报起，特载第一回'白发婆娑偎炉温旧梦　红颜憔悴踏雪访情人'。"

《晶报》当时为三日刊，一月二十七日，《锦片前程》如期在报上连载，题头和署名均采用作者手迹，每期短则两百来字，长则三四百字。因"一·二八"事变，刚刊出两期，便暂停连载，至三月二十七日才恢复。当年十月十日，该报改为日报，读者始得日日可读《锦片前程》。至一九三五年十二月一日，小说登毕，共刊出九百八十四次，三十六回，计二十九万字。

此小说内容与预告所介绍大相径庭：富家千金邵宝珠与大学生祝长青恋爱，而祝长青在受到学长毛正义训斥后，挥泪离开邵宝珠，参加义勇军抗日救亡。令人啼笑皆非的是，毛正义却对倾城倾国的邵宝珠一见倾心。后邵宝珠因不满包办婚姻离家出走，暂居公寓。迫于生活压力，她在毛正义引荐下进入一家公司工作。虽然她名义上的薪水仅有三十块大洋，却一下子从不怀好意的经理手中预支到数百元"零用钱"。其间，她还在寓友田玉文介绍下，结识小官僚李学颐，频频接受其财物及宴请。因为一场交通意外，她又攀上华北财政管理局局长吴大业，被高薪聘请为财政局秘书。身为"财神爷"，吴大业为她一掷千金，竭力讨好。邵宝珠对男人的追求向来抱逢场作戏、若即若离的态度，自信把握得住根本，不料还是难抵重金诱惑，失身于吴大业，沦为其情妇。与此同时，昔日情人祝长青从前线归来，与毛正义的妹妹毛正芳一见钟情。邵宝珠忍受不了众人蔑视的目光，一再要求吴大业与原配夫人离婚。吴大业最终付出巨额分手费，逼迫她远走他乡。

《锦片前程》最大的艺术特色，在于大段对女性心理的细腻描写，多段内心读白甚至长达近两千言，这不仅在近现代章回小说中绝无仅有，即便放在中国现代文学史上亦难得一见。该作的另一大亮点，是书中借祝长青之手创作了一首白话情诗，这也是目前已知的张恨水以严肃态度创作的第一首白话诗，颇具研究价值。

余大雄写有《恨水前程谈锦片》一文，发表于一九三五年十二月二日的《晶报》，披露《锦片前程》是以真实人物及事件为底本，邵宝珠影射的是当时社会上一位曹姓女子，只不过曹女以自杀毙命，而张恨水则令邵宝珠在笔下超生。邵宝珠与曹女的归宿之所以不同，完全得益于余大雄的力谏。原来，在《锦片前程》连载期间，张恨水一度来沪小住，与余大雄谈及邵宝珠将以自杀谢幕。余大雄再三强调通俗小说的结局应讲求大团圆，希望这位作家放女主人公一条生路，而且最好是与她的意中人祝长青重归于好。张恨水认为这种构思过于俗套，最终虽碍于余大雄的情面让邵宝珠"死里逃生"，却是以她黯然独自出走北平作为大结局。

《锦片前程》回目如下：

第一回	白发婆娑煨炉温旧梦	红颜憔悴踏雪访情人
第二回	失约走萧街无心获稿	传音疑旧侣泄恨焚书
第三回	不料重逢缠绵坠情网	且当永别慷慨斟离酩
第四回	倩妹引情丝赠袍仪厚	背人飞爱箭报国心闲
第五回	争民族光会心发微笑	为婚姻死抚掌作孤鸣
第六回	手足两参商挟衣伴遁	家庭一牢狱投笔终逃
第七回	岁暮感枯栖客来无忌	天涯飞捷报人去生疑
第八回	别去又回来人天交战	浇愁更消遣昼夜狂游
第九回	矛盾两时间何忧何乐	薰莸数伴侣亦旧亦新
第十回	无往不来浊醪消热血	每况愈下蓬首效名花
第十一回	敢拒食嗟来床头金尽	隐知钱造孽心上潮生
第十二回	豪竹哀丝高歌忘永夜	落花流水谰语警芳心
第十三回	欣得一枝栖终成小鸟	暗张三面网静待情惊
第十四回	礼尚往来银灯照薄醉	才无性别香札寄闲情
第十五回	乍试珠喉隔窗惊荠客	微偏玉颊狭路避亲人
第十六回	旧雨喜重来回头是岸	明珠惊乍见著手成春
第十七回	如此说平权攀龙附凤	阿谁知奋斗覆雨翻云

　　《锦片前程》不仅有报纸连载版，还有杂志连载版。一九四一年七月一日至一九四四年二月一日，上海《万象》杂志将《锦片前程》易名为《胭脂泪》，自创刊号至第三年第八期分三十二期发表。插图也是这种连载版的最大亮点，每一期均配有两到四幅，插图内容高度忠实于原著，一笔一画均一丝不苟，画面非常写实，

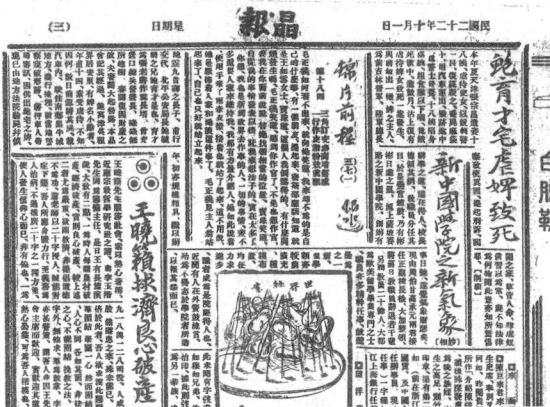

上海《晶报》连载的《锦片前程》

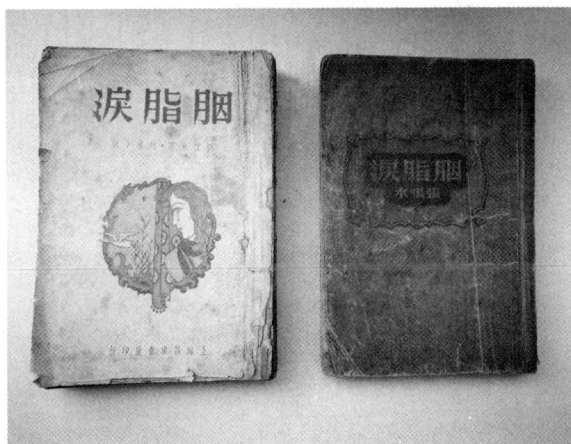

上海万象书屋版《胭脂泪》

应当出自高手笔下，只可惜《万象》编辑未注明插图作者姓甚名谁。该版本不仅篇名有变，还将回体改为章体，由三十六回精简为三十二章，内容也略有增删，并将主人公更名为"邵慧珠"。该作在《万象》结束连载后，占据其原有版面的，便是张爱玲的中篇小说《连环套》。上海万象书屋亦曾在一九四五年十月擅自将插图本《胭脂泪》作为"万象丛书之一"印行，一九四六年五月再版，一九四六年十月三版，之后又多次出版，至一九四八年五月已出至第十版。《胭脂泪》的各种单行本均为单册，三十二开，二百九十八页，上海中央书店总发行。

"万象版"《胭脂泪》只能算作篡改本和盗印本，引发张恨水强烈抗议。他在《写作生涯回忆》中声明："我在《晶报》上发表的《锦片前程》，我是没有写完的，上海就有一家书店给它出了版。除了改名为《胭脂泪》而外（改书的人，可能不懂'锦片前程'是什么意思），加了许多文字进去，而且把书足成。"因此，张恨水认为《胭脂泪》是一部"半伪书"。他宣称该小说未完稿，应当是由于年深日久，记忆模糊所致，因为该作在《晶报》的连载版本不仅故事完整，而且最后一次连载时清晰地注明"本书已完"；但出版商这种明目张胆地擅自盗印、肆意篡改的行为确实令他忍无可忍，多年之后仍耿耿于怀。

开个玩笑，"万象版"《胭脂泪》的身份非"正房太太"，只能称作"如夫人"，而新京（今长春）国民书店则盗印了"万象版"《胭脂泪》，益发只能算作"通房丫头"了。"国民版"分订两册，上册印刷于一九四三年二月一日，发行于当年三月一日，前有整页的张恨水西装照，正文一百九十二页，三十二开；下册未见识过，根据上册版权页上的文字信息，应当出版于一九四三年四月一日。

《张恨水全集》中收录有《锦片前程》，而且系依据《晶报》连载版而来；遗憾的是，它仅有前六回的文字，后面整整三十回仍存遗珠之憾。截至目前，正版且足本的《锦片前程》单行本尚未问世。

23.根据电影剧本改编的《热血之花》

张恨水在《写作生涯回忆》中写有一段话:"那时我在北平,在两个月工夫内,写了一部《热血之花》,主题是国人和海盗的搏斗,当然,海寇就指着日本了。"

这里所言的"那时",是指"九·一八"事变之后的半年间。所谓的"《热血之花》",其前身原本是一部电影剧本,共二十九幕,约一万五千言。

剧本版《热血之花》连载于一九三二年初出版的《上海画报》。同年三月,又收入北平远恒书社出版的诗文集《弯弓集》。当年刊登在《世界日报》上的《弯弓集》发行广告中,有一段文字涉及这部剧本:"叙一女子为中国作间谍而破获海盗之间谍,不谅于投笔从戎之未婚夫,及事白,女已死于敌手,亦悲壮,亦缠绵,亦曲折。"

剧本刚脱稿,张恨水便将它改编为小说。正如本书上一章节所述,小说原拟于一九三二年新年伊始由上海《晶报》连载,然而他最终给《晶报》送去的连载稿是《锦片前程》，小说版《热血之花》移交《北平日报》发表。

我所见到的最早的小说版《热血之花》单行本，是由上海三友书社在一九三三年一月出版的初版本，总经销为上海三益书店，三十二开，正文二百二十四页，严独鹤负责校订，颇具影响力的漫画大家鲁少飞担任封面设计。封面由三个部分组成，上方画的是一名双掌合十的女子，中间盛开着一朵硕大的石榴花，下方则是一名冲向铁丝网的士兵。三友书社在同一时期出版的张恨水名著《太平花》初版本上，用一个整版套色刊出《热血之花》发行广告，不厌其烦地列举了各章回的回目。《热血之花》初版本多年前在"孔网"惊鸿一现，我虽参加竞拍，却早早鸣金收兵。不曾想，该印本之后再也未在网上现身，令人追悔莫及。

一九四六年六月，此小说由上海三友书社再版，严独鹤负责校订，总经销为百新书店有限公司，其版权页注明此书为第一版，应属于排校失误。一九四七年五月和一九四九年三月，它又先后出了三版、四版。后面这两种印本的版权页同样存在问题，误将该书初版时间记载为一九三五年一月。上述印本均为正文一百三十六页，三十二开，封面上绘制的是一名身着鲜红旗袍、手持鲜花的妙龄女子，那自然便是女英雄舒剑花了。为防盗版，三友书社特意到国民政府内政部注册，编号为"警字第二五〇三号"。

北岳文艺出版社、湖南人民出版社、重庆出版社、中国文史出版社、团结出版社也推出过《热血之花》新印本。

小说《热血之花》共十六回、约十一万字。为了让读者自觉接受"爱国主义教育"，作者让作品披上了"侦探小说"的外衣，主人公舒剑花则是一名美貌女特工。当时这是一个热门题材，徐訏的

《风萧萧》、陈铨的《野玫瑰》均系类似作品，加之年轻的张恨水希望尽可能尝试不同题材的作品，此前他便写有几篇短篇侦探小说发表在《世界日报》旬刊上，并不缺乏相关创作经验。小说版《热血之花》与剧本版同源共根，剧本版的故事情节在小说版中基本保留，但充足的篇幅让小说版结出的是更为丰满的果实。作品以"五卅惨案"以后日本侵华势力步步进逼为背景，反映沿海县城义勇军奋起抗击海盗的壮举。女主人公舒剑花的公开身份是女子师范学校教员，真实身份为军警情报总部女队长，与义勇军华国雄连长系情侣。"五卅惨案"后，海盗入侵，舒剑花受警备司令指派，假扮富家千金，与受到外国护照保护的戏班武生余鹤鸣往来甚密，导致华国雄产生误会，欲与舒剑花决裂。华国雄并不知道，余鹤鸣系海盗密探队队长，舒剑花此举是为了刺探敌情。不久，舒剑花深入虎穴，击毙余鹤鸣的一名手下，盗得大量秘密资料。依靠这些资料，华国雄率领义勇军粉碎了海盗偷袭省城的阴谋。华国雄后从警备司令口中得知真相，愧悔莫及，欲向女友赔礼；然而此时，舒剑花已再次潜入被海盗盘踞的地区从事间谍活动，不幸邂逅余鹤鸣，身陷囹圄。舒剑花坚拒余鹤鸣威胁利诱，英勇就义。光阴荏苒，三年后（剧本中为一年后），战乱平息，华国雄意外地收到舒剑花临终前托余鹤鸣辗转送来的绝笔信和一块血迹斑斑的手帕。华国雄大为感动，挥笔以血迹为花，以颜料作叶，在手帕

上海三友书社版《热血之花》

上绘出一幅鲜红的石榴花图。至于小说版与剧本版内容差别最大的地方，便是小说版加叙了一大段余鹤鸣放下屠刀隐身佛门的情节。

剧本版《热血之花》充分使用了电影艺术的蒙太奇手法，将男女主人公放在两个不同的空间里，两条线几乎同步推进，偶尔亦有交叉，制造紧张的悬念，获得最生动的叙述。小说版也承袭了这种叙述结构，场景始终是在不断跳跃中。

不仅仅是结构，与张恨水以往作品迥异的是，该作的人物语言欠口语化，多次出现空洞言论。如书尾华国雄的父亲华有光感慨："（舒剑花）不幸而死，不仅是为民族争生存而死，也是为人类争生存而死，这种精神，是很伟大的，所以舒女士的死，格外值得我们崇拜。"

在《上海事变与"鸳鸯蝴蝶派"文艺》一文里，阿英曾对这部作品戳戳点点，称其"压根没有描写，所展开的，不过是关于事实的枯燥无味的记叙罢了"。

总体上讲，该作结构新颖、高唱战歌，虽一腔热血，然说教味道过重，抗战加言情的框架过于模式化，从而削弱了这部国难小说的艺术感染力，但绝非如阿英所言"不过是关于事实的枯燥无味的记叙罢了"。

24.伴随女儿夭折的《第二皇后》

张恨水新著《第二皇后》日内在本栏登载

恨水的《金粉世家》已经全篇结束了，现在又请他再作了一部，名字叫"第二皇后"。据恨水告诉我，这小说是叙述一个贫苦女郎的事情，她的家里受了经济的压迫，便叫她去学戏，在唱戏的时期，经过了很多悲欢离合的事实。结果，很出人意料之外。现在我且不说，请大家逐日去看好了。特此介绍。

以上这篇启事，连续见于一九三二年五月二十四日至三十一日的北平《世界日报》副刊"明珠"，作者是张恨水的好友、"明珠"编辑左笑鸿。

《第二皇后》原定于当年六月一日开始连载，然而从五月底开始，张恨水长女患猩红热夭折，次女和长子也先后传染。六月上旬，长子逐渐痊愈，不料次女突然病亡。因忙于照料儿女和处理丧事，他迟迟未动笔。为此，已经被左笑鸿的启事吊起胃口的读者纷纷来函问询，左笑鸿专门撰写了一篇《关于〈第二皇后〉》刊登在"明珠"上一并回复。

直到当年六月二十五日，《第二皇后》才"千呼万唤始出来"。自此之后，每期刊出五百来字。至一九三三年五月十四日，小说已登到第九回，渐入高潮。然而，五月十五日，读者并未在"明珠"上读到该小说。次日，左笑鸿不得不再次站出来解释："今日《第二皇后》未到暂停。"之后，"明珠"又先后多次发出类似公告，但小说再也不曾续登下去。据考证，其时张恨水与夫人周南已旅居上海四个多月，正计划返回北平。告别前夕，这位作家诸多俗务缠身，无暇写作。

该小说回目如下：

第一回　冷宅无烟闭门度风雨　寒灯弄影隔院听笙歌
第二回　压线说年年不谋一饱　试歌于旦旦自解千愁
第三回　落叶惊秋风前贫女泪　名花坠溷纸上故人心
第四回　凄楚阿娘心夜阑私语　徘徊游子意墙里狂饮
第五回　心迹自无猜登堂拜母　秋波如有托揭幕窥人
第六回　艺术即金钱曲终兴叹　文章关地位纸上生风
第七回　谱上群芳人随骄气大　碑胜众口功有慧心知
第八回　叹息自新难阿兄逐客　喧哗同乐好良友迁居
第九回　判若两人遍体围珠翠　倏焉三月豪情付管弦

小说内的故事发生在北平城中，一姜姓官员英年早逝，留下妻子与女儿姜竹青靠着一点积蓄相依为命，渐渐揭不开锅。万般无奈

北平《世界日报》连载的《第二皇后》

之下，俊秀伶俐的姜竹青开始追随邻居家的京戏名伶刘玉蟾学戏。姜竹青因每日登上城墙吊嗓子，结识经常在此散步的中学教员赖荷生，互生爱慕。不久，姜竹青走上戏台，赖荷生为此不仅亲自拟稿在报纸上给她捧场，还邀请知名文人借助媒体力捧，并日日呼朋唤友去戏馆助阵，让姜竹青红遍燕京。为了捧角，他倾尽财力和心力，甚至不惜与兄长决裂，离家出走。而姜竹青成名后，逐渐丧失清纯少女的本色，牺牲色相结交吴大爷、陈八爷等富豪，珠围翠绕，再也不屑与赖荷生交往……小说故事平平淡淡，全无惊天动地之情节，然而通过作者的生花妙笔细加演义渲染，字字饱含着对人世沧桑的沉痛领悟，句句洋溢着浓浓的北平味，对燕京社会风俗的描写也绘声绘色，传尽风神，是张恨水京味小说的代表作。

因为"九·一八"事变，小说所连载的副刊名称及编辑经历了两次变化。即从一九三二年六月二十五日至八月三十日，副刊名曰"明珠"，编辑为左笑鸿，内容为纯粹的市民文学。自九月一日起，更名为"文艺"，编辑为书法家、作家潘伯鹰（笔名"鳬公"），对新文学和通俗文学稿件兼收并蓄。一九三二年十一月十七日，又恢复为"明珠"，左笑鸿亦重履旧职，"内容仍旧是以趣味为主"（载左笑鸿同日发表的"明珠"复刊辞《重相见》），直至一九三三年五月十四日连载夭折为止。

《第二皇后》已刊出的章回约十四万字。由于连载过程漫长，且编辑几经变更，故连载序号多次出现错误，如二百五十九续登完后，再次出现二百五十续，之后又一下子跳到二百七十一续，好在文字内容并未出现跳跃。

该小说还曾被《健康家庭》杂志自一九三七年第一期起转载。上述两种连载版本，也是截至目前仅见的两种《第二皇后》印本。

25.爱的落差——《满江红》

　　早在一九三一年，张恨水便有意为世界书局写一部秦淮歌女题材的作品，并命名为《旧时月》，取"淮水东边旧时月，夜深还过女墙来"之意。据他在《张恨水之新居与新著——与逸芬书》一文中透露，该作"取景则拟在秦淮钟山之间，而主人翁欲属之于一歌女，或亦银幕材料欤"。

　　完稿后的该小说共四十回，二十六万四千字。写画家于水村与秦淮歌女李桃枝一见钟情，坠入爱河。因种种误会，李桃枝一怒嫁给银行大亨。于水村赴沪参加了李桃枝的婚礼，并出面为她平息一场风波，大醉而去，踏上返回南京的江轮。此时的李桃枝，尽管外表华丽富贵，内心却千疮百孔。她逃离礼堂，追上江轮，不料江轮在大江上失火。为救于水村，这位秦淮歌女不惜香消玉殒。值得一提的是，小说中居然收录有七首弹词，系一大特色。或许正因为如此，陆澹盦曾将该著改编为弹词，于一九三五年一月一日由上海新声社印行。在此之前，陆澹盦亦将《啼笑因缘》改编为弹词。

这部小说完成后，作者将它更名为《满江红》，交世界书局于一九三二年十月印行，书局为此向张恨水支付了两千元稿费。其初版本分订四册，正文七百二十三页，三十二开，封面是一对时尚男女相携走向火光冲天的江轮的画面。一九三三年五月，该书再版，册数、页数、开本、封面设计均未改变，只是版权页上误将初版时间印为"中华民国二十一年九月"。上述两种印本中有赵苕狂写的序言，亦有张恨水在北平西山写下的自序。该自序也是中华人民共和国成立后各种印本中见不到的，不妨原文照录首段：

> 《满江红》何为而作也？为艺术家悲愤无所依托而作也。韩愈有言："文以穷而后工。"扩而充之，以言于艺术界，又何莫不尔？盖身怀一艺者，衣食以迫之，社会以刺之，血气以激之，日积而月累焉，固不自知其为何而工也。虽然，穷而工，为情理之所许；工而仍穷，则情理之所不通。而衡之事实，以文艺名世，绰然而无物质上之困苦，与精神上之烦恼者，又千百而不得一二焉，于是迫之、刺之、激之者，亦弥觉其利锐。物不得其平则鸣，世之艺术家，而贫，而病，而卒至佯狂玩世，为社会疾病而无所树立，岂无故哉？此艺术界之所以多穷人也，亦艺术界之所以多异人也，亦即穷人异人之多奇遇也。

一九三五年四月，世界书局将《满江红》重新排版，与张恨水的另一部小说《落霞孤鹜》合订为一册，出版重排初版本。之后，该书又一版再版，我见识过一九三六年三月重排第三版和一九三七年四月重排第五版。一九四一年八月，在重排本基础上，世界书局又出新四版。以上印本均为精装本，三十二开，正文五百零四页，其中《满江红》部分的正文为二百六十七页。其封面描绘江轮失火后，火光冲天，连江水也被火光染红，轮船上飞舞着一头惊惶的大鸟，一艘救生小舢板则载着几名幸运儿奋力驶离江轮。设计者仅用红黑二色，便创造出绝妙的艺术效果，视觉冲击力极强。

抗战中，大后方再版了张恨水的不少小说。一九四五年二月，世界书局将《满江红》与《落霞孤鹜》剥离，在成都出版单行本，注明为"蓉版"，平装土纸本，分订两册，正文二百三十五页，三十二开，并恢复初版本的封面设计。

我的书橱里，还躺着一册世界书局一九四八年十月出版的《满江红》新四版，同样是与《落霞孤鹜》剥离，单册，平装本，正文二百六十七页，三十二开，封面描绘了江轮失火后，因救生船只允许妇孺上船，李桃枝毅然让醉酒后的于水村套上她的衣袜使之得救的画面，弥漫强烈的戏剧色彩。

新京（长春）启智书店和奉天文艺画报社曾盗版该作。启智书店的印刷时间为一九四二年三月一日，发行时间为当年三月二十五日，系单册，正文三百四十一页，三十二开。多年前，我在冷摊偶遇此书，因为索价不高且品相不差，也就收下了。奉天文艺画报社的版本信息我这里不够详尽，只知道是单册，

上海世界书局版《满江红》

每册售价为四角五分。

一九四九年后，安徽文艺出版社、北岳文艺出版社、江苏文艺出版社、中国友谊出版社、天津人民出版社、中国文史出版社先后印行《满江红》，文化艺术出版社、陕西师范大学出版社、中国友谊出版公司也均以《红粉世家》之新名印行这部旧作。另外，香港广智书局亦出版该作，正文三百八十九页，三十二开，版权页未注明出版时间。

《满江红》颇有影视缘。一九三三年，上海明星影片公司将小说改编为电影公映，主演为胡蝶、龚稼农、赵丹。该片在沪公映之际，专门出版了一本所谓的电影小说《满江红》，以胡蝶剧照作封面。一九六二年，香港华侨电影企业有限公司再次将其改编为电影，主演为张瑛、白燕。二〇〇四年，中国国际电视总公司将其易名为《红粉世家》，使之走上荧屏。全剧四十二集，主演为孙俪和佟大为，轰动一时。

赵苕狂撰写的《满江红》序言对该作乃至张恨水其他作品的评价独树一帜，兹摘引一段："……《春明外史》则以雄伟胜，近于《左氏》；《金粉世家》则以瑰奇胜，近于《史记》；《落霞孤鹜》之雅洁，则胎息于《汉书》；《啼笑因缘》之俏丽，又俨然《楚骚》之遗风。虽然，谓此数作，已能尽恨水之所长乎？则犹未也！于是，别开生面，町畦独辟，乃复有此《满江红》一书之作。观其放笔直书，有如长江大河之一泻千里，不复能自范其止境；譬之于文章，殆又唐之昌黎，宋之东坡乎？"

26.懦夫立——《欢喜冤家》

　　张恨水写情向来不是将男女之情蒸馏成纯净物，而是将其置于混浊的滚滚红尘之中，是一种原生态的世俗之爱，小说《欢喜冤家》尤其如此。作品写当红女伶白桂英厌倦逢场作戏的卖艺生涯，不顾母亲兄长反对，果决告别舞台。后白桂英结识小公务员王玉和，顶住母亲压力与之结合，从此洗净铅华，举案齐眉。不幸的是，王玉和不久便丢掉差事，带白桂英回到乡下老家，但为王家兄嫂所不容。夫妇俩只得怀抱新生女儿回到北平，暂居白家，遭白母嫌弃。生计逼迫下，白桂英决定重新粉墨登台，却少不了应酬捧角者。王玉和不堪忍受，离家出走，两位有情人最终以分手收场。全书三十二回，三十一万字，张恨水在重庆建中出版社出版的《天河配》自序里承认："本书的故事，大部分是有的，只是书中女主角的下半段演变，与事实相反而已。"

　　下面，我们还是追根溯源，从头说起。

　　一九三二年秋，世界书局编辑徐蔚南给张恨水寄来一信，希望他为上海《晨报》写一部社会言情小说，最好是以北平为背景。其时张家内忧不断，长子染上猩红热，两个女儿也因为此症相继夭折，花了不少医药费和安葬费。为了缓解手头窘迫，他强忍悲痛，接受了这份稿约。很快，《欢喜冤家》开始在上海《晨报》副刊"妇女与家庭"首发，一九三二年十一月十日又移至《晨报》晚刊《新夜报》连载，至一九三三年九月二十三日登毕。在一九三二年十一月八日的上海《申报》上，刊有一则广告：

张恨水先生最近杰作《欢喜冤家》逐日刊载晨报晚刊《新夜报》

《新夜报》即《晨报》晚刊，每日下午四时发行，除刊布本埠新闻及国内外重要消息、当日行市、淞滨夜谈外，复逐日刊载张恨水先生最近杰作《欢喜冤家》，诚夜报中之翘楚。《欢喜冤家》业已刊登至第八回（第九回自十一月十日起继续登载），阅者交口称赏。兹为应爱读《欢喜冤家》诸君要求起见，特将第一回至第八回印成单页，凡在本年内直接来社订阅《晨报》（每日附送《新夜报》），三个月暂收报费两元（定例每月九角），除奉送《欢喜冤家》一至八回全份（零售大洋两角）外，本埠每日专差分早晚两次递送俾爱，读者诸君可于当日看到《晨报》晚刊《新夜报》。诚千载一时之机会，幸勿失之交臂。

根据这则广告，可以推断上海晨报社在一九三三年十一月出版了《欢喜冤家》前八回的单行本。另外，我手头有一册《欢喜冤家》，封面系木刻印刷，注明是"晨报出版社"的产品，正文一百九十一页，三十二开，最后一页所刊发的广告上，有"晨报出版社　上海山东路二〇五号"等字样，证明此书系上海晨报社所出。不过，此书并非只有前八回，而是登出了前十六回，并且刊出了全部三十二回的回目。可惜，我仅存有上册，无版权页，没法知道更多信息。不过，此印本刊有最原始的自序，其中最后一段公开了他的创作初衷，承认是为生活所迫，坦言就是为稻粱谋。此举在当时的历史环境下，坦白得确实有几分狂妄，是一种毫无伪饰的真实，也让许多自命清高的文人汗颜。

不久，奉天文艺画报社盗印了《欢喜冤家》，售价四角五分，其余信息不详。

上海"孤岛"时期，为开拓南方市场，当地的一些出版发行单位纷纷南下港岛设立分支机构，不少张恨水著作得以在此出版。一九四〇年十一月，《欢喜冤家》由香港晨报社"整理重印"，香港百新书店负责经售。该印本分订两册，系插图本，正文五百四十八页，三十二开，前有作者原序。一九四三年四月，续出

香港百新书店版《欢喜冤家》

南京建中出版社版《天河配》

"再印本"。我手头的两册"整理重印本"是在网上历时数年凑齐的。根据"建中版"《天河配》自序提供的信息，"香港晨报版"也属于盗印本。不过，该印本印刷质量超过任何一种正版书，不仅有水平一流的插图，所使用的白棉纸至今仍洁白如玉、字字清晰，且排校精良，让人爱不释手。美中不足的是封面设计过于落俗，乃是一对时尚男女相互亲昵的一幕，设色浓艳，类似于三流的电影海报。

香港盗印本辗转来到重庆，张恨水也得到一套。他检阅了一遍，觉得男主人公王玉和的思想转变过于突然，于是对该作亲自进行增订，突出了"懦夫立"的主题，补上自序，于一九四四年九月由重庆建中出版社初版，重庆礼华书店负责发行。为了更切合戏剧氛围，书名更改为《天河配》。一九四五年一月，又出版第三版

（国家图书馆有藏）。上述印本均为单册，正文四百六十五页，三十二开。南京建中出版社分别在一九四七年六月和一九四八年十月，出版沪一版和沪二版，由百新书店有限公司总经销，正文页数、开本不变。其封面借鉴传统剪纸技法，画面上是牛郎织女隔着天河在鹊桥两端遥遥相对的场景，别开生面。

中华人民共和国成立后，贵州人民出版社、北岳文艺出版社、中国文联出版社、陕西人民出版社、国际文化出版公司也印行该作。

《天河配》（《欢喜冤家》）是张恨水叙事模式转型期的标志性作品。他的鸿篇巨制由才子佳人的言情模式过渡为对夫妻关系的观照，正是以该作为开端，令人耳目一新。他曾在"建中版"《天河配》自序里写道："载出之后，颇也蒙受社会人士予以不坏的批评……不敢说会令读者读之一定有益，至少也让人家读之无害。"

张爱玲便是该作的痴情读者之一。这位女作家晚年寓居加拿大，家中旧藏的九部张恨水的著作不能完全满足她的阅读欲。一九七六年七月二十一日，她在一封致香港好友宋淇、邝文美夫妇的信函中，特意打听张恨水写女伶的《欢喜冤家》在什么书店有售。

该作同样吸引来电影界关注。一九三四年，上海天一公司将该作改编为电影《欢喜冤家》，主演为陈玉梅。开拍前，张恨水郑重声明："不能改了我的意思。"原著要表达的思想是：做官的除了当官，士农工商全不行；女伶想跳出受人侮辱的火坑，又往往跳不出去。不料，等他在北平真光电影剧院看罢片子，气得差点吐血。原来，影片仅采用百分之七八的原著故事，主旨也完全与小说相悖。里面的男女主人公思想好不进步，居然上山下乡，养鸭子度日去也。影片与原著为什么会产生这么大的变化，与该片编剧夏衍有关。夏衍曾在一九三四年七月二日的《晨报》上，以笔名"沈宁"发表《欢喜冤家》一文，指出张恨水的原著"很典型地描画了一幅彷徨在封建势力和殖民地资本主义这两种势力中间的无自觉而又没出息的小市民的姿态"。"他们爱好虚荣，讲究体面，对生活没有反省，对不平没有反抗。他们的意识形态，只是模糊的哀伤，怯弱的逃避。……他们苦闷，他们挣扎，他们睡眠在意识底下，只在祈求着一种好的生活。可是，他们没有自觉、没有决心，所以尽受压迫，尽受欺凌，但是他们始终不能离开这一圈子。"虽然剖析得透彻入骨，最终夏衍还是选择了让男女主角"离开这一圈子"。

27.以《打渔杀家》为蓝本的《水浒别传》

　　张恨水是位超级戏迷，听戏、写戏乃至演戏，是他全年的趣味中心之一。这位作家尤喜老生戏，一部《打渔杀家》令他百看不厌。他觉得这出戏"很有意味，写豪杰之落魄，官吏之敲诈，都不是平常编旧剧的人所能梦想得到"。"戏里的萧氏父女，我们并不知道出自何书。可是'混江龙'李俊，这是很熟的《水浒》人物，而且道白里面有个花荣之子花逢春，更可以证明这戏与《水浒》有关。我为这个，曾下一番考证功夫。……《后水浒》第九回'巴山蛇截湖征重税'一段里，有相类的故事，主人翁是李俊，另有吕志球、丁子燮、倪云几个人，并没有萧恩与萧桂英。不用说，戏中倪荣是'倪云'之误，但是萧氏父女，是不是有所本呢？据我假设着想，《打渔杀家》大概由《后水浒》里产出的，主角却是编戏人加的。"（载《水浒别传》自序）

　　"九·一八"事变后，举国惶惶。为振奋民心，张恨水当时笔下的几乎每一部作品都带有抗御外侮意识。他想起了《打渔杀家》

中的故事情节，认为将其铺张渲染，亦可借北宋沦亡隐喻中华民国亡国危机。他在《水浒别传》自序内称："有这样现存的假设故事，写上一段，岂不可以减小若干布局命意之苦？好在小说我总是要做，于是我就不踌躇地来利用这个故事。"

作品讲述的是，北宋末年，昔日梁山英雄萧恩即"活阎罗"阮小七与"混江龙"李俊、"出洞蛟"童威、"翻江蜃"童猛隐居太湖，靠砍柴打鱼为生。地方官府恶霸频频上门讨税，恶霸丁子燮甚至欲强行将萧恩之女萧桂英纳为小妾，常州州尉亦偏袒丁子燮，将萧恩杖责问罪。萧氏父女走投无路，奋起手刃丁子燮一家八口，并闯进州衙将州尉砍为两截。交战中，萧恩在受重伤后自刎而亡。之后李俊、童威、童猛等人避难海外，萧桂英则与未婚夫即"小李广"花荣之子花逢春团聚，合力抗击金兵。

作者之所以以"水浒别传"为书名，首先是为了与古人写的水浒题材的正传、续传、后传相区别，其次是因为书中故事与《水浒传》没有太多关联。不过，从时代上讲，《水浒别传》尾随于《水浒传》之后，语言风格更是一脉相承，模仿得几可乱真。

《水浒别传》约十七万字，共二十回，首发于一九三二年十月十日至一九三四年八月四日的北平《新晨报》。当时该报改组，几位编辑都与张恨水熟稔，给朋友捧场自然义不容辞。出乎张恨水意料之外的是，这部历史小说居然惹得侵华日军"过敏"，向主政华北的张学良提出抗议。无奈之下，张恨水离平南下。不过，日军"过敏"并非全无来由。尽管《水浒别传》写得很隐晦，看似与现实无关联，但其自序暴露了作者的创作初衷："《庆顶珠》的故事，应该在宣和七年到靖康建炎之间，那也正是权奸在位、内忧外患、国亡无日的当儿，假使真有那样一件事，真有那样几位英

黑龙江人民出版社版《水浒别传》

雄，我们再闭眼想想现在的中华民国，那岂不是可以用借镜一照的吗？"尤为直白的是，他还在文后特别注明自序系"中华民国二十一年十月八日东三省亡后一年写于燕京"。

一九九七年八月，黑龙江人民出版社出版了一套《水浒系列小说集成》，共十四卷，其中一卷既收录有西泠冬青的《新水浒》和陆士谔的《新水浒》，也包括这部《水浒别传》。这也是目前我所见过第二种《水浒别传》印本。

同样因《张恨水全集》未收入，这里且将回目照录如下：

第 一 回　小头目卖酒石碣村　老渔翁沉舟杨柳渡

第 二 回　戴蓑笠风雨访萧恩　老渔樵江湖隐李俊

第 三 回　萧姑娘烹茶款远客　花公子试箭服英雄

28.《过渡时代》的"新人旧人"

　　《过渡时代》共十八回，约十七万字。作品故事发生在二十世纪二三十年代的北平，四位主要人物分别是闵宗良、闵不古父子和高氏、大妞母女。失偶的中学国文教员闵宗良和单身的家庭妇女高氏可谓旧人物的代表，而学生运动领袖闵不古和人体模特大妞代表了新派人物。在这个"过渡时代"里，两代人或者说是两股势力经过激烈的思想与行动碰撞，最终做出妥协，不得不进行合作；不仅如此，闵宗良与高氏、闵不古与大妞都分别走到了一起。

　　该作最大亮点在于，围绕新旧思想的相互挤压，作者安排了不偏不倚的细致描摹，其中有多处大段的精彩对话乃至辩论。如闵宗良在小说开篇有一番牢骚之言："现在许多年纪轻的人，开口中国要亡，闭口中国要亡。不错，中国要亡了，但是假使中国还让一班老先生来办，现在也许不至于糟到这种地步。"而在收尾处，另一位不知名姓的旧人物不得不慨叹："据我说，事到如今，就是孔夫子还活着，他也没法子维持三纲五常。一切看不上眼，听不入耳的事情，都是过渡时代应有的现象。"

小说于一九三二年首发在《太原日报》，具体起止时间不详。《写作生涯回忆》对本次连载有这般介绍："有两位《新晨报》的朋友，在《太原日报》服务，一定要我写个长篇。磋商数月之久，情不可却，我写了一篇《过渡时代》。这是说社会上新旧分子的矛盾现象，信手拈来，自己不觉得有什么成绩，只听到朋友说，还有趣而已。"

其时，张友鹤主持的《南京晚报》也向张恨水约稿。张恨水于是把小说稿多抄了一份，连载在一九三二年十一月十四日至一九三四年四月一日的《南京晚报》副刊"秦淮月"上，吸引到大量读者。

后来，经钱芥尘向张恨水建议，《过渡时代》被更名为《新人旧人》，刊登在一九三五年十二月二日至一九三七年五月二十一日上海《晶报》第三版。启动连载之日，《晶报》发表《张恨水三个时代：〈新人旧人〉小说来源》一文，披露本次转载并非原文照搬，不仅篇名有变，而且"将以前的旧稿大加修正，内容格外精警"。《晶报》留给《新人旧人》的版面并不大，每期仅连载两三百字而已，题头和署名均采用作者手迹印制。

抗战胜利前夜，上海《大众》杂志将该作篇名恢复为《过渡时代》，并将回体改编为章体，在一九四五年六月号（总第三十一期）和七月号（总第三十二期）上分两次转载其第一章。由于总第三十二期系《大众》终刊号，连载因此夭折。之前，该杂志还在总第三十期发表《编后小记》，称"张恨水先生《京尘影事》，业已刊竣，下期起仍续刊恨水先生杰作《过渡时代》，与《京尘影事》有异曲同工之妙"。

《过渡时代》民国单行本仅见一种，由上海春明书局一九四七年四月出版，封面上画的是擦肩而过的老少两对情侣，序言作者系钱芥尘，扉页书名和著者名由严独鹤题写，正文二百四十五页，三十二开，版权页贴有张恨水私人的蓝泥版权印花。品相完好的该书在旧书网站上只拍卖过一次，为我所得。

上海春明书局版《过渡时代》

不久前，一位远在安徽的学兄要求我为他复印一册"春明版"《过渡时代》，供其研究。我在手机里告诉他，在陕北人民出版社一九九五年十二月出版的《中国现代小说精品·张恨水卷》中，便收录有该作。他听罢哈哈大笑，说自家书橱里早已存有此书。这也是中华人民共和国成立后仅有的一种《过渡时代》印本。

小说回目如下：

第 一 回　立业赖高邻女儿有价　　读书崇往哲君子怀忧

第 二 回　冰炭分途空谈平等论　　声容并茂同写自由花

第 三 回　枯燥人生读书须恋爱　　文明时代吃饭不牺牲

第 四 回　降格以求花丛携画具　　乘风而起台下发雷威

第 五 回　文野一言评穷斯滥矣　　圣贤千古事利莫大焉

第 六 回　骨肉与思潮父父子子　　金钱到恋爱我我卿卿

第 七 回　廉耻不疗贫金钱骨肉　　糊涂还有理菩萨心肠

第 八 回　尴尬解囊心忘情不易　　凄凉摇尾态求饱真难

29.探险小说——《秘密谷》

　　《秘密谷》是二十世纪三十年代初张恨水创作的一部小说。在作品里，他依据家乡的古老传说，发挥想象力，在天柱山里的处女峰虚构出一块世外桃源：明末一群平民为躲避战乱和清朝廷统治，隐入深山，三百年来世世代代过着与世隔绝的生活。用书中人物的话来讲，便是"这地方太好了，一不用当差，二不用纳税，水旱无忧，没有盗匪，种田过日子，娶老婆，养儿子，什么都完了"。然而，时间来到二十世纪三十年代，为了争夺山中有限的土地资源，一位名叫浦望祖的汉子自立为王，纠集一帮歹人肆意妄为，与大多数平民水火不相容。危急关头，恰逢情场失意的南京公务员康百川与三位大学教授联手进山寻访这一块世外桃源，并用现代武器制服浦望祖一伙人。通过短暂接触，康百川与山中姑娘朱学敏一见倾心，却因朱学敏难舍家乡及亲人而无法遂愿。后康百川一行押着浦望祖和他的"王后"返回南京，大出风头。不料浦望祖和"王后"完全不适应现代生活，双双沦为洋车夫。不久，浦望祖在街头被辗死，康百川决定护送"王后"返回大山，盼望借此能与朱学敏旧梦重温……

《秘密谷》全书二十四回，约十五万八千字，首发于一九三三年一月至一九三四年十二月出版的《旅行杂志》第七卷第一号至第八卷第十二号，每期配上插图刊登一回，每回六千字左右。考虑到是向旅行刊物供稿，作品对天柱山一带的山水人文乃至动植物诸如竹笋、野果、兰草、蝾螈、豺狗等介绍得细致入微，绘声绘色。

张恨水自认为寓言小说《秘密谷》"这写法不怎么成功，可是这个手法，我变着写《八十一梦》了"。笔者倒是感觉作为寓言小说，《秘密谷》并非失败之作，不过从内容上讲它实为作者笔下仅有的一部探险小说，这当然并非他所擅长的题材。

最早的《秘密谷》单行初版本是由一九四一年六月上海百新书店出版，国家图书馆有藏；一九四二年二月，上海百新书店出第二版；一九四六年五月，成都百新书店出蓉版本。上述印本均系插图本，分订两册，正文三百二十八页，三十二开。最后一种民国印本出现在一九四九年三月，即香港百新书店出版的第八版，依然系插图本，正文三百二十八页，三十二开，只是合订为单册。"香港百新版"出版年代较近，印行时正值兵荒马乱之际，销售情况欠佳，大多囤积在仓库，近些年大量从港岛流入内地，市面上较常见，成交价普遍低廉。据美国国会图书馆总目录显示，哈佛大学图书馆还藏有该书一九四七年的印本，但我无缘得见。各种"百新版"的封面从一而终，未作任何变动。

民国盗版本仅见一种，由新京启智书店出版，分订两册，可拆售，每册各售一元，其余信息不详。

台北慈风出版社一九八一年十月曾翻印《秘密谷》，单册，正文三百一十四页，三十二开。书中有一则发行广告："村中闻有此人，咸来问讯，自云：先世避秦时乱……安徽天柱山中被遗忘的香格里拉，借着四个新武陵

上海百新书店版《秘密谷》

人的桃源行，一睹明思宗年间避世的乌托邦，以寓言的方式，勾勒出古今浮世的温寒……"该印本在"孔网"仅现身一次，时间为二〇一八年春节前夕，被我以白菜豆腐价抢得。"慈风版"出版年代较近，就珍稀程度而言却较之"百新版"有过之而无不及。

另外，《秘密谷》收入了《张恨水全集》，这也是中华人民共和国成立后它在大陆仅有的一种版本。

三年前的一个炎炎夏日，因为赴潜山参加张恨水学术研究会，我有幸登上如同擎天一柱般的天柱山。同行的还有张恨水之女张正、张恨水之侄张一骐、张恨水之孙张纪等张家后人和孔庆东、解玺璋、燕世超、谢家顺等知名学者。尽管天气酷热、山道崎岖，但大家都是带着朝圣般的心情上山的，差不多全部成功登顶。在山腰处，我们惊喜地发现这里居然有个景点便叫作"秘密谷"，大家都忍不住兴致勃勃地聊起小说《秘密谷》中的人和事……

30.从《东北四连长》到《杨柳青青》

《啼笑因缘》被上海《新闻报》连载之际，同城的《申报》高层眼见《新闻报》销量大幅攀升，心痒难搔，向张恨水拉稿。张恨水认为包办国内两家顶尖级报纸的小说连载，可谓盛举，却不免树大招风，也担心影响自己与《新闻报》的合作关系，遂以忙为由婉谢。不久之所以改变初衷，得归因于他和周瘦鹃的私谊。

一九三三年春，当张恨水与周瘦鹃在上海相识时，都接近不惑之年。张恨水觉得周瘦鹃是位儒雅的书生，待朋友极诚恳，故跟他非常谈得来。周瘦鹃那时刚开始主持《申报》副刊"春秋"。"春秋"是一种倡导市民文学的副刊，讲求"文体不论新旧，但以思想新颖、趣味浓厚"为宗旨，以刊登旧派文人的稿件为主。与张恨水有过几次接触后，周瘦鹃代表报馆旧话重提，笑称"春秋"眼下急需长篇小说。章回体小说，要通俗，又要稍微雅一点，更得贴紧时代，如此拿手的人，委实不好找，希望张先生帮帮忙吧。张恨水不愿失去这位朋友，正好他手头有一位参加过关外抗战的年轻人提供的资料，可以以此为基础，创作一部鼓吹抗战的长篇小说《东北四连长》，主人公是东北军的四位连长。他慨叹："那时南京方面，正唱着一面交涉，一面抵抗，实在不能找出一位大人物来做小说主角。还是写下级干部的好。这样，也就避了为人宣传之嫌。"至于提供资料的那位年轻人，曾在东北军中担任连长，后来进入张恨水创办的北平华北美术专门学校求学。张恨水除了口头上向这位弟子打听军人生活，还让他撰写了一份文字材料，承诺支付报酬。文字材料这位弟子如期写了，却不肯收下一个铜子，张恨水只得用其他方式给予他帮助。

且说看过弟子提供的材料，张恨水身上强烈的忧患意识迅速转化为洋溢蓬勃济世热情的文字。一九三三年三月四日，小说开始在"春秋"连载，直至一九三四年八月十日登完。每一期连载的版面基本上是固定的，大约六百字，全书三十二回，共计约三十一万言。周瘦鹃对这部小说相当重视，安排美编精心设计了描绘战场厮杀场面的题花，而且每隔一段时间便更换一种设计。张恨水当时在上海逗留长达半年，每写成几十页稿子，周瘦鹃都会派人去取，随取随发。张恨水交给周瘦鹃的是复写稿，原稿留在自己手上，以备出单行本时使用。不曾想此后便烽烟四起，家室荡然，书稿不知所踪。

因为这个缘故，抗战期间，该作未结集印行。直到战后，上海山城出版社寻到全套旧报，抄写下来，希望出版。张恨水收到抄写稿，未轻率签订合同，而是用去近八个月时间进行大幅修改，将原作内容或冲淡，或割弃（尤其是关于前线作战的情节删除殆尽），或补充，调整为二十八回，并补上自序，字数也压缩到二十七万言。如此劳神费力，只因为："其一，原书的意义，是提倡军队抗日，而以不抗日的人相对照。现在沧桑一劫，已无此必要。其二，站在人道上说，战争是不可提倡的。我们为了民族的生存，以往对日抗战宣传，乃是出于不得已。现在对日战事胜利，我们希望和平建国，原来主战的意义，也过了时代。其三，书上描写当年长城一角之战，笔者是根据所闻，粗枝大叶地写着，相当外行。"（载该书自序）一九四七年四月，该作更名为《杨柳青青》，交上海山城出版社在国民政府注册后出版，总经销处为上海教育书店，另有重庆、成都、汉口、西安的联营书店经售。书为单册，正文三百二十八页，三十二开，封面设计者为宋石，其设计亦借鉴传统剪纸工艺，色调鲜艳夺目，亦不失雅致的风格。这种民国印本国家图书馆有藏，秘不示人。多年前，我在张恨水后人的回忆录中见过它的书影，顿时心痒难搔，无奈此书在"孔网"仅现身三次，且均品相甚差，缺封面。"所谓伊人，在水一方。"我寻寻觅觅十余个春秋，终得落掌。它来自上海一家旧书店，足有九成品相，时间为这册旧书洒上了一层薄薄的金粉，使之灿若霞光。

修订后的《杨柳青青》写健美多情的北京海淀姑娘杨桂枝与邻家官宦子弟甘积之年貌相当，两情相悦，却遭到甘积之兄甘厚之从中作梗。甘积之委曲求全，仍屡受兄长污辱，也得不到杨桂枝谅解。甘积之负气离开家庭，自食其力。恰在此时，杨家租居的小杂院搬进一位开朗慈善的赵翁，其子赵自强在军中任连长。在友人牵线下，杨桂枝与爽直刚毅的赵自强订婚，不久赵自强随部出征关外。几个月后，赵自强回平与杨桂枝完婚。不料大婚次日，赵自强便接到上司电报，命他速返军营。此时，甘积之已赴乡村小学教书，仍对杨桂枝旧情难忘，遭杨桂枝严词拒绝，甘积之绝望之下，亦出塞从军。次年，热河失陷，赵自强突然间杳无音信，生死未卜。到了这一年的杨柳青青时节，杨桂枝产下一子，同时也传来赵自强战死沙场的噩耗。从《东北四连长》到《杨柳青青》，尽管四位东北军连长除去赵自强，其他三人都减少了"戏份"，但仍属于举足轻重的人物。一个是田青，原是沈阳人，在北平念大学，"九·一八"事变后被日本人抄了家，无法继续求学，乃听从女友黄曼英劝告当了兵。他出征未几，黄曼英便耐不住

上海山城出版社版《杨柳青青》

寂寞，移情于甘积之。第二位是关耀武，人到中年，老婆孩子一大堆，全靠他的几十元薪水过日子。在关外与日本侵略军的交锋中，四位连长只有他死里逃生。最后一个连长叫殷得仁，无牵无挂的单身汉，与赵自强关系甚密。作品颂扬了下层军官和普通民众的忠贞爱国，也鞭挞了某些中上层军官和士大夫的自私虚伪、误国欺民。书中调动多种艺术手法塑造的众多下层人物形象，一个个就像我们身边活生生的街坊，全无距离感。台湾学者赵孝萱认为，《杨柳青青》是张恨水在创作转型期"颇受忽略的重要力作"。

张恨水在《杨柳青青》单行本自序中，谈到了小说更名的原因："《随园诗话》中，记有人只传了一句诗，这诗就是：'杨柳青青莫上楼'七个字。我觉得这七个字含义极深，是大可赠予书中的悲剧主角的。这虽仅仅是一种劝告，可比怎样慨叹惋惜都强得多。春风杨柳，它们给人间一片欢愉，又何尝不给人间一片悲哀。读者会心不远，就在这'杨柳青青'四字里去玩味罢。"

31.为堕落者哀歌——《现代青年》

长篇小说《现代青年》又名《青年时代》，同样系张恨水"三大时代说部"之一，共三十六回，约三十三万六千字。

小说描写世代务农的周世良为了让儿子周计春念书，变卖田产，来到省城以做豆腐谋生。不久，周计春与邻居倪洪氏的女儿菊芬订下亲事。后周计春来到北平求学，移情于实际上是倪菊芬同胞姐姐的同乡名媛孔令仪，并荒废学业，整日陶醉在舞场酒楼。周世良闻讯来平劝说儿子不遇，身心交瘁，悲恨离世。周计春日益堕落，"借"来孔令仪的钻戒，转眼间被一舞女骗走。他在找寻钻戒的过程中，结识一位剧作家，被推荐去南京发展，一跃为话剧界当红小生，艺名"秋潮"。两年后，他与孔令仪重逢，又以华侨子弟身份陪她回家骗取所谓的"留洋费"，不料被识破机关，同时发现倪菊芬和孔令仪间的血缘关系。倪菊芬羞愤自杀，周计春也被扫地出门，到父亲坟头抱头痛哭……

在反封建潮流激荡之下，当时文学作品凡是写到父子矛盾的，几乎清一色都是青年代表革命和进步，老年代表顽固和落后。毋庸置疑，张恨水在"五四"时期是游离于新文学阵营之外的，他一方面接受新思潮的哺育，同时又与新文学阵营保持着一定距离。面对当时文学作品表现父子矛盾日趋公式化的状况，张恨水在现实中详加观察，发现同是青年，既有进步人士，也有堕落之徒。他在《〈现代青年〉自序》中写道："《现代青年》一书，予不敢谓佳，然下笔时，不敢超出社会实况，则较之作《似水流年》，有过之而无不及。读者而疑吾言，则在青年驰逐之场，稍加研究，必有发现不少之西装革履，皆父兄血汗之资所易也。吾人极不赞成养儿防老、积谷防饥之旧观念。但见若干青年，耗其父兄血汗挣来之钱，如泥沙掷去，劳逸相悬，亦良为不平。而此等人则尚高谈主义，以现代青年自命。"

不仅仅是思想上站位高，该作艺术价值亦不低。小说中，作者的描写笔法十分细腻，大量使用工笔细描。虽难免有些拖沓琐细，但通过这种细致描写，契合了作者所提出的"不敢超出社会实况"的主张。

《现代青年》首发时段为一九三三年三月二十七日至一九三四年七月三十日，刊物为上海《新闻报》副刊"新园林"。"新园林"的前身即"快活林"，依然由严独鹤主编。

该书单行本由上海摄影社初版，时间为一九三四年九月，分订三册，正文三百四十五页，二十五开。与"三友版"《太平花》初版本一样，封面设计由当时风头正劲的年轻画师叶浅予担任。了解到小说的主要故事情节后，他迅速拿起画笔，绘制出一男（系周计春）二女的图像。二女格外地抢眼，那位孔令仪俨然大家闺秀，貌若"电影皇后"胡蝶；另一位倪菊芬活脱脱是个小家碧玉，神似有

上海三友书社版《现代青年》

"美丽的小鸟"之称的影坛红星陈燕燕。接下来，他在画旁书写了美术体书名。此画与小说风格、情节、人物完美吻合，更难得的是，有两名颇具号召力的影星"出面"，销路大可看好。国家图书馆藏有该印本。

　　一九三五年一月，上海三友书社亦出版由严独鹤校订的单行本，封面设计具有现代主义色彩，主体部分是男女头颅各一，用笔夸张。全书分订三册，正文七百七十八页，三十二开。该印本安徽省潜山县张恨水纪念馆有藏，由张恨水之孙张朝捐赠。

　　同年十一月，上海三友书社更改封面设计，再次推出所谓的"初版本"（实为再版本）；之后，又于一九四〇年九月三版，一九四一年二月四版，一九四一年六月五版。以上印本均分订三册，正文七百七十八页，三十二开，扉页上的书名由严独鹤题写，且正文字大行稀，好生养眼。第四版和第五版发行之际，三友书社在一九四一年三月出版的《啼笑因缘》第十五版内刊有如下广告：

　　张恨水君继《啼笑因缘》在《新闻报》发表的又一杰
作

现代青年

本书主角：

一位勤苦用功的好学生

一双环境不同的姊妹花

情场如战场　　　一男周旋二妹间

富室与贫邻　　　二女原是同父生

从开始至结局　　无一节不紧张

疑云处处　　　　作者大显身手

情话绵绵　　　　读之爱不忍释

有恨水小说迷者　不可不读

　　美国密西根大学图书馆藏有上海三友书社的改排版《现代青
年》。"三友改排版"我过眼的有两种，一为一九四一年十二月
的"改排后第一版"，一为一九四七年二月出版的"改排后第四
版"。以上印本均分订两册，正文五百一十四页，三十二开，字体
由四号字缩小为五号字。

　　盗印本有多种。我在张纪的书斋内见到过一套《现代青年》，
分订两册，三十二开，四百二十四页，由奉天振天书局一九四一
年六月十五日三版印刷，同年七月十五日三版发行（其初版本系
一九三八年一月二十五日发行），封面精美，纸张虽历经大半个世
纪的沧桑，所印刷的铅字仍清晰可辨。奉天文艺画报社还有更早的
盗印本，第一版一九三五年七月二十日印刷，同年八月二十五日发

行；第二版一九三五年十月十五日印刷，同年十一月十五日发行；第三版一九三六年二月一日印刷，同年三月一日发行。以上"文艺画报版"印本均为两册，正文四百六十页，三十二开。为了促进销量，文艺画报社煞费苦心，大做宣传。我见过其中两幅广告，一幅夸张地宣称它是张恨水"最得意！最精彩！最成功！大杰作"；另一幅宣扬此书"大众乐读，人人称赞，打破小说出版记录，四个月中销售万部"。另外，上海励进出版社一九三八年九月出版了一套《少年绘形记》，分订两册，三十二开，系半伪书，根据《现代青年》盗印，其序为伪作。

一九八五年十一月，人民文学出版社在中华人民共和国成立后率先印行《现代青年》，一九八八年七月又加印，两次印数共计九万零五百三十册。随后，北岳文艺出版社、中国文联出版社、陕西人民出版社、陕西师范大学出版社、团结出版社、天津人民出版社亦相继再版。

《现代青年》也是影视界宠儿。一九四一年，上海艺华影业有限公司将其改编为同名电影，主演为杨志卿。一九九二年，被摄制成十二集电视连续剧《秋潮》，编剧为张恨水之子张伍，导演为高正，主演为佟端欣、村里、王芳，主题歌《人生啊人生》由毛阿敏演唱。二〇〇七年，又被改编为三十集电视连续剧《梦幻天堂》，导演为刘国权和李大为，"谋女郎"李曼任女主角，台湾当红明星明道饰"男一号"。

32.致敬少年时代的《北雁南飞》

要准确了解张恨水童年及少年时代的家庭生活，发掘几尽湮没的生平细节，我们最好读读他的章回小说《北雁南飞》。这部才子佳人小说共三十六回，三十六万二千字。

作品讲述了清末民初三段情感故事。第一段故事叙述少年李小秋从省城来到父亲任职的江西新淦县三湖镇度假，父亲让他去私塾先生姚廷栋处念半年国文。私塾先生的女儿姚春华也跟随着父亲读书，一对少男少女就此坠入爱河。姚春华最终屈从父母之命，另嫁他人，李小秋则参加了革命队伍。第二段故事写的是毛三叔、毛三婶夫妇感情不睦，毛三婶顶住闲言碎语，断然与丈夫分手。第三段故事讲的是屈玉坚与大妹这对少男少女两情相悦，离开家乡自食其力，终成眷属。全书以作者少年时代在三湖镇的读书生活作为背景，主人公李小秋是以他本人为原型，李小秋父母李秋圃和李太太显然是拿他的父母张钰与戴信兰作为模特。

这部小说是张恨水一九三四年秋在北平华北美术专门学校内完

上海山城出版社版《北雁南飞》

成的。当时他写了太多现代题材小说，正想换个口味，故创作了一部以晚清作为主要时代背景的作品。他在单行本自序中称："这部书的命意，很是简单，读者可以一望而知。这不过是写过渡时代一种反封建的男女行为。虽然他们反封建并不彻底，在当时那已是难能的了。我若写他们反封建而成功，读者自然是痛快，但事实决不会那样。这书里，有些地方，是着重儿女情爱的描写，但笔者自信，无丝毫色情意味。相反的，那正是描写被压迫者的一种呼吁。现在大都市里，婚姻是自由了，可是看看穷乡僻野，像《北雁南飞》这种情节的故事，恐怕还很多。现在做父母的，应该比以前的人开明些，这书当可作为人父母的一种参考。"

《北雁南飞》首发于上海《晨报》第四版，连载时段为一九三四年二月二日至一九三五年十月十八日。

山城出版社多次印行该作单行本，分别为一九四六年七月初版，一九四六年九月再版，一九四七年一月三版（国家图书馆和美国密西根大学图书馆皆有藏），均分订两册，正文四百五十五页，三十二开，用进口新闻纸精印，总经销为上海教育书店。其封面上以芦苇丛为近景，其远景下为山峦，天际苍远，上方是蓝天下飞来的一群燕子，以此契合书名，意境幽深。此设计不似普通的通俗小说单行本那般浓妆艳抹，仅使用蓝白二色，简练而有情致，充满朴素的文化气息，设计者为宋石。一九四六年十月五日，在《北雁南飞》再版本发行之际，教育书店借上海《文汇报》头版刊出广告，夸耀张恨水"运用写情妙笔，一路叙来，缠绵悱恻，情趣盎然！且对于青年男女之心理描写，既细腻，又深刻。说它哀情小说可，说它言情小说，亦未始不可"。

北京书店版《北雁南飞》

民国时期，《北雁南飞》至少产生过三种盗印本。一为北京书店出版，分订四册，正文四百八十五页，三十二开，版权页上无出版时间及版次。二为京津书店出版，单册，正文一百八十九页，三十二开，仅刊至第十四回便告终，因笔者所藏之书版权页缺损一角，无法知悉出版时间及版次。三为大连影艺社翻印，定价四角，其余信息不详。

《北雁南飞》一九四九年后的印本较多，《今古传奇》自一九八五年第三期至一九八六年第一期连载该小说，吉林文史出版社、北岳文艺出版社、中国文联出版社、陕西人民出版社均曾印行单行本。

33.最难消受《美人恩》

张恨水女公子张正讲过的一句话让我印象深刻："当年我父亲初来北京闯荡时，穷得就像《美人恩》中的洪士毅，食不果腹。"

早在一九三一年秋，张恨水便与世界书局约定，在数月内完成《美人恩》。因北方形势恶化，张恨水南北奔走，加之忽生胃病，搁置了下来。直到一九三二年冬，他才在北平华北美术专门学校内，"念岁月之悠悠，将爽约于何及。于是努力为之，将未尽之稿十一回，一气呵成"。（载《美人恩》自序）

美专的校址原是清朝大臣裕禄私邸，亭台别致，花木扶疏，张恨水的校长室所在的那个院落更是其中精华。他把这儿布置成参酌古今的书斋，书案有六七尺之长，覆以漆布。案上摆放有花瓶坛炉，另有檀木架的古砚一方和御瓷笔筒、碧蓝水盂各一。拥有如此惬意的写作环境，他未免流连忘返，数天才回一次家，小说"一气呵成"也就并不费力了。稿子杀青那天，为一九三三年十二月二十七日夜，大雪纷飞，万籁俱寂，手捧香茗的张恨水的心情大畅，面窗叹道："不亦快哉！"

《美人恩》共二十四回，二十一万七千字。故事发生在二十世纪二十年代的北京。女主人公常小南生长在穷苦人家，以拾煤核为生。一天，她偶遇失业潦倒的洪士毅。洪士毅心生怜意，用在慈善会打替工的微薄收入接济常家，二人遂萌生感情。貌美体健的常小南后被杨柳歌舞团领班相中，从此见异思迁，先后甩掉洪士毅、乐师王孙，最终落入纨绔子弟陈四爷之手，导致常家家破人亡。作品中，所谓的爱情是破碎且不堪回首的，令人不忍卒读。

张恨水是一位极具艺术自觉意识的作家，不肯频频复制自己，让作品陷入雷同、死板的境地，自《春明外史》始，便不断地进行实验和创新。他在《美人恩》自序中讲："予读言情小说多矣，而所作亦为数非鲜。经验所之，觉此中乃有一公例，即内容不外三角与多角恋爱，而结局非婚，即生离死别而已。予尝焦思，如何作小说，可逃出此公例？且不得语涉怪诞，以至离开现代社会。思之思之，乃无上策。盖小说结构，必须有一交错点，言情而非多角，此点由何而生？至一事结束，亦无非聚散两途，果欲舍此，又何以结束之？无已，则于此公例中，于可闪避处力闪避之，或稍稍一新阅者耳目乎？有此一念，予乃有此《美人恩》小说之作。《美人恩》中言情，初不写情敌角厮之事，而其结局，一方似结婚而非结婚，一方似离别而非离别。如斯作法，乃差有新意。但谓尽脱窠穴，则自病未能。此中甘苦，或为同道所默许欤？"可见他对此作确实煞费苦心，不肯落入俗套。

上海世界书局多次出版《美人恩》，我所见过的包括一九三四年四月初版本，一九三四年六月三版本，一九三四年十一月四版本。一年内居然四度印行，可想象其热销盛况，当年鲁迅便托人为

上海世界书局版《美人恩》

　　母亲在世界书局以折扣价买下这部小说。以上印本均分为三集，每集可拆开零售，三十二开本，正文六百零六页，每一页的天头和地脚都印有精美图案，与用四号字排版的疏朗文字相呼应，赏心悦目。值得一提的是，书的封面为一花样年华女子头像，女子的目光如怨如诉，头像周边是各种色调的块状物，复杂的构图要表达的似是"最难消受美人恩"这七个字。这套书的四版本是我八年前在"孔网"拍下的，所费仅三百元。当时拍主声称该书仅存两册，没想到寄到我手中的为全套三册，算是捡了个小漏。

　　世界书局后来又改版推出《美人恩》，前三种印本无缘得见，我仅藏有一九四六年七月新四版和一九四七年二月新五版，为单册，正文二百四十九页，三十二开，封面上的一对恋人男子弹琵琶女子回首倾听，好不俏皮可爱。

　　台北慈风出版社一九八一年十月也出版了《美人恩》，为单册，正文四百一十九页，三十二开，封面上绘有一位白发红唇的美女，其发际前挺立有五六支怒放的郁金香。书前对该作有如此推介："彩袖殷勤捧玉钟，当年拼却醉颜红。舞低杨柳楼心月，歌尽桃花扇底风。由捡煤核的拾荒少女，辗转成了十里洋场的红粉佳人，利欲熏心，人性黑暗面的刻画。在战争的洗礼下觉醒，怨怼爱憎转头空……唏嘘不已。"

香港广智书局亦印行过该作，单册，正文二百九十四页，三十二开，版权页未注明印行时间。该书原始售价为港币三元，但我为得到它不惜豪掷四张百元人民币，价格不亚于民国印本。记得这本书在"孔网"上挂了近三年，其间我多次与店家议价，对方始终"坚贞不屈"。无可奈何之下，终于忍痛付值。也难怪，此书是网上"前无古人"的孤品，品相完好，更诱人是那美轮美奂的彩印封面，那仿若仙境的北海白塔，那湖畔青草地上的一双民国时装情侣，显得那么天清云淡，水净沙明，使人悠然意远，欲罢不能。

一九四九年后内地出版过该作的，先后有山东文艺出版社、北岳文艺出版社、海南国际新闻出版社、北京燕山出版社、江苏文艺出版社、文化艺术出版社。

34.似曾相识《燕归来》

东北沦陷后，国人鉴于疆土日蹙，提出"开发西北、以资补救"的口号，考察大西北列入众多有识之士的计划；而张恨水也日益渴望笔下作品赶上时代步伐，西北行无疑是实现理想的一大捷径。

一九三四年五月七日，张恨水带着北华美专的工友小李，开始为期两个多月的旅行生活。他沿平汉线抵郑州，随即转乘陇海线列车穿洛阳达潼关，其后坐上汽车，游历西安、平凉、兰州等城市。陕甘一带的破败荒凉、贫瘠落后让他震惊，"可说大部分的同胞，他们还不够人类起码的生活"。他正欲继续西行，上新疆遛遛，被兰州的朋友一把拽住，提醒道："乌鲁木齐的军阀盛世才不是好惹的，去了很难保证回得来。"他无可奈何，向后转，打道回府。

张恨水在《写作生涯回忆》中强调："在西北之行以后，我不讳言我的思想完全变了。文字自然也变了。"随后几年间，他在创作思想和创作方向上，都进行了有意识的调整与转变，笔下的长篇

《燕归来》《小西天》《屠沽列传》《艺术之宫》《夜深沉》皆以下层贫民为主体，关注重心指向民间疾苦。尤其是他连续写出反映陕甘地区生活的两部长篇小说《燕归来》《小西天》以及中篇游记《西游小记》，向世界介绍闭塞落后的陕甘，希望唤起外界的同情心，伸出援助之手，堪称中国现代西部文学的拓荒者。

《燕归来》是张恨水创作转型期的标志性作品，共四十二回，四十二万七千字，主要叙述高一虹、费昌年、吴健生等三名大学男生为追求校花杨燕秋结伴西行之旅。女主人公杨燕秋，经历了从难民到丫鬟再到富家小姐的蜕变。养父的去世，让她不得不重新审视这个世界，抱着寻根愿望，怀揣开发西部的宏大志向，远赴西北。作品让读者目睹了一个不幸家庭一步步被饥饿战乱逼向死亡的过程，呈现西北人民的苦难和坚韧。另外，作品还以游历者的角度，展现了对历史文化古迹遭到践踏的反思。

杨义主编的《张恨水名作欣赏》中，有如此评价："《燕归来》艺术上的独特之处有二，一是打破了章回小说写一件事发展单线直下的写法，采用插叙结构，在情节发展中拦腰插进有关人物身世章回，使之读来跳脱有致，富有机趣；二是在人物塑造方面，作家注意对人物性格行为的刻画，并运用大量细节点染，使小说中人物的神貌、性格，更加生动，栩栩如生。"这里所谓的"插叙结构"，是指在作品的第二、三、四回中，以第一人称讲述童年时杨燕秋从甘肃逃难至西安的经历，使得该小说的叙述方式是第一人称与第三人称的混搭型，属于章回小说中非常另类的叙述方式。还值得称道的是，作品收尾有神来之笔，正在读者猜测哪位"护花使者"能俘获杨燕秋芳心的时候，故事绕开人们的惯性思维，宕开一笔，让杨燕秋与扎根在大西北的留洋工程师程力行走到了一起，殊

上海正华出版社版《燕归来》

出意料，却在情理之中。

《燕归来》首发于上海《新闻报》副刊"快活林"，连载时段为一九三四年七月三十一日至一九三六年六月二十六日。严独鹤留给《燕归来》的版面几乎是固定的，每期发稿均在六百字左右。

一九四二年二月，天津唯一书店出版《燕归来》单行本，这也是目前所知最早的单行本，但我未收藏，诸多版本信息不详。

美国密西根大学图书馆收藏有该书民国单行本，系励力出版社一九四六年七月出版，分订三册，正文六百四十六页，三十二开，封面所绘为一对青年男女倚栏而坐，一对燕子结伴飞至，似在偷听他俩的喁喁私语。版权页上注明是"新版"，"旧版"时间是何年何月，尚无从考证。唯一的线索是，笔者曾见到过一九四二年六月奉天启智书店盗版的《燕归来》，分订三册，三十二开，封面设计与励力出版社的印本封面一致，由此可证明励力出版社的"旧版"时间当在一九四二年六月之前。

重庆的陪都书店亦对《燕归来》有兴趣。该店初版本我迄今缘悭一面，仅存有一九四八年四月所出的再版本，为上下两册，正文六百四十四页，三十二开，发行人为冯珊如，重庆福华印刷厂印刷。

香港汇文书店版《燕归来》

一九四八年十月，上海正华出版社将《燕归来》前二十二回作为正集出版，注明为"新一版"，正文三百二十页，三十二开。同一时间，又将后面的二十回作为续集出版，同样注明为"新一版"，正文三百四十六页，三十二开。正续二书封面设计一致，描绘的均是在一片青草地上，一名时装女子翘首以盼，一名青年男子席地仰望，而两只燕子正从远方飞来。

香港汇文书局也曾印行《燕归来》，分订三册，正文六百四十六页，三十二开。寒斋藏品无版权页，不知晓准确出版时间。根据纸张判断，该书当属一九四九年前后的出版物。该书封面颇能引发读者的购买欲望，乃是以天蓝色为底色，画面中央有位旗袍美女倚坐在栏杆上，凝神仰望头顶掠过的一对燕子……

安徽文艺出版社、北岳文艺出版社、中国文联出版社、国际文化出版公司先后推出该小说的当代印本。

令人遗憾的是，现已问世的《燕归来》单行本中，未出现一种令人满意的封面设计。其民国印本的封面多为月份牌式的美人图或男欢女爱图，庸俗低劣；中华人民共和国成立后诸印本的封面或浓艳庸俗，或素净得乏味，表达不出作品主题。

这部小说抗战中曾在沦陷区被改编为电影，却被日伪政府禁演。

35.周瘦鹃拉来的《小西天》

章回小说《小西天》共二十四回，约二十四万字。作品以上世纪三十年代初西安大旅社"小西天"为舞台，将形形色色的各阶层人士制约在同一环境里，你方唱罢我登场，上演了一幕幕人生悲喜剧，为我们描绘出一幅大西北风情图。如中央调查机关的蓝专员飞扬跋扈、以势凌人，张介夫、李士廉等外地投机者为步入官场见菩萨就拜，银行职员王实诚到此买地皮办实业，寓居在此的财主贾多才趁人之危纳妾，本地穷苦姑娘朱月英却为求生存和奉养长辈出卖身体，还有那孤苦无依的外地妓女浣花为凑齐回乡路费强颜欢笑，等等。形成鲜明对照，在善与恶的冲撞中产生强烈的戏剧效果。在人物描写方面，作者多从语言和心理刻画入手，注意通过对话交代社会背景、人物身世。

赵孝萱在《张恨水小说新论》中认为，从构架上讲，《小西天》"与后来老舍的名剧《茶馆》十分类似"，也"像西片《大饭店》《愚人船》《海神号》《火烧摩天楼》《爱之船》《铁达

上海《申报》连载的《小西天》

陕西华岳文艺出版社版《小西天》

尼号》等等，都是固定于同一场景，故事在各个角色之间偶然建立的人际关系中发生"，其题材"为现代小说史首见"。

一九三四年八月二十一日至一九三六年三月二十五日，《小西天》首发于上海《申报》副刊"春秋"。该作与《燕归来》一样，是深入西北实地了解民间疾苦的劳动结晶。《小西天》启动连载之日，"春秋"编辑周瘦鹃特意加了一个编者按，认为这部小说"绝不是闭门造车的东西，乃是一部实实在在的西北民间小说"。周瘦鹃以张恨水为参照，对那些整天高喊"到民间去"口号，人却待在洋房里、咖啡馆、跑狗场、跳舞厅的作家挖苦了一番。

《小西天》在民国时期未出书。直到一九八八年三月，陕西华岳文艺出版社才推出它的首种单行本，正文三百六十二页，三十二开，印数达四万一千册。该书封面设计较有特色，一位长辫姑娘凝神注视前方，仿佛正在找寻归宿，画面类似于电影特写镜头；而她的身后，用版画形式展示了一条繁华街市上的饭店，店主正在殷勤地迎接一帮西服革履的客人。

北岳文艺出版社和中国文联出版社随后也推出该作新印本。

现如今，猎猎西风，回望长安，"小西天"已无从寻觅，伊人亦逝，不在灯火阑珊处。

36.一稿多发的《屠沽列传》

关于章回小说《屠沽列传》，相关学者对其提及甚少，即便是在一些权威性研究专著中，也或语焉不详，或存在明显疏漏。据笔者查找到的资料，已见的各种表述均欠准确，包括连载起止时间、连载期数、章回数等。《屠沽列传》连载于一九三四年十月二十一日至一九三五年十二月十五日的《武汉日报》副刊"鹦鹉洲"，每期刊出四百来字，仅连载了十五回，且名义上是至三百二十七续停刊，刊出部分约有十五万字。这里要说明一下，连载中，编者排校不精，将第十五回错排为第二十五回，因而造成有关研究专家的误会；而且连载序号混乱，错排、漏排、重复排号现象严重，仅据我阅读过的部分推断，该小说至少连载了三百五十次。另外，每次连载所用题头和署名都是根据张恨水手迹印制。据王益知的《张学良外纪》（香港南粤出版社一九八二年二月版）记载，一九三四年九月，张恨水曾应张学良邀请赴汉，稿约应该是此时商定的。我所收藏的，便是《武汉日报》连载版，但并不完整，缺失第十一回至第

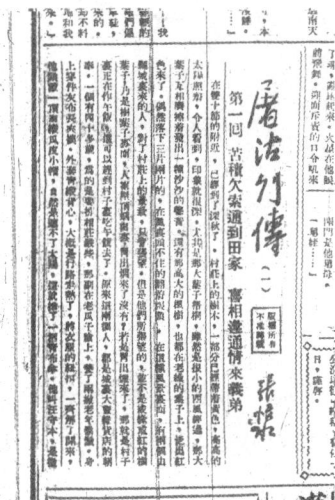

《武汉日报》连载的《屠沽列传》

十三回。

另据《写作生涯回忆》记载："我也写了一篇《屠沽列传》，在《新民报》发表，这书是和《武汉日报》，成都另一家《新民报》，三家合载的，也因故未能登完。"经核查，《屠沽列传》确实曾易名为《市井列传》在两家《新民报》发表，其中在南京《新民报》"社会新闻"版的连载时段为一九三七年二月六日至七月三十一日，在成都《新民报》副刊"社会"的连载时段为一九三七年二月十六日至七月二十三日，均未刊毕。

小说回目如下：

第一回　苦积欠索逋到田家　　喜相逢通情来义弟
第二回　肆巧舌售米斗机锋　　宿深心抱杯结朋友
第三回　施骗局狂博度长宵　　耗巨资灰心作死计
第四回　分金备酒厨子解围　　煮药当炉屠夫尽孝
第五回　瞒老父苦作负债身　　见村姑笑变远来意
第六回　疑远客数次巧相逢　　见家人一番深结合
第七回　慷慨通财老翁侧目　　殷勤贺岁主妇扬眉
第八回　二友同来忽通媒妁　　一言难出全仗爹娘
第九回　注意吗隔窗听话去　　含糊着上县看灯来

　　作品叙述金秋十月，来自安徽乡下的汉子田发义为偿还拖欠杂货店的债务，进县城出售家中存粮，却身陷纨绔子弟、米店少东家吴少全设下的骗局，不仅赌输掉刚刚到手的卖米钱，还欠了一笔巨债。愧悔之下，他欲投水自尽，幸遇开饭馆的义弟王立人搭救，替他偿清欠杂货店的债务。不久，吴少全去田家讨赌债，见田发义的女儿毛姐品貌出众，于是放弃追债，还主动出资与田发义合伙做米生意。之后，吴少全又托人向田家求亲。田发义贪图吴家钱财，爽快允诺。因吴少全的母亲欲"审核"未过门的儿媳，特委托王立人到田家接毛姐及其母亲徐氏到县城看灯。不曾想，在王家短暂相处了几日，年轻干练的王立人与毛姐互生爱慕。然而，王立人身为"长辈"，不堪忍受他人的风言风语，毅然斩断情丝，竭力撮合吴田两家的婚事……小说至此中断。

　　此作是张恨水乡村小说的上乘之作，通篇充盈皖北风情，塑造人物的技巧已臻炉火纯青之境，对人性弱点的描写入木三分，对田发义、田三老、毛姐、王立人、李二等人物形象或细描慢抹，或粗笔勾勒，都栩栩如生，宛若目前。

　　不得不强调的是，这是张恨水首次涤尽繁华，将最底层的乡巴佬当作主要人物写入长篇小说，也是唯一的一次，空前绝后。作者青少年时代有丰富的乡村生活体验，将其融入文本并非难事。用小说来表现小人物的挣扎、惘然和无奈，再次证明作者受到了新文学现实主义小说的深厚影响。

37.长篇章体小说之先驱——《天明寨》

　　《天明寨》讲述太平天国兴起时，劣绅与官府勾结，密谋贪污；村民汪孟刚父子出头抗争，反遭官府迫害，被逼加入太平军，奉命攻打天明寨。乡绅李凤池贡献家产，组织团练，率领村民退守天明寨中避难。就这样，战争使得汪孟刚、李凤池这对患难兄弟成为仇敌。李凤池舍命保卫天明寨，因弹尽粮绝，最终背井离乡，成为末路英雄。这是一部历史悲剧，表达了张恨水对历史发展、民族命运、战争和人性的纵深思考。小说共四十章，二十三万四千字。

　　张恨水之女张正所著《魂梦潜山：张恨水纪传》（山西人民出版社一九九九年十月版）提供了一条重要信息，称天明寨并非凭空想象的产物，乃是根据张恨水家乡潜山县城内的古战场天宁寨演化而来。明代崇祯年间，农民起义军首领张献忠从河南率大军将史可法率领的官兵围困在这座土寨，直到清政府援军赶来方解围。后太平天国英王陈玉成攻下该寨，焚毁寨中兵营。太平天国兵败后，清

《张恨水全集》中的《天明寨》

军恢复寨内兵营，并将寨子命名为"天宁寨"。而《天明寨》中几位人物的身上，明显带有张恨水祖父张开甲与父亲张钰的影子。

　　《天明寨》最原始的印本，见于一九三五年一月一日至一九三六年七月三十一日南京《中央日报》副刊"中山公园"。对于本次连载，《写作生涯回忆》曾提及："提到在《中央日报》写稿，这倒有一段小插曲。开始，我是无意在《中央日报》写稿的，因为我不会党八股。那时总编辑周帮式，是世界日报老同事，再三的要我写，我就只好答应下一篇。为了适合人家的环境，我写的是天平天国逸事《天明寨》。那几年，我特别的喜欢看太平天国文献，所以有此一举。这书里说了许多天国故事，还很能引起读者的注意。"

　　张恨水对太平天国史始终抱有浓厚兴趣。他的后半生基本上不看小说，也很少读文艺评论，始终孜孜矻矻，浸淫于中国历史和韵文学，其中包括大量的太平天国史料。他梦想在晚年向世人奉献一部《太平天国史》，然而他的身体条件并未允许这一创作计划实现。

《天明寨》单行本仅见一种，它便是《张恨水全集》所收录的这种，正文四百七十六页，三十二开。可惜此时作者早已离世，使得该单行本缺少一篇自序。

需要特别强调的是，以该作为起点，张恨水开始在长篇小说中尝试采用章体。不过，这并非张恨水的首篇章体小说，在他一九三一年六月十日至二十三日连载于上海《申报》副刊"自由谈"的短篇小说《三个时代》中，便已采用章体形制。

38.裸模的沉沦——《艺术之宫》

"五分钟可知天下事，一元钱可看三个月。"这是民国小报《立报》的一句经典广告。

一九三五年九月二十日，成舍我与萧同兹、严谔声、吴中一等新闻界人士在上海集资创办《立报》。确定副刊编辑人选时，成舍我首先想到的是张恨水。张恨水当了好几年职业作家，原本无意再办报，看在昔日的交情上，他还是接受邀请，赴沪打了三个月短工，担任副刊"花果山"首任编辑，而《艺术之宫》正是以"花果山"创刊号为连载开端。张恨水与成舍我的这次合作是成功的，大打"副刊牌"的《立报》日销量一度高达二十万份。

《艺术之宫》共二十四章，二十八万七千字。对这部小说，张恨水"自信和他人写模特不同"，讲述北京老艺人李三胜与女儿秀儿相依为命。在一次卖艺过程中，他不慎摔成重伤，无以为生。生存的压力不断挑战着秀儿的道德观和羞耻心，她瞒着父亲成为一家美术学校的裸模，换来几个活命钱。在校方威胁利诱下，她还在一家名为"艺术之宫"的画会兼任裸模。几个月后，李三胜发现女儿的秘密，羞愤之下，扬言要刀砍秀儿。秀儿无家可归，经受不住美校学生段天德百般诱惑，与其同居。李三胜无颜见邻里，不久便离家出走继续卖艺，累死街头。与此同时，美校改组，段天德等捣蛋学生被开除，秀儿也丢掉了饭碗，并被段天德抛弃。她只得重返艺术之宫，岂料身边的几位画家虽道貌岸然，实为堕落文人，千方百计欺侮这个可怜虫，甚至允许闲杂人员"欣赏"她的裸体。李秀儿屡遭刺激，哭诉无门，被逼成疯。在作品尾声，她向警察喊出的一大段"疯话"，替千百万受压迫妇女道出心声："你告诉我怎样去吧。我要找一个有事情做的地方，凭我卖力气换钱，值多少钱给多少钱，我绝不计较。可是有一层，我不能再受人家的欺侮。要受人家的欺侮，我就不干。你说，向哪里走吧？"

有研究者认为，这部小说与记叙底层少女血泪史的老舍名著《月牙儿》堪称"姊妹篇"。

《艺术之宫》在"花果山"的连载截止时间为一九三六年二月二十八日。同年三月十六日，成舍我又创办了《立报晚刊》，"花

上海《立报》连载的《艺术之宫》

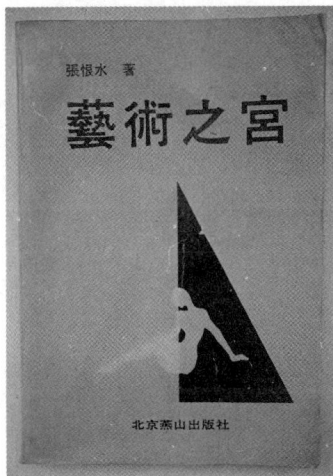

北京燕山出版社版《艺术之宫》

果山"随之"乔迁"到这家晚刊。不过，《艺术之宫》并未一同迁往，而是从这一天起，移至《立报》另一副刊"小茶馆"连载，为此，"小茶馆"编辑萨空了配发了一则《迁移的说明》，提及："'花果山'的长篇小说，张恨水先生的《艺术之宫》，搬到了本栏里来。因为这篇小说，现在还未终了。我们不愿因为'花果山'的搬家，而要强迫着已经看惯了这篇小说的人去另看晚刊。"这一"搬家"，《艺术之宫》就再也不曾挪窝，直到一九三七年六月五日全部登完，即便后来"花果山"重回《立报》怀抱都是如此。

　　连载结束后，这部热门题材作品让出版商趋之若鹜，却因张恨水未保留手稿且《立报》连载稿很难搜罗到一套全份的而作罢。重庆万象周刊社一九四六年五月印行的《石头城外》沪一版上，登有一则百新书店发行的张恨水著作广告，其中《艺术之宫》亦在列，并注明为"抗战后再版"。但据《写作生涯回忆》记载，民国时期并未出版《艺术之宫》单行本。

我所知最早的《艺术之宫》单行本出现在一九九二年八月，系北京燕山出版社出版，正文四百一十二页，三十二开，封面覆膜，印数为一万册，插图作者为李鸿飞，封面设计者为张秀玲。该书封面设计极简洁，给人印象却较深刻，乃是一名裸女的剪影半躺在由金色与黑色组成的三角形里，太阳悬挂其侧，显见得是象征主人公正挣扎在阳光下和黑暗里。

之后，北岳文艺出版社、中国文联出版社也涉足该作。

39.庐山上降生的《如此江山》

一九三四年夏，张恨水从西北旅行归来不久，被张学良接到庐山避暑。在凉爽宜人的牯岭，面对夏屋渠渠的富贵山谷，回顾大西北民众的非人生活，张恨水希望演义出一部新的谴责小说，但一想到可能没有书局和报刊敢接受稿子，他就强迫自己打消这个念头，取而代之的是《如此江山》。

《如此江山》共二十四章，十七万八千字。写英俊潇洒的大学生陈俊人在暑假期间从北平来到南京，与女友朱雪芙相偕赴庐山避暑，在江轮上结识同样是前往庐山的大家闺秀方静怡，从而上演了一段若有若无的三角恋。最终，故事"画风突变"，陈俊人在庐山面对如画江山，感慨应当留学海外"充电"，日后报效祖国，乃留下一纸书信，弃二女而去。

除了言情，这部小说对庐山风光着墨尤多。显而易见，它是为专业报刊量身定做的。从一九三六年一月一日至一九三九年四月一日，该作首发于《旅行杂志》第十卷第一号至第十三卷第四号。中

间由于战乱，从一九三七年九月一日的第十一卷第九期，至一九三八年十二月一日的第十二卷第十二期，一度停刊。除去中断时期，小说每一期登一回，每回六千字左右，并配有插图。至于这部早在一九三四年夏天便完稿的作品为何直到一九三六年才发表，原因很简单，是由于张恨水的另外两部小说《秘密谷》和《平沪通车》一直在该刊排班连载，直到一九三五年岁末才宣告结束。

《如此江山》单行本的初版本出现在一九四一年八月，系上海百新书店出版，同年一月再版，均分订两册，正文三百六十七页，三十二开，配有插图二十四幅。百新书店也出过单册《如此江山》，我见过其中三种，分别是一九四五年六月渝一版，一九四八年八月蓉二版，一九四八年十月沪三版，同样都是插图本，正文仍然是三百六十七页，三十二开，系单册。以上印本排版疏朗，天头地脚的留白异常宽阔。另外，该书插图参考了上海《旅行杂志》连载时所配插图，而且绘制技法更为娴熟，可惜这位画家动笔前未细读过原文，很多细节存在硬伤。如朱雪芙的头发原本是"不曾烫卷"，而插图中她的头发明显烫有大波浪和刘海，也不见"在脑后扎了两根小辫子"的描绘；再如小说中写她是"圆圆的脸子"，插图内变成长脸；在人物服装方面，插图也闹过几回乌龙。百新书店曾在各种媒体上大肆宣传该书，其中有一段点评尤为精妙，不乏文学气息，可当作书话来读："张先生为著名写情圣手，用浅出深入笔法写来更见生动缠绵，对于小女儿心理尤能描摹入微，小动作小关节绝不放松，趣味浓厚，为不可多得之杰作。"庐山的自然物态与人物的悲欢离合，都通过作者的生花妙笔点染而出，如风行水上，白云出岫。如果必须对该作挑刺的话，那便是陈俊人在收尾处"反转"得过急，思想变化缺乏足够的交代。

民国盗印本仅见一种，由国新书店一九四一年出版。

改革开放后，北岳文艺出版社、云南人民出版社、中国文联出版社、中国文史出版社也纷纷印行该作。

40.披露周瘦鹃初恋的《换巢鸾凤》

《换巢鸾凤》乃张恨水心血结晶，虽未终篇，亦可列为他的代表作之一，可惜《张恨水全集》失收。

一九三五年的中秋佳节来临之际，著名作家、《申报》副刊编辑周瘦鹃将张恨水请到苏州私寓，向客人倾诉了青年时代与一位名叫"周吟萍"的女子一段没有结果的初恋故事，希望他任用这个故事写部小说。张恨水答应了朋友的要求。一九三六年三月三十日至一九三七年八月十日，这部《换巢鸾凤》如期连载在《申报》副刊"春秋"上，共刊出十五回（第十五回连载时有一部分被错排为第十六回），两百零八次（载标为第两百零七续中止，不确），每次刊出八百五十字左右，共发表约十八万字。因抗战爆发，"春秋"停刊，连载不得不中断，此后张恨水也未再续写。

这里需要花些篇幅，抄录其对仗工整、辞藻华丽、才情横溢的回目：

　　小说的时代背景为"五四运动"前夜，地域背景为南京。男主人公为擅写哀情小说的贫寒教师章国器；女主人公是世家出身的女校学生江梦兰。江梦兰像生活中的周吟萍一样，父母在她年幼时便为她订了亲。江梦兰在现实中找不到快乐，经常到章国器的哀情小说内寻求慰藉。章国器则对江梦兰一见之下，惊为天人，每天都会在她上学和放学必经的小巷中与之见上一面。当章国器打听到她的校址和芳名后，当即写信表达倾慕之心，愿作文字之交。江梦兰钦佩他的才华，但顾虑人言可畏而欲婉拒。在章国器痴情追求下，二

上海《申报》连载的《换巢鸾凤》

人鱼雁往返甚勤，才有了一番无言热恋。在张恨水笔下，也写了江梦兰哥哥对她与章国器间的通信表示理解，甚至提供帮助。章国器的远房表妹李友梅是江梦兰最要好的同学，扮演了红娘角色。然而，江梦兰最终还是屈从父命，另嫁他人。周瘦鹃是周吟萍结婚后三朝才托词称贺的，张恨水在小说中处理成结婚当天。章国器因与男家相识，借口登门道喜，出现在江梦兰面前，有了第一次面对面的交流。洞房花烛之夜，江梦兰对新郎谎称自己患有肺病，怕传染给他人，因而不能同房，只可同床异被，这与周吟萍为周瘦鹃守身一年的事实相符。小说就在这里戛然中止。此后，张恨水未再续写《换巢鸾凤》。

作为责任编辑，同时作为小说主人公的原型，周瘦鹃当然异常关注这部小说的连载，逐日从副刊上剪下来保存。不过，《换巢鸾凤》并未令他满意。他后来在《〈记得词〉一百首》中写道："事变中《春秋》暂时停刊，《换巢鸾凤》也就不了而了。可是恨水兄辛辛苦苦地一连写了十五回，虽已费了不少心血，还是好像有一种隔膜似的，搔不到我的痒处；原来我自己心坎深处蕴蓄着的千头万绪，任是恨水兄那么一支生花妙笔，也无从曲曲折折的描写出来。要是让我自己动笔来写吧，那又好像是一部二十四史，真的不知从何处说起！"

现实生活中，鹃萍之恋虽无结果，但其交往持续三十二年之久，二人间的数百封书信和周瘦鹃笔下的大量诗文可以作为铁证。应该说，周瘦鹃不仅未因失恋消沉，反而因祸得福，催生出一代哀情文学巨子；加之小说楔子中明确指出男主人公会"愈发积极地奋斗"，所以我们不难判断章国器的未来走向。至于江梦兰，因小说楔子中有"'花落鹃啼，徒遗恨于今日'，两个之中必去了一个"一句，她的结局应当是先于章国器离开人世。由于要促成二人间的隐秘交往，江梦兰的母亲、兄长以及章国器的表妹仍会成为小说后半部重要人物。作品已经预告章国器即将奉母命成婚，可以想象的是，这个未来的夫人会扮演一个微妙且不容小觑的角色。

附带补充一下，周吟萍后来生下一子二女，与第一任丈夫离婚。作为职业女性，她先后供职于南京津浦铁路审计办事处、四川省银行、上海中兴轮船公司。中华人民共和国成立后，她赴京与著名爱国华侨领袖、实业家、教育家庄希泉完婚。庄希泉后官至全国政协副主席。一九八八年五月，她与已届期颐高龄的丈夫几乎一同离开人世，享年九十二岁。其时，痴情的周瘦鹃墓门早拱。

41.一时洛阳纸贵的《中原豪侠传》

  章回小说《中原豪侠传》的诞生，同样源自张恨水一九三四年的西北之行。他途经洛阳时，去了一趟龙门石窟。半路上，他偶遇一支三五百人的便衣队伍，各自荷枪实弹前行，但并无旗帜，军队不像军队，老百姓不像老百姓。后来他来到西安，遇见一位胡厅长，问及此事。胡厅长在豫北当过专员，介绍说："这是河南的壮丁队。他们原是民间的结合，作为保护治安用的。全河南省境都有，统计起来，有好几百万人。这几年来，官厅已加以组织与利用，只是官方的力量，还没有深入民间。这支壮丁队，不曾予以主义的熏陶，也不曾予以严格的军事训练。他们不能脱离民间传统的封建思想，而且好谈小忠小义，即近小说上的江湖结交。若想好好地利用，必须灌输民族意识，教以大忠大义，可惜我已不在河南做官，不能管这事。而且我觉得以毒攻毒，最好就用通俗教育的手腕，在戏剧、小说、歌唱上，把他们崇拜的江湖英雄，变为民族英雄，让他们容易接受这教训。足下是作章回小说的，你就是治这种病症的医生，我愿供给你材料，足下有意吗？"其时国人的抗日意识日增，张恨水对这支庞大的民间武装力量未能予以正确利用扼腕叹息。他当即慷慨应允，约定自己从兰州归来后，再与胡厅长长叙。不过当他再次来到西安，却无暇与之续谈。

张恨水返回北平家中后，与四弟张牧野言及此事。喜欢舞枪弄棒的张牧野动员兄长创作一部反映中原江湖儿女侠义行径的小说。张恨水迟疑道："我虽作过一两部武侠小说，类似唱老生的戏子反串武生，透着外行，还是藏拙为妙。"张牧野便把他的武术师傅孙先生介绍给兄长认识。孙先生向张恨水讲述了大量武林传奇，其中王天纵的侠义故事尤为让这位作家受启发。王天纵系河南伊川人。十八岁时，他不满当地官府欺压，在杨山聚众拉杆，劫富济贫。武昌起义爆发后，他积极响应，领精兵千余人攻打洛阳，突破天险函谷关，攻取灵宝、渑池等地，后又率轻骑南下占领南阳。民国时期，他率部粉碎张勋复辟，先后担任京师军警督察处副处长和豫军总司令，授陆军中将衔。

倏忽两载过去了。一九三六年，张恨水举家南下南京，租下中正路的两幢假三层小楼办起《南京人报》。该报副刊"南华经"由他亲自主编，需要长篇连载稿件。为此，他开始利用手中掌握的大量素材仰屋著书，创作《中原豪侠传》，并使该作于一九三六年四月八日在"南华经"创刊号上开启连载。

张恨水后来在《中原豪侠传》自序中谈到创作起因时，有这样一大段话："我写这篇小说的意思最大的原因，就为了上述的起意与利用现成的材料。第二，当日公开的写抗日小说是不可能的，我改为写辛亥革命前夕，暗暗的写些民族意识。也是由华北南下的人，所不免要发泄的苦闷。第三，我也觉得武侠小说，在章回体里，占有重要的地位。而原来的武侠小说，十之七八，是对读者有毒害的，应当改良一下，我来试试看。第四，那是生意经了，在下层社会爱读武侠小说的还多，我要吸引一部分观众读《南京人报》。这是我坦白的话。"不过，文章漏写了一条创作背景，即该作是《南京人报》总编辑张友鸾要求他写的，且指定必须是武侠小说。

重庆万象周刊社版《中原豪侠传》

《中原豪侠传》共二十六回，二十四万字。作品披着武侠的外衣，骨子里却流淌着抗战的血液。小说讲述清末年间，东洋留学归来的秦平正归国后苦练武功，广交江湖豪杰，以保国安民为己任，积极组织民间武装推翻清王朝的事迹。书中将秦平正与旗人小姐鹿凤英的恋情穿插于义胆侠情之间，浸润着诗的意境和意蕴，令人荡气回肠。

赵孝萱的《张恨水小说新论》在谈及《中原豪侠传》时，极尽推崇："张恨水实不愧是讲故事的能手。虽然，张恨水对这些武侠技击功夫也多有着墨，但是他侠义小说之'奇'，完全是靠情节线索交错之'奇'，而非武功剑术本身之'奇'。本系列（笔者注：指武侠系列）小说没有社会小说的枝芜庞杂，没有部分言情小说的拖沓平庸，读来颇令人耳目一新。若纯就对故事与场面的经营功力、对场景与人物的描写功力而言，张恨水的侠义小说更胜金庸等武侠大家一筹，可惜全不受人知悉，也不太有人提及讨论。"

小说连载期间，张恨水专门请画家刘凫每期配上一幅插图。这部小说比同一时期他在《南京人报》连载的另一部长篇《鼓角声中》还叫座，让他深感"聊以自慰"。

南京沦陷前夜，《南京人报》不得不停办，《中原豪侠传》恰好写至辛亥革命爆发，他于是匆匆结束了这部小说。不曾料想到，一九三八年十二月十五日至一九四〇年五月二十二日，已被日伪控制的上海《晶报》将《中原豪侠传》更名为《新游侠传》，擅自进行连载，这也让该作品多了一种连载版本。为此，张恨水于一九三九年一月八日在重庆《新民报》副刊"最后关头"发表《代邮》一文："上海《晶报》主办人请了：这段《代邮》，我想你是能看到的。读《新闻报》广告，知道你们又把《南京人报》上我那一篇《游侠外传》（笔者注：实际上更名为《新游侠传》）改个名字再版了。当然我不奈你何。可是，这里面文字，很富于革命性。当心！同时，我还在继续写抗日文字。与其将来致于未便，我想，你们还是停刊了罢。站在我的立场上，我不愿直接和你们通信，所以公开在这里。"

重庆万象周刊社编辑刘自勤一度在《南京人报》任职。一九四三年冬，他在朋友处翻到几十册《南京人报》合订本，当即将这部小说剪贴成书，劝张恨水交万象周刊社出版。张恨水校对了一番，把残缺之处补写齐，作为"万象丛书之一"，于一九四四年六月推出《中原豪侠传》单行本初版本。该书正文四百零四页，三十二开，书前不仅有张恨水的自序，还有张友鸾序和万象丛书主编刘自勤写的《编者序》。《编者序》称："今年是恨水先生五十大庆，又是他创作三十年的纪念，万象社刊行此书，便转以为恨水先生寿。"

　　一九四六年五月，重庆万象周刊社出版该作沪一版，分订两册。一九四六年十一月，又出版沪二版，改为单册。沪版本正文均是四百零四页，三十二开，总经销为上海百新书店，其封面主要以红色为底色，凸现中原大地两名壮士手持长剑策马厮杀的场面。

　　重庆陪都书店亦曾于一九四七年一月出版该作，正文整整五百页，三十二开，封面上的书名为"红羊劫后奇人传"，版权页的书名却题为"红扬劫后奇人传"。

　　张恨水家中多年来一直保存着《中原豪侠传》民国单行本。"文革"中，该书多番辗转，不知所终。之后多年，张恨水哲嗣张伍四处寻访此作，终于在国家图书馆的前身首都图书馆发现一部"万象版"《中原豪侠传》初版本，遂请人原文照抄下来，交甘肃人民出版社于一九八九年六月初版，印数高达三十万册。

　　一九九三年版《张恨水全集》收录了该作。

42.将著名影星植入小说——《鼓角声中》

《鼓角声中》系章回小说，首发于一九三六年四月八日《南京人报》创刊号之副刊"南华经"。同年六月三日，因该报出版"印可园先生百年纪念特刊"，"南华经"暂停一期，这部小说与《中原豪侠传》一起移至另一个副刊"聚宝盆"内连载。一九三七年十二月初，南京即将沦陷，《南京人报》在风雨飘摇中不得不宣告停办，小说就此夭折。

自一九四五年八月四日起，《鼓角声中》又在重庆《万象周刊》一百一十二期至一百一十五期连载，但仅刊出第一回"半夕笙歌徘徊人去后　满城风雨惆怅蝶来时"，便失去踪影。

小说讲述"九·一八"事变的次日，上海明星影片公司抵达北平拍摄电影《啼笑因缘》外景。虽面临亡国之灾，北平城上流社会人士仍过着醉生梦死的生活。前国会议员杜如海和阔佬李子仁不关注国家大事，而是筹划怎么给即将来平的《啼笑因缘》女主演胡蝶接风洗尘；杜如海的姨太太阿香依然沉醉于儿女情长，照旧不误与

重庆《万象周刊》连载的《鼓角声中》

阔太太们结伴听戏；杜家大小姐杜杨春尚在念中学，已经是大名鼎鼎的交际花，整天忙于应酬……

　　张友鸿曾是《南京人报》的一名记者，在《忆恨水先生两三事》（载《新闻研究资料》一九八二年第一期）一文中，他记载了张恨水当时创作《鼓角声中》等小说的一些逸闻："恨水先生是用毛笔书写，拿着整叠的竹纸，而不是抽出一张来写。他用的文房四宝很一般；桌上放着方形有盖的砚台，旁边置一锭墨。要写字时，自己磨墨，用'小大由之'这样普通的毛笔在砚台上搋几笔，蘸饱墨，自右至左，由上而下竖着写。他写小说稿，估计已是心中有数，写到发排够用了，就把它裁剪下来，然后又在下面的稿纸上写上三四行，以便第二天有个依据好继续写下去。恨水先生写的是行书，刚劲有力，字体大小比三号铅字略大一些，倒也干干净净，很少涂改。"

　　《鼓角声中》未收入一九九三年版《张恨水全集》。

43.夫人周南的最爱——《夜深沉》

　　《夜深沉》是张恨水笔下的《骆驼祥子》，而《骆驼祥子》便是老舍笔下的《夜深沉》。

　　众多知名学人都给予《夜深沉》高度评价。如已故台湾旅美学者夏济安，他把张恨水和鲁迅、张爱玲并列为"二十世纪中国三大小说家"，并"特别推崇张氏的《夜深沉》，强调其结尾关于那个可怜的小贩的心理描写是大手笔"（载庄信正《才情·见解·学问——敬悼夏济安先生》）；赵孝萱在《张恨水小说新论》里评价"《夜深沉》当与《啼笑因缘》并列张恨水两大言情著作，也可说是张恨水重要代表作"；上海学者陈子善教授则认为"就小说的构思巧妙、结构完整和人物塑造的丰满而言，《夜深沉》比之《啼笑因缘》更胜一筹"（载上海文艺出版社《海上文学百家文库·张恨水卷》二〇一〇年五月版）。

　　这部约三十二万言的作品采用巧合、惊变、伏笔、穿插等手法，以北洋军阀时代的北平为背景，写马车夫丁二和与卖唱姑娘杨月蓉邂逅后，两情相悦。丁二和几经努力，使杨月蓉挣脱养父的虐待，艺成登台。杨月蓉成名不久，落入花花公子宋信生设下的圈套，与丁二和分道扬镳。接下来，军阀郎司令、赵司令和富商刘经理先后对她恣意玩弄，强行霸占。后杨月蓉被他们一一遗弃，沦落茶馆卖唱为生。丁二和也被逼得丧妻失母，家破人亡。"夜深沉"原本系京剧曲牌名，不仅被作者借用来当作书名，还将其贯穿于故事情节中，成为男女主人公的情感纽带。这支胡琴曲从头至尾反复出现，呼应了整部小说悲凉无奈的风格。

一九三六年六月二十七日至一九三九年三月七日，《夜深沉》在上海《新闻报》副刊"茶话"连载，成为该作最早的印本。小说上半部是在南京创作的；停写半年后，《新闻报》一再给远在大后方重庆的张恨水去信，希望他完成这部作品。张恨水在那个动荡的环境里，勉强把下半部写完。战乱年代，他的稿子无法从重庆直邮上海，只能通过香港转寄到《新闻报》。六年前，笔者从网上拍得这部连载小说的原始剪贴本，但仅有最后五回，约八十余续，每一续从六百来字到七八百字不等。

《夜深沉》最早的单行本，由与《新闻报》有着千丝万缕联系的上海三友书社出版，百新书店总经销。该书于民国一九四一年六月初版（国家图书馆有藏），一九四一年十一月二版，一九四六年十月五版。上述印本均分订两册，正文五百六十四页，三十二开，封面描绘的是路灯下的一对若即若离的青年男女，内有根据该小说改编的同名电影剧照，男女主演周旋与韩非的照片各有一张，此片也是韩非的银幕处女作。该书版权页上贴有"三友书社经理李曾耀"九字印花。书后还附有百新书店的一则题为"张恨水长篇杰作大集成"的广告，宣传张恨水的九部著作，其中便包括《夜深沉》，这里我试补加标点并全录于下："本书写一孤女投师学戏，经过层层困苦，得成红角。终因年轻识浅，被诱失足。对社会层嫖赌吃喝种种罪恶极力暴露，于男女间爱嗔贪欢等艳闻趣事写来尤见细腻，文情相生，情节极紧张热烈，人物各色俱全。已由国华影业公司将本书内容摄制电影，足见佳妙。"

一九四四年八月，《夜深沉》再度"初版"，出版机构是三友书社出版社，成都百新书店总经销。书仍然分订两册，三十二开，土纸铅印竖排。书中不再保留周旋与韩非的照片，加入了作者民国一九四四年六月在重庆南温泉北望斋写的一篇自序。根据这篇自序，可以知道早在一九四三年，百新书店就与张恨水商讨在大后方重印此书。张恨水一直对该作尚未修订便出版耿耿于怀，为此把原作进行修改，处了一些硬伤。如丁二和家中挂有一幅穿将军服挂指挥刀的人像，显然是他军阀祖父的遗像，后来在丁二和母亲嘴里变成是他父亲的相片；又如田老大家里开始是写吃饺子，后面却误作吃炸酱面，等等。无奈百新书店为减少印刷成本，坚持使用从上海带来的纸型，不肯重新排版。战争年代，一切从简，他也只能让修订版付诸东流。自序还向读者透露了一条信息："……内子是北平生长大的，她觉得《夜深沉》里的北平风味颇足，离开北平太久了，昼夜梦着那第二故乡，开卷就像眼见了北平的社会一样。她并且说：她看见过丁老太丁二和这种人物，给她家做针线的一位北平妞儿，几乎就是田家大姑娘。因之内人把百新书店由香港带来的一部《夜深沉》，前后看过七八遍，她说，她如是图书主管机关人物，她一定给我一张褒奖状。"

我手头还有一种民国版《夜深沉》的上册，三十二开，封面设计与"三友版"相同，土纸铅印竖排，但行间距极窄，每页二十

上海三友书社版《夜深沉》

排，每排为四十二个字，每页足有八百字，类似于民国时代风行的
"一折八扣书"，而其他几种民国单行本每页不到五百言。该书上
册仅一百六十六页，远远少于初版本的二百六十六页。由于书为残
本，既无扉页，也不见带有版权页的下册，无法知道其出版机构和
出版年代。

伪满洲国亦出版过盗印本，出版机构为新京（即长春）文化
社，一九四一年十一月十五日出版，一九四一年十二月十八日发
行，分订三册，三十二开，封面设计也克隆了"三友版"。

一九五七年三月，香港百新书店图书文具公司出版《夜深沉》
港一版，为单册，正文三百六十二页，三十二开，封面与"三友
版"亦无区别，其母本为民国四十一回版本，但不见自序。

在张恨水研究领域，长久以来有一桩悬案，这便是二十世纪
五十年代北京通俗文艺出版社是否出版过《夜深沉》，连陈子善教
授也质疑它的存在。直到二〇一六年夏天，我终于觅得一册"通
俗版"《夜深沉》，才真相大白。该书为单册，一九五八年七月

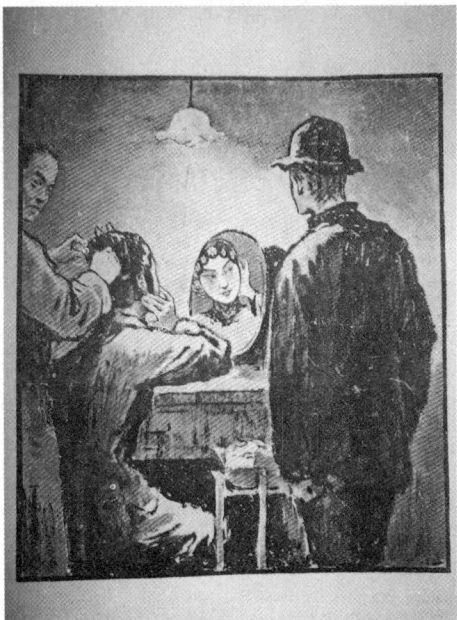

北京通俗文艺出版社版《夜深沉》插图

初版，正文三百八十二页，大三十二开，印数为两万册，封面和三十一幅插图的绘制者为毓继明。"通俗版"《夜深沉》印行前，张恨水特意翻寻出重庆时期修订的旧稿，在此基础上进行全面订正，除了"硬伤"的治疗、词句的润色、标点符号的规范，还重新划分了段落，最重大的变动是将原来的四十一回压缩为四十回，也就是把原作的第二十六回和第二十七回合并，剔除了丁二和回到旧宅与兄嫂发生冲突的几大段文字，约有两三千字。此外，还补写了新序言。新序言写于一九五七年六月，而书是一年多之后印行的，可见其出版过程的曲折。毫无疑问，这也是所有《夜深沉》版本中最令张恨水满意的一种。

时间来到一九八一年二月，安徽人民出版社出版该书，当年十一月重印，销量多达十八万两千册。此书依据的是"通俗版"，并保留了新序言，后面附录有燕容即张恨水四女儿张蓉蓉所著《作者生平及著作》。书中还配有九幅插图和作者一九五六年在卢沟桥上拍摄的一张半身照，只是印刷得模糊不清。

百花文艺出版社一九八七年一月也推出了一种《夜深沉》，系"现代文学研究资料丛书"之一。母本亦为"通俗版"，后面保留燕容所著《作者生平及著作》，但前无序言。该丛书另收有张恨水的《魍魉世界》、陈慎言的《恨海难填》、张爱玲的《倾城之恋》、刘云若的《红杏出墙记》和《小扬州志》等名家名作，我均已聚齐，当然最珍爱还是这本《夜深沉》。我尤为欣赏该作封面设计，它是以灰色花饰为主体，左下角白框内借用的是百新书店老版单行本的封面图案。

进入二十世纪九十年代以来，国内各出版机构包括北岳文艺出版社、团结出版社、江苏文艺出版社、复旦大学出版社、陕西师范大学出版社、人民文学出版社、国际文化出版公司、天津人民出版社、岳麓书社、中国文史出版社也争相印行《夜深沉》。非常遗憾，它们舍弃了"通俗版"，无一例外地"复古"了民国四十一回版本。

我曾经有幸与陈子善先生交流《夜深沉》，时间是二〇一一年五月，地点为安徽池州。提起这位学者，我眼前就会浮现出作家阿滢描述的一幅画面，一位大学生骑着自行车在校园里狂奔，后架上坐着一位又瘦又高的老先生，老先生的两条长腿拖地而行，只管抱住胸前的一大摞书籍。当然，这位老先生便是陈教授了。

去池州是为了参加张恨水国际学术研讨会。在会议开幕式过后，主席台上除去主持人，只剩下三位作主题报告的"大佬"，其中便包括陈教授，而且是头一个发言。他到底是研究张爱玲的专家，即便是参加张恨水研讨会，张嘴仍离不开张爱玲，花费了十来分钟畅谈张爱玲对张恨水的欣赏。其间为了引述张爱玲的一段话，几乎将脸贴在讲稿上，引来一串善意的笑声。随后，他又谈及二〇一〇年五月上海文艺出版社出版的《夜深沉》。该书是《夜深沉》版本中少见的精装本。由于此前他在四川发现了一九四四年八月出版的《夜深沉》，因此"上海文艺版"不仅收录了作者一九五七年写的新自序，还有早期的自序。聊着聊着，他的话匣子再也关不住，调门也越来越高昂，其男高音几若洪钟，发言时间远远超出规定的二十分钟。

陈教授的一位昔日弟子也出席了会议，在她引荐下，我在酒店餐厅获得与陈教授攀谈的机会。没聊几句，当他听说我手头有多种《夜深沉》民国版本，当即一把拿住我："走，去我房间细说！"等候电梯之际，他侃侃而谈："去年上海作协和上海文学发展基金会合作推出'海上文学百家文库'。因张恨水非上海人，且非长期生活在上海，他是否入选海上'文学百家'存在争议。作为编委，我考虑到张恨水的大多数重要作品发表在上海，因此提议为他编一卷。而且我认为《夜深沉》不比《啼笑因缘》差，我特意选用了《夜深沉》。"随后，我们又去他住的标准间长谈了四十余分钟。交流过程中，这位教授不时灵感迸发，睿智闪现。我们聊起我们共同感兴趣的作家巴金、张爱玲和书话家龚明德，也言及《张恨水全集》的修订，当然，更少不了继续共话这部《夜深沉》。

44.写尽世态炎凉的《风雪之夜》

　　《天明寨》在南京《中央日报》连载行将结束之际，该报总编辑周帮式又向张恨水发来约稿函，希望再提供一部小说。张恨水为此创作了以北平为背景的长篇小说《风雪之夜》。

　　《写作生涯回忆》中，张恨水记载《风雪之夜》写的是"义勇军的故事"，然而我并未在这部小说内找到义勇军的半点影子。作品讲述军阀邓督军一命鸣呼后，留下夫人邓老太太和五个儿子以及万贯家产。十余年后，邓家坐吃山空，家道中落，风雪之夜，断电断炊。老大玉山屡遭刺激，成疯卧床，妻子田氏却不管不顾，红杏出墙；老二玉龙本有心去自来水公司收账谋生，家人却以不体面为由坚决反对，他为此选择了服毒自尽，而妻子黄氏则凄凉地寄身尼庵；老三玉峰是个花花公子，虽难求温饱，仍然抛下妻子阮氏寻求外遇；老四玉林懒散成性，眼见衣食无着落，也悬梁自尽，侥幸被救活；只有老五玉波是个奋斗青年，在电车公司谋得售票员一职，奉养老母。作品通篇弥漫悲凉入骨、无可奈何的沧桑感，饱含对人世沉痛体验后的营造渲染。

一九三六年七月三十一日，《天明寨》在南京《中央日报》副刊"中山公园"刊出最后一节，文后附编辑室启事："《天明寨》小说，业已登完，仍由张恨水先生续撰《风雪之夜》说部，自明日起按日在本栏登载，内容系描写人生的崩溃，杂以男女恋爱情节，极富时代性。"

次日，《风雪之夜》如期走入"中山公园"。但仅刊出十三

《张恨水全集》中的《风雪之夜》

章，约十万字，周帮式突然发给张恨水一函，称对该稿"奉命停刊"。于是，一九三七年九月十日，该作被强行腰斩。在最后一期上，注明是"本书上集完"，却再也不见"下集"出现。

中央日报社迁址重庆后，又向张恨水拉稿，而且不止一年，不止一次。他记忆犹新，无意再受伤害，每次都含笑婉谢。

《风雪之夜》收入了《张恨水全集》。

45.皖地乡村风情的长轴画卷——《芒种》

　　张恨水离开《立报》后，该报几任副刊编辑都是他的朋友，仍向他约稿不断。一九三七年六月五日，是他的长篇小说《艺术之宫》在《立报》结束连载之日，当天，"小茶馆"编辑发布预告："《艺术之宫》稿完，明日起续刊恨水先生所撰描写农村生活小说：《芒种》。"从次日起，《芒种》开始如约登上"小茶馆"版面。小说共刊出三章，分别为第一章"做清明"，第二章"田家乐"，第三章"压迫"，且第三章并未刊毕。

　　《芒种》用了大量篇幅描写清明时节乡村景色。事实上，整部小说都似一幅描绘皖地乡村风情的长轴画卷。作品已刊出部分的内容如下：清明时节，程氏宗族筹划借"做清明"祭祀祖先。这一年的祭祀活动原本轮到老实巴交的村民程老三操办，但族长程敬贤欲中饱私囊，强行夺取操办权。在省城念中学的富家少爷程百恕回到乡下，代表大三房参与"做清明"。他先是贪图小利，不肯为程老三仗义执言；随后因垂涎程老三女儿秀英的丽色，勾结省里派下来

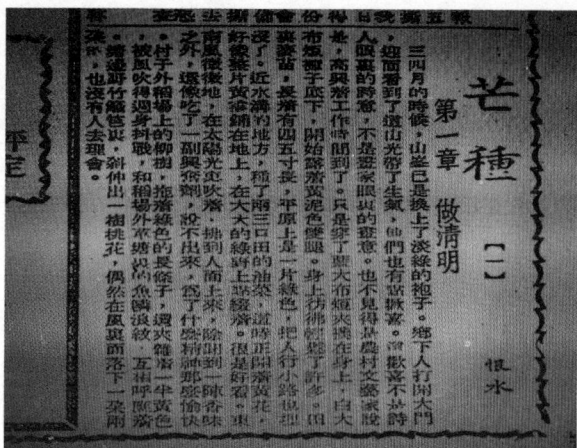

上海《立报》连载的《芒种》

的公路测量员压榨乡邻。小说名为《芒种》，那么故事应当是在芒种季节才结束，持续了好几个月时间，而且"小茶馆"编辑曾强调这是一部长篇小说，说明小说已刊出部分尚未进入高潮阶段。小说对皖中一带的世俗人情、地方风物包括祭祖仪式、婚嫁习俗、饮食活动、劳动场景费有不少笔墨，丰富了作品内容，强化了可读性；对乡村的土豪劣绅、私塾先生、中产业主、贫雇农和城市的大学生、小官僚的群像亦刻画得各具鲜明特征。

至一九三七年八月十三日，作品已连载六十八次，约四万言。也正是这一天，"八·一三"淞沪会战爆发。受战局影响，自次日起，"小茶馆"连续六次预告"小说《芒种》未到暂停一日"。八月二十一日，干脆宣布"长篇小说《芒种》暂停"，此后再也不见下文。

该作未收入一九九三年版《张恨水全集》。

46.从村姑到交际花——《泪影歌声》

北平《实报》于一九二八年十月创刊，以下层市民为主要阅读对象，副刊每天刊登武侠、言情小说四五种，销数最高达十多万份，居华北各报之首。一九三七年七月六日，在之前多次发布预告后，张恨水的《泪影歌声》开始于该报副刊"小实报"连载。小说写一位名叫"小鸭子"的小姑娘从扬州乡下来到南京，为生活所迫，拜到一位唐姓班主名下，易名为"小凤"，成为一名歌女。上岗头一天，她便跟随大师姐唐红玉去夫子庙赶了三场饭局，接触到形形色色的捧角者，尤其是受到阔佬"何胖子"青睐。这一天的经历，让小凤领悟到："在秦淮河当歌女，固然是不靠唱的如何，但脸子好坏，也不算最重要的问题。第一层，还是要看看这歌女本人，是否有交际的手腕。"

这并非张恨水头一回创作秦淮歌女题材小说，此前便写有《满江红》。然而，《泪影歌声》仅登至当年九月三日便杳如黄鹤，仅刊出六十四期，每期篇幅不等，最短的一期才二百五十余字，最长

北平《实报》连载的《泪影歌声》

的一期多达近五百言，共计约一万八千字，只有"女人的出路"和"初到夫子庙"两章与读者见面。"小实报"编者次日发表启事称："张恨水先生著《泪影歌声》小说，因交通阻隔，续稿未到，故暂停载，祈请读者谅之！"不过，本次停载不属于"暂停"，而是永久性的。交通阻隔只是停载其中一个方面的原因，更主要的是由于生活在南京的张恨水身体出了状况。据《写作生涯回忆》追忆："八月十五日，日本飞机，空袭南京，立刻将南京带进了严重的圈子里去。一切的稿子都不能写了……不到一个月，我就病了。病得很重，主要的病症，是恶性疟疾，此外是胃病，关节炎。……因之这一时期中，没有写作，也没有心去看书，几乎和三十年来的日常生活完全绝缘了。"

《泪影歌声》同样未收入一九九三年版《张恨水全集》。

47.潜匿的杰作——《疯狂》

陈铭德系二十世纪三四十年代极具影响力的新民报社的总经理，先后在京、津、渝、成、宁等城市创办十三家分社。一九三八年一月十日，张恨水在抗战烽火中登上重庆朝天门的那一天，陈铭德专门派遣报馆总编辑赵纯继和主笔张友鸾、陈理源到码头迎接。这一接，就把张恨水接到了新民报社。

张恨水抵达重庆的第六天即一九三八年一月十五日，重庆《新民报》正式创刊，成为从京沪西撤的报纸中首家恢复出版者。张恨水受聘担任新民报社主笔，并主编重庆《新民报》副刊"最后关头"，后又升任新民报总管理处协理兼重庆新民报分社经理，在报社管理层的地位可谓"一人之下，万人之上"。

作为孤身追随新文学大军深入大后方的"旧派巨柱"，面对山河破碎、民族危亡，张恨水肩负着跟上大时代步伐，去为通俗文学正名的重任。而且，不久前他有逗留汉口的经历，其时四弟张牧野力劝他这位大哥上大别山打游击。张恨水于是代表驻汉皖人写了一

重庆《新民报》连载的《疯狂》

篇呈文，交到国民政府第六部，要求成立一支游击队。呈文递上去，却碰了钉子，令他深感请缨无路。正是由于以上两点原因，他决计创作谴责小说《疯狂》。

很快，在重庆《新民报》创刊号的副刊"最后关头"上，开始连载这部长篇。同一时段，成都《新民报》副刊也进行转载。

在小说开篇，作家特意加了一段《前奏》，条目式地表达出对这部作品的构想，这里且列举几段："（一）本篇是描写一个没有出路的战时青年，无所指，亦不必有所指。（二）笔者向来不在小说内谈什么主义。但个人的思想，是有的。以往作小说，限于环境，自己的意思，往往是不能充分说出来。在这种大时代里，言论是自由得多了。我想：这篇《疯狂》，或能发泄我一点苦闷。……（五）因为时代不同，这篇小说，是我生平长篇里最短的一篇。大概两三个月可以登完。……"

该小说目录如下：

前　奏

第一回　月明星稀波心吊古　龙盘虎踞纸上谈兵

第二回　玉惨花愁朱门夜遁　雷轰电掣铁鸟初来

第三回　风鹤频惊临流避死　版图日蹙面壁成劳

第四回　残照西风重来入梦　轻装短剑一醉从戎

作品以南京大屠杀前后为时代背景，写大学生王小二口口声声宣扬抗日救国，实为一个整日做粉色梦、胆小如鼠的青年。恶战在即，他为博取两位女同学的芳心，壮起胆留守南京。其间他多次与死神擦肩而过，也目睹了战乱年代众生的种种怪相。如尚未开战，南京城早已十室九空，富贾纷纷举家迁往上海租界，官员则坐上征用来的免费车船携家眷逃往内地，老百姓或疏散到乡间，或掏几十块大洋挤破脑袋争购一张车船票，但也有大批热血青年奔赴抗战第一线。老百姓外逃大多只能带一箱一包，阔人们出行则既像搬家，又似旅游，不仅可携带桌椅、抽水马桶、盆景等物件，还可顺道登九华山烧香拜佛。之后，王小二听从同学劝告离开南京奔赴安徽，希望继续从事抗战宣传。他先是来到安庆，不料这座安徽省会全无抗战氛围，几家抗战团体工作人员下了班便忙于雀战；更有甚者，安徽省政府主席为了保证自己躲空袭时交通畅通，居然下令必须在他出城之后才能鸣放空袭警报。之后他抵达太湖县，因行李中有两册宣传共产主义的书籍一度失去自由。接下来，他又辗转到潜山县，盼望跟随当地知识分子上天柱山打游击，但未获当局批准。不得已，他返回南京另谋出路，连遭重大挫折，先是因仗义执言被国民政府一位"宰相"级大员的家丁关押一月，释放后又恰逢其住宅被日本飞机炸为废墟，最后又目睹了哥哥因患急性肺炎在医院一命呜呼。他报国无门，求生无路，因此疯狂，跳入川江寻找归宿……

张恨水没有料想到的是，大时代也不存在他向往的自由。小说本意是要揭露国民党当局压制抗日的行径，表现作者峻急凌厉的抗战热情和对时局的深沉忧虑。受外界影响，他越写越谨慎，一些地方违背了初衷。为此，他在一九三九年十月二十日至二十一日重庆《新民报》刊出的《〈疯狂〉跋》中承认："（《疯狂》的创作）是我生平第二次失败。"另外，小说并不短，它每次连载发表五百来字，共计登出十回，洋洋洒洒约三十万言，连序跋带正文共刊出五百一十次，其中正文五百零六次（报纸上的连载序号有误），连载时间从两三个月延长到二十二个月，至一九三九年十月二十一日结束。实事求是地讲，《疯狂》并非一部失败的作品，它用真实大胆的笔触细致入微地记录下了南京大屠杀前夜的众生相，可以称作一部杰出的暴露小说，今天亦可当作一部严肃的历史小说去阅读。笔者不清楚作者还有哪些猛料未曾形诸文字，就已揭晓的文字而言，在大后方尚无第二部小说敢于如此辛辣露骨地曝光国民党当局的阴暗面。

张恨水还在《〈疯狂〉跋》里展望："印刷纸张这样贵，根本无意印单行本。但若干年之后，一切困难，总会消除的。那时，我把这书痛自修改一番，总可发行单行本的。"这个愿望至今未实现。

48.为"东方贞德"立传——《桃花港》

《桃花港》同样属于一部未收入一九九三年版《张恨水全集》的佚作,亦从未出版单行本。

该作共有十八节,约十一万言。一九三八年四月一日,它登上香港《立报》副刊"花果山",每日发表七百字左右;至同年九月十一日,小说在连载了五个半月后,全部刊出,并非如现有研究专著普遍认为的那般属于未竟之作。结束连载的次日,"花果山"刊发了一条启事:"张恨水先生所著之《桃花港》,自四月一日刊起,至昨日已全部登载完竣。张先生现在重庆,已允为本栏另著一长篇小说,一俟航邮恢复,即可继续刊载。"

以下是该小说章节标题:

一、收起你们的书

二、到了扬子江边

三、芜湖消息不好

    小说讲述南京大屠杀前夕，安徽芜湖某中学师生不甘心当亡国奴，与国民政府的特别队联合组织多支游击队，深入周边村镇抗日救亡。其中，胡志遥、姚超群、张定等三名中学生奉命前往江边小镇桃花港开展抗日宣传，借宿在茶馆老板杨义民家中。短暂接触之间，胡志遥与杨义民的女儿杨菊香一见钟情。胡志遥等人撤离不久，一队日军突袭桃花港，烧杀抢掠，无恶不作。杨义民奋起反抗，与几名日寇同归于尽。生性刚烈的杨菊香不甘凌辱，先是施计谋手刃日军头目猪溪，继而在夜色掩护下自驾小舟登上长江中的日本兵船，点燃军火，以身殉国。数日后，胡志遥等人所属的游击队

香港《立报》连载的《桃花港》

袭击桃花港，收复小镇。与之相对应的是，作品塑造了李小狗子、高德等汉奸形象。另外，作者还精心设计了一位李老汉作为串联人物，将杨家父女的义举与胡志遥等游击队员的故事关联在一起，组成一部正面讴歌抗日义士的军事题材小说。

《桃花港》连载期间，立报社已自上海迁往香港，张恨水也移居重庆，相隔千山万水，相互联系除了偶尔采用电报方式，更主要的是通信。其时，凡是寄往外地刊登的稿件他都使用铅笔，便于采用复写纸复写。国难时期，物资匮乏的大后方的复写纸质量难比战前，而且张恨水手头窘迫，复写纸除非用得实在不能使了是舍不得抛弃的，加之稿纸也是类似竹纸的夹江薄纸，稍用点力铅笔便会戳个窟窿，故而寄给《立报》的复写稿难免存在模糊之处。报方无法与作者一一核对，使得连载版有多处是用符号"□"代替无法识别的文字。

49.献给故乡的《潜山血》

　　张恨水的小说《潜山血》长期以来对于当代研究者是一个未解之谜，它的连载起止时间和情节内容，从未有过准确的文字介绍。我也是在本书出版前夕，才在台湾世新大学林纯桢老师的帮助下破解这一谜团。

　　资料显示，《潜山血》自一九三九年一月一日起开始在香港《立报》副刊"花果山"连载，一直登至当年十一月三十日，每期发表近六百字，共刊出大约二十万言。十二月一日，该报发文宣称："恨水病，《潜山血》续稿未到，本日暂停。"到了第三天，又刊发一条《代邮》，内容为："张恨水先生的《潜山血》续稿仍未到，一俟寄来，即行续刊。此启。"然后便再也不见下文。

　　创作《潜山血》期间，张恨水身在重庆，仍高度关注武汉会战前后的安徽潜山战事，并与家乡的多位亲人保持书信联系。这部小说，便是以他的三弟张仆野与四弟张牧野在潜山打游击的事迹为素材，讲述主人公梁栋才带领父老乡亲与日本侵略军浴血奋战的传奇

潜山血

恨水著

第一章　死城的邻楼

香港《立报》连载的《潜山血》

故事，褒扬潜山人民不屈抗战的壮举。小说中，中学校长出身的梁栋才在抗战初期从北方回到家乡潜山，组织张前干、梁世彦、李自威等村民成立起一支自卫队，以白岩寨为根据地，不断袭击小股日寇，缴获一批枪支弹药，并掘溃河堤，水淹潜山城中驻扎的日寇；后又火烧日寇重兵守护的余家井木桥，赢得岳西国军军部的一纸公文，梁栋才被委任为游击分队司令。队伍因此不断壮大，由几十人发展到一千八百余人。因军粮问题，游击分队触犯土豪劣绅的利益，土豪劣绅们遂联合县政府官吏，欲消灭游击队……作品字里行间，弥漫着作者对故乡的款款深情，这里且信手拈来一段："我觉得我们这地方离省城不远，什么东西都可以买到。街道虽然是窄小，天晴呢，鹅蛋卵石的路上没有灰尘，天雨呢，没有泥浆。街上也没有各种车子会撞人，也没有一切杂乱的声音，你尽管从容走着。那些由外面传来的玩意，像人家店铺门口的红绿布招牌，和铺子里的玻璃柜，陈设了各种美丽装潢货品，在这安静的街上看到，仿佛是博物院的美术馆。……就是这冷清的街上，人家后面的菜园子里，生长出来那绿油油的树，旁边土墙里爬起来的扁豆花喇叭花，都有个意思。小巷子里几棵小树，一个竹篱笆围着一口井，地上的青苔，长得几分厚，实在幽静。"

小说章节标题如下：

第一章　死城的留恋

第二章　抛弃中的好田园

第三章　风雨飘摇上大山

第四章　难中遇同志

第五章　喝血酒

第六章　夜会

第七章　渡头一瞥

第八章　布下钓饵

第九章　第一次收获

第十章　胜利后的余惊

第十一章　有了家伙有了办法

第十二章　有了家伙有了办法

第十三章　县城沦陷的报告

第十四章　八旬老人上前线

第十五章　面对着日人放出洪流

第十六章　小小的遭遇战

第十七章　感动了一位劣绅

第十八章　下山挑粮惹上祸根

第十九章　到岳西去

第二十章　军长出了一个难题目

第二十一章　夜袭余家井

第二十二章　伟大的牺牲

第二十三章　血溅皖水

该作第十一章和第十二章的章节名称均为"有了家伙有了办法"，当属错排。另外，在一九三九年六月九日至十五日的报纸上，所连载的章节名本应是"八旬老人上前线"，却误印为"县城沦陷的报告"。

与张恨水同时期的其他战争题材小说一样，《潜山血》沉痛慷慨，充满阳刚之气，但回避不了"抗战八股"的弊病。由于作者缺乏生活体验，仅仅是凭借零碎的转述和自身的想象力凌空飞翔，这部作品并非一次成功的探索。然而，对于张恨水来讲，此乃抒发民族大义的一种方式，艺术上的不足掩盖不了它在民族危亡关头激励民众的正能量作用。

《潜山血》未收入一九九三年版《张恨水全集》。

50.歌女泪——《秦淮世家》

作为张恨水的粉丝，张爱玲亦是《秦淮世家》忠实读者。一九四四年一月，上海《杂志》第十二卷第四期发表了她的小品文《必也正名乎》，文章里有一段："即使在理想化的未来世界里，公民全都像囚犯一般编上号码，除了号码之外没有其他的名字，每一个数目字还是脱不了它独特的韵味。三和七是俊俏的，二就显得老实。张恨水的《秦淮世家》里，调皮的姑娘叫小春，二春是她朴讷的姊姊。"

《秦淮世家》最初的印本，出现在与之颇有渊源的《新闻报》上。上海沦为"孤岛"后，《新闻报》虽然悬挂着美国星条旗，但报馆负责人非常谨慎，体现爱国精神的小说，很难见报，所以张恨水无心为它继续提供稿件。后该报主笔严独鹤再三向张恨水函商，表示略有抗战倾向且不直白地表达出来的文字，也可以登，于是便有了这部《秦淮世家》。

作品共二十四回，二十一万八千字。写南京秦淮河畔的唐大嫂有两个如花似玉的女儿，姐名"二春"，妹名"小春"。小春人美歌甜，成为红透秦淮的歌女。上海钱商杨育权实为汉奸，垂涎小春姿色。多次调戏小春，遭到拒绝后，便施毒计绑架并奸污了二春。二春为报仇雪恨，主动要求嫁给杨育权的保镖魏老八，并让母亲带小春远避武汉。新婚之夜，二春灌醉魏老八，欲刺杀杨育权，却误杀其情妇，二春自己也自杀身亡。之后，二春的恋人徐亦进与王大狗、阿金等好汉潜入杨宅，手刃杨育权，火烧杨宅。秦淮河边又重新平静下来，唐大嫂带着小春返回金陵，重操旧业。作品对秦淮人家风俗民情的描写细致入微，写活了一班市井人物。

自一九三九年三月八日至次年二月四日，这部小说连载于《新闻报》副刊"茶话"，每期刊出七百余字。我手头的一套连载版《秦淮世家》，是一位上海书友转让的。民国年代的原藏家很细心，将小说每一期的连载文字都剪裁下来，粘贴在上海福隆号布店的进出货单子上，每张单据正反两面分别贴有八九张剪报，一期不差，配上蓝底封面，装订成线装本。最后一期的序号是第三百二十二，但连载过程中错排、漏排、重复排序的现象屡见不鲜，我点数了一下，实际上共连载了三百二十三期。错进错出，好在相差并不远。通过剪报还可知晓，小说每期大约刊登六百字，题头和署名均采用作者手迹印制，亦有多期漏署作者名。

《秦淮世家》连载结束未几，上海三友书社于一九四〇年十一月出版它的单行本，百新书店总经销。之后，一九四〇年十二月再版本、一九四一年六月三版本（其版权页上误印为"四版"）、一九四二年八月四版本、一九四二年十一月五版本也相继问世，均分订两册，正文四百八十八页，三十二开，扉页书名由严独鹤题写。另外，我还藏有一九四七年一月的改版第二版和一九四九年三

月的改版第三版，均压缩为单
册，二百三十二页，三十二
开，字号小得甚伤眼。三友书
社的《秦淮世家》印本虽多，
封面设计却从未变更，描绘的
永远是在开满荷花的水中荡桨
的一对恋人，色调艳丽。百新
书店为此书发行编印过一则广
告："此书以南京秦淮河为背
景，写战前夫子庙某著名歌女
之艳事韵闻。誉之者称之谓
'《桃花扇》里人'，文情细
腻，布局紧凑。全书以追溯法

上海三友书社版《秦淮世家》

叙述，迥非俗手能办。已由金星影业公司将全书本事摄成电影，佳
妙可知。"

　　诚如广告所言，金星影业股份有限公司一九四〇年将《秦淮世
家》改编为电影。该片编剧为范烟桥，导演为张石川，周曼华饰演
唐小春，夏霞饰演唐二春，龚稼农饰演杨育权。

　　时至当代，贵州人民出版社、北岳文艺出版社、时代文艺出版
社、人民文学出版社、天津人民出版社先后印行此书。

　　《秦淮世家》令张爱玲痴迷，学者孔庆东却并不认可这部作
品，他撰文批评《秦淮世家》《丹凤街》一类的半言情小说"主题
比较模糊，又想隐喻抗日，又想赞颂民众之'有血气，重信义'、
'藉以示士大夫阶级'，又含有对故都的怀恋，因此故事情节不够
紧凑，影响不大"。

51.休闲小品——《石头城外》

　　《石头城外》叙述南京公务员金淡然突然失业，举家从城内迁往郊外办农场。然而以妻子华素英为首的家人完全不能适应农村生活，办农场更是不见收益；同样没有料想到的是，金淡然与村姑菊香的交往渐多，关系暧昧。在华素英运作下，金淡然不久便官复原职，一家人同返城中，而菊香也尾随而至，成为金淡然身边的情人。小说笔墨清新洗练，人物个性鲜明，心理描写细腻自然。

　　仅就目前掌握的资料，该作最初是以"到农村去"为名，从一九三九年七月十七日至一九四一年四月十七日，首发于《上海生活》第三年第七期至第五年第四期。尽管该杂志的主编是顾冷观，名誉主编却是严独鹤，应当是张恨水的这位老友拉来的稿子。一九四三年六月二十六日至一九四五年七月二十八日，又更名为《石头城外》，被重庆《万象周刊》第三版从第一期至一百一十期转载，每期刊出千余言，其题头和署名均采用张恨水手迹印制。

　　一九四五年六月，作为"万象丛书之七"，重庆万象周刊社推出《石头城外》初版本；一九四六年五月，又出沪一版（国家图书馆有藏）。均为正文二百二十四页，三十二开，共十五节，封面上是一对时装男女相携步出城门的画面，由上海百新书店总经销。上述两种印本前些年在旧书网站上频繁出没，因店家索价殊昂，我迟迟未出手，不曾想近几年它居然销声匿迹。

上海联华图书有限公司版
《到农村去》

聊以自慰的是，我藏有《到农村去》民国单行本。一九四六年五月，作为"小说丛书之一"，上海联华图书有限公司出版了《到农村去》。正文一百一十九页，二十五开，章节变更为十六节（《石头城外》的第十二节"泄露春光"被一分为二，砍为两截，标题分别是"泄露春光"和"被迫着去履行协定"），封面为村舍风光，附有"华南酒家"、"带铃果汁糖"、"金字塔"香烟等广告十六幅，商业气息浓厚，满纸书香加铜臭。

重庆时期，张恨水笔下的几乎每一部小说都与抗战发生直接或间接联系，唯有这部《石头城外》与他所处的大时代没有太多关系。尽管有评论家认为此作批判了国民劣根性，以此对山河破碎进行反思，但窃以为此说过于勉强。他当时因何创作这部消闲意味颇浓的长篇？由于该书前无序、后无跋，且至今未见到作者的有关创作自白，故仍属未解之谜。此作是否为战前作品呢？权且存疑。

一九九三年版《张恨水全集》也收录了该作，采用十五节本，约十万三千字。

52.仅有十四个梦的《八十一梦》

张恨水是一个远离党派之争的传统文人。一九四〇年，他写有一篇《我们的作风》，表明自己的政治态度："我们够不上帮忙，又不愿在今日之下帮闲。无已，且在这个'诤'字上作点工夫。中国先哲，讲个君有诤臣，父有诤子，士大夫有诤友。于是诤民也是今日所必须的。"作为诤民，他的表达方式是用手中的笔还原社会现实。

张恨水作品中，十九万三千字的讽刺小说《八十一梦》是最令政界达人关注的一部。《疯狂》写到尾声，他意识到用寻常的手法写小说，以此曝光社会黑暗，是艰难的事。于是，他拿定主意冲破旧小说樊篱，用十四段荒唐的梦，上下古今，纵横捭阖，寓庄于谐，幻中见真，影射抗战年代的真人真事，抨击大后方的腐败荒淫和空谈误国等等恶劣现象，鞭挞醉生梦死的贪官污吏，表达对民族生死存亡的忧患意识。通过张恨水的生花妙笔，古典名著中的人物如孙悟空、猪八戒、钟馗、西门庆、潘金莲，历史名人如子路、伯夷、叔齐、廉颇、陈圆圆，作者昔日的亲朋如祖父张开甲、父亲张钰、恩师萧老先生、族叔张楚萍、同乡郝耕仁、旧友梅小白，还有当今的权贵如孔祥熙和宋子文家族以及一个个奸商、文痞、戏子均跃然纸上。中国社会科学院学部委员杨义在《中国现代小说史》（人民文学出版社一九八六年九月版）中强调：《八十一梦》是"继张天翼《鬼土日记》、老舍《猫城记》、王任叔《证章》之后，现代文学史上的一部奇书"。尤为特殊的是，《八十一梦》是张恨水仅有的一部通篇采用第一人称的长篇小说。

这部小说一九三九年十二月一日至一九四一年四月二十五日在重庆《新民报》副刊"最后关头"连载过程中，社会反响强烈，广大读者为之击节叫好，亦有少数人或为之惴惴不安，或为之切齿腐心。

陈独秀是张恨水的安庆老乡，二人私交甚笃。《八十一梦》连载期间，陈独秀正隐居江津鹤山坪。看到小说揭穿不少权贵的黑幕，他替作者捏了一把汗，对来访的朋友说："张恨水骂别人不要紧，骂'三尊菩萨'，恐怕要惹麻烦！"

《八十一梦》的厄运不幸被言中。过了不多久，国民党上层授意新闻检查所检扣张恨水的作品。新闻检查所的职权仅限于对新闻的控制，对查禁小说无从下手，只能牵强附会地将一顶"不利于团结抗战"的大帽子压在报社头上。张恨水付之一笑，未予理睬。国民党大员张治中也是张恨水同乡，时有"一文一武，皖江两张"之说，指的就是他俩。一天傍晚，张治中将张恨水接去推杯换盏。具体情形，《写作生涯回忆》有记载："某君为此，接我到一个很好的居处，酒肉招待，劝了我一宿。最后，他问我是不是有意到贵州息烽一带，去休息两年。我笑着也就只好答应'算了'两个字。于是《八十一梦》，写了一篇《回到了南京》，就此结束。"这部巨著实有十四个"梦"而已。

一九四二年三月，作为"新民报文艺丛书之一"，新民报社出版《八十一梦》单行本，正文二百五十四页，三十二开，密密麻麻地用小五号字印在粗糙的土纸上，封面绘有一手持利刃的古装武士，封底印有"重庆市图书杂志审查委员会审查证图字第二〇二九号"。值得一提的是，书中配有漫画二十帧，但未注明作者。据四川师范大学文学院教授、著名书话家龚明德分析："从插图运笔风格来看，像是李桦手笔。"李桦早年留学日本，学成回国后在广州从事新兴木刻运动，一九三八年任中华全国木刻界抗敌协会理事，中华人民共和国成立后任中央美术学院教授。此印本较之连载稿有不少小改动，显然是出版前经过了修改润色。作者不仅对一些字句进行修饰添删，更正了多处物价、薪水的涨幅数字，还调整了章节名，如"第二十四梦 一场未完的戏"被更改为"第二十四梦 未

南京新民报馆版《八十一梦》插图

完之战"。书内有作者自序、尾声和新民报老板陈铭德写的序言。陈铭德一生颇以能与张恨水合作自豪，在序中称张恨水是位"好主笔""好经理"。他尤其欣赏《八十一梦》这部小说，言它"是抗战声中砭石，也是建国途上的南针"，"在这大时代中当然要有这一部作品产生，这个责任当然应由恨水先生担负"，"恨水先生担负了他写作的责任，理想境界已达到极端圆熟之点"。评价之高，无以复加。

曾任国民党中央四川特派员、长期以陈独秀代言人自居的高语罕也是"张恨水迷"。同年八月二十二日，他在《重庆新民报晚刊》上发表《责索〈八十一梦〉寄恨水先生》一首："江村长夏乱蝉鸣，蚊蝇欺人体欲怜。渴待沉酣八一梦，至今一梦也难寻。"他并不知晓，该书初版时，张恨水便委托报社总经理陈铭德给高语罕寄去一册，但中途不知哪个环节出现问题，未送到收件人手中。当月三十一日，张恨水在《重庆新民报晚刊》上回了一封公开信，在致歉和解释的同时，承诺亲自上邮局为高语罕补寄一册一九四二年五月出版的再版本。再版本与初版本相比无太大差异，只是在末尾附有一张《八十一梦勘误表》，列举了八十余处勘误。误植失校之处如此之多，在和平年代按说应当重新排版，但战乱岁月则能省即省，再版本依然袭用了初版本纸型。该书抗战时期还出版过一九四二年九月第三版、一九四二年十二月第四版、一九四四年四月第五版，同样都是正文二百五十四页，三十二开。

《八十一梦》也受到包括周恩来在内的中共高层关注，据说延安翻印过这部小说，可惜目前无实物佐证。

该书无疑是抗战期间大后方销行最广的一部小说。战后，又由南京新民报馆在黄浦江畔一版再版，上海教育书店负责总经销。我藏有一九四六年一月沪初版，一九四六年三月沪再版，一九四六年八月沪三版，一九四六年十二月沪四版，均为漂亮的插图本，改用小四号字用道林纸精印，正文二百九十六页，三十二开。美国国会图书馆和中国国家图书馆皆藏有沪版本，但具体版次信息不详。沪版本与渝版本的封面比较，要精美得多，杨义编著的《中国现代文学图志》重点介绍了沪版本封面设计："封面画从一个拱门看出去，有一位古装将军佩剑持枪，屹立于云端或山顶，脚下是一个假面或鬼面，是天神伏妖镇魔的意思吗？"不仅如此，沪版本还再次对文字进行润饰，如将"第二十四梦　未完之战"恢复为"第二十四梦　一场未完的戏"。

另外，上海《一周间》杂志也自一九四六年第二期至第十五期配图转载此作。

这部小说民国时期历尽波折，中华人民共和国成立后也不太平。

《八十一梦》的当代版本　　　　　南京新民报馆版《八十一梦》

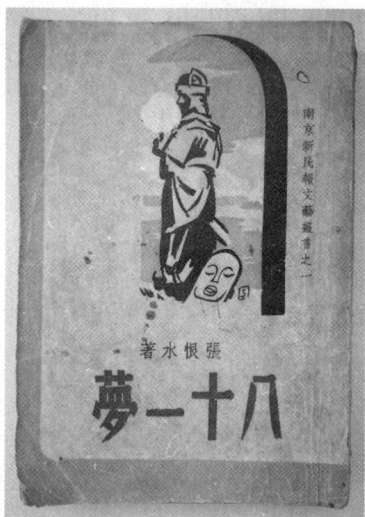

北京通俗文艺出版社是中华人民共和国成立后与张恨水合作较多的出版机构。一九五四年八月，该社拟出版《八十一梦》，按惯例希望作者写篇自序。张恨水对新时期的文艺理论说不清个"子丑寅卯"，于是想起了出版界的好友张友鸾。张友鸾慨然应允，替朋友代拟好《〈八十一梦〉前记》。文章与张恨水的文风大相径庭，词句甚是慷慨激昂，如"忿怒的火焰燃烧着我，我就写"，又如"这些威胁总算没有吓倒我；随着这些威胁而来的，反而是增加了我更大的忿怒"，等等，明显带有时代烙印。前记的后半篇重点解释了该版本删除"第二十四梦　一场未完的戏"的原因，认为这个"梦"反映了"我思想上的糊涂"，"承认国民党反动派是'正统'"，并据此作了一番深刻反省，把一篇前记写成检讨书。一九五五年一月，该书问世，同年七月和十二月又两度加印。此印本为单册，正文一百五十九页，三十二开，三次印数共计五万五千册。因时代原因，这个印本属于"政策性残本"，不仅放弃了民国时期写的两篇序言和尾声，还拿掉其中的五个梦，对幸存的九个梦也做过大大小小的"手术"。全书仅十二万字，较之民国印本少了七万余字。这是不难理解的，当年的新文学名著再版都改变不了被删改的命运。这也是张恨水首度与北京通俗文艺出版社合作，之后几年间，他还在该社出版《啼笑因缘》《秋江》《夜深沉》《白蛇传》等新作旧著。

一九五七年八月，上海文化出版社租用"通俗版"纸型，推出新版《八十一梦》，正文页数、开本不变，印数为五万册。同年四月，香港民生书局也出版《八十一梦》单行本，删节内容与通俗文艺出版社印本完全一致，排版也与"通俗版"丝毫不差，正文页数、开本未变动，似乎亦租用了"通俗版"纸型。不同的是，"民生版"连张友鸾代拟的序言也砍掉了。四川人民出版社在一九八〇年七月同样推出过该作，亦以"通俗版"为母本，删除了前记，加了一则出版说明，并重新排版。它的印数多达三十二万五千册，创下该书史上印量最高纪录。

二十世纪九十年代，北岳文艺出版社、群众出版社先后印行该作。龚明德认为这两种印本"对张恨水原著进行了无知的糟蹋"。因为它们尽管根据民国印本补足了"通俗版"中被砍掉的五个梦和陈铭德序、自序及尾声，拿下了前记，但排校失精，错字百出，读来大煞风景。不仅如此，之前和之后四川文艺出版社、团结出版社所推出的新版《八十一梦》同样是这般。直到二〇一八年三月，我们才读到了一种校勘精良的版本，系由中国文史出版社出版，纠正了历史上诸多印本存在的错漏，唯一的遗憾是它放弃了那篇激情澎湃的陈铭德序。

本来，我们还可以看到一种极具收藏和研究价值的当代版本，这便是由龚明德汇校的《〈八十一梦〉汇校本》。围绕《八十一梦》的历代印本，龚明德确实倾尽心力。二十多年前，他不惜花费千余元复制了一套该作在《新民报》上的连载版，并在冷摊淘得多种早期单行本。通过对第一手资料爬梳钻勘、刮垢磨光，他撰写出《张恨水〈八十一梦〉的版本》《新印〈八十一梦〉错讹惊人》《〈八十一梦〉究竟写了多少梦》等令人叹服的妙文。为反映这部名著的原始形态和历史变迁，多年前他有意出版《〈八十一梦〉汇校本》，得到张恨水家人支持，但因种种原因，迄今未能遂愿。

53.市井草根亦英雄——《丹凤街》

张恨水在南京生活时，一度居住在唱经楼。而唱经楼附近有一条以售卖农产品名扬金陵的丹凤街。一九三七年夏，江南形势一天比一天紧张，张恨水每天夜半从南京人报社归来，总会见到不少市民身穿灰布衣帽、系着皮带、裹着绑腿，傍着路灯赶往指定地点参加军事训练，其持刀上枪，动作敏捷，宛若军人。待壮丁们脱下戎装，张恨水才发现他们中间不乏丹凤街上商铺里的账房、伙计乃至街头摊贩。张恨水感慨：整个南京城有二十万市民参加军训。一个城市的壮丁就有这么多，可以想象全国有多少。单凭老百姓的这股热情，咱们大可一战！

南京大屠杀发生后，张恨水惊悉有二十余万同胞罹难，不免想到当年那些受训壮丁中的许多人恐难幸免。一念至此，心中凄然。他决定用文字记录下丹凤街上那些处于社会最底层的男男女女的故事。据他本人透露："初意欲分为两大部：一部写肩挑负贩者之战前生活，一部则为战时景况。"遗憾的是，他仅仅完成描写"战前生活"的那一部，即《丹凤街》。作品共二十六章，十八万七千字。

这是一部社会小说，写主人公陈秀姐自幼丧父，跟着母亲和舅舅何德厚一起生活。秀姐十八岁时，以卖菜为生的何德厚逼迫她嫁给做过国民政府次长的赵冠吾为妾，她宁死不从。丹凤街上童老五、王狗子等邻居得知此事，打算帮助这对母女，但他们的行动遭到警察局干涉，童老五母子等人不得不离城回乡。当秀姐被迫嫁给赵冠吾后，邻居们设法将她母亲送到乡下居住，欲伺机再搭救她。之后，赵冠吾对外谎称秀姐病死，带她去往上海生活。一年后的清明节，邻居们在秀姐的老屋祭奠她的"亡灵"。其时，这一帮丹凤街上的英雄已经参加壮丁训练，准备誓死保卫南京。

《丹凤街》最初是以"负贩列传"之名，连载于上海"孤岛"上的《旅行杂志》。其中，上集十二章发表于一九四〇年一月一日至十二月一日的第十四卷第一号至第十二号。间隔两期后，又以下集名义连载于一九四一年三月一日至一九四二年一月一日的第十五卷第三号至第十六卷第一号，但仅刊至下集第十一章即总第二十三章，未完。下集启动连载之际，编者配发了《上集提要》。到了下集第十一章发表之际，又配发了《本书提要》。尽管旅行杂志社址位于上海"孤岛"，亦受到敌伪干涉，张恨水在创作过程中饱受无法直吐胸怀的痛苦。至于这部小说终止连载的原因，是由于太平洋战起，上海完全落入敌手。作为一名爱国作家，张恨水不肯为沦陷区杂志撰稿，当即搁笔。

笔者目前见过的最早的该作单行本，是一九四三年十一月由上海新新书店出版的《负贩列传》初版本，三十二开，页数不详。这个印本高度忠实于《旅行杂志》连载版，亦分作上下两集，甚至保留了原始印本的内容提要，且同样只有二十三章。依据张恨水的"洁癖"推断，这种印本当属盗版。

事实上，还有比"新新版"出现得更早的单行本。一九四二年冬，张恨水的一位友人读罢《负贩列传》残稿，很感兴趣，对他说这部小说较之你的其他著述别具一格，何不卒成？书如果在大后方印行，你不必有之前的诸多顾虑，可以畅所欲言。张恨水怦然心动，将旧稿校阅了一番，感觉尚可用。于是乎，他续写了最后三章，取消了上下集的体制，所有章节一个序列排下来，并对章节名称进行较大调整。如第十一章原章目为"想离开这死城了"，后改为"新型晚会"；第十八章即下集第六章原章目为"互助"，后改为"鱼帮水水帮鱼"；第十九章即下集第七章原章目为"藏娇窟里晤情囚"，后改为"情囚之探视"；第二十章即下集第八章原章目为"义无反顾"，后改为"乡茶馆的说客"；第二十一章即下集第九章原章目为"杨大嫂指挥下"，后改为"杨大嫂的惊人导演"；第二十二章即下集第十章原章目为"儿子般孝顺"，后改为"老人

民国版《丹凤街》

的意外收获"。一九四三年三月，张恨水写出自序，将小说交到重庆教育书店更名为"丹凤街"出版。"重庆教育版"初版本我至今缘悭一面，只见过当年十二月在桂林印行的桂一版，总经销为桂林万有书局。该印本系土纸本，正文二百六十四页，三十二开。封面底色为白色，用夸张的线条勾勒出了三两个肩挑手提、匆匆而行的商贩。

抗战结束后，山城出版社将其多次印行，目前存世的《丹凤街》民国单行本多为该社所出，包括一九四六年一月沪初版、一九四六年三月沪再版、一九四六年九月沪三版、一九四七年一月沪四版，均为单册，正文二百六十四页，三十二开，由上海教育书店总经销。沪版本的封面一致，下半部分以绿色为主色调，题写了书名与作者名，并注明该作是"长篇社会言情小说，原名负贩列传"；上半部分底色为白色，勾勒一赤膊汉子挑着一担瓜果蔬菜行走在热闹的丹凤街集市上；醒目的是，他头顶的天空鲜红如血，寓意丹凤街正被战争阴云笼罩。一九四六年十月五日，教育书店曾借上海《文汇报》头版刊出沪三版《丹凤街》发行广告："《丹凤街》三版出书——长篇社会言情小说。作者运用动人之生花妙笔，叙述底层社会的儿女故事，描写细腻，情节紧凑，布局新颖，别具风格。全书二十余万字，精订平装一厚册，用西洋报纸精印，实售两千五百元。"

时至当代，人民文学出版社、北岳文艺出版社、中国文联出版社先后出版《丹凤街》，其中人民文学出版社一九八三年十月印本的印数多达二十一万册。

钱理群、温儒敏、吴福辉笔下的《中国现代文学三十年》（北京大学出版社一九九八年七月版）如此评论《丹凤街》："言情的成分大大压缩，不是武侠题材，却用民间的'侠义'思想贯穿。此1940年开始陆续发表，在抗战环境下，把这类经过过滤的'侠义'精神提高了加以表现，显然有积极的现实意义。这是张恨水爱国主义分外高涨的时期，他把章回体贴近现实，反映现实的作用也发挥得淋漓尽致。"

54.再现南京大屠杀的《大江东去》

　　《大江东去》凡二十回，十五万言。小说叙述了一个战争加爱情的故事：一九三七年冬，南京保卫战一触即发。青年军官孙志坚上战场前，托好友江洪护送其娇妻薛冰如去武汉。江、薛二人抵汉后，传来南京陷落的消息，孙志坚生死未卜。薛冰如逐渐对江洪产生感情，欲以身相许。江洪义重如山，不作非分之想，严守叔嫂之分。之后，死里逃生的孙志坚邂逅薛冰如，妻子向他提出分手要求；而江洪也与情人王玉不即不离……面对大江东去，流水无情，孙志坚和江洪做出相同的抉择：抛弃儿女情长，奔赴保家卫国的沙场。

　　可以说，张恨水的《大江东去》既有对人物形象、心理的细致刻画，又有宏大的历史场景，既展现出国家的灾难、人性的裂变，又能抚慰创伤、振奋民族精神。其创作技巧也在张恨水小说中独树一帜，采用双视角的叙述手法，一是从男性视角描摹战争，交代故事的外在语境；一是从女性视觉抒发缠绵之情，反衬战争的残酷。不足的是，作品中的"抗战"与"言情"未实现有机结合，有疏离、浮泛之憾。

这部抗战小说的诞生，受益于张恨水与几位军人的交谈。据作者在该作单行本初版序言中透露：一九三九年冬，一位姓陈的军人朋友欲奔赴东战场，张恨水特意为之饯行。觥筹交错之际，陈先生讲述了一段真实传奇，说的是一位年轻的留学生在抗战爆发后投笔从戎，在南京保卫战中任教导总队工兵营营长兼团副，与著名抗日英雄谢承瑞率领的教导总队第一旅二团共守光华门。一九三七年十二月十二日，光华门遭到日军疯狂进攻，中国军队誓死抵抗。当晚，光华门被炸开一个大洞，工兵营长率队奋勇将缺口堵住。几天后，日军马队冲进城门，谢承瑞团长葬身于乱军马踏之中；工兵营长则撤退不及，落发为僧，潜居鸡鸣寺八个月始逃离金陵城。令人扼腕叹息的是，这位营长的妻子以为他葬身战火，匆匆委身他人。张恨水听罢故事，认为内容不错，拿它配合京沪线战争之烈，及南京屠城之惨，不失为一部宣传抗战的好小说。不过，他从无火线经验，因而暂未动笔。

半载后，地处重庆南温泉的张家多了两位军人邻居。趁夏夜纳凉的机会，张恨水在漫天星斗之下从他们口中了解到不少战争知识。恰好此时香港《国民日报》发来约稿函，希望得到一部"抗战言情小说"。他于是"以三分之渲染，与四分之穿插，并所有之材料作为三分"，在南温泉的菜油灯下创作出一部章回小说，于一九四〇年在《国民日报》连载。当时英日尚未断交，关系暧昧，港报按惯例不得斥责日本侵略军，这就使得张恨水对京沪线之战及南京大屠杀的描写未能畅所欲言。

一九四一年冬，在重庆一家酒楼上，张恨水与书中主人公原型会面。酒酣耳热之际，这位英气勃勃的军官慷慨陈述自己的传奇

南京新民报社版《大江东去》

经历，对南京大屠杀事件和光华门之役尤为详加讲解。根据此人提供的资料，张恨水对连载稿进行大幅度修改，删除了第十三回至第十六回的全部和第十七回的一部分（主要写的是京沪线战况），增加了对南京屠城事件的叙述。一九四二年，修订版《大江东去》作为"新民报文艺丛书之三"，由南京新民报社出版单行本，成都新智书局负责西北地区总经销。书为单册，三十二开，风靡大后方，在美国报纸上也有节译本转载。出版前后，新民报社以"抗战数年来之儿女悲喜剧 首都沦陷日之英雄铁血录"为标题，在所属多家媒体上大做广告，内容如下：

张君以社会言情小说，驰名于世。抗战以还，乃少此类作品。本书系描写京沪作战时，一抗战军官家庭之变化，以两军官一少妇为其中主角。写军官则大义凛然，写少妇则情深一往。写乱世夫妇之悲欢离诸，既无可捉摸。写患难朋友之生死交情，亦慷慨动人。全篇描写细腻，布局变换，决不减张君以往成名之作。其中述及军官守光华门一段，惊天地而泣鬼神，且为当年事实。而于敌军杀人如麻，造成人类大惨案一节，书者亦多方叙述，藉勉国人。凡此，吾人尤不当以平常社会言情小说视之也。本书原于

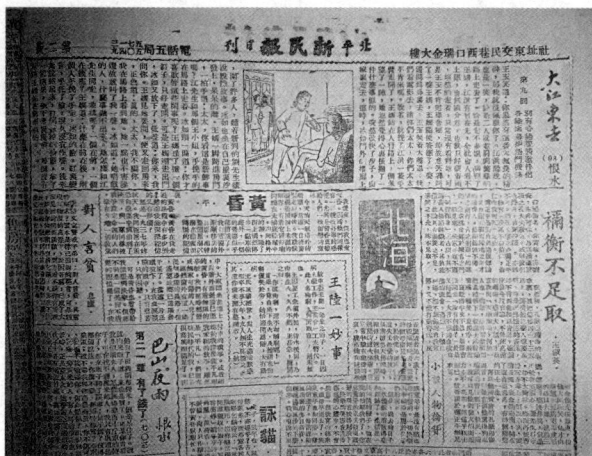

《北平新民报日刊》连载的《大江东去》

二十八九两年，在香港报纸揭载。因当时英日未会开战，不易畅所欲言。现经张君从新改作，业已出版。特此敬告。

　　光复之后，这部以战争为背景，叙述离合之情的抗战小说仍热度不减，由南京新民报馆在黄浦江畔多次再版，上海教育书店负责总经销。寒舍藏有一九四六年一月沪初版、一九四六年八月沪三版、一九四六年十二月沪四版，均为单册，正文二百六十页，三十二开。其封面设计采用版画形式，一位头戴钢盔、手持步枪的士兵屹立在封面中央偏右位置，并投下巨大的身影；他的身旁，流淌着几条鲜红的血河。

　　此外，一九四七年十一月二十四日至次年七月二十一日，此作在《北平新民报日刊》副刊"北海"最顶端的位置配图转载，每期刊出六百字左右，篇名和署名均根据作者手迹印制，插图作者为名不见经传的佳山。同一时期在"北海"上连载的还有张恨水的另一部力作《巴山夜雨》，但这部小说并未享受配图待遇。"北海"编辑正是张恨水本人，可见厚薄之分。

另据记载，一九四七年，北平中电三厂决定将《大江东去》改编为电影，著名影星袁美云饰演女主角薛冰如。片子拍拍停停，至一九四九年初尚未停机。随着北平解放，只得不了了之。

一九七六年，香港基本书局重印《大江东去》，由香港上海印书馆负责发行，为单册，正文一百八十五页，三十二开。其封面是一幅题为《江南春色》的山水画，反映的是一位古代装束的男子泛舟垂钓，与小说内容毫不沾边。

之后，内地的北岳文艺出版社、中国文联出版社、团结出版社、湖南人民出版社、岳麓书社、重庆出版社、中国文史出版社频频印行该作。一九九五年，该作被中国文联、中国作协等机构评为"百篇抗战名著"之一。

《大江东去》的男主人公原型是谁？自该作发表后始终是舆论焦点，但张恨水一直未向外界公开，官方的回应是"并无所指"。国民党高级将领钮先铭生前写有《我为什么写〈还俗记〉——抗战初期南京笼城战血泪史》《〈还俗记〉的未了公案》《从南京大屠杀说起》等文章，明确承认《大江东去》中的主人公就是他。其中《从南京大屠杀说起》一文提到："崔万秋在陪都重庆为我写了一本小说《第二年代》，名作家张恨水也写了一本《大江东去》，使得我的传奇性不胫而走。可惜这两本说部都太着重我的婚变——传说我已阵亡，而'寡妇'再嫁，对于南京日本暴行却一笔带过。"《〈还俗记〉的未了公案》也提及："……张恨水也好，老友崔万秋也好，他们写我的那两本书，《大江东去》和《第二年代》，都太注重在小说技巧的运用，对真实性多少有所偏差……"

55.借古寓今的《水浒新传》

张恨水章回小说《水浒新传》是《水浒传》"七十一回本"之续书，思想主题与同时期郭沫若、阳翰生笔下的历史剧一致。作品写北宋时期，一代名将张叔夜指挥的官兵与卢俊义率领的梁山英雄在海州交锋，卢俊义被张叔夜设计活捉，梁山一应好汉遂接受招安，归入张叔夜帐下。不久，张叔夜保荐卢俊义、柴进、董平、杨雄、朱武等人赴河北任职。金兵南侵之际，河北各州县首当其冲，沧州知府、大名知州先后投敌，董平、朱武、柴进等人血战殉国。后金兵杀到东京城下，众多梁山英雄纷纷抵京勤王，配合京城四壁守御使李纲击退金兵。因主和派得势，李纲被罢免，在京一干好汉遂出城抗击金兵、惩处汉奸。几年后金兵第二次南下，张叔夜决定北上勤王，任命宋江为前军统治，在朱仙镇大败金兵，与东京守军胜利会师。金兵下令攻城，武松、杨林、扈三娘等十余名英雄战死沙场，昏聩朝廷乃决意求和。东京巡检范琼欲拥立奸臣张邦昌为皇帝，宋江、李逵誓死不从，自愿饮毒酒身亡。范琼为彻底排除异己，又以劳军名义给其他梁山英雄送去掺入鹤顶红的两坛好酒，在京好汉除关胜、阮小二、李俊等人逃得性命，大多殉难。不久，金人劫持徽、钦二宗北上途经燕山，公孙胜、时迁、杨雄等未参与勤王的好汉潜入金兵元帅府，不料身陷重围，除了公孙胜幸免于难，其他英雄均为国捐躯。作者浓墨重彩地描写了张叔夜和梁山英雄的忠贞爱国，同时暴露了大宋官员的腐败无能、金兵的血腥残暴以及汉奸的厚颜无耻。

上海"孤岛"上的《新闻报》编辑当时正有欲言又止的痛苦，获知张恨水要启动《水浒新传》的创作，对他的这种写法拍案叫绝，催促他快写快寄。一九四〇年二月四日，是他的另一部小说《秦淮世家》在《新闻报》副刊"茶话"上的连载结束日。为此，"茶话"编辑发出预告："本栏目自二月十一日起，刊载张恨水先生新著长篇小说《水浒新传》，寓新意义于旧人物中，别开生面，极饶趣味，幸希读者诸君注意。"

这部小说如期启动了连载。我手头有一册该连载版的剪报，从中可知报纸每天留给它的版面基本上是固定的，每期五百五十字左右，而且每期都注明"版权所有不许转载"。作品开篇，发表了一则文言自序，欲盖弥彰地表达了他的创作初衷："用《水浒》人物，写予理想中之情事，盖借花献佛之意云尔。若必更问借何花，献何佛？是则予唯有拈花微笑答之。"这则自序长达千言，后被称作"原序"；单行本问世之际，他又写有一篇新序。一九四九年后的诸种单行本仅保留了新序，失收原序。

《水浒新传》连载过程中，读者好评不断，竟有人从上海写航空信到重庆来与作者讨论作品内容。直至一九四二年十二月二十七日上海全境沦于敌手，他才停止撰寄。至此已经寄出前四十六回，写到第四十七回，连载了大约五分之三的篇幅。据张恨水笔下记载，《新闻报》为他支付的稿酬较高，最初为千字十五元，后又调高到千字二十元，而且《水浒新传》的版权仍归作者所有。

连载小说不可避免是在仓促间完成的，但张恨水的写作态度应该说十分认真。为了写好《水浒新传》，他在语言上下过一番水磨工夫，尽可能地模仿《水浒传》的叙述风格和词句，实在找不到可模仿的词句，便参酌宋人话本和宋儒语录，最大限度地保留原著遗风。他还参考《宣和遗亭》《宋史》《金史》《靖康实录》等史书，避免在地理、官职、时间、器具等方面出现错漏。

一九四一年夏，上海一位朋友给张恨水发来一封信，称当地一家小报已请"枪手"将《水浒新传》继续写下去，并公然假冒他的大名登载。张恨水人在重庆，自然无法状告小报侵权，唯一的对策是迅速将这部小说写完并出版。

完稿后的该作共计六十八回，五十三万九千字。一九四三年七月，小说由重庆建中出版社付梓，重庆礼华书店总经销，分订四册，正文六百五十八页，三十二开，书前有原序、新序和凡例。封面设计者为高龙声，描绘的是一名腰插双斧、单脚踏板凳、双手捧酒坛畅饮的短装壮汉（应当便是李逵），封面上的书名和著者名均采用张恨水手迹，字字劲拔。与众不同的是，初版本使用了两种纸印刷，其中加厚纸本售价一百三十五元，川纸本售价八十五元。因该作借古喻今，风行一时，为大后方仅次于《八十一梦》的畅销小说。章士钊也是这部洋溢爱国主义热情的作品读者之一，读罢写有一首七律《读〈水浒新传〉有感》。史学家陈寅恪抗战时期患眼疾住院，托好友吴宓借来《水浒新传》。据吴宓日记记载，陈寅恪当时要得很急，上午探病时说要借，吴宓下午便送到病房。最初，陈

重庆建中出版社版《水浒新传》

寅恪凭借微弱的视力勉强可看小说，读来时而心神俱醉，时而须发皆张；后来他双眼近乎失明，便让夫人每天为他念一段。全书读听完毕，他心潮澎湃，赋诗一首：

乙酉七七日听人说《水浒新传》适有客述近事感赋

> 谁缔宣和海上盟，燕云得失涕纵横。
>
> 花门久已留胡马，柳塞翻教拔汉旌。
>
> 妖乱豫幺同有罪，战和飞桧两无成。
>
> 梦华一录难重读，莫遣遗民说汴京。

据我所知，美国密西根大学图书馆收藏有一套《水浒新传》，它便是建中出版社一九四七年六月出版的沪一版，分订两册，正文六百五十八页，三十二开，亦保留原序、新序和凡例，由上海百新书店有限公司总经销。其封面设计没有太大变化，只是将底色由白色换作黄色，人与物的线条由简单勾勒改为工笔细描。令书迷击掌叫好的是，沪一版居然印刷了一批毛边本，其中一套便藏在寒斋。

改革开放后，中国民间文艺出版社、北岳文艺出版社、黑龙江人民出版社先后印行该作。另外，一九八六年五月，四川美术出版社出版了连环画《水浒新传》，分订八册，六十四开，文字改编者为李勇，绘画作者为蔡邦宁。这套小人书价格奇贵，品相稍好的一套需千元以上才可拿下。

56.用文字证明"中国人伟大"——《前线的安徽 安徽的前线》

　　《前线的安徽 安徽的前线》发表在一九四〇年三月十日至七月二十二日的国民党安徽省党部机关报《皖报》副刊"战士"上，每期刊出三四百字。连载稿的第一期至第五十七期的署名采用作者手迹印制，之后的署名又改为印刷体。作品名义上有八个章节，但连载过程中并未出现第五节，直接从第四节跳至第六节，因此实际上只连载了七个章节，共四万余言。

　　各节标题分别是：

　　一、老少都在呐喊着

　　二、目不忍睹的惨剧

　　三、（不详）

　　四、浩劫将临的农村

　　六、渡湖

七、黑暗中的死村

八、胆大的人有办法

　　故事发生的时间，正值南京大屠杀前后。新闻记者文天白从南京回到家乡即安徽最东端的当涂县采石矶镇，与族人文九爹一起目睹了日本侵略军诸多暴行。他们不甘任人宰割，拍案驳斥唐老五、王大有、于斌等懦弱乡人的逃跑主张，动员青壮年老百姓奋起反抗，保卫家乡。之后，文天白作为游击队长，带领村民白天隐身，夜间则分兵偷袭日本侵略军据点，消灭多名鬼子，缴获不少枪支弹药，队伍不断壮大。小说开篇曾介绍，作品的内容出自一位从安徽

安徽《皖报》连载的《前线的安徽　安徽的前线》

来到重庆的乡人口述，总结成一句话，便是"中国人伟大"！

作者在《写作生涯回忆》里抱怨："……那篇小说，我完全以安徽人的关系，大半义务的写稿，并没有含着任何作用。可是安徽的统治者，认为这篇小说，夸张了游击队，那是和他们的政治作风不对的，也宣告了腰斩。"也难怪，作品贯彻了民众至上的思想，描述的全是老百姓自发组织抗战的场面，前前后后根本不见"国军"身影。

"腰斩"之后，张恨水并未灰心丧气，而是更加积极地搜集有关材料，筹划创作一部新的游击题材作品。重庆新华日报社曾向他大开方便之门，允许他进资料室浏览查阅。他搜罗到手的材料尽管人物、事件可观可读，只是过于片段和零碎，无法组织成书，以至于对《新华日报》同仁抱愧不已，深感无以为报。

《前线的安徽　安徽的前线》未收入一九九三年版《张恨水全集》。

在已知的张恨水小说中，这部作品的篇名最长。他的小说篇名多为三到五字，极少数为七言，字数达到两位数的独此无双。

57.从贵妇到乞丐——《赵玉玲本纪》

　　《赵玉玲本纪》讲述民国初年，京戏名角赵玉玲遇阔少凤八发迹，后终因挥霍过度而穷困潦倒的故事。在阅读这部长篇之初，我本以为这样一本以坤伶为主人公的小说，或许是《夜深沉》的姊妹篇，读罢才知晓这是一部"翻版《金粉世家》"。《赵玉玲本纪》中位等王侯、富可敌国的凤大将军可对应《金粉世家》中的国务总理金铨，凤八可对应金七爷金燕西，凤家四姨太太可对应金铨的三姨太翠姨，等等；这两部书都采用倒叙手法，讲述一家之主突然病故后大家族土崩瓦解的故事。不同的是，《金粉世家》的故事极为完整，而《赵玉玲本纪》写至凤大将军病亡后不久便不见下文。

　　一九四〇年十月一日至一九四二年二月一日，作品发表在上海《小说月报》创刊号至总第十七期，每期登出一节，每一节都配有多幅插图，少则两三幅，多则四五幅，已刊出的文字约十万字。与《赵玉玲本纪》一同在《小说月报》上连载的小说，还有包天笑的《换巢鸾凤》、顾明道的《剑气箫声》、程小青的《鹦鹉声》、李

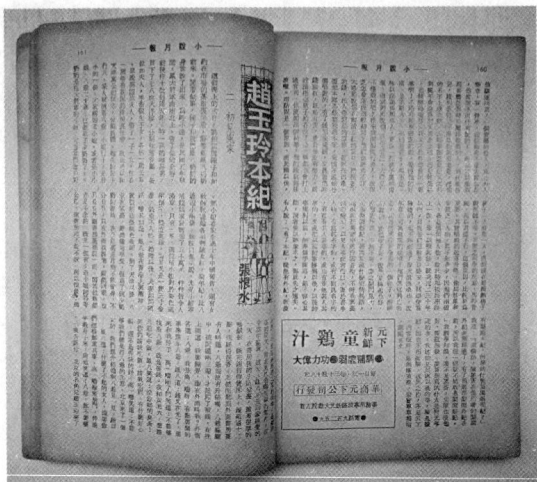

上海《小说月报》连载的《赵玉玲本纪》

薰风的《风尘三女子》等，全属于通俗小说名家名作。《小说月报》连载本也是目前所知的唯一一种民国印本，但它并非该作初版本。《赵玉玲本纪》当属他的早期作品，《小说月报》只是擅自转载而已。

《赵玉玲本纪》单行本仅见一种，系由北岳文艺出版社在出版《张恨水全集》时，将其与《银汉双星》合订为一册出版，三十二开，其中《赵玉玲本纪》部分的正文为一百四十三页。

这部小说中既有纨绔子弟，也有戏子佳人，不乏卖点，为什么它偏偏沦落为民国出版商的漏网之鱼呢？

58.被强行瘦身的《牛马走》

《牛马走》最初连载于一九四一年五月二日至一九四五年十一月三日重庆《新民报》副刊"最后关头"。小说故事发生在抗战中的陪都重庆，一条主线是知识分子区庄正一家老小，一条副线是打着博士旗号做掮客的西门德及其太太，通过正副两条线，牵引出陪都社会各阶层形形色色的人物，勾勒了重庆官商沆瀣一气大发国难财而底层百姓饥寒交迫的众生相。小说中其他人物如官商合体的陆神洲、甘贫乐道的区庄正和区亚雄父子、俗不可耐的暴发户李狗子、嗜钱如命的西门太太以及风情万种的女"拆白党"黄青萍等人，均写得呼之欲出，个个堪称现代小说人物经典。《牛马走》是一部大型的形象化的社会史和经济生活史。美国博士马轲蓝评价该作"作为反映战时重庆全貌的史诗性作品而使许多'进步'作家望尘莫及"。

《牛马走》结束连载后，拟交上海教育书店印行单行本。在该书店一九四六年沪二版的《大江东去》上，有一则"新民报文艺丛书"的发行广告，丛书共有九部，包括《八十一梦》《巷战之夜》《大江东去》《偶像》等，而之九便是"长篇巨著　社会小说《牛马走》"。不知何故，它最终并未成书。

　　一九五四年岁末，香港《大公报》将稿子要过去，打算再度连载，但希望更改篇名。"牛马走"出自司马迁的《报任安书》，中有"太史公牛马走"，后来李善有注："走，犹仆也。言己为太史公掌牛马之仆，自谦之辞也。"显然，"牛马走"原本为自谦辞，张恨水这里是用来比喻人像牛马般奔波劳累。《大公报》觉得这个篇名不够通俗，担心读者不解其意。张恨水尽管不太乐意，还是尊重报社意见，重拟了两个篇名，一为《一叶知秋》，一为《魑魅世界》。报社认为《魑魅世界》所指十分明确，是谴责不顾国耻，专门害人利己的人中之鬼，遂采用此名。一九五五年元旦这天，《大公报》副刊"小说天地"开始连载这部小说，但至次年二月十一日登到第二十八章便戛然而止。

　　一九五七年二月，上海文化出版社亦用《魑魅世界》之名，出版单行本初版初印本，一九五七年八月第二次印刷，一九五八年二月第三次印刷。该书分订两册，正文七百零三页，三十二开，总印数七万五千册。受时代局限，封面设计偏于严肃甚至古板，乃是以浅绿色花卉和边框花线装饰，设计者为陈德润。出版前后，上海文化出版社在该社推出的其他书籍上为《魑魅世界》发行做宣传："这是一部以抗战时期的重庆为背景的暴露小说。揭发反动派时期官僚资产阶级和奸商的丑行，故事生动活泼，有一定的教育意义。"叫人失望的是，该著在重庆《新民报》连载时长达六十二万字，成书后只剩下四十九万三千字。原来，出版社未经作者首肯，擅自裁剪了大量篇幅。原作共三十八章，删节本压缩成三十六章，

上海文化出版社版《魍魉世界》

被拿掉的分别是第二十八章"她们与战争"和第三十五章"抬轿去"。删节本将第二十八章"她们与战争"与第二十九章"天外来客"合并为一章，将原作中"交际花"魏壁人与老三爷的钱色交易清理得一干二净，仅在这一处便大约有一万八千字无影无踪。在第三十五章"抬轿去"这一章节中，则砍掉对西门太太发横财后神经质发作的大段描写，约有两三千字。其他删节文字大多是细节上的，差不多每个章节都受到侵害。张恨水拿到样书，一个劲地摇头叹气，却也无可奈何。一九五七年五月十四日，张恨水参加北京通俗读物出版社召开的通俗文艺作家座谈会，忍不住慷慨陈词："上海文化出版社最近出版了我的《魍魉世界》，原书名叫《牛马走》，我认为这个名字很好，没有改的必要。不仅改书名，还竟给我删掉了十多万字，事前并未征得我的同意。这样做实在不太好！"后来，上海书店、百花文艺出版社、北岳文艺出版社、时代文艺出版社所推出的《魍魉世界》都沿袭了删节本。

　　"文革"中，这部从社会经济的视角描写大后方图景的手稿散佚。好在张恨水的三女儿张明明是香港《大公报》特约作者，在报社编辑帮助下，她在地下室报库见到了几十年前的旧报，把这部小说连载稿复印两份。未连载的章节，由张恨水之子、中国京剧院编剧张伍在国家图书馆找到重庆《新民报》，也复制了一份。兄妹俩齐心协力，终于把书稿补齐，整理出一部原汤原汁的足本，送交团结出版社在二〇〇六年九月出版，书名也恢复为《牛马走》。该书为小十六开本，正文五百零九页，后附有张伍撰写的《校后记》，封面左侧竖排一行推荐性质的黑体字：

抗战时期最轰动的社会小说　新中国第一次足本出版

　　时间来到二〇一七年九月，岳麓书社也出版了足本《牛马走》，亦为小十六开本，正文六百四十四页，装帧精美。尽管售价不菲，我仍然按捺不住出手将它拿下。

59.坍塌的《偶像》

《偶像》讲述了一个离奇的故事：丁古云是抗战时期重庆的一位雕刻大师。这位艺术家在世人面前永远是长袍马褂，垂着一部长可及胸的浓厚胡须，不近女色，一身正气，是众人心目中的偶像。然而当他一睹蓝田玉芳容后，心理防线顿时崩溃。他忘却尚在沦陷区的妻子，换上笔挺的西服，剃去长须，向这位绝代佳人展开追求攻势，将其招揽至身边担任助理。不料蓝田玉精心设下骗局，拐跑了丁古云手中用于购买美术创作原材料的巨额公款，藏形匿影。丁古云人财两空，无颜面对世人，不得不假借火灾托死潜逃，隐居乡下以捏泥人为生。在小说的结尾，身为抗战将领的丁古云之子丁执戈在重庆举办了一场"丁古云遗作展览会"。丁古云为见到儿子，乔装打扮，出现在会场。令他不堪的是，一身贵妇装束的蓝田玉竟然偕夫前来，豪掷万金买下他的一件作品，以此为抗战献金，出尽风头。此作辛辣地讽刺了抗战时期大后方少数知识分子的虚伪和堕落。小说共二十四章，十五万五千字。

一九四一年十一月一日，《重庆新民报晚刊》创刊。该报由崔心一任总编辑，张友鸾主编社会新闻，张慧剑主编副刊。《偶像》正是从该报创刊之日起，开始在其副刊"西方夜谈"连载，至一九四三年三月二十八日登毕，署名"水"。

在旧书市场上，《偶像》的民国单行本甚是罕见，其早期的蓉版本更是凤毛麟角。寒舍幸存一册，虽属再版书，亦可珍也。蓉版《偶像》的版本信息如下：一九四四年六月，由南京新民报股份有限公司作为"新民报文艺丛书之四"在成都初版，一九四四年十一月再版，均为土纸本，成都四达书局负责西北地区总经销，其封底印有两行小字："四川省图书杂志审查处审查证图字第九八六号。"

之后，南京新民报社于一九四六年二月出《偶像》沪初版，一九四六年五月出沪再版，一九四七年四月出沪三版，均由上海教育书店总经销。一九四六年十月五日，教育书店曾借上海《文汇报》头版刊载沪再版发行广告："《偶像》再版出书——长篇伦理言情小说。故事有趣动人，情节奇突曲折。请看一代艺术大师的下场：声誉与地位俱失，金钱随爱情齐飞！本书写一艺术家老教授，因偶然不慎，为一浪漫女子所惑，导致身败名裂。其子为抗战军人，不知其事，方在继续宣扬乃父道德。此老教授之寓所，适为火灾，外间纷传其死。于是老教授借此匿名避世，藉

南京新民报股份有限公司版《偶像》

以维持其子荣誉，终乃以'活死人'之身，参观自己的'遗作展览会'。故事曲折奇突，想入非非，诚奇笔也！全书二十余万言，精订平装一厚册，用西洋报纸精印，实售二千六百元。"

《偶像》的上述民国单行本皆为单册，正文二百八十二页，三十二开。其封面设计寓意深刻，画的是在一尊庄严佛像的背后，半隐半露出一个白发长髯、一身补丁衣衫的猥琐老头。

一九四七年三月二十四日至十一月二十三日，《北平新民报日刊》副刊"北海"曾转载《偶像》。小说的题头和署名均采用作者手迹印制，每期刊登七百余字，并配有佳山绘制的插图。

中华人民共和国成立后，北岳文艺出版社于一九九三年和一九九四年二度出版该作，华夏出版社一九九七年和二〇〇八年也两番将它与《啼笑因缘》等作品合订为一册印行。

民国版《偶像》单行本中有一则自序，是中华人民共和国成立后的单行本不曾收录的，且引录其中两段，便于读者了解张恨水的创作初衷。

　　我有一点偏见，以为任何文艺品，直率的表现着教训意味，那收效一定很少。甚至人家认为是一种宣传品，根本就不向下看。我们常常在某种协会，看到成堆的刊物，原封不动在那里长霉，写文字者的心血，固然是付之流水，而印刷与纸张的浪费，却也未免可惜。至于效力，那是更谈不到了。

　　文艺品与布告有别，与教科书也有别，我们除非在抗战时代，根本不要文艺，若是要的话，我们就得避免了直率的教训读者之手腕。若以为这样做了，就无法使之与抗战有关，那就不是文艺本身问题，而是作者的技巧问题了。

60.抗战时代"非诚勿扰"——《傲霜花》

抗战中，大后方的教育界人士不堪生活重压，纷纷寻求第二条出路，或到他校兼职，或弃教经商，一些女性干脆嫁个金龟婿、寻个金饭碗……这是张恨水在小说《傲霜花》中反映的大后方社会形态。

《傲霜花》的创作意图，其单行本自序里有明确自白："当抗战年间，我住在重庆，我在报上，把教育界的困苦情形看多了。同时，我也和些教育界朋友来往。我自己靠一支笔为生，我已很苦，看看他们，比我更苦。我颇有意，为他们的生活，写一部小说。但究竟因为我自身不是教育界中人，没有深刻的体验，不能写得像样。而其间有些耳闻目见的事，实在值得描写，又不愿意放弃，于是我就仅以我所知道的，摄取了一部分现象，来构成这部小说。"

由于描写的主体都是抗战年代知识分子，都反映的是对婚姻与家庭的困惑，因此有学者将《傲霜花》誉为张恨水笔下的《围城》。当我们拿它与当今收视率极高的江苏卫视电视栏目"非诚勿扰"比较时，同样可以发现不少同类项。

　　华傲霜是《傲霜花》女主人公，堪称"头号女嘉宾"。此人毕业于教会学校，在大学从教，学识一流，气质上佳，自视清高，眼皮子底下根本没有优秀男人。想当年，她也是无数少年心目中的"心动女生"。现如今，她年近四旬，虽抹上浓厚的雪花膏，仍遮不住岁月沧桑。邂逅"老处男"苏伴云后，多年的寂寞冲垮她的独身主义思想，石破天惊般站上恋爱舞台，不惜为心上人"爆灯"，屈尊为"动心女生"。然而落花有意，流水无情，苏伴云钟情于年轻貌美的女伶王玉莲。伤心无奈之际，华傲霜踏上"爱转角"，最终"老大嫁作商人妇"。

　　王玉莲，书中的"二号女嘉宾"。她如花似玉的年龄，唱老戏的一等角儿，一颦一笑撩人魂魄；而且她并非流俗女子，潜心向学，拜苏伴云为师提升国文修养。这样一个"白富美"，在"非诚勿扰"舞台上也堪称女神级人物，引无数男人竞折腰。

　　杨曼青，大学女职员，身材不失婀娜，性格不失温柔，可叹脸上多了几点麻子，令身价狂跌。其姐早亡，她爱上姐夫潘百城，代他照料几个小外甥，为此经常请假脱岗，弄丢好端端的饭碗，整日价以泪洗面。

　　黄叶，亦为大学女职员，面如柿子状，被人戏称为"黄柿子"。年轻的她心仪一位毕先生，每月工资半数倒贴给这个小白脸。但小白脸不甘心整日价面对一张柿子脸，对他的美女同事蠢蠢欲动。

　　章瑞兰、刘玛丽，均是"富二代"。她俩虽同为华傲霜的弟子，在男女问题上足以当华傲霜的老师。尽管没有花容月貌，但显贵的身份让这两位花季少女不乏纨绔子弟追求，石榴裙下少不了拜倒者。

小说中的一号男嘉宾苏伴云，"王老五"一个，三十五六岁，用他自己的话来形容，那就是"七月里的王瓜，二月里的白菜，去下市不远了"。所幸他毕竟仍在市上，且挂有个"前任教授"和"微名作家"等头衔，身份是某政府机关高等秘书，对于许多女人颇具吸引力。这位浪漫文人眼见华傲霜对他频频示好，最初是逢场作戏；待赢得王玉莲芳心，则弃之如敝屣。

无论是真实的情场上，还是"非诚勿扰"的舞台上，从来都是"萝卜白菜，各有所爱"。华傲霜虽非苏伴云的"菜"，却是"二号男嘉宾"夏山青的梦中情人。夏山青仪表堂堂，绅士气十足，早年留学德国。抗战入川以来，他开工厂、办农场，皆红红火火。不仅如此，他闲暇时喜吟诗颂词，不失风雅。除了岁数偏大，他无不符合"高富帅"条件。他人生最大的遗憾，便是痛失原配，为此寻寻觅觅，渴望得到一位内外兼修的佳偶。为了娶得华傲霜，他费尽心机，委托陆太太、章瑞兰代牵红线，终于抱得美人归。

"三号男嘉宾"则是潘百城。他的正式身份是公务员，兼经一家百货店，中年丧偶，膝下有三个呱呱待哺的儿女。他正值如狼似虎的年纪，时不时抛下孩子和热恋他的姨妹杨曼青，进城追求一位二三流的女戏子。

"非诚勿扰"中嘉宾女主持黄菡和黄澜的角色，在书中也可以找到，她便是陆太太。此人寡妇失业，寄寓章瑞兰宅中。作为小说中的情感分析员，她知性、睿智，与人交流循循善诱、亲切自然，还时不时召集个"恋爱座谈会"，深受华傲霜、黄叶、杨曼青、章瑞兰等单身女性拥戴，并热衷于促成他人的美好姻缘。

"非诚勿扰"中男主持嘉宾走马灯似的，换了一茬又一茬。在《傲霜花》中，同样是前赴后继，老教授唐子安、曹晦厂、洪安东、谈伯平、梁又栋和记者丁了一均可进入其列。他们对爱情与婚姻的点评辛辣俏皮，风格上乐嘉、黄磊与之相似。让我印象尤深的是穷酸教授洪安东，其女儿患上盲肠炎，为凑足手术费，他先是向校方借款，吃了"闭门羹"后幸亏得到一名工友解囊相助。为归还欠款，他忍痛向旧书贩子抛售藏书，受尽屈辱。屡遭刺激之下，他给弟子们上罢最后一课，便挥别校园。在小说的尾声，他已经是一名成功商人，"穿了一套笔挺的毛呢西服，拿了一根精致的手杖"，神采奕奕地出现在夏山青和华傲霜的订婚典礼上。

《傲霜花》中主持人这一角色的扮演者，则非作者莫属。张恨水不愧为一流小说家，经他妙笔生花，博学多才的教授、稚气未脱的大学生、风情万种的戏子、欺上瞒下的公务员、八面玲珑的记者、尖酸势利的商人无不跃然纸上。人物之间尤其是剩男剩女之间，有缠绵情谊，亦有排斥倾轧，在作者不温不火、举重若轻的调度捭阖下，实现有机整合、完美搭配。

张恨水既是个好"主持"，也堪称一名出色的"编导"。"非诚勿扰"的成功，除了拥有个性十足的男女嘉宾阵营和一帮金牌主持，还得益于编导们另类的场景布置和环节设计。张恨水当年的编导功力不逊今朝，居然把这部情感戏的舞台放到大后方重庆，放在一个大多数人连生存权都无法得到保障的战乱年代。毕竟滚滚红尘中，每个人都是群居动物，是有七情六欲的智慧生命。言情是张恨水小说的"撒手锏"，《傲霜花》中同样有几组三角恋爱男女，但与他早期作品中缠绵、清浅的三角恋爱不同，这里的三角恋爱因染上浓厚的社会色彩而显得沉重。此外，主要人物华傲霜和夏山青的出场，可谓千呼万唤始出来，做足了铺垫，吊足了读者胃口。全书共四十八章，华傲霜居然在第九章才现身，夏山青更是直到第

上海百新书店版《傲霜花》

四十一章才姗姗而至，营造出奇峰突起、柳暗花明的氛围。

《傲霜花》自一九四三年六月开始创作，抗战胜利后才脱稿，共三十四万二千字。最初，该作是以《第二条路》之名，随写随发在一九四三年六月十九日至一九四五年十二月十七日出版的重庆、成都两地《新民报晚刊》。我仅见过它在《成都新民报晚刊》"出师表"上的连载稿，每期仅刊出不到二百字，版面不及半个豆腐块大。

战后，上海书商不断向张恨水索稿，让他想起这部旧作。小说手稿早已没有影子，只剩下从报纸上逐日剪下的连载稿。报纸使用粗劣土纸印刷，模糊不清。他为此请人抄写了一遍，重新标点，细加校对，起草了一篇自序，费了半年工夫，才算完事。几经考虑，他截取主人公之芳名，将书名改为带有讽刺意味的《傲霜花》，交上海百新书店于一九四七年二月初版（美国哈佛大学图书馆有藏）。书为单册，正文厚达三百六十六页，三十二开，贴有一方草绿色的作者版权印花。其封面是一名卷发美女头部的半边剪影，其单手捧着一大朵怒放的菊花。该封面设计线条流利，纤巧隽永，书卷气浓，满满都是富于象征的诗意。

安徽文艺出版社、北岳文艺出版社、中国文联出版社也先后印行该作。

61.谜一般的《雁来红》

都说红颜薄命，张恨水笔下的《雁来红》亦如此。

从一九四三年十一月八日开始，《雁来红》在云南《昆明晚报》副刊"世纪"连载，至当年十二月十日中止连载，仅登出二十七次，共计一万余字，每期的篇幅不等，短不过两三百字，长则四五百言。共计刊出不到两个章节，分别是第一章"每日更忙须一至"（共刊出十七次，因排校失误，报纸上每一期均错排为"每日更忙须一致"）和第二章"绿了芭蕉"（共刊出十次，未刊完）。由于物价大幅度贬值导致的稿费纠纷，是该作夭折的罪魁祸首。

故事发生在全面抗战爆发前夜的南京。一位名叫李东白的下级军官每天都会光顾花牌楼的一家纸烟店两三回。他并不吸烟，只是想借机与老板娘的二妹吴秋容接近。吴秋容是一名中学生，出落得水葱儿似的，心高气傲，未将李东白放在眼中。不久，吴秋容一家去后湖游玩，又与李东白不期而遇，小说至此中断。作品第一回曾提及吴秋容欲前往战争阴云密布的北平念大学，似乎预示吴秋容将

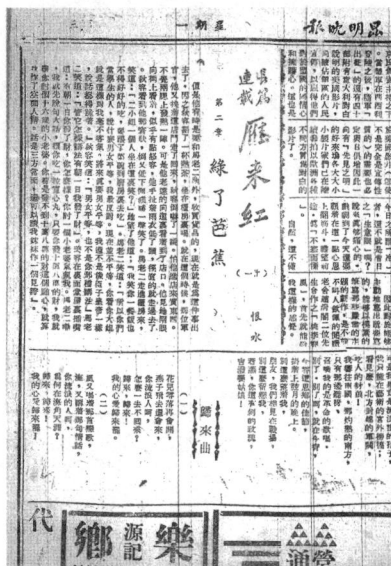

云南《昆明晚报》连载的《雁来红》

与李东白在北方相会。

　　遍查研究张恨水的专著和文章，没有哪一部（篇）提及《雁来红》出版过单行本。不过，笔者在"孔网"上查到该书曾经在二〇〇六年五月和二〇〇七年十月两度成功拍卖。根据卖家提供的图片及文字资料，这部"长篇言情小说"为三十二开本，共一百八十七页，"唯新版"，出版日期不详，注明系民国旧书。书的封面设计很艳俗：在花树下，一位身着红底白花旗袍的妙龄女郎半躺在草地上，一旁依偎着一位西装青年，二人仰望蓝天，只见一群大雁呈人字形徐徐飞来。笔者无法确定此书是否与《昆明晚报》上的连载稿是同一部作品，即便是，篇幅肯定远远长于连载稿，这后续的文字是出自张恨水本人笔下，还是他人越俎代庖呢？相信谜团终有解开的一天。

62.巅峰之作——《巴山夜雨》

　　张恨水当初填写中央文史研究馆馆员登记表时，谈到未出版单行本的著作，他仅列举了两部小说，其中一部便是《巴山夜雨》。他认为："（《巴山夜雨》）是以重庆为背景的，在别人看来，不知作何感想，至少我自己是作了一个深刻的纪念。"（张恨水《写作生涯回忆》）

　　小说共二十七章，长达五十七万三千字。它以抗战中的重庆市郊南温泉为主要舞台，以文人李南泉的生活见闻为主线，穿插叙述奚敬平与奚太太、袁四维与袁太太、石正山与石太太、吴春圃与吴太太、甄子明与甄太太、杨艳华与陈惜时等多对夫妇及情侣的家常琐事，以平淡、自然却又深刻感人的工笔来描摹国难当头时代的人物群像。

　　坦率地讲，《巴山夜雨》是笔者最喜爱的一部张恨水小说。我原本以为这仅仅是自己的一种偏好，然而近年来，学术界已经开始高度评价这部作品。赵孝萱博士称这部小说"是他一生作品的最高巅峰"、"张恨水的最重要代表作"。《张恨水评传》作者袁进强调："《巴山夜雨》是张恨水小说创作中的压阵之作，是他随着时代潮流不断前进的明证。"孔庆东称赞该作"风格真实而冷静，但贯穿其中的人道主义精神，深深打动了读者。这是一部可与巴金《寒夜》媲美的优秀作品"。

梳理张恨水的创作轨迹，不难窥见他是一位在艺术上不甘重复自我、追求创新甚至革命的职业作家。从《青衫泪》到《皖江潮》，属于他的第一次飞跃，作品类型由才子佳人说部进化为具有现代气息的社会言情小说。《春明外史》的诞生，是对章回小说的重大改良，尤其是为社会言情小说开辟了新天地。《金粉世家》吸纳西方文学技法，刷新民国社会言情小说结构面貌，打通雅俗，把章回体调适为一种富于弹性的新旧皆宜的文体，为大家族题材小说树立了一个无法逾越的标杆。《啼笑因缘》与时代接轨，跳出旧派小说家思维模式，打

《北平新民报日刊》连载的《巴山夜雨》

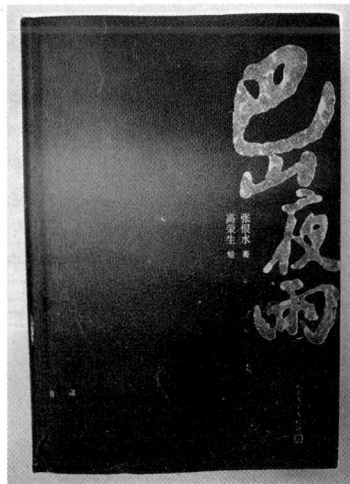

人民文学出版社版《巴山夜雨》

造出公认的"民国通俗小说第一代表作",碾压群雄。《夜深沉》又出新招,将卑微的引车卖浆者当作描写主体,无论是形式上还是内容上都无限接近新文学小说。至于这部《巴山夜雨》,放弃了他习用的故事化写法,采用主线和副线齐头并进的多线结构,传奇性低、情节性淡,随处可见对家长里短和自然场景的勾描,深度挖掘人性的美与丑,是其小说中散文化倾向最浓厚的一部作品,有一种独特的风情美、人性美、诗意美。从小说艺术性上讲,可谓羚羊挂角,炉火纯青,在通俗文学领域已抵达登峰造极的境界。假若不是由于时局变化和身体状况的恶化,他的小说创作必将因此进入一个全新的阶段。

张恨水的女儿张明明指出:"(《巴山夜雨》)其中主人公李南泉,实是父亲夫子自道,是自传体小说。"张恨水之子张伍说得要含蓄一些:"许多人都说书中的李南泉,是父亲的'夫子自道',是带有自传体的小说。这话自然不确,它毕竟是小说,不是自传。但是这话又并非空穴来风,因为书中的一切,正是他亲身经历的生活,诚如一九四五年刊载的《张氏宏愿》消息所云:'将以其自身之生活为经,而以此小社会之种种动态为纬。'所以书中是对他生活轨迹的投射,处处有着他依稀可辨的身影。"确实,翻读《巴山夜雨》,张恨水的身影一直晃动在我们面前。他笔下的李南泉,是一个复杂的知识分子形象,可以用书中人物奚太太的一段话来给他画像:"说你名士派很重,可又头巾气很重;说你头巾气很重,可是你好像又有几分革命性。"李南泉与《春明外史》中的杨杏园、《斯人记》中的梁寒山、《记者外传》中的杨止波、《牛马走》中的区庄正一样,是作者心目中理想人格的象征,他们穷困潦倒,却不委流俗、不求闻达、不忘旧情、不食周粟,身上都刻画着

"士"的精神痕迹，追求的是"道"的精髓，而非名利等俗物。判断李南泉是以作者为原型，还有许多旁证，二者不仅职业、家庭状况、居住环境雷同，甚至在对花草、戏剧、饮食的爱好上别无二致。

《巴山夜雨》中亦有张恨水好友老舍的身影。小说内有个许先生始终未露面，通过主人公李南泉的介绍，才偶显峥嵘："人家是小说家，又是剧作家，文艺界第一流红人……许先生那分流利的国语，再加上几分幽默感，不用说他用小说的笔法去布局，就单凭对话，也会是好戏。"老舍本姓舒，"舒"与"许"谐音，许先生指的是谁，明眼人一望便知。

另外，小说中李太太的原型为张恨水妻子周南，李南泉女儿小玲儿的原型系张恨水的三千金张明明，杨艳华的原型系京戏名旦杨美玲，吴春圃的原型系张家在南温泉的邻居尹和衡和刘镜澄这两位大学教授，方院长即孔祥熙，方二小姐即孔二小姐，等等。

张恨水创作《巴山夜雨》的心境应当是十分愉悦的。这是他经历抗战后的第一部长篇，写作环境与重庆时代比较可谓天上人间。首先是他回到了阔别已久的北平，担任新民报总管理处协理兼任北平分社经理，甚至专门配备了只有阔人才可享受的轿车。其二是分离多年的家人重新团聚，丰衣足食，其乐融融。其三是他在西城北沟沿买下一所四进院子的庐舍，大小房间二十余个，宽屋大舍，草木掩映。在这个空间出现的文字，自然美不胜收。

《巴山夜雨》之所以长时间被文艺理论界有意无意地忽略，与其直到一九八六年三月才出版单行本有关，甚至连作者本人也低估了它的价值。

中华人民共和国成立前，《巴山夜雨》所有的铅字版本都未脱离张恨水供职的《新民报》。

该作最原始的印本出现在《北平新民报日刊》副刊"北海"上。战后，《北平新民报日刊》由于大打"张恨水牌"，半年后日销量便突破四万份，居北平各报之冠，也排名新民报五社八报之首。而《巴山夜雨》的首发日即一九四六年四月四日也是《北平新民报日刊》正式创刊日，至一九四八年十二月六日全部登完。小说的题头和署名均采用作者手迹印制，每期大约刊登六百字。

紧接着，这部小说现身《上海新民报晚刊》《南京新民报晚刊》《成都新民报晚刊》以及重庆《新民报》副刊。《上海新民报晚刊》副刊"夜光杯"的连载时段，为一九四六年五月一日至一九四七年五月二十四日，题头和署名系黑底翻白，采用作者手迹，每期刊出的篇幅不等，长则四五百字，短则两三百言。十分可惜，它仅刊至第十一章便因报纸被迫停刊而夭折，复刊后也未续登。《南京新民报晚刊》副刊"夜航船"启动连载时间不详，结束时间为一九四八年三月四日，每期刊出五百来字，题头为美术字，署名采用作者手迹。该连载版同样是刊至第十一章便停刊，编者在次日报纸上的书面解释为："恨水先生之《巴山夜雨》，因不久将有单行本应世，已由恨水先生通知暂停登载。"然而，该单行本并未问世。我手头有一份一九四六年十二月十三日的《成都新民报晚刊》，其副刊"出师表"上刊有这部小说，登出了大约三百六十字。这一期的连载序号为二百二十三，依此推算，其起始连载时间应为当年五月。至于重庆《新民报》副刊的连载时段，目前笔者尚一无所知。

张恨水去世后，留下的主要著作交给五子张伍保管，另外四子张全、三女儿张明明也每人保存了一两本，诗词手稿是由二子张二水密藏在他的办公室。不久，张二水因为去湖北干校劳动，干脆将诗稿也一并交给张伍保存。张伍把这百来册父亲的著作装进一个大行李袋，从此再也没有让它们离开自己，连蹲干校和躲地震都带在身边。不仅如此，张伍还注意搜集父亲生前未结集出版的作品。《巴山夜雨》只在报纸上连载过，一直未出单行本。张伍费了好几年时光，或自己动笔，或请人帮忙，把这部长篇巨著从《北平新民报日刊》上逐字逐句抄写下来。当时他倒也没有考虑出版，只是出于对这部小说的偏爱，想留作纪念。过去多年，他才将这部手抄本交到四川文艺出版社编辑手中，使之在一九八六年三月重见天日。该印本系《巴山夜雨》单行本初版本，正文七百二十页，大三十二开，印数为五万三千七百册。书的封面设计者和插图作者都是中央美术学院版画系教授、中国美术家协会插图装帧艺委会主任高荣生，其中一幅描绘李南泉因所居茅屋漏雨，不得不撑伞赶稿的插图尤为精彩。我至今仍记得，它是我念大学时在汉口武胜路书店门前的地摊上，花三块钱买到的。我买旧书习惯讨价还价，这次却豪爽地依摊主的开价付款取书走人。赶回学校公寓，则忙不迭贪婪地翻读开来。我当时没有料想到，正是这本书，吸引我在之后翻读了不下二十次，每次都如食甘露。而且随着人到中年，每读一回便会对主人公的处世哲学有更多的领会和共鸣。

之后，北岳文艺出版社、中国文联出版社、团结出版社、人民文学出版社也推出新印本。最精美的当数人民文学出版社二〇一七年五月出版的软精装本，正文七百三十九页，大三十二开。出版社为该书印行煞费苦心。他们对照民国报纸连载版进行重新校订，纠正了之前单行本的一些讹误，并再度特邀高荣生先生刻制版画八幅，这批插图紧契文意、收放自如。出版社在封面上特别注明为"高荣生绘"，与张恨水的大名并列。此外，该书装帧由人民文学出版社新锐设计师崔欣晔与高荣生联合设计，厚重典雅，意味深厚。书系双封面，既时尚又便于阅读。正文用纸为七十克全木浆胶版，印刷效果极佳。另外，美国普林斯顿大学博士生谭景辉也曾节译《巴山夜雨》，所发表报刊不详。

二〇一五年十一月，应四川外国语大学邀请，我前往重庆参加"张恨水与重庆研讨会"。在举办方组织下，我与到会的张恨水后人及研究者们一起来到南温泉，寻访《巴山夜雨》故事发生的地方。南温泉现已是重庆著名景区，这里的一草一木似在无声地叙述张恨水和他家人的往事。景区内有"张恨水故居"的指示牌，但所指向的老房子绝非张恨水故居。最后，我们一行遵循张恨水笔下的记载，通过当地居民指引，在桃子沟畔访得正牌张恨水旧居遗址。旧居（即南泉新村二十七号）早已夷为平地，取而代之的是一幢堆满杂物的两层小楼。户主名叫杨沔铋，是一位出生于一九二四年的九旬老汉。老人生于斯长于斯，从未远离故土。当年，十几岁的他经常看见一袭灰衫、沉默寡言的张恨水……

63.抗战英雄纪念碑——《虎贲万岁》

一九四四年春，张恨水南温泉的茅屋内走进两位身着灰布军装的不速之客。二人主动向主人作了自我介绍，原来他们便是不久前结束的常德会战幸存者，这次是受师长余程万委派，专程来恳请张恨水把会战过程改编为长篇小说，令八千名阵亡将士名垂千古。

对受到当时威震海内外的余程万将军如此欣赏，张恨水深感荣幸。早在常德战役进行得如火如荼之际，他便撰文对余程万的威武之师大唱赞歌，认为他们身上展示出中华民族不屈不挠的精神，此役是抗战以来最能体现中国军人威风的一次战斗，国人不能不加以歌颂。战役取得胜利后，他又在《历史上的两次背水阵》一文中赞扬常德之战可与历史上韩信、谢玄指挥的两次背水一战媲美。然而，他自忖毕竟不谙军事，将这么浩大的一个正面战场上之战役以史诗形式写出来，实属力莫能及。

张恨水一面吩咐幼子去附近小镇上买来好烟款待客人，一面答复道："是的，七年来还没有整个描写战事的小说，这是我们文人的耻辱，对不起国家。……可是，我是个百分之百的书生，我又没到过战场，我无法下笔，大而在战时的阵地进退，小而每个士兵的生活，我全不知道。我怎么能像写《八十一梦》，凭空幻想呢？"两位客人听罢，态度依然坚定，表示他们可以充分地提供材料，甚至细节、对话。张恨水无奈之下，答应不妨从长计议。

随后几个月间，两位军人受余将军指派，或淋着冷雨，或顶着烈日，频频拜访张恨水，并且送来两个布包袱的材料，里面有地图、影集、剪报册、日记、油印件，包括《五十七师作战概要》《五十七师将士特殊忠勇事迹》等，共计三四十种。其中一位军人说："这足够你采用的吧？此外，还有我一张口。"张恨水承诺先看看材料，有工夫再写。

不过，张恨水先是居城日多，居乡日少，无暇执笔；后才辞去新民报社重庆分社经理职务，重新乡居，无奈适逢几部旧作即将再版，出版商催着他修订，分身无术。直到一九四五年五月的一天，其中一位军人朋友顶着烈日汗流浃背地带着新材料再次上门，张恨水才既为他的热忱所感动，更为五十七师官兵的忠烈事迹所震撼，当天便正式启动小说《虎贲万岁》的写作。与此同时，张恨水还参阅了新民报社战地记者赴常德战场遗址采访的笔记。

创作过程中，两位军人更是成为张府常客。张恨水对材料有疑问，他俩可以解释几个小时，并口讲指画，表演作战的姿势；他们还及时审阅刚写成的书稿，不妥的地方随时予以指正。这两位军人都有要职在身，然而张恨水有一种感觉：余将军分配给他俩最重要的任务，就是协助完成《虎贲万岁》。

听说张恨水启动小说创作，余程万欣喜万分，特意遣手下送给张恨水一大笔酬金。张恨水当然不肯要，对来人说："我不是为余

师长个人写书，而是要唤起更多人的抗日热情，况且写小说是我的
职业，书出版了，自然有稿费，别的钱我是不能收的。"

据《虎贲万岁》自序披露："我的大意，写一二十万字就够
了。不料一放手之后，就收不住。而且参考材料里面的英勇故事，
又美不胜收，我也不能丢开哪一部分。写到四十章左右，我待船东
下，我已搬到重庆城里来住，我是想写完的。但写到六十一章的时
候，是三十四年十一月底，我获得一个机会，可以带家眷坐公路
车，经贵阳到湖南衡阳去。"一九四五年十二月初，张恨水启程东
下，先是回安徽探望离散多年的亲人，接下来去上海洽谈旧作出版
合同，之后又在南京会晤朋友并等待北上的飞机，其间尘务纷纭，
无暇及此。值得一提的是，驻宁期间，余程万欲宴请张恨水全家，
张恨水婉拒，不过接受了这位将军赠送的一份礼物：一把从战场上
缴获的日本军刀。

直到次年二月十五日（一说为三月初），张恨水才抵达北平筹
办《新民报》。虽事务繁杂，提笔时间极少，但他考虑到这部书耽
误的时间太久，因此每在深夜临睡之前，总会抽隙写千百个字。直
到当年四月十八日夜，他终于补写好最后十九章，交了卷。为此，
他在《虎贲万岁》自序里感慨："写这部书，我由南温泉的草屋
里，写到北平东交民巷瑞金大楼上（新民报社址）；由菜油灯下，
写到雪亮的电灯下。我自己的变迁，尽管很大，但是把握现实这一
点，我决没有动摇。"

这是一部战史般的纪实性小说，再现了一九四三年冬湖南战
区有"虎贲之师"美称的五十七师浴血奋战的一幕：余程万率领
的八千员将士面对数倍于己的日寇，坚守城池二十余日，毙敌
一万五千余人，直到房舍尽毁、弹尽粮绝，仅余三百名指战员，但

终于等待到友军增援，捍卫住军事重镇常德。据张恨水交代，书中除去在爱河里荡桨的几个人物，其余从师长到伙夫，人是真人，事是真事，时间是真时间，地点是真地点，近似于一部报告文学。他写小说，向来是暴露多于颂扬，《虎贲万岁》的暴露处却几乎绝迹。这是因为作家希望五十七师烈士英灵故事借该作流传下去，莫让后代人产生哪怕是一丝不良的印象。

在张恨水研究领域，涉足《虎贲万岁》的学者不少，有过深入探究的人士却屈指可数，赵孝萱便是其中一位。她在《张恨水小说新论》中指出："他高度的白描功力，在此得到充分的发挥。要将原本零散的战史资料，转为有血肉的人物与情节，并非易事。他巨细靡遗地叙述每个零星战役中的人员、攻防、装备与死伤；从众多细节的铺陈，建构出五十七师骁勇壮烈的巨大形象。许多悲壮却平

上海百新书店版《虎贲万岁》

实的大场景描写，着实使人动容。但是太过地歌颂这些英雄们的英勇无畏，却使作品缺少人性层面上的深度。"

　　书成，张恨水将其命名为《武陵虎啸》。很快，他与上海百新书店签订该作单行本出版合同，并迅速付排，百新书店也在多个媒体发布出版预告。为保证单行本销量，按他的本意，是不愿先行在报纸上发表的。然而，毕竟是"近水楼台先得月"，经新民报社老板陈德铭亲自与张恨水再三函商，一九四六年五月二十六日，该作开始被《北平新民报日刊》第二版连载。在此之前的五月二十四日，陈铭德还亲笔起草好启事，提前在该报预热，标题是"本报刊登张恨水生平杰作光荣战事小说《虎贲万岁》二十六日起连载"。至一九四七年三月二十三日，小说才结束连载。

　　作品之所以易名为《虎贲万岁》，不是没有来由的。"虎贲"之意，即如老虎般勇猛地奔走追逐野兽。早在西周时，此二字已用于称谓精锐的武士。抗战时期，中国军队为了保密，其番号一律采用代号，五十七师的代号便是"虎贲"。以余程万为首的将士们惊天地、泣鬼神的壮举，也确实无愧于"虎贲"这个光荣称号。

　　直到一九四六年七月，上海百新书店的《虎贲万岁》单行本才问世，并于一九四六年九月再版和一九四六年十二月三版。为单册，正文三百四十四页，三十二开。书的扉页上印制有国民政府内政部颁发给张恨水的著作权注册执照，上钤内政部部长张厉生的私印和内政部公章。其封面上是一名在月色下昂首屹立在高台上的抗战士兵，似一尊纪念碑一般令人肃然起敬。该书初版本二〇一八春节前夕在"孔网"惊鸿一现，被捷足先登者秒杀。再版本在旧书网站上的现身时间要前推至二〇〇九年四月，同样与我无缘。寒舍所收藏的是第三版，品相完好。带有戏剧性的是，当时一位名叫吴冰的姑苏小姐看罢这部书，心仪余程万，愿以身相许。在军中友人牵线下，一缕芳心，终如所愿。张恨水无意间居然做了回红娘，余程万未免又要感叹"无以为报"。

值得一书的是，这部小说的手稿是张恨水民国时期最完备的一份长篇底稿。它是用毛笔书写的，写罢请人誊录一份交给出版社，自己留下了原件。

中华人民共和国成立后，北岳文艺出版社、团结出版社、陕西师范大学出版社、湖南人民出版社、重庆出版社、岳麓书社先后出版《虎贲万岁》，海峡对岸的宝岛亦翻印过此作。

64.陪都艳史——《纸醉金迷》

　　《纸醉金迷》是一部社会讽刺小说，共七十二节，五十三万七千字。作品以抗战胜利前夕的重庆为背景，描绘了一幅物价飞涨，聚赌成风，官吏大发"国难财"，商人大做"黄金梦"，小市民"纸醉金迷"，昏天黑地的社会百丑图。在那个时代，赤裸裸的金钱关系扭曲了社会，也扭曲了人性与亲情。小说主人公魏端本是个小公务员，其上司挪用公款抢购黄金储蓄券，事发后嫁祸于他，使他蒙受牢狱之灾。魏端本的妻子田佩芝贪慕虚荣，嗜赌成性，忍心抛下两个幼子，走马灯般充当奸商和银行家情妇。而魏端本出狱后，不得不带着孩子沦落街头，乞讨为生。

　　赵孝萱在《张恨水小说新论》中指出："本书揭露人性之恶，写尽人性中投机、发财、自私自利的特质。其中的讽刺手法和新文学阵营中艾芜、沙汀《在奇香居茶馆里》、张天翼《华威先生》颇有相似之处。"也有学者批评该小说"情节发展缓延，枝蔓丛生"。

　　《纸醉金迷》首发于上海《新闻报》，自一九四六年九月一日始，至一九四八年十一月二十日刊毕。

我十分喜欢《纸醉金迷》民国单行本的封面，其全套四集的封面设计大同小异，只是底色有区别而已，乃是一艳装女子沉迷在美酒和纸牌间的场面，画面繁复而不失秩序。一九四九年，该书由上海百新书店出版。其中第一集《纸醉金迷》一九四九年三月初版，正文一百三十八页；第二集《一夕殷勤》一九四九年四月初版，正文一百三十九页；第三集《此间乐》一九四九年五月初版，正文一百三十七页；第四集《谁征服了谁》一九四九年六月初版，正文一百三十八页。各集均为三十二开本。我为凑齐这套书，前后花了三年时间，其中第一集和第二集来自不同的私人藏家，第三集和第四集的原藏家为东北某图书馆。

一九八七年以降，人民文学出版社、北岳文艺出版社、陕西师范大学出版社、团结出版社、陕西人民出版社、新华出版社、国际文化出版公司、天津人民出版社、岳麓书社、中国文史出版社均曾

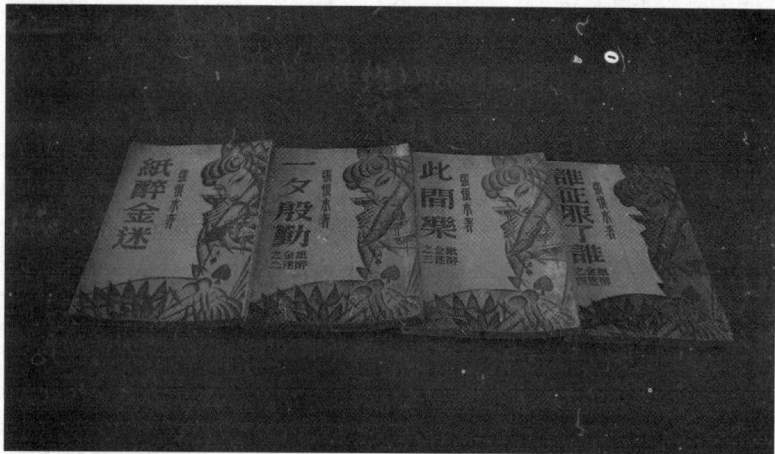

上海百新书店版《纸醉金迷》

印行该作。

　　早在《纸醉金迷》在《新闻报》连载时，一家电影公司就有意把它改编为电影，且由张恨水亲自编写好电影剧本的上半部，只因时局变化才未付诸实施。时隔近六十年后，四十二集电视连续剧《纸醉金迷》在国内播出，成为二〇〇八年岁末和二〇〇九年各地荧屏的最大焦点，将多项收视冠军收入囊中，同时收获诸多大奖。该剧导演为高希希，陈好饰田佩芝，胡可饰东方曼丽，何赛飞饰朱四奶奶。

65.杳无踪迹的《马后桃花》

《马后桃花》创作于一九四七年。何时发表，发表于哪家报刊，均待考证。此作与前面提及的《未婚妻》《未婚夫》一样，都在《写作生涯回忆》中有明确著录，但未收入《张恨水全集》。

据《写作生涯回忆》披露，这部《马后桃花》"因稿费的商榷，不能得着一个合理的解决"，没有写完。他指出："在胜利以后，币制是一直紊乱，物价是一直狂涨，对于国民党的金融政策，谁也不敢寄予以丝毫的信用。这样，自由职业者，就非常的痛苦，尤其是按字卖文的人，手足无所措。因为卖文的人，都是把稿子寄出去，一月之后，才能接到稿费的。可是这就是个无比的吃亏。月初，约好了每千字的稿费，也许可以买个两三斤米。到了下月初接到稿费的时候，半斤米都买不着了。有些收买稿子的报社和杂志社，体恤文人，也有半月一结账的，也有预付一部分稿费的，但这都不能挽救文字跟着'法币'贬值的命运。物价的跌跃，每月加百分之百以上，那是常事。稿费根本不能按月调整，就是按月调整，也不能一加就是百分之几百。所以对任何收买稿件的人，订好了稿约，总维持不了两个月。到了后来，几乎寄一次稿子，就必须商量一次稿费。"

66.温情脉脉的《岁寒三友》

据《张恨水研究资料》介绍，《岁寒三友》连载于一九四七年的《唐山日报》，因稿费纠纷未完稿。笔者二○一六年秋曾专程前往国家图书馆查阅该报，从一九四六年一直查阅至一九四八年，不曾见到该作。"国图"并未收藏一九四六年八月三十一日至一九四七年七月五日的《唐山日报》，《岁寒三友》或许便连载于这一时段。

张恨水之子张伍曾撰文披露，大约是一九五四年，他在父亲书橱的底层，发现了《岁寒三友》等作品的手稿，但在"文革"中散佚，故未收入《张恨水全集》。

幸运的是，就在本书交稿的前夜，我见到了一套上海《铁报》，在一九四八年六月八日至一九四八年十一月十日的该报上发现了《岁寒三友》连载稿。作品以二十世纪二十年代的北京为背景，主要人物分别是政府公务员朱砚田、京戏花脸演员孟连城、留过洋的机械厂工程师陈立仁。三个朋友相互提携、患难与共，通篇充满浓浓的温情。

　　《铁报》连载版亦未终篇，已刊出部分约有十万八千字，十三节，而且每一期连载均配有精美插图一幅。

67.翻版《天河配》——《雨霖铃》

张恨水在《巴山夜雨》中，提及主人公李南泉创作了话剧剧本《雨霖铃》。李南泉是作者的夫子自道，生活中的张恨水不曾写有这部剧本，但也不肯浪费这个洋溢诗情画意的剧名，写下了另一部小说《雨霖铃》。

一九四七年，《雨霖铃》发表于上海某报，因南北交通中断未完稿。在有关研究专著中，该作被误写为《雨淋铃》《雨淋淋》和《雨淋霖》。直到今天，仍无人知晓《雨霖铃》具体刊载在何报，更不清楚连载的准确时段。万幸的是，张恨水为我们留下了一份不太完整的手稿，但该作未收入一九九三年版《张恨水全集》。

据张伍《雪泥印痕：我的父亲张恨水》一书透露，小说"写的是一位从重庆回到北平的青年，经过八年抗战，满怀着对未来美好生活的憧憬，准备奋斗一番；谁知与他有婚约的未婚妻，为生活所迫，瞒着他做了京剧女艺人，每日周旋在达官巨贾之间，使这位青年陷入了迷惘、痛苦之中"。显然，《雨霖铃》与《天河配》如出一辙。

68.接收专员写真集——《五子登科》

　　苦苦煎熬了数年，国人终于等来日本侵略军放下武器。举国欢庆之际，国民党接收专员金子原从重庆飞抵北平接收日伪财产，当即被当地长期为日伪服务的刘伯同、张丕诚、佟北湖等官僚财主所包围，大家竞相向金子原行贿。金子原的权力全无监督和制衡，金子、车子、女子、房子、票子让他目不暇接，终日沉浸在声色犬马中。女色方面，交际花杨露珠和陶花朝、戏子田宝珍、日本侍女杏子、中学生李香絮等纷纷投怀送抱，但他贪得无厌，主动追求大家闺秀刘素珍。金子和票子是他的主要搜刮目标，不仅大肆收受汉奸贿赂，强占政府查封的金银珠宝，亦挪用公款利用北平和重庆之间的金价落差大做投机生意，动辄买卖数百根金条。他还巧取豪夺，猎取三十余栋汉奸豪宅，将二十余辆日伪遗弃的汽车掠为私产。最后，金子原劣迹败露，国民政府拟将其查办。依靠重庆同僚通风报信，他与情人杨露珠携带五大箱票子和金银珠宝潜逃海外。临行前，他无耻地告诉杨露珠："老实说，在重庆方面做官，可以说无

北平《新民报画刊》连载的《五子登科》

官不贪。至于有的官不贪，那是没有找到路子罢了。"

以上便是《五子登科》的内容提要。该作是张恨水社会讽刺小说代表作之一，被誉为"四十年代的《官场现形记》"。

小说首发于北平《新民报画刊》，连载时段为一九四七年八月十七日至一九四九年二月二十六日，题头和署名均采用作者手迹印制，每期大约刊登八百字，且每期连载均配发画家佳山创作的插图一幅，系套色印刷，但仅登出十来万字。自一九四八年三月六日起，《五子登科》被《南京新民报晚刊》副刊"夜航船"转载，至六月三十日结束，同样是半途而废。小说在平宁两地均反响强烈，"五子登科"也演变为被赋予讽刺贪官污吏之新含意的流行词。

北平和平解放不久，张恨水中风躺下。上海著名小报《大报》把《五子登科》要过去，更名为《西风残照图》连载，想让他拿些稿酬解决医疗费用。只可惜这部作品未写完，而他又无法执笔。左笑鸿闻讯，立马主动提出由自己代劳。为表达谢忱，张恨水事后要送给左笑鸿一笔稿费，但对方一分钱也没收。无奈之下，张恨水请朋友去西单商场西餐厅吃了一顿俄式大餐。该作在上海《大报》的连载时段为一九四九年十一月一日至一九五〇年三月，共刊出十四章，约十三万字。连载首日，《大报》刊发消息："张恨水先生所著说部长于叙事，以情制胜。《西风残照图》记述国民党劫收北平过程中的许多光怪陆离的故事，大有抽丝剥茧，形容尽致之妙，为先生新近最经心的杰作。"

一九五五年，张恨水身体基本康复。上海文化出版社找上门来，希望他舍弃左笑鸿的代笔，续写《五子登科》，并且建议将该作由章体改为回体。张恨水虽当场应允，但直到一九五七年才拿起笔来，将前面的章节改为回体，又补写了七回半。当年四月，《五子登科》自第十九回起，以续集名义发表在哈尔滨《北方》杂志第四期至第六期，并且加了篇前言予以说明。

香港南国出版社版《五子登科》

　　上海文化出版社出版的《五子登科》，是这部小说的第一种单行本，也是它的首种足本，印行时间为一九五七年十一月。全书共二十四回，二十一万七千字，正文二百七十八页，三十二开，印数为九万册。封面依然由担任过《魍魉世界》封面设计的陈德润负责设计，其设计方案与《魍魉世界》相比并无太大变化，只是色调有所调整。可悲的是，一九五八年十月，《读书》《文学知识》等杂志都发表书评，不约而同地对《五子登科》进行攻击，认为这部作品充满"毒素"，"是部坏小说"。一篇文章咄咄逼人地妄评："这样的作品今天有没有必要出版？有没有必要印九万册？我认为作者是不够负责的。而出版者忽略本书的倾向，给它戴上一个'暴露小说'的帽子介绍给读者，也是不应该的。"雷声滚滚，吓得出版社再也不敢加印。

　　香港南国出版社也印行过《五子登科》。该书沿用了上海文化出版社的纸型，同样为单册，正文二百七十八页，三十二开，排版亦无丝毫差别，只是更改了封面设计，画的是一位国民党军官张开大手正贪婪地抓向金子、车子、女子、房子、票子，不折不扣地契合了书名。其版权页上无出版时间，根据纸张老化程度判断，至少是四十年前的旧物。

　　北岳文艺出版社、中国文联出版社、中国文史出版社同样出版过该作。

69.旅行小说——《一路福星》

　　《一路福星》根据河山光复后，张恨水一家穿越川、黔、湘、鄂，最终返回江南的经历写成。作品叙述在重庆生活多年的教员归效光在乘坐长途汽车重返家园的途中，殷勤照料同行女伴黎嘉燕，从而意外地抱得美人归。书中另外两位重要人物余自清和余太太的身上，明显分别有张恨水和妻子周南的影子。作品充满喜剧色彩，反映了抗战胜利后，大后方"下江人"回归故里的辛劳和欢欣。

　　小说最大的特色在于，它在讲述爱情故事的同时，向读者展示了从重庆经贵州到湖南这一路的风土人情，也忠实地记录了当年成千上万"下江人"纷纷放弃手头工作，急不可耐返乡的时代场景。然而，其时轮船多为政府机关和军队征用，木船在安全性上全无保障，至于飞机票已登记到次年二月，许多老百姓为此选择乘坐长途汽车出川，随后再乘坐其他交通工具奔赴各自目的地。

　　小说之所以侧重描述风土人情，只因为它是为《旅行杂志》提供的，连载于一九四八年一月一日至十二月五日出版的第二十二卷

《旅行杂志》连载的《一路福星》

第一期至第十二期。篇名和署名均为黑底白字，使用的是作者手迹。其中第二十二卷第一期至第十期每期登两章，第十一期和第十二期每期登一章。不过，第十二期并未把整部小说连载完，仅登至第十九章，刊出近十一万言。中止的原因，同样在于稿费标准未协商一致。其时，作品中人物刚行至与贵州交界的湖南晃县（今新晃侗族自治县），离长途汽车的终点站湖南衡阳尚有几百公里路程，距余自清、归效光等人的目的地南京更是相隔千山万水。这后半程的故事，已经与作者一起溘然长逝。

民国时期，《一路福星》未出单行本。后来，张恨水子女张伍和张明明合力将它从《旅行杂志》上抄写下来，收入《张恨水全集》。

70.新版《姊妹易嫁》——《玉交枝》

一九四八年十一月二十一日，上海《新闻报》副刊"新园林"开始推出张恨水的《玉交枝》。至次年五月二十五日，作品刊至第九章突然刹车。很快，《新闻报》由人民解放军上海市军事管制委员会接管，报纸停刊。

小说停载之际，恰值张恨水中风躺倒。该作已基本完稿，不刊出甚为可惜，且作者急需稿酬维持生计。一九四九年十月十六日至二十日，曾发表张爱玲名作《十八春》《小艾》的上海《亦报》经张恨水同意，将前九章的内容浓缩为《前情缩记》，分五期刊完。十月二十一日，又以下集名义，从第十章起续登该作，至一九五〇年二月登罢。连载进入尾声阶段，作者仍未恢复写作，因此第二十二章的尾巴及第二十三章均系《亦报》编辑部请旁人捉刀而成。

作品描写民国时代，农村财主蔡为经的女儿蔡玉容与蔡家佃户的女儿王玉清相貌酷似，如同孪生姐妹。蔡玉容行为放荡，与表哥私通怀孕。偏偏此时蔡玉容未婚夫冯少云的父母上门催婚。为顾全颜面，蔡家威逼利诱王玉容冒名顶替拜堂成亲，以便蒙混过关。不料进了洞房，王玉容不忍继续欺瞒玉树临风、温文尔雅的冯少云，以实情相告。冯少云未嫌弃王玉容出身贫寒，爱上这个善良俊俏的新娘，弄假成真。然而，王玉容的未婚夫和她的兄长都不肯接受这一现实，纠集一帮人上蔡家闹事……至于代笔的内容，主要讲述不久当地解放，冯少云公开了他的中共地下党员身份，斗倒地主蔡为经。代笔章节不仅文字质量与前面的章节天差地远，且加进"土地改革""清算""斗争"一类的新名词，甚至出现了《东方红》歌词，语言风格与张恨水的文风迥异。

张恨水认为这个结尾彻底脱离他原先设计的轨道，文字质量也欠佳，打算再版时重新补写。后来上海正气书局出版徐乐天校订的《玉交枝》单行本时，他仍未痊愈，并没有进行补充和修订，之后也没有得到这个机会。小说共二十三章，约十四万字，前有钱芥尘撰写的序言。其中，上集于一九五〇年十二月初版，正文八十三页，三十二开；下集于一九五一年二月初版，正文一百三十页，三十二开。该书封面借鉴苏联图书的一些设计理念，用各种条纹以及花卉图案装饰封面，不同的是苏联书籍大多只有边框花线，点缀以小花卉，而这位封面设

上海正气书局版《玉交枝》

计者用各种装饰图案把画面填得极满，带有那个时代的小文艺范。这套书虽系中华人民共和国成立后出版，但市面上极少露面，珍稀程度超过很多民国书，在"孔网"历史上仅出现过三次。二〇一一年该书上拍时我曾参与竞拍，以失败收场。直到二〇一七年初，我才再次在"孔网"买到该书的早期印本，可惜品相甚差。正是通过这套书，我才知晓之前一些研究专著关于《玉交枝》的版本信息均欠准确。

另据谢家顺著《张恨水年谱》披露，该作中华人民共和国成立后最早的单行本系上海远东出版社印行，但未提供更多信息。

《玉交枝》后收入一九九三年版《张恨水全集》，文末附有张恨水之子张伍写的一篇《附记》，介绍小说的创作及出版过程，并郑重声明其尾声并非出自其父笔下。

71.夭折在摇篮的《万象更新》

一九五〇年二月二十二日，上海《亦报》发表预告："现在张先生正在为本报另写《万象更新》长篇小说，据告短期内就可以杀青，与读者见面之日，想已不远了。长达二十万字的《万象更新》被标明为张恨水在新中国成立后第一部新著，作者已撰成了前几章，原拟在《贫贱夫妻》刊毕后，于同年四月刊登。"同年四月十四日，编者又在报纸上告诉读者："我们不敢把他写好的付刊，怕他的病（笔者注：张恨水于一九四九年六月中风），一时不克痊愈，致后继难为也。……希望恨水的病早日勿药。俟继续执笔之日，我们即当以他写好的头上几章，在本报披露。"张恨水毕竟是大病初愈，没有足够的精力完成这部大部头作品，后续稿件始终未送到《亦报》。

两年后，《亦报》先是与《大报》合并，报名仍为《亦报》；继而被并入《上海新民报晚刊》，也就是今天的《新民晚报》。也许，那几章业已脱稿的《万象更新》仍然还躺在《新民晚报》档案室，也许早已被当作废纸流落到上海文庙的旧书摊。

72.复出之作——《梁山伯与祝英台》

一九五三年春，香港《文汇报》驻京办事处记者谢蔚明找上门来，请张恨水继续为该报撰文。张恨水叹息道："我现在身体不好，很难写了。"报社并不放弃，依然鼓励张恨水提供稿件，并指出不妨写点旧题材。之后几次老友聚会，大家都劝他试一试写作能力是否恢复。他一时激动，答应了一声："试试看。"于是在当年三月，他打算以民间流传的梁山伯与祝英台故事为基础，剔除封建糟粕，写部十来万字的小说。这种作品不用熟悉新思想，也不必了解新生活，可以回避一些敏感的东西。随后一些老朋友开始四处为张恨水搜罗有关材料，至当年八月，他的案头已经堆起三十多种相关的笔记、诗文集、戏剧以及志书，内有一册民俗周刊，资料尤为丰富。为了不闹笑话，他甚至对故事发生的年代即晋朝的风俗、衣饰、用具等进行考证。接下来，他用两个月时间，拿出《梁山伯与祝英台》初稿，后又修改了十几遍，才算脱稿。

完稿后的小说共二十一节，约十万字。作为中国民间四大爱情故事，其内容梗概尽人皆知，这里就不浪费笔墨了。一九五四年一月一日至五月三日，《梁山伯与祝英台》登上香港《大公报》副刊"小说天地"。连载初期，该报还发表桐卢撰写的《张恨水及其近作》一文，大篇幅介绍这部小说。据记载，该作在香港和东南亚反响极大，多家华文报刊进行转载，读者来信不断，《大公报》负责人专门向张恨水表达谢意和祝贺。不久，又出版单行本。

第一种单行本是由香港文宗书店于一九五四年六月推出。出版前，张恨水再次对书稿进行修订，并且在开满丁香花的书房窗前用毛笔写下序言。序文一气呵成，几无修改斧削的痕迹，字字清晰漂亮。要知道，中风虽未夺走这位作家的生命，却让他的书法退化到蒙学阶段的水平。他不肯服输，吩咐妻子买回小学生习字的大字本，用不听使唤的手握住毛笔，一笔一画地写。等他恢复如初，案前已经堆积下百余册大字本。"文宗版"《梁山伯与祝英台》的封面和二十幅插图的绘制者均为画家孙逊，其中封面是梁山伯在祝英台墓前祭拜

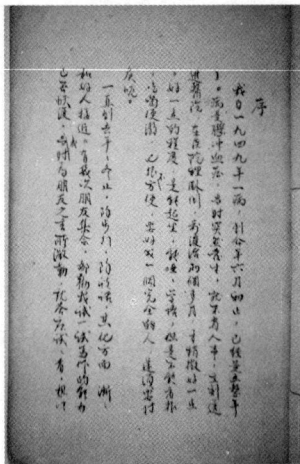

香港文宗书店版《梁山伯与
祝英台》影印自序手迹

后双双化蝶的画面。其正文二百五十八页，三十二开，卷首影印有作者自序手迹。张恨水手稿存世量甚少，因此这部书在版本学和手稿学方面都有较大研究价值。

这是中华人民共和国成立后张恨水出版的第一部新著，收到香港寄来的新书，他欢喜得像个少年发表了处女作，主动送给毗邻而

居的原国民党宣传部部长邵力子一册，让这位老朋友与自己共同分享成功的快乐。没几天，在大学教书的长子张晓水向张恨水要求："爸，送我一本吧，我有大用场。"张恨水好奇道："干什么用？"张晓水神态扭怩，"我交了一个女朋友，想送份像样的礼物给她。"张恨水眉开眼笑，打听那个女孩子的具体情况，叮嘱道："什么时候，把那姑娘带回来见见面，吃个饭。"接下来，他又满足了长子的索书要求，并在该书扉页上慎重地签上自己的大名。第二天，张晓水就把这本书当作定情信物交到女友也是他后来的妻子周维兰手中。不仅如此，张恨水之孙张纪告诉笔者，张恨水夫人胡秋霞十分喜欢《梁山伯与祝英台》，晚年经常戴上老花镜翻看，看后又当作故事转述给孙子乃至曾外孙女听。

　　受发行范围局限，《梁山伯与祝英台》此时尚未在内地掀起波澜。直到一九五四年十一月，该作才由北京宝文堂书局初版，印数多达七万五千零六十册。与文宗书店版本不同的是，前面的序言和插图全部被砍掉，并加了一则《出版者的话》，另将原有的第二十一节"文字的来源"改为后记。宝文堂书局之后又多次加印，包括一九五五年二月第二次印刷，同年四月第三次印刷，同年九月第五次印刷，同年十一月第六次印刷，同年十二月第七次印刷，次年一月第八次印刷，均为单册，正文一百五十页，三十二开，八次印刷的总印数为十五万零二百八十册。上述印本我的书斋均有藏，仅剩四种印本不曾捕获，当留心收存。与"文宗版"比较，"宝文堂版"装帧设计过于严肃规整、呆滞保守。该版本封面底色或为灰色，或为绿色，复杂的花饰几乎填满每一个角落，如果不细细观察，很难发现百花丛中还飞舞着两只蝴蝶。

　　"宝文堂版"《梁山伯与祝英台》迅速引起媒体关注，有捧

北京宝文堂书局版《梁山伯
与祝英台》

场的，也有拆台的。赞美的文章感叹张恨水克服病魔，重出江湖，拿出了大部头小说，殊为不易；而且在把戏曲改编为小说的过程中，兼得两种文体的优势，实现戏曲与小说的融合。批评的声音则对他创作能力的衰退表示失望，还有人指责他的创作手法及文字过于老套。如一九五五年一月三日的《上海新民报晚刊》上，发表了《评张恨水著的〈梁山伯与祝英台〉》一文，署名"董玫、羊引、月子"。文章毫不客气地指出："作者对这个故事的几个主要人物，还免不了有许多庸俗的描写：在描写祝英台时，一开头就把她写成了一个'一哭二饿'、装腔作势的女子，在梁祝相遇时，又把她跟梁山伯写成一对满口诗文酸溜溜的书生，后来写她一直是神思恍惚、魂梦颠倒的女子。这样的形象，跟祝英台的鲜明勇敢的性格是不相称的。在描写梁山伯时，也不像原来传说中那样的诚朴可喜，却写了他迂腐和笨拙。"文章还认为"原来传说的丰富优美的'民间文艺风格'给这本书里所用的某些旧小说中所常见的陈词滥调所破坏了。原来传说中的朴素生动的内容也给作者添加了许多不必要的人物和情节，而变得累赘臃肿"。站在不同的立场和角度，任何评论可谓"仁者见仁，智者见智"。我个人的观点是，张恨水此时的创作水平较之鼎盛时期虽然无法同日而语，但创作态度极其认真，依然有相当的文学价值和研究价值。

尽管有褒有贬，这部长篇小说确实带给张恨水精神上的莫大鼓舞，也让人丁兴旺的张家彻底摆脱经济危机。作为报答，他专门请牵线人谢蔚明吃了一餐饭。他自己滴酒不沾，是由跟随在身边的妻子周南代为陪饮。

之后几年，张恨水便以创作"新瓶装旧酒"的小说为主，相继又推出《白蛇传》《牛郎织女》《秋江》《孔雀东南飞》《孟姜女》等十余部中长篇小说。对照从前的作品，张恨水在一九四九年后的小说创作已属于强弩之末，不见往昔那种震颤心弦的情感冲击和连珠妙语，恰似一个老翁在给儿孙讲述隔壁人家的陈年往事，平平淡淡，慢慢悠悠。究其原因，其一是受脑卒中后遗症困扰，记忆力和创作能力远不及从前。写短小文章还能灵光闪现，创作大部头便衰态毕现；其二是他人到暮年，业已失去或缠绵悱恻或激情四溢的心境；其三是囿于政治环境，尺度不好把握，他担心笔下的情感描写会被当作"黄色文字"，写起来未免缩手缩脚。在那个需要激发斗志的岁月，风花雪月的文字已经不合时宜。

改革开放后，北岳文艺出版社和吉林文史出版社、远方出版社先后再版《梁山伯与祝英台》，皆以"文宗版"为母本，保留了自序，同时将后记恢复为第二十一节。但上述印本重新划分了段落，由六七百字一段改为几十个字一段。保留作者自序当然很有必要，便于读者了解该作的来龙去脉，但将后记恢复为其中一个章节令人费解，显得不伦不类。要知道，这篇后记纯粹是一篇考证梁祝故事来龙去脉的文章，学术性很强，怎么可以混于正文内呢？

另外，香港青年出版社也出版过该作，以"宝文堂版"为母本，正文一百四十三页，三十二开，封面压膜。版权页未注明出版时间，但根据售价仅为十港元判断，应当至少是三十年前出版。

73.史上最完整的《牛郎织女》

一九五四年，小说《牛郎织女》由中国新闻社发往海外，在一家华侨报纸上连载，至一九五五年刊毕，不久即由香港一家出版社出版单行本，全书共十六回，约十二万六千字。我手头所藏为香港广智书局一九六二年二月出版的单行本，前有作者自序，正文二百六十一页，三十二开，配有插图十六幅，封面采用三色精印，系牛郎带着一对儿女与织女在鹊桥上泪眼相对的画面。

小说回目如下：

第 一 回　青山绿水笛声和
第 二 回　仙会瑶池拾翠蛾
第 三 回　一贬凡间牛女怨
第 四 回　读书请问果如何
第 五 回　协助哥哥一担挑
第 六 回　让他几著嫂难骄

　　该作自序堪称一篇研究牛郎织女故事起源及发展演变历史的论文。根据序言，可知作者在动笔前查阅了包括《诗经》《荆楚岁时记》《述异记》《续齐谐记》《史记·天官书》《汉书·天文志》

香港广智书局版《牛郎织女》

《晋书·天文志》《淮南子》等在内的大量古籍和众多的戏剧、民间传说，创作态度严谨认真。

牛郎织女的故事国人耳熟能详，不必在此饶舌。不过，张恨水的这部小说虽尽量忠实于前人，但并不全然拘泥于传统。如在戏剧中，牛郎嫂子为嘎氏，作者认为"嘎氏姓这样一个姓，好像还没有"（见《〈牛郎织女〉序》），遂改为宣氏。至于牵牛织女是何以认识的，小说设计了牛郎吹短笛，织女弹箜篌，相互引为知音的情节。为了给喜鹊奋不顾身填桥作铺垫，还添加了牛郎劝顽童不打喜鹊等细节。另外，小说补充有牛郎织女以德报怨，使兄嫂良心发现的情节。

时至今日，包括出版过《张恨水全集》的北岳文艺出版社在内，内地无一家出版社印行该作。

74.出版过日文版的《白蛇传》

　　尚在《梁山伯与祝英台》和《秋江》创作过程中，便不断有朋友问张恨水："为什么不写《白蛇传》？这一段故事有强烈的反封建思想。"张恨水的答复是："要写的，但搜罗的书，自觉还不够全，稍微等待一下吧。"

　　一九五四年二三月间，朋友们逐渐将各种资料寄来，包括《雷峰塔传奇》《警世通言》《西湖佳话》《义妖传》等，都讲述修行千年的白蛇化为白娘子（白素贞），携青蛇小青来到杭州西湖，与药店伙计许仙相遇相恋成婚，复遭和尚法海横加干涉等一系列悲欢离合的故事。经过归纳整理，张恨水演义改编出中篇小说《白蛇传》，共十八节，十万四千字。出于剔除封建糟粕的考虑，作品没有保留民间传说中许仙与白娘子之子许士林考中状元后下令强拆雷峰塔等情节。

　　《白蛇传》的首发时间不详。大约是一九五四年岁末，它开始在香港《大公报》连载。与《梁山伯与祝英台》《秋江》一样，该

北京通俗文艺出版社版
《白蛇传》

作是用铅笔写下的，并且垫有复写纸，原件由谢蔚明交报社，复写件由作者留存。由于铅笔稿不够清晰，报社又请事务员抄了一份，原稿退还谢蔚明。经张恨水同意，谢蔚明将原稿留作纪念。一九五七年，谢蔚明被打为"右派"，这些书稿被抄走，至今下落不明。

一九五五年一月，该作由北京通俗文艺出版社初版初印，一九五七年七月又第二次印刷。全书正文一百四十二页，三十二开，两次印数合计为八万五千册。其封面设计简单得可怕，仅仅是在土灰色封面上加上书名和著者名而已。书中不仅有作者自序，还有一篇《试论〈白蛇传〉故事》，署名"戴不凡"。此文显然不是为出版《白蛇传》量身定做，而是编者从《文艺报》一九五三年第十一号上转载而来，居然有一万一千字，占据十六个页面，充满说教色彩。

通俗文艺出版社初版初印本和再印本我均有藏，另外，我淘得有一册油印本《白蛇传》，为单册，正文一百四十二页，十六开。该印本系以通俗文艺出版社第二次印刷本为母本，编者不仅抄录了正文，还原文照抄了版权页、出版说明、作者自序，甚至照搬来那篇又臭又长的《试论〈白蛇传〉故事》，费尽心力。

张恨水的中长篇小说有三种有日文译本，除了《啼笑因缘》《满城风雨》，便是这部《白蛇传》。系由日本河出书房一九五六年出版，为全译本，书名更改为《白夫人之恋》，译者为著名汉学家常石茂，此人曾参与翻译日文版《红楼梦》《聊斋志异》，正文二百零一页，为特殊的三十六开本。其封面是许仙与白娘子拥抱的画面，服饰打扮极东洋化，艳俗得很。

香港广智书局一九六四年四月亦出版该作插图本，正文一百九十七页，附录资料五十五页，三十二开，售价为港币二元五角。该作封面乃是以浅绿为底色，描绘的是白娘子和小青撑伞伫立于杨柳依依、细雨斜风的西湖之畔，而许仙则乘舟赶来相会。从香港广智书局出版的《满江红》

日文版《白夫人之恋》

上，我还读到了为这部《白蛇传》所做的广告："《白蛇传》是一个优美的神话故事，在中国流传很久、很广，现在张恨水先生将这个故事写成中篇小说，文笔简洁，描写细致。本局另请名家精绘插图十八幅，用老五号老宋体字排版，厚新闻纸精印，阅之令人心旷神怡。"

北岳文艺出版社和吉林文史出版社、远方出版社同样出版过《白蛇传》。

75.由王叔晖配插图的《孔雀东南飞》

　　《孔雀东南飞》原题为《古诗为焦仲卿妻作》，是中国文学史上第一部长篇叙事诗，也系乐府诗发展史上的扛鼎之作。该诗取材于东汉献帝年间发生在庐江郡的一桩婚姻悲剧。全诗三百五十余句，一千七百余字，主要讲述庐江小吏焦仲卿与爱妻刘兰芝因母亲干涉，被迫分离并双双殉情的故事，斥责封建礼教的残酷无情，颂扬焦刘夫妇的真挚感情和反抗精神。

　　张恨水的故乡安徽潜山东汉时期隶属于庐江郡，《孔雀东南飞》便发生在潜山。早年在家乡的时候，他经常听见乡人谈论这个千古流传的爱情故事。如今要编写传统题材小说，这个故事再合适不过。据他后来在该作单行本自序中披露："这次我决定将《孔雀东南飞》改为小说，就写信回家，问问情形。家中人得信之后，便细细探访，把得来情形，告诉了我。回信还说，焦、刘二家的后代，还没有寻着。至于'小吏巷'，这表示纪念一位小吏。到了清朝，不知为什么缘故，又改称为'小市巷'，恢复了原名。'阿焦

北京出版社版《孔雀东南飞》

坂'却没有改掉（这个阿字，又说是个卧字）。不过，这里发过大水，完全改变了样子。关于小渡的情形，却没有提到。我打算异日还家之便，亲自到'阿焦坂'、'小渡'看看，或者能得点什么东西，也未可料。但是'小市巷'为焦刘婚姻经过一场热闹，大概无问题吧。"

一九五六年夏，小说脱稿，前有楔子，共十七节，十一万六千字。创作过程中，恰好上海《新闻日报》副总编辑郑拾风向张恨水约稿。郑拾风与张恨水在重庆新民报社共事多年，交情甚笃。张恨水遵嘱送去这部小说，刊登在该报副刊"人民广场"，时段为一九五六年八月二日至十一月十三日，每日刊出千言左右。报社还邀请著名画家胡若思为该作配上插图。据该报编辑陈诏在《笔耕岁月：副刊编辑杂忆》一书中回忆，在历时三个多月的连载时间里，"读者反应良好"。

《新闻日报》我仅在上海图书馆查阅过，尚未得到一套《孔雀东南飞》连载稿。我手头所藏的几种印本均为单行本，包括北京出版社一九五八年三月初版初印本和一九五九年十月初版再印本。系单册，一百六十五页，三十二开，总印数为十三万五千册。因该书配有王叔晖创作的十七幅插图，而今它在"孔网"上售价不菲，通常要两百元以上才能拿下。王叔晖是现代著名工笔重彩人物女画家，也堪称北派细笔连环画典型代表人物。她的画风受仇英、陈洪绶等人影响尤大，笔下人物形象生动，环境充满诗情画意，色彩典雅端丽，线条流畅刚劲。

北岳文艺出版社、吉林文史出版社和远方出版社也出版过《孔雀东南飞》。

76.被强行腰斩的《记者外传》

　　张恨水的长篇小说《孔雀东南飞》和系列散文《西北行》先后在上海《新闻日报》连载后，反响不恶，报社为此派人到北京约请这位小说家再提供一部连载小说。张恨水谈起自己正在创作的章回小说《记者外传》，说还有几家报社关注这部作品。《新闻日报》记者非常感兴趣，请求张恨水务必将此作交他们发表。

　　很快，张恨水把《记者外传》的前几回寄到《新闻日报》。小说以他的北京生活为基础，通过描述主人公杨止波由安徽到北京报界发展的经历，反映二十世纪上半叶老北京的社会情态。它与《春明外史》《春明新史》《京尘幻影录》等小说一样，都可以当作民国野史来读。创作前，作者认真地进行过资料搜集工作，凭借作协给他开的介绍信，在北京图书馆报库里待了半个月，翻阅从前出版的大报小报，做了大量笔记。本来，他还想继续补充资料，却因为图书馆迁址到离张家较远的地方而无法遂愿。他的长子张晓水在中国人民大学工作，他不时会去那边走走。为此，他曾请求中国文联帮助协调一下能否去人民大学查询资料。他原本是要写三部头的鸿篇巨制，时间跨度是从北洋军阀时期到中华人民共和国成立，因身体欠佳，精力不继，后又改成上下两部。

《记者外传》的男主人公杨止波是以张恨水本人为原型，清高正直，多才多情，一身名士才子气。不得不提的是，在女主人公孙玉秋身上，也明显有张恨水第二位妻子胡秋霞的影子。比如二者名字中均带有"秋"字，都出生在杏林人家，都自幼离开父母，在北京一家会馆里跟随一对老年夫妇谋生，并与一位皖中才子产生恋情。就性格而言，爽直大方的孙玉秋亦与胡秋霞相同。张恨水一生娶有三位夫人，仅有胡秋霞两度被写入长篇小说（另一部小说为《落霞孤鹜》）。我们无法知道张恨水塑造这个人物的初衷，只能说他用这部长篇小说为这份感情留下了精彩的记录，也添加了一个晦涩的注脚。

一九五七年十月二十六日，《记者外传》开始在上海《新闻日报》连载，其责任编辑为陈诏，年轻气盛。多年之后，他还清楚地记得，张恨水寄来的第一批稿件仅有前几回，它们并非书稿原件，是复写稿，字迹有些模糊，看起来颇费力；而且在这位编辑的眼睛里，张恨水的文字"拖沓，疙疙瘩瘩，读起来很不流畅"，于是自作主张进行"斧正"。这一举动很快被报社领导郑拾风洞悉，当即坚决制止，"这是他的文风。你一改，就不成其为张恨水的小说了"。

次年三月，中国作家协会书记处通过《文学工作大跃进三十二条》草案，一方面提交全国文学工作者讨论，一方面号召大家制订跟得上时代的创作计划甚至规划。张恨水也草拟了一篇《我的规划》，其中提到："我写了一个长篇，是《记者外传》，全篇大概60万至70万字之间，现在写了将近一半，还有一半，据我估计，夏天可以完。上海《新闻日报》，如今登着。"此文发表于《人民文学》一九五八年第四期。

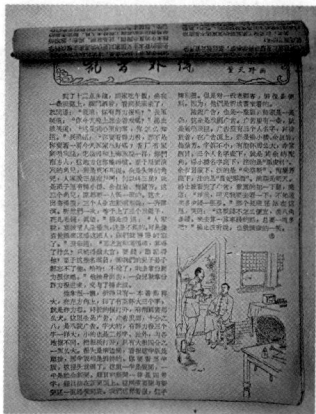

上海《新闻日报》连载的《记者外传》

张恨水的估计太乐观了，没有觉察到形势的急剧变化。据陈诏在《笔耕岁月：副刊编辑杂忆》（上海书店出版社二〇〇三年三月版）一书中回忆："（《记者外传》）这篇连载小说节奏极慢，故事又不曲折动人，加上写法上犯了平铺直叙的毛病，没有悬念，抓不住读者。登了几个月，还看不出什么名堂，报社内部意见很多。大家觉得陆陆续续的来稿，不知道下文如何，如果旷日持久地登下去，很容易浪费版面，失去读者。"这只是陈诏个人的观点，可以理解的是，当时"大跃进"狂潮席卷全国，该作与时代主旋律不合拍，有厚古薄今的嫌疑。于是乎，这部小说连载到一九五八年六月二十四日，即宣告停刊。至此，小说共刊出三十回，约三十三万字。

我淘得有《记者外传》连载剪贴本，分订两册，共二百三十八期。翻阅剪报，才得知报馆曾专门请来张大千弟子、上海画院著名画家董天野为该连载稿配插图。从第一回到第八回，也就是从第一期至七十六期，几乎每期都配有插图一幅；但从第九回开始，插图便只是隔三岔五出现，由此也反映出报社对这部小说重视程度的冷热落差。在小说结束连载这一天，编者清晰地注明"上集完"，并发表启事："'记者外传'分上下两集，本报登完上集不再续登。今天为最后一天，请读者注意。"

　　当时作家出版社一度打算将该作已发表的章回作为全书上部出版，已经发排，终因非工农兵题材，忍痛舍弃。一九五九年一月二十日，中国文联工作人员沈慧访问张恨水，并留下宝贵记录："去年一年写了一部《记者外传》（上册），预支了三千多元的稿费。现在已由作家出版社的许正因（武侠小说家）退还给我，不预备出版了。据说是作家出版社的领导，批评这部作品的思想性不强，没有出版的价值。不出版也就算了，我也懒得再写。本来今年开始写第二部，因此也就不再动笔。"（摘自贾俊学辑《文联旧档案：老舍、张恨水、沈从文访问纪要》，载《新文学史料》二〇一二年第四期）另外，沈慧一九五九年还曾将《记者外传》手稿送到北京通俗文艺出版社，该社同样认为不适合出版。张恨水听到这个消息，很不开心，悻悻然道："随他吧。"

　　我们不得不惋惜，由于某些人对文学作品理解上的偏差，也由于政治气候的变化，不仅让张恨水的最后一部长篇无法完整呈现，也让世人无法通过这部带有强烈自传色彩的文学作品，去尝试了解张恨水的传奇人生。

　　直到一九九三年，当《张恨水全集》出版时，《记者外传》才推出单行本，其中精装本为单册，平装本分订两册，正文四百八十七页，三十二开。

　　张恨水的外甥桂力刚在一封私信中称："我舅父心中有二件遗憾事，曾多次和我谈起。一件是违心地写了《啼笑因缘》续集。……另一件是《记者外传》未能出版。他说，这是他的最后一部长篇小说，打算就此停笔了，小说已排版，但在'厚今薄古'的影响下，被挤掉了。"

77.脱胎于唐诗的《逐车尘》

　　《逐车尘》于一九五八年由中国新闻社发往境外媒体。笔者询问过张恨水的多位后人，但他们都无法说清具体刊发于境外哪家报刊，安徽省张恨水研究会也没有哪位学者可以解开这个疑团。据《中国新闻社50年史稿》（香港中国新闻出版社二〇〇三年七月内部发行）一书记载，当年与中国新闻社建立合作关系的海外报刊遍及美国、加拿大、印尼、新加坡、泰国、缅甸、马来西亚、印度、毛里求斯等八个国家，包括《星洲日报》《美洲华侨日报》等二十五家报刊，另有香港的《周末报》《大公报》《文汇报》《经济导报》《新中华画报》《文艺世纪》等报刊。

　　据张伍《雪泥印痕：我的父亲张恨水》一书称，《逐车尘》是"一部十几万字的小说"，有感于唐代诗人崔郊的名诗《赠婢》而创作。诗的背后隐藏着这样一段凄美的爱情故事：崔郊的姑母有一婢女，娇俏可人，与崔郊互相爱恋，后来婢女被卖给显贵于頔。崔郊对她念念不忘，思慕无已。有一年寒食节，崔郊外出，与婢女不期而遇，二人泪眼相对。崔郊百感交集，写下一首七绝："公子王孙逐后尘，绿珠垂泪滴罗巾。侯门一入深似海，从此萧郎是路人。"另据晚唐范摅所撰笔记《云溪友议》记载，后来于顿读到此诗，深为感动，当即成人之美，将婢女赐还崔郊，一时传为诗坛佳话。

十分遗憾，我们至今仍未发现《逐车尘》踪影。

第二编 中篇小说

1.夭折的小说处女作

少年时代，张恨水闲来喜欢翻看《水浒传》《七侠五义》《七剑十三侠》等侠义小说，读完便卖弄腹笥，讲给弟弟妹妹们和一个同龄小舅舅听。大家很捧场，每人端把矮椅围住他，无不听得津津有味，让这位"说书人"很有成就感。说书过程中，他并非照本宣科，而是随口添油加醋。这般讲多了，有一日他索性抛开书本，凭空虚构了一段武侠故事，听众们依旧兴致不减。他大受鼓舞，心想何不自己写一部小说？

说干就干，张恨水开始趴在书桌上拼凑一部武侠小说。篇名他后来忘掉了，只记得里面有个"侠"字。主人公是一位十四岁的小侠，手持两柄重达一百八十斤的铜锤，可纵身跃过几丈宽的壕沟，威猛无匹。写了两三天，作品的第一个高潮也就是双锤小侠在庄前打死一头猛虎的故事终于完稿。他成名后，依然清晰地记得小说是用蝇头小楷写在一册五寸见方的竹纸小本上。当时他觉得单单用文字叙述不够劲，特意配上两幅插图，其中一幅把小侠的两柄铜锤夸张得有人体的一半大，至于遭锤击的那头猛虎，弟弟妹妹们一致认定是条狗，恰恰应了"画虎类犬"这个典故。

当张恨水捧着小说稿兴致勃勃地讲给家中几个小伙伴听时，发现不到一个小时就结束了。根据正常的语速判断，小说应当已经完成万余字的篇幅。这仅仅是作品开篇，发展下去，怎么也是一部中篇。然而，年少的他感到这是一项供不应求的艰巨工作，没有往下写。

关于这篇处女作诞生的时间，作者笔下的说法并不一致，研究者更是众说纷纭。张恨水在中华人民共和国成立前夕撰写的《写作生涯回忆》中，指出该小说是他十七岁时的习作。在他一九六三年写下的《我的创作和生活》中，又变更为十三岁，此说被大多数研究专著所认同。不过，我这里还有一篇他笔下的《我的小说创作过程》，里面记载他是十四岁创作的这篇处女作，并具体地介绍了其时他白天在学堂读书，晚上回家馆跟随一位老先生学汉文，老先生出了门他便为家中的几个孩子大讲特讲故事。现有的诸多资料均可证明，张恨水是在宣统元年即公元一九〇九年进入大同小学学习，张家的家馆也是这一年开办的，由一位姓徐的老先生教授。这一年，他正好十四岁。他写下这篇《我的小说创作过程》时，年方三十六岁，对少年时代的记忆应当不至于朦胧，至少比后面创作的两部回忆录可信度要高得多。

2.公开发表的首部长文——《紫玉成烟》

一九一六年初，生活在潜山的张恨水无心采菊东篱、种豆南山，而是打扫干净从前姑祖母用过的一间绣房，坐进去埋首笔耕。书房相对独立于张宅的其他房室，四面是土坯墙，一部分糊过石灰，也多已剥落。南面是一面窗户，大部分用纸糊住，正中嵌上一块祖父轿子上遗留下来的玻璃。窗外是个小院子，满地青苔，院墙上爬满攀缘植物，临窗还有一株老桂树，院子里终年绿茵茵的，足以点缀文思。一天到晚，他总有五六个时辰在窗前的广漆桌子旁边坐着，潜心创作文言小说《紫玉成烟》。

两年后，二十三岁的张恨水来到芜湖皖江日报社。他所主持的副刊没有多少外来投稿，便将《紫玉成烟》搬到报上连载，发表时间为一九一八年三至四月。对于初出茅庐的张恨水而言，最恐惧的是外界对他的作品处于麻木状态，甚至连批评的兴趣都没有。所幸《紫玉成烟》的反响不错，据《我的小说过程》记载："这书一发表，很得一些谬奖，于是我很高兴。"

　　《紫玉成烟》也是目前可确认的张恨水最早在报刊上连载的小说。此后几十年间，他至少在十七个地区的四十多家报刊上发表了近百部中长篇小说，此项纪录前无古人，似乎也后乏来者。袁进在《小说奇才张恨水》中有一段精彩点评："张恨水无疑是一位相当有天分的作家，在'连载小说'这个颇多禁忌的舞台上导演出一幕幕有声有色的活剧，而且能同时导演七部之多，数十年不辍。在这个独特的舞台上，他堪称第一流的导演，无人可以同他匹敌。"

　　此作与后面将要介绍的《未婚妻》《未婚夫》一样，没有收入一九九三年版《张恨水全集》，小说内容今人无从知晓，暂付阙如，只能推测大约是缠绵悱恻、幽怨哀婉的言情小说。

3. "被人专约"的《未婚妻》

文言小说《未婚妻》与《紫玉成烟》诞生于同一时期。写罢，张恨水便随手把稿子塞进书箱。

之后两年，张恨水三度前往上海。最后一次赴沪之际，他把这部小说稿塞进随身的网篮。等到他离沪时，手稿连同网篮丢在了上海法租界寓所内。同寓好友郝耕仁翻出该作，在文友间传观，均啧啧称赏，尤其是受到无锡《锡报》编辑青睐，把稿子拿去了，并有意约请张恨水去他们报馆做帮手。郝耕仁将这个好消息写信告知张恨水，又说芜湖《皖江日报》有意邀请他去担任编辑，但他开春要赴广东，想把这个职位留给张恨水。《写作生涯回忆》对此事有载："我得了这消息，十分高兴，高兴得有一份职业还在其次，而我写的小说，居然有被人专约的资格，这是我立的志愿，有些前途了。"

至于该作是否确曾在《锡报》发表，尚无物证。

4.《未婚妻》姊妹篇——《未婚夫》

因《未婚妻》受人青睐，张恨水手痒难耐，又根据《未婚妻》笔法创作了《未婚夫》这篇文言小说，写于一九一八年春，创作地同样为潜山。

在《未婚夫》创作之前的两个月，乡人对张恨水屡屡外出闯荡却一无所成极尽讽语，当面嘲笑读书如果读成他这个样还不如让孩子们去放一辈子牛。他不屑跟乡人辩解，整日躲进自家的老书房苦读。书房内存有不少林纾翻译的外国文学名著，他翻出来一一揣摩研究，颇有心得。凭此可以推断《未婚夫》虽然仍属于中国传统小说形态，但应当借鉴了西方小说的一些写作技法。

该作终稿不久，张恨水便去了芜湖，走进他向往的新世界。

5.穿越小说鼻祖——《小说迷魂游地府记》

　　张恨水在芜湖期间，皖江日报社订了几份外埠报纸，其中便有邵力子任总编辑、宣扬三民主义的上海《民国日报》。他向这家报纸寄去短篇小说《真假宝玉》，民国日报社编辑收到后迅速给张恨水回信给予鼓励，并于一九一九年三月十日至十六日在该报副刊"解放与改造"之"民国小说"栏目连载。才思敏捷、倚马可待的张恨水深受鼓舞，又迅即写出共有九回的中篇讽刺小说《小说迷魂游地府记》，被该报"民国小说"栏目自四月十三日至五月二十七日连载。作者在多篇文章里指出该小说仅一万来字，但经我粗略点数，当在两万六千言左右。

　　这是一部描绘辛亥革命前后京沪出版界和市民生活的作品，暴露当年京、津、沪一带鸳鸯蝴蝶派作品充斥图书市场、出版界杂沓不堪的乱象，并流露出对低俗文学作品的鄙视。小说中，借助"小说迷"的卧游经历，历代中外文豪诸如曹雪芹、罗贯中、施耐庵、吴敬梓、金圣叹、大仲马、小仲马、欧文等均相聚地府，畅所欲言。金圣叹在小说中的主要活动，是发表了一段近千言的演讲。通过这个演讲，张恨水表达了要求整顿龙蛇混杂的小说界，将狭邪小说、黑幕小说以及肆意篡改前人作品的小说逐出文坛的观点。不过，也有评论家认为，该小说采取的是笑骂一切的嘲讽，其揭露大多停留于表象，缺乏对黑暗社会实质性批判。

《小说迷魂游地府记》的发表时间，比鲁迅批判鸳鸯蝴蝶派的文章刊登时间还要早，受到上海文坛关注，也引起国民党元老、民国日报社总编辑邵力子重视。其时正值"五四运动"爆发之际，《写作生涯回忆》对此有记录："就在这运动达最高潮之时，我因有点私事到上海去，亲眼看到了许多热烈的情形。"所谓的"私事"，其中就包括拜见邵力子一事。因此，《小说迷魂游地府记》是张恨水正式登上中国文坛的标志，对于研究他的文艺思想和创作历程具有不可替代的参考价值。

张恨水发表上述两篇小说，并没有收到一个铜板的稿费。那个时候，民国日报社运行经费捉襟见肘，一般外来稿件几乎从来不付报酬。好在张恨水并不在乎这个，自己的作品能够登上这家大报的版面，让他得意了好长时间。

张恨水成名后多次撰文津津乐道，他首次被收入书本的小说，便是《小说迷魂游地府记》。一九一九年十月，这篇小说和《真假宝玉》一起，被旧派武侠小说名家姚民哀编入文学选集《小说之霸王》，由上海静香书屋出版。《小说之霸王》分订两册，收录了周瘦鹃、徐枕亚、徐卓呆等人创作的十八篇中短篇小说和七篇人物小传、杂谈，其中《小说迷魂游地府记》是篇幅最长的小说。

据张恨水在上海新自由书社一九三一年四月出版的《新斩鬼传》自序中披露："最近，上海小报界同志，连我一篇短的讽刺小

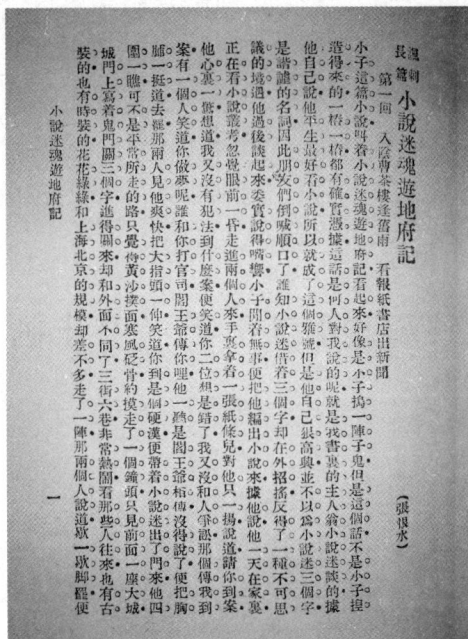

上海静香书屋版《小说之霸王》中的《小说
迷魂游地府记》

说《小说迷魂游地府记》都翻印了。"我至今无缘得见这种翻印

本，是否出版，权且存疑。

　　后来，《小说迷魂游地府记》还收入《张恨水全集·真假宝

玉》。另外，新世纪出版社一九九八年十月初版初印的张恨水中短

篇小说集《真假宝玉》中也收录了《小说迷魂游地府记》，二〇〇

四年九月又二度印刷。

6."情致旖旎温柔"的《甚于画眉》

《甚于画眉》是张恨水的一部文言小说，未分章节，一气呵成。这篇小中篇不仅连载于一九二五年十二月九日至次年一月八日北京《世界日报》副刊"明珠"，还转载于一九三〇年十二月一日至二十七日北平《世界晚报》副刊"夜光"，亦曾出现在一九三二年九月至十月出版的上海《万岁》杂志第一卷第三号至第五号头条位置。《万岁》杂志系万岁书局出版的半月刊，编辑为张秋虫、尤半狂。《甚于画眉》共占据该杂志的三十五个页面，而且加了一大段编者按，褒奖其"文字则清丽绵芊，情致则旖旎温柔，描写则委婉细腻，读之则芳生齿颊，沁及心脾"。

作品中的人物皆无名无姓，男主人公以"小说家"作为称谓，女主人公以"小说家夫人"作为称谓，男主人公的朋友则以"画家"相称。小说描写了小说家在婚前对新婚生活的唯美憧憬，也敷陈了婚后的巨大落差：大婚次日，原拟去西山旅游，夫人以新人不宜住旅馆的牵强理由拒绝；婚后第三天，原拟上汤山沐浴，却有一

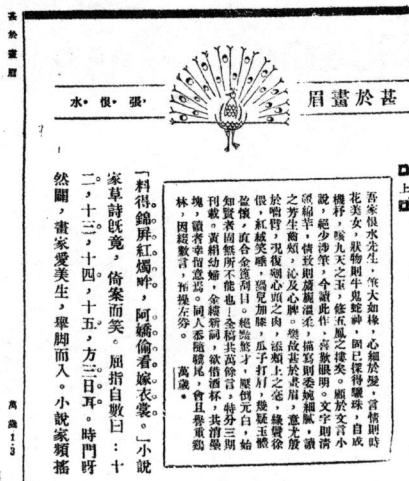

《万岁》杂志连载的《甚于画眉》

群夫人的闺蜜忽而登门雀战，将小说家扫地出门；随后的日子里，小说家外出往往受到夫人约束，朋友来拜访亦颇感拘束，甚至因为夫人的打扰无法执笔写作……所有的情形，都与古人所谓"闺房之乐，甚于画眉"的浪漫描绘形成鲜明比照。

　　张恨水旧文学功底深厚，《甚于画眉》尽管使用的是文言，但写来得心应手，从容不迫，并糅入大段内心独白，添加了新文学成分。文学尤其是小说的一大重要功能便是娱乐人心，不必苛求篇篇具有教育意义，宜于"浅阅读"的文字不可或缺。在张恨水佳肴丰富的小说盛宴上，《甚于画眉》堪称一道上佳的开胃小菜。

　　这篇小说仅一万四千字，从篇幅上讲，它应当属于短篇，但由于采用文言，若将其转换为白话，当不少于三万言，故权且纳入中篇系列。

《张恨水全集》中，我们找不到这篇隽妙可喜的作品。

7. "救火队员"——《交际明星》

　　同样未收入《张恨水全集》的《交际明星》约三万言，未分章节，最初连载于一九二六年八月十日至十月四日《世界日报》副刊"明珠"，共登出五十五期，每期发表五百余字；继而转载于一九二六年十月十八日至十二月十二日芜湖《工商日报》副刊"工商余兴"。现已出版的张恨水研究专著均认为此小说未终篇，我所读到的《世界日报》却显示它是一部完整无缺的中篇小说。

　　小说叙述大户人家小姐李罗兰贪慕虚荣、贪图享受，放弃中学学业，终日在声色场所交际玩乐，随后窃取家中珠宝离家出走，相继与一位官僚和三名大学生同居。依仗美色，她混入一所二流的伦敦大学，被同学推选为"伦大之花"，并仰仗演艺才华大出风头。校学生会主席曾自由是她的情人，在此人抬举下，她跻身学生代表行列，频频登台发表演讲，并向政府请愿。手中钱财挥霍一空后，她又打着"女子合作社"的旗号向阔人募捐，延续穷奢极欲的生活，被媒体称作"交际明星"。

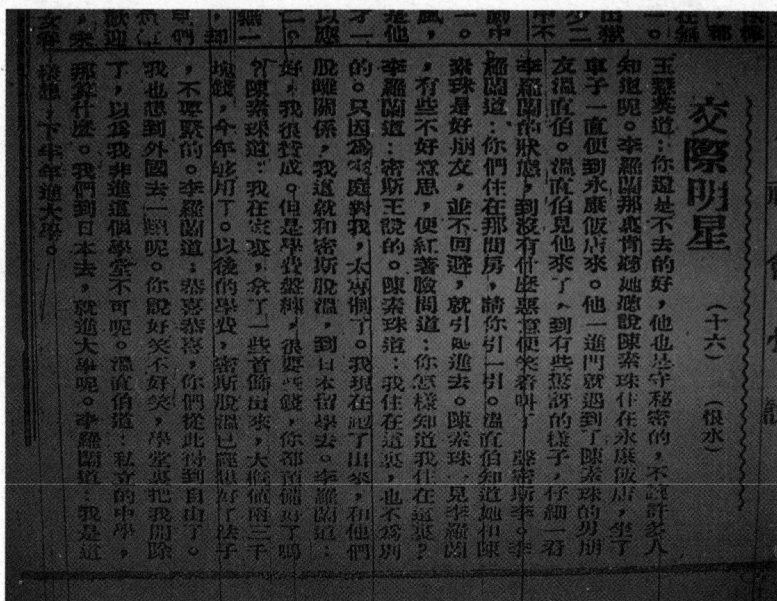

北京《世界日报》连载的《交际明星》

《交际明星》是一部救急的小说，由于张恨水的另一部连载小说《荆棘山河》暂停而仓促动笔，又由于《荆棘山河》的回归匆匆杀青，因此一些故事情节未充分展开；也正因为如此，作品相当紧凑，没有过多的铺陈、过多的枝节，对一些假"革命青年"之名、行招摇撞骗之实的大学生的描写尤为入木三分，读来引人入胜。

8.为电影而生的《银汉双星》

张恨水上世纪二十年代直率地讲过一句话："我国女明星身家清白者，当首推黎明晖。"他在报刊上经常鼓吹的电影明星中，中国籍的只有黎明晖。国产片中，他尤为赏识黎明晖担纲的片子，如《小厂主》《可怜的秋香》《透明的上海》《美人计》等。

至于黎明晖的身世及经历，我们可以看看张恨水一九二八年二月十四日发表在《世界日报》副刊"明珠"上的散文《小妹妹黎明晖》，也不妨读一读一九三〇年他为《华北画报》提供的中篇小说《银汉双星》。

一篇是介绍性散文，一部是纪实性小说，内容大体上是一致的。即黎明晖（小说中名为"李月英"）系湖南人，自幼跟随在大学从事歌舞教育的父亲黎锦晖（小说中名为"李旭东"）居住北京城。中学时代，黎明晖活泼善舞，凭借主演歌舞剧《葡萄仙子》驰名京城学生界。年十六，她随父赴沪，就读两江女子师范学校，舞名更加响亮。她喜欢电影，足迹遍及上海各影院，久之成迷，萌生跻身电影圈的念头。恰巧明星影片公司（小说中为"银汉电影公司"）缺乏十七岁以下的女演员，考虑到她在学生界颇具影响力，登门恳邀加盟。黎明晖大喜，与父亲进行商量。其父是位新派人物，慨然应允。她初试身手，反响不恶，又主演一巨片，竟大获成功，声名蒸蒸日上。由于她长得小巧玲珑，同行和观众都称呼她为"小妹妹"……

要说张恨水的散文与小说有所区别的地方，是小说内加叙了主人公的一段罗曼史，此系作家出于吸引读者方面的考虑，不必细究。另外，小说的尾声，作家还用赞赏的笔调叙述主人公毅然脱离藏污纳垢的娱乐圈，用灌制唱片的酬金买下一栋别墅住入，疏离戏场、影院、酒楼，足不出户。一个活泼浪漫的小姐，就这么转变为一位深居绣楼的淑女。

事实上，正是小说《银汉双星》发表的前一年，黎明晖确实离开了电影圈，但并未隐居，而是随明月歌舞团到南洋一带演出。一九三三年，她返回上海影坛。数载后，她与足坛名将陆钟恩结婚，又拍出一部《凤求凰》，从此息影，在上海创办托儿所，后定居北京。二〇〇三年，这位九十四岁的影坛寿星告别人世。

民国著名导演、编剧朱石麟曾撰文称赞《银汉双星》"书中状影界轶事，绘声绘色，栩栩如生，读者皆不忍释"。一九三一年，他将其改编为电影，摄制方为上海联华影业公司，史东山为导演，金焰和紫罗兰分别担任男女主角。里面许多载歌载舞的镜头让人耳目一新，加上女主角原型黎明晖本身的影响力和原著作者是张恨水的缘故，影片票房收入丰厚。这也是张恨水第一部受到影视界关注的小说。

接下来，还需要补充介绍一下《银汉双星》的问世背景。

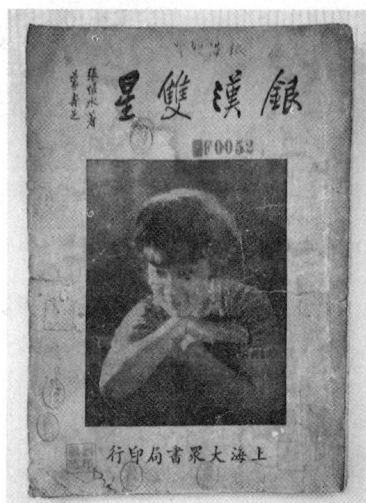

上海大众书局版《银汉双星》

上海摄影社版《银汉双星》

一九二九年，朱石麟主持《华北画报》笔政，特意向张恨水约稿，而且指定要电影题材。张恨水本身就是个超级影迷，经常在自己编辑的副刊上发表影评和影星小传。收到稿约，他慨然允诺，使得《银汉双星》自次年起逐期连载于《华北画报》。朱石麟坦言："《华北画报》之能薄负时誉，脍炙人口者，得（张恨水）先生此稿之力为多。"刊毕，张恨水一度跟朱石麟半开玩笑："你从事电影行业不少年了，他日如果制片，何不以此稿一试？"不曾想，这位作家不久便梦想成真。

时间来到一九三一年十月，上海大众书局出版《银汉双星》单行本，一九三四年五月又再版。以上两种印本均由世界书局经售，分订两册，正文三百五十八页（每页均有边饰），三十二开，封面及书中均有电影《银汉双星》的剧照，书名和著者名均由书画家蒙寿芝题写，序言作者正是朱石麟。一九三六年四月，大众书局又推出所谓的"重版本"，正文有一百二十六个页码，三十二开。一九四一年三月，另有所谓的"再版本"出版，正文页数不详，三十二开。这两种经济型印本字号缩小了，压缩为单册，封面由彩色改为黑白，正文之前套色印刷的电影剧照更是无影无踪。上述诸印本正文前均有一则《〈银汉双星〉提要》，开篇写的是："本书系当代名小说家张恨水先生著作。他的作风与文思，自《新闻报》上介绍了一遍《啼笑因缘》后，可说没有人不为之颠倒。一个驰誉平津的名小说家，我们要看他的作品，机会实在不多。本局为餍读者怃求起见，特商请张先生将此稿归本局专刊酬世，想为读过张先生的作品者爱读的。……"

同样是一九三一年十月，上海群众书局也出版了《银汉双星》单行本，单册，正文有一百五十四个页码，三十二开，世界书局总经销。

一九三四年五月，上海摄影社亦印行《银汉双星》。该印本保留了大众书局初版本的电影剧照、序言及内容提要，正文为一百六十四页，二十五开。此书版权页背面登有一则《张恨水最新出版小说广告》，推介六种所谓的"张恨水最近杰作"，其中既有众所周知的《太平花》《美人恩》《银汉双星》，亦有我闻所未闻的《两个苦命女郎》《铁版红泪》《人间天上》。后三种书当属伪作，这未免让人怀疑上海摄影社的这种《银汉双星》属于盗印本。

奉天文艺画报社出版部一九三四年也曾翻印该作，安东诚文信书局负责总发行，分订两册，每个章回都单独编排页码序号，正文共计一百一十四页，三十二开，保留有序言及内容提要，不见剧照。书中广告铺天盖地，刊有张恨水的《现代青年》、刘云若的《落花流水》、曾朴的《鲁男子》以及《江湖奇侠法术》《胡蝶女士欧游杂记》等书籍的发行预告，甚至奇葩地用十九个页面附录了《鲁男子》和《江湖奇侠法术》的部分章节。

奉天三友书局同样翻印过该作，系一九三八年一月一日印刷，同年二月一日发行，正文一百零七页，三十二开，序言、内容提要、剧照皆删除。此书与"文艺画报版"《银汉双星》一样，系不折不扣的盗版本。

《银汉双星》共十回，不足七万言，已收入一九九三年版《张恨水全集》。

9. 不避琐细的《自朝至暮》

　　《新家庭》是上海大东书局主办的一种十六开杂志，由周瘦鹃主编，内容既涉及家庭生活常识，亦有休闲文学作品。一九三一年一月，在该杂志第一卷第二号和第三号上，出现了张恨水的小中篇《自朝至暮》。此作约两万字，未分章节。非常幸运，我已淘得这两期杂志的原件。此外，该小说还更名为《一日之间》，刊发在一九三二年九月五日至二十八日的北平《新北平》上，我亦有藏。

　　小说讲述某公司高管赵又新清晨早起，热水都没喝上一口，就匆匆告别妻子惠芳和出生不久的儿子去上班。当天赶上公司发薪水，而且给他加了薪。欣喜之下，中午下班后，他买来不少衣物带给娇妻。不曾想甫入家门，便见惠芳正忙着烹调，而女佣出门买菜去了，他连向妻子展示礼物的工夫都没有，不得不亲自去照料幼子，弄得手忙脚乱，最心爱的祖传茶杯也不慎摔碎。更糟糕的是，他原本想吃顿美味作为回报，然而当日惠芳做的饭菜均不合口味，夫妇二人为此在餐桌上发生口角。他一怒之下，踢翻桌椅盆碗，离家出走。下午下班后，赵又新负气迟迟不归，惠芳急得四处寻找，终于在朋友刘先生家中见到丈夫，并在刘先生夫妇劝解下重返爱巢。暮色下，小夫妻冰释前嫌。

同样一个故事，在张恨水笔下和他人笔下必定是不同的模样。这段通俗平易、不避琐细的家庭闹剧，不过是阐明了"夫妻没有隔夜仇"这一浅显道理，但从擅长编制情节的张恨水笔下娓娓道来，令人不忍释卷。当

上海《新家庭》连载的《自朝至暮》

年有一位新认识的朋友曾如此夸奖张恨水：你写小说，没有别的长处，只是下笔肯努力。即便是用两个铜板上茶叶铺买包茶叶，亦不肯含糊写出。用这段话形容作者创作《自朝至暮》的态度，再合适不过。它与《甚于画眉》等作品一样，是张恨水为适合市井口味写下的文字，也是他创作的罕见的几部"快餐型"中长篇小说之一。

此作未收入一九九三年版《张恨水全集》。

10.国难小说先驱——《九月十八》

　　中国社会科学院研究员高翔认为："'国难小说'这一特定文体的提出，最早就出现在张恨水笔下。"

　　张恨水在"九·一八"事变发生后的次年，创作出版了一部国难题材诗文集，命名为《弯弓集》，由自办的远恒书社于一九三二年三月初版（实际发行时间为当年四月底），总批发代售处为世界日报出版部。该书正文一百九十八页，三十二开，收录了包括《九月十八》在内的多篇作品。张恨水在这本书的自序中写道："今国难小说，尚未多见，以不才之为其先驱，则抛砖引玉，将来有足为民族争光之小说也出，正未可料，则此鹅毛与爪子，殊亦有可念者也。"

　　《弯弓集》出版之际，《世界日报》专门在头版醒目位置刊发广告，重点介绍书中的中短篇小说《仇敌夫妻》《九月十八》和剧本《热血之花》，关于《九月十八》的文字如下："《九月十八》一篇，叙一游惰青年，急然投军，而主干则为一张日历，结构精奇。"这段内容简介过于粗略，下面我还是费些笔墨写一写小说梗概。

诚如广告所言，这部小说结构精奇，反复出现日历这个道具。主人公王有济是来自沈阳的阔少，远赴南京念大学。他未住学生宿舍，而是食宿在舒适的旅馆，终日流连于声色场所，挥金如土。

一九三一年九月十八日之夜，王有济与歌女刘蕴秋在旅馆共度良宵，次日早起根本不记得撕去床头桌上昨天的日历。九月十九日这天，在课堂上打了一节瞌睡后，他先是外出请心仪的韩小姐等几位同学喝咖啡、吃大餐、看电影，继而连上三家茶楼听戏，不惜一掷千金；到了深夜，他又呼朋唤友，在旅馆房间通宵忙于雀战，自然还是无暇撕日历。等到他九月二十日午后醒来，床头听差送来的报纸头条让他大吃一惊，原来两天前发生了"九·一八"事变，沈阳沦陷。愧疚之下，他反省自己"太无心肝了"，决定保留下日历作为国耻纪念。

尔后王有济又了解到，沈阳的家产全部被日伪冻结。他失去生活来源，只能靠身上仅剩的两三百块大洋过紧日子。在此期间，为了得到与韩小姐接近的机会，他不时参加学生自发组织的抗日救亡活动，但"落花有意，流水无情"，心上人对他熟视无睹。两个月后，他囊中羞涩，不得不搬回学生宿舍，却忘记带上日历。随着时间的推移，他日益窘迫，甚至要靠典当衣物为生。一天，他与刘蕴秋在街头邂逅，这位歌女身边已有新情人，居然不肯正眼看他一眼。

不久，传来十九路军在"一二·八"战事中击溃日军的捷报，群情振奋。又有一日，一位退役军官来校与他见面，告知自己租下了他从前在旅馆住过的客房，见到他留下的日历始终停留在九月

北平远恒书社版《弯弓集》

十八日这页，知道他是不忘国耻。感动之下，这位退役军官决定重返行伍，保家卫国。面对被送回的日历，王有济陷入沉思，最终拿定主意效仿十九路军将士和那位退役军官，投笔从戎，光复河山。

临走前，王有济在校园内拍卖了随身物品，并将日历赠予充满爱国热情的李百全教授。当晚，在李教授组织下，师生们在礼堂为王有济等一批奔赴前线的学生送行，众人齐唱"风萧萧兮易水寒，壮士一去兮不复还"。感动于王有济的浪子回头，李教授特意把这本具有特殊纪念意义的日历转赠学校，陈列在礼堂之上。

《九月十八》是部小中篇，全文仅两万字，未分章节。这部小说乃至《弯弓集》的出现，受到新文学阵营的冷遇乃至攻击。某些左翼作家批评通俗文学有对人不对作品的积习，意气用事地认为通俗文学作家的抗战小说只是"在悲难的事件中打打趣而已"，是"封建余孽作家在小说方面活动的成果"。张恨水的安徽同乡阿英便曾在《上海事变与"鸳鸯蝴蝶派"文艺》（载合众书店一九三三年六月出版的《现代中国文学论》）对该作大肆抨击："《九月十八》里面展开的，是一个东北的在南京读书的大学生的捧角，以及因'九·一八'事件，家中经济来源断绝，那个角不理他，使他不能畅所欲为终至去从军而已。这一切又表现着什么呢？只是充分地说明了鸳鸯蝴蝶派的作家的本色而已，所谓‘略尽吾一点鼓励民意之意’原来如此。”笔者在前文之所以大篇幅介绍该小说的内容，正是为了与阿英的这段话相互印证，让大家知道什么叫作“断章取义”。在激进的阿英看来，张恨水这些自成一个文化部落的“旧文人”是没有资格写什么国难小说的。不过，阿英并未全然否定《九月十八》的艺术价值，轻描淡写地指出该作“对主人公的性格，还稍稍的反映出来”。

这篇小说可在《张恨水全集·真假宝玉》中找到。

11.现代《聊斋志异》——《风絮小志》

现今出版的多部张恨水研究专著中，均提及张恨水曾使用笔名"旧燕"，在上海《万岁》杂志第一卷第六号上发表杂文《风絮小志》。寒舍藏有一九三二年出版的全套《万岁》，经我核查，《风絮小志》在这份十六开本的杂志上并非仅仅刊登了一期，而是从十月十六日出刊的第一卷第六号连载至十二月十六日的第一卷第十号，共占据十八个页面；而且该文并非杂文，是一部文言小说。《风絮小志》最后一次出现时，篇尾并无"全文完"之类的字样，加之第一卷第十号亦是《万岁》终刊号，并且是突然宣布终刊的，该小说应该并未终篇。

《风絮小志》是一部小中篇，亦可称作一部短篇小说集，除去一段序言，已经刊出的五个章节均可独立成篇，分别写了五位红颜薄命的女人，而串接起这五个短篇的便是一介书生的"予"（作品使用第一人称）。它保持了《聊斋》的流风遗韵，再现了一个男人做的五个白日梦。第一个故事女主人公为姑苏雏妓琪嫒，清纯脱

上海《万岁》连载的《风絮小志》

俗，与在此念书的男主人公倾心相爱，最终落得个劳燕分飞。第二个故事女主人公为误入歧途的风尘女子玉儿，与到北方旅行的男主人公及其好友徐生在一艘小船上萍水相逢，随后三人登岸把酒互诉身世，度过一个惊心动魄的雨夜。第三个故事主人公为瑁女士，伶俐俊俏，却嫁给一个粗俗汉子过着食不果腹的生活，受尽凌辱。第四个故事主人公为燕京名妓阿云，婉约贞静，与客人不轻狎昵，艳名盖北平，结局是"老大嫁作商人妇"。第五个故事女主人公为津门村姑秀姑娘，靠鬻酒为生，而旅居于此的男主人公是这家酒馆的常客，彼此莫逆于心，引为知己。个个故事皆可谓哀感缠绵，长歌当哭，有洗尽烟火气的沧桑感。

据我此前掌握的资料，张恨水在发表散文、诗词、新闻通讯等作品时，前前后后使用了七十多个笔名；但在发表小说时，此前仅发现使用过十三个笔名，分别是"皖潜张恨水""张恨水""恨水""恨""水""哀梨""舒伯""蟾""拾遗""拾得""於戏""山人""布衣"。为此，我一度质疑《风絮小志》是否确实系张恨水作品，但翻看了几页，便粉碎了所有疑虑。这不仅仅因为其语言及叙事风格旁人无法克隆，更有说服力的在于小说中的多个细节与张恨水的生平高度一致。如第一个故事发生的年代正值他在苏州求学时期，在第二个故事发生的时间他恰巧与好友郝耕仁有一段刻骨铭心的北游经历，第三个和第四个故事发生在他长期生活的北平，而且小说里也多次提到他有一个名叫"素筠"的爱侣，要知道他的夫人周南原名"淑云"，与"素筠"二字谐音。尽管《风絮小志》系虚构的小说而非散文，但作者或有意或无意将生活的一部分拷贝到艺术创作中，是再自然不过的事情。另经考证，张恨水上世纪三十年代向《晶报》投稿时也经常署名"旧燕"，直到二十世纪四十年代，他还频频在重庆、上海、北平、南京四地出版的《新民报》上使用这个笔名。

《风絮小志》区别于其他张恨水中长篇小说的地方，除了使用笔名"旧燕"，还在于它是张恨水首次在中长篇小说中通篇采用第一人称叙述。在我读过的张恨水中篇小说里，这是绝无仅有的一部。

此作未收入一九九三年版《张恨水全集》。

12.糅入俚曲的《同情者》

在《申报》"本埠增刊"上，有一篇名为《同情者》的张恨水小说佚作，连载日期为一九三二年十二月一日至一九三三年一月十四日。不过，在这一个半月时间里，小说并非日日见报，因新年休刊六日，中间还有秦瘦鸥的短篇小说《写给友人之妻》夹塞连载，《同情者》仅仅登了十八天，每期刊出千余字，是一篇近两万言的小中篇。

作品共分七节，标题如下：

（一）田歌声里

（二）打麦场上

（三）一切不了解

（四）双方倒也同情

（五）东家老爷来了

（六）孟三先生好吗

（七）烧锅的不见了

小说讲述大学生孟国宝打着"农民同情者"的旗号，到家乡调查农村社会状况。孟国宝垂涎同村佃农王老二之妻王二嫂的美色，借故频频到王家聊天，并在王家被东家老爷逼租时仗义执言，借机勾搭王二嫂。不久，王二嫂回娘家探亲，却从此失踪，而孟国宝也在同一天回城。村里人为此议论纷纷，都认为是孟国宝拐骗走了王二嫂。小说里穿插有多首俚曲民谣，其中收尾处的一首俚曲写的便是王二嫂的故事，可以断定出自张恨水笔下，这也是他创作的屈指可数的几首白话歌词之一。唱词全文如下："十六岁烧锅的会当家，城里先生看上了她。城里头佳人是胭脂粉啦，乡下的俏佳人她是水桃花哟！水桃花呀，好让城里的才郎摘一把哟！乡下人摘花呀粗泥里踩，城里人摘花花瓶里插呀。这花不是凡间种，怎样好叫她配冬瓜呀？配冬瓜呀，这是一场大笑话呀！"

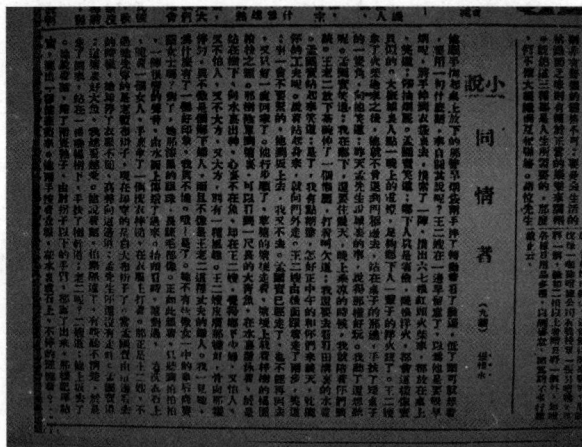

上海《申报》连载的《同情者》

　　该作当代最早的发现者，是日本御茶女子大学阪本千鹤美博士，觅得时间为一九九二年。然而，我们并没有在一九九三年出版的《张恨水全集》里读到这部小说。

13.拥有英译本的《平沪通车》

　　《平沪通车》写民国时期银行家胡子云在平沪列车上与摩登女骗子柳系春相遇，胡子云耐不住旅途寂寞，更经不住柳系春美色诱惑，与之从素不相识到被灌醉再到同床共衾，导致十二万元公债券、证券和现金不翼而飞，最终精神失常、穷困潦倒的悲剧。小说情节紧凑，描写细腻。

　　《平沪通车》首发于一九三五年，连载在当年一月一日至十二月一日出版的《旅行杂志》第九卷第一号至第十二号。其中第九卷第一号至第十一号每期刊登一章，而第十二号一口气连载了三章，把整部作品登完。每期连载均配有精美插图一幅，后来的诸多民国单行本都借用了这些插图，只是略有改动而已。

　　我见过的该作民国正版单行本均出自百新书店。一九四一年八月，该作由上海百新书店初版。出版后颇为流行，很快售罄。一九四二年二月，上海百新书店又再版；一九四六年四月，成都百新书店出蓉二版；一九四六年十月，上海百新书店出第八版；

一九四七年三月，上海百新书店出第九版。不得不说明的是，第八版和第九版的版权页都将初版时间误印为"民国三十年十月"。以上"百新版"《平沪通车》均系插图本，单册，

上海百新书店版《平沪通车》

正文二百零九页，三十二开，内封上的书名由严独鹤题写。其封面设计颇具想象力，乃是女骗子手持酒杯悠闲地坐在火车头上，而从艳遇中幡然醒悟的银行家正在云端里抱头痛悔。不过，第九版的封面与之前诸种印本封面存在色差，且女骗子的面部朝向自左改右。为防盗版，百新书店战后专门在国民政府内政部为此书注册，编号为"执照警字第一一○八二号"。百新书店还曾在本店经销的各种书籍上大做广告："《平沪通车》全部一册，定价二元二角。本书写一位刚离婚美而风流的少妇与一位多情的银行家在平沪联运通车上的一幕恋爱喜剧，情致缠绵，布局紧凑，为言情小说中之别出心裁之作品。"

盗印本已知的有一种，系由新京启智书店于一九四二年将其更名为《京沪通车》印行，正文一百五十八个页码，三十二开，封面抄袭了百新书店的早期版本。

美国人对《平沪通车》颇感兴趣。密西根大学图书馆藏有上海百新书店出版的第九版。一九九七年，夏威夷大学出版社印行该作英文译本，译者为William A.Lyell（威廉·莱尔）。作品译名为

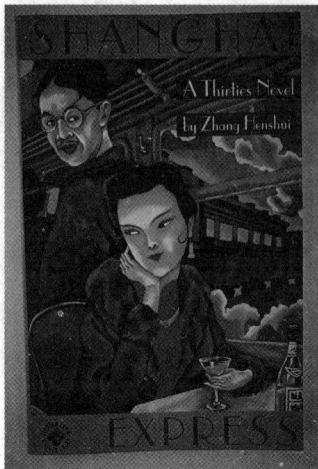

英译本《平沪通车》

《SHANGHAI EXPRESS》，可译作《上海快车》。书为小三十二开本，正文二百三十八页。该书有两大特色，一是图文并茂，不仅配有多幅版画插图，还有一张北平至上海火车线路图；二是后附有张恨水作品及生平介绍、译者后记以及二十六条注释，其中张恨水作品及生平介绍长达数千言，详尽地评述了他的文学成就、创作风格，对他与鲁迅、老舍等作家的关系以及他的三段传奇婚姻也详加叙述。书的售价不菲，为12.95美元。

一九八一年出版的《中国通俗文艺》创刊号和第二期曾连载《平沪通车》。时值改革开放初期，在该作收尾处，杂志编辑小心翼翼地加上了一条编者按："由于作者当时的思想局限，对揭露旧社会的黑暗面深度不够；对是非的倾向性也不明确。例如，对女骗子柳系春，有时把她写成助人为乐的洒脱女子；对贫苦的逃难农民，又过分渲染了他们的愚昧肮脏。另外，对调情部分的叙述也过多。这些糟粕的东西，相信读者都能进行批判。此外他的这种自然主义的写作方式，也削弱了本书的人民性。"

北岳文艺出版社、中国文联出版社也先后重版《平沪通车》单行本。

这部作品共十四章，约九万五千字，是张恨水的中篇小说里篇幅最长的一部。

14.游击战"教材"——《游击队》

在多种张恨水研究专著上，记载着一九三六年二月一日至六月三十日的《申报》汉口版连载了张恨水的长篇小说《游击队》，并注明"未完"。他本人在《写作生涯回忆》中，也指出此作"没有写完"。然而，我的搜寻结果明确显示，除了《游击队》确实连载于《申报》汉口版第二版（当时的《申报》每日通常只出两版，无专门的副刊），其余信息都欠准确。如作品连载的时段应为一九三八年二月一日至同年七月八日，共刊出一百五十八次，全部登毕（最后一节注明"全书完"），全文约七万六千字，属于中篇小说。另外，《申报》香港版还在一九三八年三月一日至七月二十八日完整地转载该作。《申报》香港版当时亦无专门的副刊，小说借第四版"本港新闻"一角刊出，共连载一百五十次。

作品共分十节，标题分别是：

（一）顺民家里的惨剧

（二）用鲜血来洗这羞耻

（三）空手夜袭大王庄

（四）倭寇洗村

（五）要报仇的都联合起来

（六）伟大的收获

（七）打倒汉奸

（八）被围之夜

（九）意外的救星

（十）打回老家去

　　小说讲述北平沦陷后，河北某县小学教员余忠国和正在北平念大学的孙孟刚、程步云不约而同投笔从戎，返回家乡组织刘五、刘二傻、雷心田、雷有德等父老乡亲誓死抗战。作品用大量篇幅叙述日寇血洗大王村、大刘庄、崔格庄、土山镇，实施烧杀抢淫的暴

《申报》汉口版连载的《游击队》

行，场面之血腥恐怖在中国抗战小说中绝无仅有；同时，也浓墨重彩地描绘了游击队员先后袭击日寇盘踞的大王村、火车站和奋力保卫程庄的英雄壮举，以文学形式给广大抗战义士编写了一套生动的游击战教材。这部小说中有名有姓的女性人物仅有村姑朱梅英一人，张恨水用数百言勾勒了她与游击队长孙孟刚之间若隐若现的爱情。

可以说，《游击队》超越张恨水以往的"国难小说"，言情彻底沦为"调味品"。正是以该作为起点，他笔下的抗战文学作品大多去掉了过往的传奇性，注重对现实生活的白描，在表现重大题材方面达到通俗文学的极致，其创作宗旨和思想立场实际上已经与新文学接轨。

正是在该作连载期间，中华全国文艺界抗敌协会在武汉成立，张恨水作为通俗文学的代表当选为四十五名理事之一，一同当选的还有郭沫若、茅盾、老舍、巴金、郁达夫等新文学健将。这表明，国内文艺界对张恨水的抗战文字已从冷淡排斥转化为接纳和认可。

《张恨水全集》中，不见《游击队》的身影。

15.“难能可贵”的《巷战之夜》

　　在唐弢与严家炎共同主编的《中国现代文学史》第三卷（人民文学出版社一九八〇年十二月版）中，对《巷战之夜》评价甚高，认为此作是张恨水“抗战题材中很值得注意的作品。小说以教员张竞存为主人公，写他如何成为一支自发的游击队支队长的经历。作品较为真实地反映了日寇侵占天津时的狂轰滥炸和血腥杀戮，用满腔热情的笔触，刻画下级官兵与天津市民同心协力浴血巷战，抗击侵略者。这部中篇基本上没有鸳鸯蝴蝶派的陈腔俗套，很是难能可贵”。当然，这部小说也沾染上了同时期新文学小说的一些通病，如机械地图解爱国主义，过分追求浅俗等等。但无论如何，《巷战之夜》与《水浒新传》《八十一梦》《大江东去》等小说一样，是大后方销行最广的文学作品。

　　《巷战之夜》绝非闭门造车的产品，张恨水仅仅是依据真实事件进行了艺术处理。张竞存的原型，便是张恨水的四弟张牧野。张牧野系国立京华美术专科学校毕业生，出版过美术专著，同时精通武术。一九三七年七月二十八日，日本侵略军侵犯天津，生活在此的他动员街邻，与二十九军爱国官兵一起开展巷战，浴血杀敌。

这部小说一九三八年四月二十七日至八月二十二日初刊于重庆《时事新报》副刊"青光"，篇名为《冲锋》。其时张恨水的好友、著名报人张慧剑担任"青光"编辑，特向张恨水约稿。一九三九年五月一日，《冲锋》更名为《天津卫》，转载上饶《前线日报》副刊"战地"，至当年八月十五日结束。连载版的该作共十二章，五万余字。

至于民国版单行本《巷战之夜》，都是由南京新民报社出版。二〇一〇年十月，《唐弢藏书·图书总录》由文化艺术出版社出版，全书收录了中国现代文学馆"唐弢文库"所藏除报刊之外的全部图书的目录，其中便有南京新民报社一九四六年十一月出版的《巷战之夜》。《唐弢藏书·图书总录》编者注明其为初版，但该作货真价实的单行本初版本，是一九四二年十二月由南京新民报重庆社作为"新民报文艺丛书之二"印行的，为土纸印刷，正文一百一十个页码，三十二开。其封面朴素，只用红黑白三色，木刻图案不折不扣地突出了"巷战之夜"这个主题。该初版本曾上网拍卖，以一千零三十元成交。我亦参与竞拍，但最终因囊中羞涩败下阵来。拍得此书的是一家旧书店，他们将该书再度挂在网上出售，因标价过高，无人问津。初版印行之后，该作又在上海出版，分别是一九四六年二月沪一版，一九四六年四月沪二版，一九四六年十一月沪三版。从印行时间上判断，《唐弢藏书·图书总录》中的该作应当为沪三版。沪版本同样是正文一百一十页，三十二开，版权页贴有张恨水的一方紫泥印花。其封面设计借鉴了剪纸艺术，几名士兵的形象十分夸张，装饰味道很浓。

南京新民报社版《巷战之夜》

台北慈风出版社版《巷战之夜》

单行本《巷战之夜》与《冲锋》《天津卫》相比较，从章节到内容均有区别。章节由十二章扩充为十四章，增加到约六万字。主要是在一头一尾添加了内容，"一头"补写了张竞存在家乡安徽的抗战故事，"一尾"补写了他来到重庆后因为没有及时回避贵妇的轿子，竟被她的轿夫用轿杠冲倒在地的一幕，触目惊心，振聋发聩。张恨水在单行本自序中谈到扩写原因时，是这么解释的："近来后方朋友，鼓励我多拿旧稿出书。我因此篇手边现成，拿出来校阅一遍，觉得也还可用，便改名为《巷战之夜》以便出版。但因这一改，又感觉篇中故事，于巷战，于夜，未能发挥尽致。而结构平铺直叙，生平很少这样写法。思量过几遍，就在全文之上，加了第一章与第十四章，安个一头一尾。我不敢说是画龙点睛，仿佛这就多了一点曲折。正如画山水的人，添一个归樵，添一段暮云远山，或者可令看书的人，多有一点兴趣吧？"不仅如此，单行本还纠正了连载本的一些文字硬伤。

台北慈风出版社一九八一年十月亦翻印《巷战之夜》，正文一百六十一页，三十二开。奇葩的是，封面上描绘的并非巷战，而是一名全副武装的士兵在圆月之夜扑向野外碉堡的画面。

大陆方面，不仅《张恨水全集》收录有该作，陕西人民出版社、团结出版社、中国文史出版社也先后印行这部小说。

16.爱妻讲述的《蜀道难》

《蜀道难》写抗战初期，少妇白玉贞入蜀避难，途中与某大公司高级职员冯子安在汉口邂逅。冯子安对白玉贞苦追不舍，白玉贞再三拒绝，仍摆脱不掉他的纠缠；加之入蜀之路难似登天，需要借助这样一位男人呵护，故不得不与之保持若即若离的关系。最终，白玉贞历经千难万险，安全抵达重庆。冯子安正做着桃花梦，白玉贞却"神龙见首不见尾"。全书共十二章，五万五千字。

《蜀道难》并非凭空想象而来。首先，张恨水在一九三八年初有一段孤身乘船入蜀的经历；而在半年之后，夫人周南带着两位幼子在张恨水一位族兄的护送下跟随而至。据张恨水之子张伍在《忆父亲张恨水先生》（北京十月文艺出版社一九九五年八月版）中披露，其父将"母亲这段抱子千里寻夫的经历，写了一部长篇小说《蜀道难》"。显而易见，《蜀道难》中的很多内容来自周南的讲述。当然，冯子安这个人物是作者为增加戏剧冲突所虚构。

一九三九年五月至十二月，该作首刊于第十三卷第五号至第十二号《旅行杂志》，每期登一到两节，仅用七期便登完。此时，该杂志已自上海迁往广西桂林。战乱时期，万事从简，该小说并没有像以往那般享受配插图连载的待遇。

我见过的《蜀道难》民国正版单行本均由百新书店印行，包括一九四一年十月初版本（国家图书馆有藏），一九四二年三月第二版，一九四四年七月蓉一版，一九四六年十月第八版，一九四七年二月第九版，均为单册，配有插图，正文一百一十九个页码，三十二开。其中"蓉一版"是抗战中在成都出版，为土纸本，封面较之于其他版本也素净得多，以黑白为主色调，上面所绘图案明显抄袭自百新书店其他书籍的封面，所描绘的男女主人公结伴水中荡桨、骑马以及相依相偎的场景，在《蜀道难》中根本不曾出现。此书网上仅出现过一次，标价不菲，几经讨价还价，为我所得。至于

其他印本的封面，均描绘有江轮在三峡激流中驶过的景象，其背景是一位回眸浅笑的红衣女郎。百新书店曾在各种媒体上为该书出版大肆鼓吹："《蜀道难》，全部一册，定价一元三角。此书写一位少女于兵荒马乱中，从汉口到四川找他的未婚夫。以沿途舟行艰险及壮丽景物做背景，旅程中发生许多困难及韵事笑话，佳妙之至。"

新京（即长春）文化社

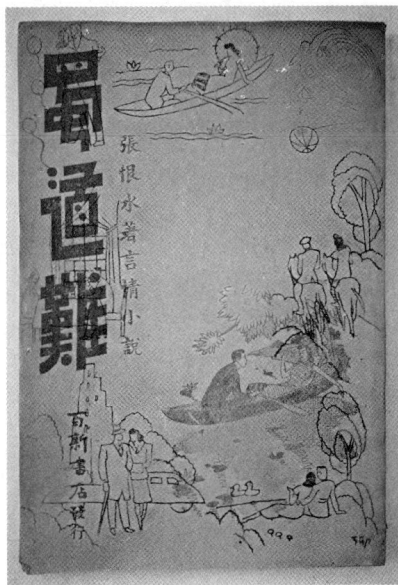

成都百新书店版《蜀道难》

出版部盗版过该作，印刷时间为一九四二年八月五日，发行时间为一九四二年十月十五日，正文一百零四页，三十二开，正文前有编者写的前言，无插图。该书封面设计与"百新版"惊人相似，只是色彩较鲜艳，红衣女子也变作绿衫女人。

《蜀道难》的当代单行本仅两种，分别由北岳文艺出版社、中国文联出版社印行。

17.鬼子的忏悔——《敌国的疯兵》

从一九三九年十月二十一日开始，重庆《新民报》副刊"最后关头"启动连载张恨水创作的《敌国的疯兵》，至当年十一月三十日结束，共刊出三十四期（中间有中断），每期有五百来字的篇幅，共计两万言。

小说共十三节，标题分别是：

（一）走是来不及了

（二）畜生侮辱老娘

（三）兽行

（四）够了本

（五）又来一只老狗

（六）你是饭岛先生呀

（七）啰，那不是……

（八）你不要说了

（九）我疯了！我疯了！

（十）为什么不带你的女儿来

（十一）乱杀一阵

（十二）你们杀了我罢

（十三）一把火

　　作品的主要内容是：日本人饭岛早年旅居北京通州做生意，后因故匆匆离京，将年仅五岁的幼女寄养在邻居李士德夫妇家中。十二年后，饭岛成为侵华日军的一名中队长，带领部队闯入南京城外一个小山村，抓住村姑莲子。饭岛和部下兽性大发，将重病在身的莲子轮奸致死。事后，他认出李大娘，这才知道莲子是自己骨肉。愧悔之下，他疯了，击毙多名日军士兵和汉奸，并纵火自焚。此小说称不上战争小说的精品，它最大的亮点在于饭岛与李大娘对侵华战争反思及忏悔的大段对话，读来触及灵魂，增加了作品的厚度和深度。

　　因《张恨水全集》失收，文学界关于这部小说的点评文字甚难寻觅，最早的一段评论出自袁进所著《张恨水评传》（湖南文艺出版社一九八八年七月版）："就艺术性而言，《敌国的疯兵》是蹩脚的，大道理都从人物口中直接说出。小说过于巧合，影响了它的真实性，而且还有报应的味道。但是，它反映了张恨水脑子里的一个想法，这场战争对中国对日本都是一场悲剧，日本老百姓在这场战争中除了增添了兽性，并没有得到任何东西。对他们来说，这也同样是一场灾难。这种想法在其他新文学家那里或者并不见得有何高明，没什么了不起，但对张恨水来说，能这样思考问题就很不容易，他是习惯于认为好就是好，坏就是坏，从道德上作价值判断

重庆《新民报》连载的《敌国的疯兵》

的。它说明张恨水在思想方法上也出现了某种可喜的变化。"

　　袁进先生现任上海复旦大学博士生导师，是一位温文尔雅、博学慎思的学者，我很早就拜读过他的多部学术著作。他的《张恨水评传》可谓系统研究张恨水生平及作品的开山之作，他本人也堪称张恨水研究领域的一位"筚路蓝缕、以启山林"的先行者。二〇一五年深秋，我与他因为同赴四川外国语大学参加"张恨水与重庆研讨会"相逢。记得一同外出采风那天，袁先生学识的光华不时迸发，让我受教良多。我们谈论过张恨水的多部作品，却偏偏忘记向他讨教这篇《敌国的疯兵》，至今引以为憾。

18.凋零的花——《雾中花》

　　梳理张恨水的小说创作轨迹，我们可以发现自一九三三年之后的十余年间，除了写过一部《敌国的疯兵》，他没有创作过小中篇。这或许是因为他的连载小说大多十分叫座，连载两三万字便匆匆终结满足不了读者的阅读欲望，加之他的小说连载后便会出单行本，没有个十几万言的篇幅很难吸引来出版商。

　　然而，自一九四七年起，张恨水一连创作出《雾中花》《人迹板桥霜》《开门雪尚飘》等多部小中篇。究其原因，可以从《写作生涯回忆》中找到答案："到了民国三十六年，纸价已经贵得和布价相平了。上海的书商，有了纸张在手，宁可囤纸，也不印书，因之我在上海出版的二三十种书，全不再版。出版家虽也陆续的寄给我一些版税，较之三十五年，已不成其为比例。其初，我以为纸张的昂贵，影响到书的出版，这是暂时的现象，还忍耐的等待着，后来一月不如一月，我把版税当养老金的算盘，暂时就得搁上一搁，于是把那老话再拿出来，对家庭用度，要'开源节流'。'节流'

除了吃的以外，一切以不办为宗旨，而'开源'只有多写文章出卖了。……为了交通关系，我也觉得向外寄稿，写长篇是不大好的，我很想改变作风，多写中篇。所以这两年以来，我很写了几个中篇，如《雾中花》《人迹板桥霜》，及最近写的《开门雪尚飘》。这一试验，并没有失败，将来，也许我常走这条路。"根据上述文字分析，他写小中篇的原因有二：其一是小中篇能够马上写，写完马上寄往外地报馆，报酬也可以马上兑现；其二是纸贵于布，出版大部头单行本难如登天。

这一时期，他创作的首部小中篇为《雾中花》。该作不分章节，约两万五千字，反映抗日战争时期大后方下层民众颠沛流离生活的一个侧面。

小说讲述抗日战争爆发后，来自镇江的商人郭宝怀在重庆穷得揭不开锅，所幸从以前的小学同学、如今的教书先生赵子同手中借到三十元救命钱。凭借这点资本，郭宝怀再度经商，抢抓机遇，成为百万富翁，并娶下年轻美貌的妻子杨家妹。他将家安在英美使馆所在的"安全区"，并且和几家人合建了一眼防空洞躲避空袭。一日，他乘坐自己包的船渡江回家防空袭，不料渡船被一艘小火轮撞翻而丧命。失去靠山，杨家妹和郭宝怀拜认的干爹干娘坐吃山空，最终穷困潦倒；而一度想跟随郭宝怀做生意的赵子同依旧还是教书育人，生活依旧平淡无奇，最终相信了一句话："世上坚守岗位的人，不求那冒险的乐园，也不会走入雾里去失脚。"值得一书的是，作者对郭宝怀、杨家妹、赵子同等人物形象或正面刻画、或侧面烘托，使得每一个人物都展示自我，又映照旁人。

《雾中花》首发于一九四七年五月十一日至八月十三日的北平《新民报画刊》，题头和署名均采用作者手迹印制，每期大约

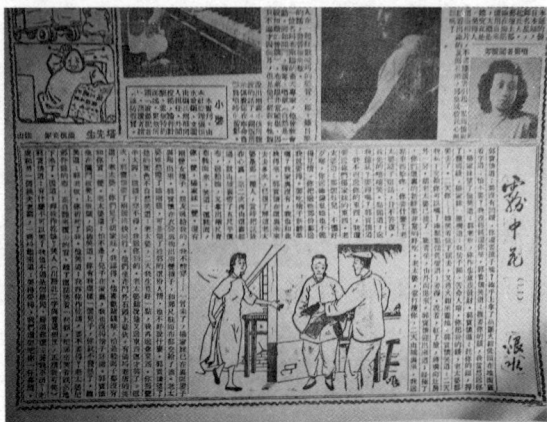

北平《新民报画刊》连载的《雾中花》

刊登八百字，每期连载均配有画家佳山创作的插图一幅，系套色
印刷。

一九四八年十月十六日至三十一日，该小说被上海《万象周
刊》第一卷第二期至第四期配图转载，题头和署名同样采用作者手
迹印制，每期发表两千来字，共计刊出约六千字，未登完。第四期
连载收尾处注明"待续"，但从第五期起，便不见该作身影，也不
见片纸只字的解释。从此，占据原有版面的，是"中国现代侦探小
说第一人"程小青笔下的连载小说《怪装舞》。

同样是一九四八年，春秋出版社出版《雾中花》单行本，薄薄
一册，正文仅九十三页，三十二开。因字数太少，每页稀稀拉拉印
了不到三百字。文不够，广告凑。书尾附录了上海鱼市场、四姊妹
大饭店的多幅广告。其版权页不是印刷上去的，而是用蓝泥印章盖
上去的。此作是否系正版，尚存疑。

一九九三年出版的《张恨水全集》，在中短篇小说集《真假宝

玉》里收录了《雾中花》。陕西人民出版社一九九五年十二月出版的《中国现代小说精品·张恨水卷》中，和新世纪出版社一九九八年十月初版初印的《真假宝玉》中，也收录有该作。

19.中年文人的理想爱情——《人迹板桥霜》

　　《人迹板桥霜》最原始的印本，是在上海《立报》副刊和北平《新民报画刊》同时出现的。

　　一九四七年十二月四日，上海《立报》副刊发表了一条启事："《人迹板桥霜》是一幅美丽的图案，也是一幅悲惨的图案。名小说家张恨水先生拿这图案做题目，描写抗战期间，重庆善良公教人员惨痛的遭遇，东北同胞流落的血泪，和达官贵人的淫威，插入一段罗曼史，是张先生最近的杰作。全文两万余字，即将在本报连续登载，敬希读者注意！"这条启事与事实有两点出入，一是该作全文足有四万字；二是它过于强调这是"一幅悲惨的图案"，而忽略它是"一幅美丽的图案"。小说的男主人公林孟超年近五旬，拥有名医和大学教授两大头衔，且乐于助人；女主人公李乐天是一名中学教师，尽管迈过而立之年，秀外慧中的她依然属于女神。经朋友牵线搭桥，二人相会于重庆郊外的小镇黄桷垭。几经误会，二人终于在抗战胜利后喜结连理。可以说，作品描画了那个时代中年文人

《立报》连载的《人迹板桥霜》

的理想爱情。这篇小说的内容不见大起大落，于细致中见章法，于稳健中显奇峰，极为耐读。

自启事发表的次日起，这篇曲折旖旎的作品开始逐日在《立报》副刊上连载，每期登出四五百字。可惜我所查阅的上海《立报》欠完整，一九四八年一月三十一日之后的报纸全无踪影，仅刊出不到三万字，不知是否刊完。

同样是自一九四七年十二月五日起，小说连载于北平《新民报画刊》，至一九四八年二月一日止。

《大报》是上海解放后不到四十天便诞生的一种四开小报。探其宗旨，诚如发刊词所言：在社会大变革中，"想在大型报纸与文化杂志之外，运用一些一般市民容易接受的形式与体裁，作侧面的诱导"。解放初期，百废待兴，很多旧文人失去了发表园地，能够在《大报》《亦报》这样屈指可数的小报上刊文，成为周作人、张爱玲、张恨水等非主流文人维持生计的重要手段。一九五〇年，上海《大报》亦转载了《人迹板桥霜》。该作原本是不分章节的，一气到底，只是由于稿子在《大报》上登出了四十八期，编者便索性将其分为四十八节，并且分别添加了小标题。

《张恨水全集·真假宝玉》在收录此作时，依据的便是《大报》连载版本，同样分为四十八节。新世纪出版社一九九八年十月出版的《真假宝玉》中，也收有该作。

20.《世界日报》上的绝唱——《开门雪尚飘》

　　张恨水新著《开门雪尚飘》日内在本栏开始揭载。斯作极富时代性，为恨水之精心结构，于现代生活，描写尽致，敬希读者注意。

以上文字是一九四八年十二月三日，北平《世界日报》副刊发表的一篇题为《张恨水新著〈开门雪尚飘〉日内在本栏刊载》的启事，撰稿人为"明珠"编辑左笑鸿。次日，又一则左笑鸿起草的预告登上"明珠"："张恨水新著《开门雪尚飘》刻已执笔，日内即在本栏刊载。本篇为张先生力作，使人读之均有最亲切之感。特此预告，敬希注意。"

当年十二月六日，《开门雪尚飘》如期登上"明珠"，其题头为黑底翻白，根据作者手迹印制。这一天，左笑鸿在同一版面上刊发了《一夜北风紧》一文，再次为《开门雪尚飘》摇旗呐喊。至

《世界日报》连载的《开门雪尚飘》

一九四九年一月二十三日，小说刊毕，整整连载了四十期，每期六百六十字左右，共计约两万六千言。

显而易见，篇名出自《红楼梦》第五十回中一首无题诗的前两句："一夜北风紧，开门雪尚飘。"作品色调是灰暗的，它以上世纪四十年代末的北平为背景，讲述基层公务员胡谨之拿着微薄的薪水养妻育子，偏偏娇妻韩佩芬是个爱慕虚荣的时髦女性，日日背着他穷奢极欲，甚至沦为他上司的情妇。作品如此收官："到了十二点已过了，太太自定的时间，还没有回来。打开屋子门来看，雪下的特别大，满院子是白雾，斜风吹着雪片，还是向屋檐下直扑呢。夜间万籁无声，没有柴门犬吠，韩佩芬会作个风雪夜归人吗？他怅

然的掩了屋门，望了垂下来的电灯出神。"与其说男主人公是活在
希望里，毋宁说他是处于绝望中。

　　作为《世界日报》创始人之一，也作为《世界日报》主要撰稿
人之一，这也是张恨水的文字最后一次出现在北平《世界日报》
上。据张恨水之子张伍回忆，《雾中花》《人迹板桥霜》《开门雪
尚飘》等中篇小说连载期间很叫座，雅俗共赏，他当年还在念小
学，却期期必读。

　　一九五〇年二月二十二日至三月二十一日，上海《亦报》将
《开门雪尚飘》更名为《贫贱夫妻》转载。《世界日报》上的《开
门雪尚飘》不分章节，而《亦报》上的《贫贱夫妻》被分为二十七
节，每节千字左右并有小标题，每期登一节。其时张恨水尚在病榻
上，应当是《亦报》编辑代拟的章节标题，甚至连《贫贱夫妻》这
个篇名都有可能出自他人之手。

　　《张恨水全集·真假宝玉》和新世纪出版社出版的《真假宝
玉》中，同样收录了这部小中篇。这两种新版本虽将篇名恢复原
貌，却均保留了《亦报》版本的章节体制。

21.仅连载一章的《步步高升》

　　一九四八年九月，陈铭德来北平参加《新民报》创刊十九周年庆祝会。当时新民报北平分社人事纠纷频繁，张恨水不肯继续身陷其中，向陈铭德递交辞呈。虽经陈铭德几度挽留，但当年十二月十二日，张恨水还是正式辞去北平分社经理职务，退居"二线"。

　　正值办理辞职手续期间，张恨水在《北平新民报日刊》第三版发表了小说《步步高升》。其篇名由作者亲笔题写，连载起始日为一九四八年十二月七日，仅刊至当月十五日便停载，共登载八期（中间停刊一期），每期七百五十字左右，刊出的是第一章"一个完美的计划"。之所以早夭，是由于政局急剧动荡，为此报馆将报纸从当月十六日起由原先的日出六版裁减为日出两版，只登时事新闻，暂且砍掉全部副刊。

　　《步步高升》写抗战胜利不久，生活在陪都重庆的公务员高一峰将被派往北平担任接收专员。上任前夕，他特意前往同乡兼同学郑国英家辞行。郑国英夫妇也正筹划下一步回北平生活，为此倾尽积蓄，

《北平新民报日刊》连载的《步步高升》

委托高一峰提前为郑家置办房产、家具乃至书籍等，营造安乐窝。

预测这部小说情节未来的走向，目前唯一的依据便是一九四八年十二月三日和六日的《北平新民报日刊》副刊"驼铃"上发表的一则启事："《巴山夜雨》即刊完。恨水先生另一长篇纪实新著《步步高升》将在本版连载发表。内容以故都为背景，描写胜利后'劫收'之又一悲喜丑剧，为《五子登科》之姊妹篇。"据此分析，该小说原本是要展现劫收大员巧取豪夺民脂民膏，继而在官场上步步高升的闹剧，小说中的人物大多应是被权欲、物欲、色欲所控制的贪婪浮躁的"动物"。

因夭折过早，篇幅太短，一九九三年版《张恨水全集》未收录此作。

22.杂院内的故事——《半年之间》

作为"京味文学"代表人物，张恨水擅写胡同小说，笔下的《夜深沉》《第二皇后》《美人恩》等民国作品写尽胡同市民的悲欢离合；然而他反映新中国胡同众生相的小说，仅有半部《半年之间》。

一九五三年，海外某些报刊散布谣言，有的声称人民政府责令大陆各地书店必须将张恨水的所有小说上缴焚毁，有的胡扯什么失去创作自由的张恨水为了养家糊口，在北京王府井大街先是摆了个旧书摊，后又开办一家代写书信处，不久被政府取缔，只得流落街头乞讨为生。事实上，中华人民共和国成立不久，张恨水便被聘为国家文化部顾问，享受供给制，先是每月领取六百斤大米，继而更改为每月发放一百二十元津贴。在中共领袖层，毛泽东、周恩来未忘却他早年对共产党的支持态度。在国内文化界，老舍、赵树理甚至号召青年作家向他学习。

香港《大公报》为了让谣言不攻自破，委托香港《文汇报》驻京记者谢蔚明等人专程拜访张恨水，约他写写新社会的新气象。这位老作家大病初愈，正式恢复创作，很快写出一组《冬日竹枝词》，被香港《大公报》陆续发表。

随后，张恨水计划开启小说创作。他的夫人胡秋霞当时和长子张晓水、小女儿张正住在大茶叶胡同十九号这个大杂院内，他每个月都会去看望。他打算"与时代同呼吸"，利用在大茶叶胡同十九号耳闻目睹的新人新事，撰写小说《半年之间》，力图通过一个杂院的变化，反映首都的日新月异。写了几章，终因缺乏对杂院生活的深入了解，加之笔力的磨损变钝而作罢。后来，代替《半年之间》出现在《大公报》上的小说是《梁山伯与祝英台》。

张恨水在中华人民共和国成立后写作的《为小听客服务变到为大众服务》一文中，表达了创作这类作品的复杂心境："我虽然很拥护工农兵，但凭良心说，是缺乏接近，缺乏了解，缺乏研究的。毛主席指导我们把立足点移过来。是的，如果我们不移过来，在文艺广场上，就没有立足点。……我是作章回小说的，对于普及，那是没有问题的。但是我们要谈普及，是在哪里下手呢？这是我们必须要研究的。以我们所需要的来说，要工农兵乐于接受的东西。要把人民日常生活，一种自然形态，在烂熟之下摘取。这里说着人民日常生活，好像很容易摘取似的。事实上不尽然，也许是很难的。我们要细心慢慢去找日常生活最普遍的一处，然后把它在适当的时候，使鲜花开出来。这不能性急，日常生活体会得越多，就会使鲜花开得越灿烂。我现在是老了，体会日常生活，恐怕不够。我希望有愿作章回小说的青年，把我所体会不到，都体会出来。"

一九九三年版《张恨水全集》中不见《半年之间》，这篇未竟之作的手稿如今保留在张家后人手中。

23. "草草了事"的《秋江》

　　继连载《梁山伯与祝英台》之后，香港《大公报》再次向张恨水约稿。这一次，他送去的是《秋江》，连载于一九五四年七月三日至十月四日《大公报》副刊"小说天地"。

　　不久，张恨水加了一则自序，将《秋江》交北京通俗文艺出版社于一九五五年九月初版初印。该书正文一百零四页，三十二开，配插图四幅，印数达三万七千册。封面较素净，在中央一块狭小的区域里安排了女主人公陈妙常匆匆赶到江边，准备登上老渔翁的小船追赶心上人的画面。该书哈佛大学图书馆有藏。

　　香港广智书局亦推出过《秋江》，正文一百八十七页，三十二开，配有插图十五幅，售价为港币两元一毫。其版权页上无出版时间，由于书中附有该书局二十世纪六十年代印行的张恨水另外两部书《牛郎织女》和《白蛇传》的发行广告，可以推断它的出版时间应为同一时期。《秋江》出版前，广智书局也曾广为宣传：

《秋江》　张恨水著　插图本

《秋江》是根据元曲《玉簪记》、川剧《秋江》，改写的通俗小说。

故事是写南宋时候，建康（南京）城外的水云庵，有一位工诗善琴的年轻尼姑名叫陈妙常，她爱上了借居庵中读书的举子潘必正，但遭到主持法成的阻挠，立逼潘必正离开尼庵，乘船而去。妙常为了坚定不移的爱情，偷偷地逃出庵来，幸亏有一位老渔翁的帮助，用小船送妙常去追赶潘必正，二人终于结成了美好姻缘。

《秋江》共十五节，约七万言。小说大大地丰富了原戏曲剧本的内容。如赋予陈妙常勇敢的性格特征，添加了她救落水小孩的情节；但也删除了潘必正考取功名后从尼庵接出陈妙常的俗套结局。

北京通俗文艺出版社版《秋江》　　香港广智书局版《秋江》

　　张恨水在该作自序中揭晓："我作《秋江》，是看戏得来。心想梁山伯与祝英台可传，这书叙述妙常之为人，也可传。"自序还言："这本书，前后约写了两个月，这样草草了事，错误的地方，一定还很多。"一部七万字的作品花费了两个月工夫，按说所费时间也不算短。张恨水这么讲，恰恰证明了他创作态度的严谨。

　　改革开放后，北岳文艺出版社、吉林文史出版社和远方出版社同样印行过《秋江》。

24.被世人淡忘的《磨镜记》

　　一九九三年版《张恨水全集》居然漏掉小说《磨镜记》，是让人很难理解的事情。理由有三：一是该作创作于一九五五年，年代较近；二是该作不仅于一九五五年送往海外报刊发表，而且由国内出版社于一九五七年十二月出版单行本；三是单行本仅正版就印刷三次，印量达十一万七千册，并且有盗印本。显然，老印本并非太难寻找。

　　张恨水同时期创作的小说基本上是由中国民间传说和传统戏剧改编而来，《磨镜记》也未例外，系根据福建梨园戏《陈三五娘》改编。而《陈三五娘》的前身，是明代嘉靖四十五年（一五六六）刊印的《班曲荔镜记戏文》。一九五五年，《陈三五娘》赴京汇报演出。张恨水欣赏了这台戏，觉得是个很好的小说原材料，于是托人索要来剧本，在此基础上完成了这部小说。

　　《磨镜记》属于章回体小说，八个章回的九字回目对仗极工整且辞藻华丽，展现了作者扎实的古诗文功底：

　　章回体很传统，但该小说并不乏时代气息。作品中，黄碧琚的父母逼她嫁给巡抚之子，她宁死不从，在丫鬟益春帮助下与陈伯卿相携私奔，冲出"封建牢笼"。小说收尾的一句话便是："碧琚点点头道：'我们就顺着大路，往前进吧。'""前进"也是张恨水在中华人民共和国成立后最喜用的时髦词汇之一。几年后，当这位老作家的一对孙女降生时，都是他亲自起的名，一个叫"前儿"，一个叫"进儿"。

　　一九五五年十二月，《磨镜记》由中国新闻社发往境外华文报刊发表。

　　不久，北京出版社筹划编辑出版一批"中篇说部系列丛书"，将中国古代戏曲传奇及民间故事改编成通俗小说，每本书都是薄薄一册，图文并茂。出版社特邀文坛和画坛名家编绘，文字作者包括张友鸾、陈慎言、左笑鸿、程大千等通俗小说高手，插图作者同样了得，有王叔晖、董天野等大腕。该套丛书从一九五六年到一九五九年，先后出版二十二种，如《救风尘》《十五贯》《杏花庄》《空印盒》《十三妹》等。出版社当然不会忽略张恨水这位大家，找上门来向他索稿。张恨水一口气向出版社提供了三部作品，包括《磨镜记》和《孔雀东南飞》两部旧作，另有新作《孟姜女》。

北京出版社版《磨镜记》

北京出版社编辑的认真劲让人钦佩。或许认为《磨镜记》只是改编而来的小说，书的封面上未提该作是张恨水"著"，而是"编著"；又请来擅长工笔人物画的画家吴光宇配上封面和二十幅插图，幅幅皆精美，与文字相得益彰。该作由于是"中篇说部系列丛书"之一，封面设计与丛书中的其他书籍的封面有共同之处，乃是以剪纸式的红花为底，在封面右上角开有一扇画窗，展示的是男女主人公在丫鬟益春帮助下逃出黄府的画面。

"通俗版"正文只有六十七个页码，约三万九千字，为三十二开本。一九五七年十二月的初版初印本和一九五八年八月出版的初版再印本每册售价均为两角两分，一九五九年十月出版的初版三印本每册售价两角一分。

《磨镜记》不仅有正版本，还有香港海鸥出版公司一九七七年五月的翻印本。不过，书名已改为《陈三五娘》，未署著者名和插图作者名，封面底色由红色改为蓝色，且没有注明印数。在其他方面，翻印本倒是高度忠实于正版本，开本、印张、正文页码不变，每一页文字和插图内容甚至排版与正版本不差分毫。令人啼笑皆非的是，翻版本上居然言之凿凿地注明"版权所有 不准翻印"。

书中有一则内容提要，按当时的出版惯例，似出自作者之手，现录以备考：

> 故事叙述宋朝泉州人陈伯卿，路过潮州，恰值元宵节，在街上看灯时，遇黄碧琚失落凤钗，便拾还给她，并赋诗一首。黄很感激和器重他。后来，陈再过潮州，还想着黄碧琚，因到她家楼外徘徊。黄就从楼上将诗帕裹了荔枝掷下，表示愿订终身。陈设计拜了老磨镜师李刚为师，进入黄家，又故意打碎传家宝镜，便以佣工抵偿镜价；得到丫鬟益春的帮助，与黄碧琚见了面。这时，黄的父母正逼她嫁给林巡抚的儿子林玳，她不愿意，于是和陈一同逃往泉州。它说明古代青年男女，在反对封建礼教、争取婚姻自主上，怎样进行斗争和获得胜利。

25.从聊斋走出的《荷花三娘子》

《荷花三娘子》系根据《聊斋志异·卷五》中的一篇同名短篇小说改编。

小说写一狐女为报救命之恩，将花仙荷花三娘子的行踪透露给湖州书生宗湘若。宗生按照狐女所言来到南湖，惊见荷花荡中有众多佳丽，其中一位垂发少女身穿白绉纱帔，风华绝代。他迅速划船向垂发少女靠近，她却忽然失去踪影。他拨开荷花丛找寻，发现一枝杆长不及一尺的红莲花，便摘下带回家中。

宗生进门便把红莲花供搁到桌子上，然后按照狐女所嘱点燃蜡烛作焚烧状，不料莲花转瞬间变作丽人。他又惊又喜，急忙伏地而拜。莲女警告他："你这个痴书生，我可是个妖狐，会给你带来灾祸。"他不听，上前抓住莲女的胳膊，莲女当即变成一块怪石，高有尺许，面面玲珑。他把怪石安放到供桌上，然后点上香恭敬地礼拜祝祷。到了夜里，他关紧门窗，唯恐怪石逃匿。天明一瞧，又不是石头了，乃是一件纱帔。他将纱帔放到床上。天黑时他起身掌灯，等转过身来，一位长发美女已经躺在他身旁。从此二人情深意笃，家中箱箧总是盛满金银绸缎，也不知从哪里来的。十多个月后，莲女产下一子。

又过了六七年，莲女告诉宗生："我们前世造下的这段缘分我已报答，要与你告别了。有聚必然有散，这本来就是常事。妾本姓何。倘若蒙你思眷，抱妾旧物呼唤'荷花三娘子'，就可见我。"说罢她已飞得高过头顶，宗生跃起拽她，结果只抓住一只鞋。鞋脱及地，变为石燕。

宗生将石燕收藏好。翻检箱子，见莲女初来时所穿的白绉纱帔仍在。之后每逢忆念她的时候，他就抱着纱帔痴情地呼唤"荷花三娘子"，纱帔顿时宛若莲女，面带笑容，喜在眉梢，只是不说话罢了。

一九五六年，该作由中国新闻社发往境外发表，至今下落不明。

26.竭尽心力的《孟姜女》

　　一九五七年元旦这天，张恨水在《光明日报》发表《我的写作计划》一文，宣称他在新的一年将完成三部小说，其中一部名为《孟姜女》。"这是民间传说，流传很广的故事。虽然书流传很广，见诸文字的多是一种歌谣。其间虽有几篇像是小说，也太不完全。至于孟姜女生在秦代，所有一切起居饮食等等的动作，也好多没有提到。我打算写这样一篇，大约有十几万言。"

　　张恨水兑现了诺言。当年六月上旬，小说脱稿，共有二十二节，但并没有"十几万言"，仅六万三千字。他的朋友江天在这一年六月十七日的《上海新民报晚刊》上发表《张恨水漫谈〈孟姜女〉》一文，介绍《孟姜女》的创作过程："有一天，我们聊天，谈到了这部小说。恨水说，他为了这部小说可费了不少的事，不但广泛搜集资料，而且对内容结构就苦思了好多天。恨水把他找到的资料拿出来给我看，左一本，又一本，有唱词，有故事，有说唱，还有剧本，真个不少。只是，有个共同的缺点，即在结构上没有一种是完美的。他说：'真不容易呀！'……恨水在这部小说里，创造了不少的人物，如万、孟两家的父母，如同时被拉去的万氏弟兄，还有万喜良在工地上认识的黄化一和杨不凡，以及忠心耿耿的老家人、随便杀人的军官、穷凶极恶的工头等等，安排得都很合适，丝毫不嫌牵强。至于情节，写得也很好，喜乐哀怒，都穿插起来了。"该文还记载，张恨水得知山海关附近有座孟姜女庙，为补充资料，他一度想实地考察。后来他获悉秦长城的终点并非山海关（山海关系明朝所建），而是安东，加之路途遥远，他才打消长途跋涉的念头。小说中，对于众说纷纭的孟姜女籍贯，张恨水根据南宋周辉编写的《北辕录》一书，将她确定为河南杞县人。同时，更正了孟姜女哭塌山海关和她的父亲系员外的不实传说。

张恨水创作《孟姜女》的心境应该是十分愉悦的。一九五七年二月二十四日，新华社播发了一条题为"老作家张恨水等正在撰写新作品"的电文，用诗一般的语言写道："早年以写言情小说著称的张恨水，今年计划写出四十万字的小说。目前他正在写一部民间传说《孟姜女》的小说。记者最近访问张恨水的时候，阳光照满了他的书斋，梅花和水仙盛开，春天似乎已经先去拜访了这位作家。"

北京出版社版《孟姜女》

春天确实拜访了这位作家。一九五七年十二月，小说由北京出版社初版初印，印数为八万册；一九五九年十月又加印七万册，但版权页上错排为"第1次印刷"。书为单册，正文一百零八个页面，三十二开，十七幅精美插图及封面亦由王叔晖大师所绘，她用细腻流畅的线条勾勒出孟姜女、万喜良等人物传神的形态、动作、表情。编者在《内容提要》中宣称："这是自有孟姜女的传说以来，故事较完整的一部小说。"因小说内容高度忠实于民间传说，此处不再赘述故事梗概。

至此，张恨水终于完成了中国民间四大爱情故事即《牛郎织女》《白蛇传》《梁山伯与祝英台》《孟姜女》的系列改编。

《孟姜女》亦收入《张恨水全集》和吉林文史出版社"中国经典情话"丛书。

27.由悲转喜的《翠翠》

一九五七年国庆期间,张恨水在《从自己的著作谈起》一文中谈及:"我也有两部新书,一是《翠翠》,这是个中篇,约五万字上下。是《剪灯新话》,有这么点影子,后来《拍案惊奇》里把这文重编了一番。但这是个悲剧,很少英雄人物。我把它编成喜剧,写了几个人物有英雄气概,大概约十月尾可以交卷了。"

笔者尚未一睹《翠翠》芳容,但以《从自己的著作谈起》所引述的文字为线索,去查阅《剪灯新话》和《二刻拍案惊奇》,很容易就捕捉到《翠翠》的主要故事情节。

《剪灯新话》是明代初期的一部文言短篇小说集,作者瞿佑,共载传奇小说四卷二十篇,附录一篇。其中卷三有一篇《翠翠传》。小说讲述元末年间,淮安女刘翠翠生而颖悟,能通诗书,父母乃将她送入学堂。同学中有一位名叫"金定"的男孩,与之同岁,亦聪明俊雅。同学戏言道:"同岁者当为夫妇。"二人亦私以此自许。翠翠年及十六,父母为其议亲,她誓嫁一贫如洗的金定。

父母不得已，应允了这门亲事。二人成婚未及一载，张士诚起兵抗元，攻陷沿淮诸郡，其部将李将军将翠翠掳走纳为妾。后金定草行露宿，求访其妻。到达湖州后，他谎称自己是翠翠之兄，进入李将军府，与妻子重逢，并留在李府充当文书。之后，这夫妇二人历经数月仍无隙相见。金定心生一计，写下情诗一首，装入随身所穿的布衫之领中，委托仆人交给翠翠，希望她代为浣濯缝纫。翠翠解其意，拆衣见诗，吞声而泣，也写下一诗，缝于内，以付金定。诗中曰："肠虽已断情难断，生不相从死亦从。"金定得诗，知其以死许之，愈加抑郁，卧床不起。翠翠请于李将军，始得一至榻前问候，而金定已病入膏肓。翠翠以臂扶金定而起，他引首侧视，凝泪满眶，长吁一声，奄然命尽。李将军怜之，葬于道场山麓。翠翠送殡而归，是夜得疾，不复饮药，辗转衾席，将及两月而卒。李将军遵其遗嘱，将她葬于金定之坟侧，宛然东西二丘焉。

之后，明人凌蒙初在编写话本集《二刻拍案惊奇》时，将《翠翠传》改编为白话小说。《二刻拍案惊奇》共计三十九卷，另附有一篇杂剧，这一篇被编为卷之六，篇名是《李将军错认舅　刘氏女诡从夫》。此文与《翠翠传》的故事内容高度一致，只是增加了一些情节和对话而已。

因张恨水是将《翠翠》当作喜剧写的，据此推断，小说应当是"夫妻双双把家还"这般大团圆的结局。

另据贾俊学辑《文联旧档案：老舍、张恨水、沈从文访问纪要》记载，一九五七年十二月五日，中国文联工作人员沈慧访问张恨水，记录下他的一段话："我近来在校对《翠翠》。这是我今年以元朝故事为题材而写的章回小说，长约六十余万字，由北京出版社出版。这部小说的描写爱情部分删去了三分之二。因自己政治水平差，不懂马列主义，怕写爱情多会被认为是黄色小说，故特请我的大儿子给看看提提意见。他在人民大学作助教，既然他都觉得描写爱情的部分多了，那就删去吧。"由此可知，这部小说当时已脱稿，单行本排完版正在校对之中，没有出版同样是国内政治形势变化所致。

拿这段谈话记录与《从自己的著作谈起》中的有关记载比较，就会带来一个问题，《翠翠》到底是长篇还是中篇，到底是"六十余万字"还是"约五万字上下"？我个人倾向于它是一部中篇，原因有二。首先是张恨水笔下的文字比旁人作的口述记录显然更可信，而且他当时受卒中后遗症影响，口齿不清，记录者很可能是把"六万余字"误听为"六十余万字"，加之删除了描写爱情的大量文字，最终小说便只剩"约五万字上下"。其次是张恨水当年每日精神状态好的前提下可写千字左右，加之在修改校对过程中耗费的工夫，他每月正常情况下有两万言的创作收获，一年也不过二十几万字。张恨水是一九五三年八月恢复小说写作的，至一九五七年底，将《翠翠》排除在外，四年半时间他创作了共计约一百万言的作品，如果在此基础上再添加"六十余万字"，显然远远超出他身体所能承受的负荷。

据悉，一九六一年，《翠翠》被中国新闻社发往境外，并被相关媒体先后更名为《重起绿波》和《翠浪重铺》发表。

28.改编自《女驸马》的《男女平等》

据谢家顺著《张恨水年谱》所载，一九六一年六月二十日，中国文联工作人员沈慧访问张恨水，这位作家向客人介绍了小说《男女平等》的创作情况："中国新闻社数月前约我写一个短篇章回小说，在未动笔前曾和他们就这个题材交换过意见，主题是写五代一位女英雄黄崇嘏怎样女扮男装的故事，中国《辞海》里有概括的介绍，故事情节发展挺曲折，也挺有趣味，我想海外的华侨一定会喜欢读这部作品。……已经写了五万多字，再写一万多也就差不多。"同年，《男女平等》由中国新闻社发往境外媒体发表，至今不知下落。

资料显示，中国新闻社一般给予作者的稿费标准是千字五至七元，而《男女平等》是按千字十元付酬，属于顶级稿酬标准，对于张恨水也算是一笔不错的收入。

中华书局一九三八年十月出版的《辞海》对黄崇嘏介绍如下："前蜀临邛女子，工词翰，又善琴棋，妙书画。幼失覆荫，与老姬同居，为男子装。以失火下狱，贡诗蜀相周庠。庠重其才，释之，召为掾。复荐摄府司户参军，胥吏畏伏。庠欲妻以女，崇嘏贡诗自白以谢，有'幕府若容为坦腹，愿天速变作男儿'之句。庠大惊叹。后复归隐，不知所终。"黄崇嘏的生平及诗作另散见于《十国春秋》《全唐诗》《升庵诗话》《碧湖杂记》《诗薮》和《随园诗话》诸书。民间还传说她代兄考中状元，故其素有"女状元"的美称。金元时期的杂剧《女状元春桃记》和明代杂剧家徐渭笔下的《女状元辞凰得凤》（《四声猿》之一），以及后来的黄梅戏《女驸马》中女主人公的原型，均为黄崇嘏。

29.那一场风花雪月事——《凤求凰》

　　汉景帝中元六年，仪表堂堂的才子司马相如回到蜀地，与县令王吉一起参加当地富豪卓王孙的家宴。酒酣耳热之际，王吉请司马相如弹曲助兴。司马相如精湛的琴艺博得众人好感，更令隔帘听曲的卓文君倾倒。卓文君是富豪卓王孙的女儿，因丈夫新故，回到娘家居住。此后，司马相如便与卓文君经常来往。一天夜里，卓文君收拾细软走出家门，与早已等候在门外的司马相如会合私奔。司马相如家徒四壁，卓文君并不嫌弃，大大方方地回临邛老家开酒肆，自己当垆卖酒，终于使得死要面子的父亲认下这个女婿。

　　以上便是《凤求凰》故事梗概。小说共十四回，近八万字。这部作品的创作过程并非一帆风顺。一九六二年三月二十日，沈慧代表中国文联访问张恨水，作了如下记录："中国新闻社约他写的《凤求凰》，是写司马相如和卓文君恋爱的言情章回小说，七万多字。最近又退了回来，要他修改其中一些情节，认为他不该把司马相如写得在得势以后就骄傲自满、目中无人。另外，司马相如把成都的一条名为'神仙街'的道路改为'司马街'的这种写法也不合适。他对这种修改认为是违犯历史真实，因为不是虚拟，'司马街'现仍在成都。如果不改就不能发表，当然也就拿不到稿费，甚至成了废品也无人负责，这是很不对的事。"同年五月二十日，张恨水在上海《新民晚报》副刊"夜光杯"发表的《我和长篇连载》一文中宣布："我最近写了一部章回小说《卓文君传》（笔者注：即《凤求凰》），是为中国新闻社写的，这部书不是边写边登的，但在写作的时候我考虑到了长篇连载的特点，便于报纸分段刊出。"

同样根据沈慧的访问记录可知，当时已经阅尽人世沧桑、文苑冷暖的张恨水创作情绪低迷。首先是身体状况不允许他整日伏案创作，高血压、右半身神经麻痹、心脏病、气管炎等病症对他纠缠不休；其次是精神状态不佳，与他共同生活的妻子周南已在三年前病逝，无人陪伴，家中里里外外都要靠他操持；其三是出版环境变化，作品脱稿后能不能拿到稿费并无把握。

还算幸运的是，经过修改，一九六二年五月，《卓文君传》由中国新闻社发往海外发表。

我淘有一套《凤求凰》的连载版剪报本。原藏家未注明剪自何报，但根据剪报上的相关文字信息，显然系香港报纸。小说共连载了八十二期，每期刊登八百余字，原藏家在最后一期上注明系一九八三年六月五日所刊。

《凤求凰》收入了《张恨水全集》，与《秋江》合订为一册出版。全书正文二百七十五页，其中《凤求凰》这一部分正文一百二十页，三十二开。这应该是《凤求凰》的首个单行本。此作亦收入吉林文史出版社出版的"中国经典情话"丛书。

　　《凤求凰》是张恨水创作的最后一部小说，其手稿保存在张恨水后人手里。自此之后，张恨水的健康状况明显恶化，成为医院常客。至一九六七年二月十五日去世，几年间他仅写有一部回忆录《写作生涯回忆》和零零星星的诗词及书信，小说创作画上了休止符，只能终日埋首故纸堆中打发时光。尽管失去了稿费这一收入渠道，但好在中央文史馆和北京市文联每月向他发放工资和补助费一百八十余元，且享受乙级副食品补助和食油补助，住院治疗也全额报销。

香港报纸连载的《凤求凰》

　　从《梁山伯与祝英台》到《凤求凰》，这些利用民间传说、历史故事、传统戏剧和古典诗歌再创作的小说文笔略显枯涩，情节也欠紧凑，没有一部达到文学经典档次，也没有一部堪称张恨水代表作。然而，它们顺应历史要求，为下层社会华人读者提供了一批通俗易懂的读物，为弘扬光大传统文化进行了有益探索，也对中国古代民间爱情故事的整理发挥了不可埋没的作用。

　　俱往矣，正是：

林花谢了春红，太匆匆，无奈朝来寒雨晚来风。

胭脂泪，相留醉，几时重？自是人生长恨水长东。

第三编 短篇小说简目

简　目

1.《旧新娘》，1913年创作，曾向上海商务印书馆《小说月报》杂志投稿，未发表。

2.《梅花劫》，1913年创作，曾向上海商务印书馆《小说月报》杂志投稿，未发表。

3.《卜扇》，1918年6月8日上海《申报》第十四版"游戏文章"栏目发表，署名"张恨水"。

4.《真假宝玉》，1919年3月10日至16日上海《民国日报》副刊"解放与改造"连载，署名"张恨水"；同年收入上海静香书屋编印的文集《小说之霸王》发表，目录署名"恨"，正文署名"恨水"；1930年11月23日至26日北平《世界晚报》副刊"夜光"转载，署名"恨水"；1993年8月收入太原北岳文艺出版社《张恨水全集·真假宝玉》发表，署名"张恨水"；1998年10月收入广州新世纪出版社《真假宝玉》，署名"张恨水"。

5.《戏迷的闺房乐》，1922年4月上海《戏杂志》第4期发表，署名"恨水"。

6.《一双皮鞋的教训》，1922年8月15日至23日芜湖《工商日报》副刊"工商余兴"连载，署名"恨水"。

7.《断鸿秋影》，1922年8月25日至31日芜湖《工商日报》副刊"工商余兴"连载，署名"恨水"。

8.《神虎》，1923年4月7日芜湖《工商日报》副刊"工商余兴"发表，署名"恨"。

9.《骗婚》，1923年4月9日芜湖《工商日报》副刊"工商余兴"发表，署名"恨"。

10.《张云涵》，1923年4月10日芜湖《工商日报》副刊"工商余兴"发表，署名"恨"。

11.《扶乩》，1923年4月10日芜湖《工商日报》副刊"工商余兴"发表，署名"恨"。

12.《技击遗闻：刘四虎》，1925年3月21日北京《世界日报》副刊"明珠"发表，署名"恨水"。

13.《买伞》，1925年8月16日北京《世界日报》副刊"明珠"发表，署名"恨水"。

14.《新绿长衫》，1925年9月7日北京《世界日报》副刊"明珠"发表，署名"水"。

15.《解放么》，1925年9月16日北京《世界日报》副刊"明珠"发表，署名"恨水"。

16.《技击遗闻：盘肠战士》，1925年9月25日北京《世界日报》副刊"明珠"发表，署名"恨水"；1929年9月18日至9月21日《上海画报》第508期至第509期转载，署名"张恨水"；2015年8月收入长春时代文艺出版社《小月旦》，署名"张恨水"。

17.《技击遗闻：红绿妖人》，1925年9月27日北京《世界日报》副刊"明珠"发表，署名"恨水"；1929年9月9日《上海画报》第505期转载，署名"张恨水"。

18.《门房里》，1925年9月30日北京《世界日报》副刊"明珠"发表，署名"恨水"。

19.《鹿死谁手》，1925年10月14日北京《世界日报》副刊"明珠"发表，署名"恨水"。

20.《装了金了》，1925年10月27日至11月3日北京《世界日报》副刊"明珠"连载，署名"恨水"。

21.《爸爸信来》，1925年11月16日北京《世界日报》副刊"明珠"发表，署名"恨水"；1929年3月29日更名为《爸爸的信来了》，被北京《北平朝报》副刊"鹊声"转载，署名"恨水"。

22.《双红烛下》，1925年11月25日北京《世界日报》副刊"明珠"发表，署名"恨水"；1929年3月28日北京《北平朝报》副刊"鹊声"转载，署名"恨水"。

23.《工作时间》，1925年11月29日至30日芜湖《工商日报》连载，署名"恨水"；上海《新家庭》杂志1931年第1卷第1期转载，署名"张恨水"。

24.《饭馆中的一角》，1925年12月5日北京《世界日报》副刊"明珠"发表，署名"恨水"；1929年3月30日至31日北京《北平朝报》副刊"鹊声"转载，署名"恨水"。

25.《打了一个照面》，1925年12月25日北京《世界日报》副刊"明珠"发表，署名"恨水"；1929年4月8日至12日北京《北平朝报》副刊"鹊声"转载，署名"恨水"。

26.《来错了》，1926年1月1日北京《世界日报》副刊"明珠"

发表，署名"恨水"；1930年11月27日北京《世界晚报》副刊"夜光"转载，署名"恨水"。

27.《怪诗人张楚萍传》，1926年1月3日至17日北京《世界画报》连载，署名"恨水"；1929年4月1日至5日北京《北平朝报》副刊"鹊声"转载，署名"恨水"；1931年更名为《张楚萍传》，收入上海鲜花出版社《张恨水短篇小说集》，署名"张恨水"；1933年9月1日上海《金刚钻月刊》第1卷第1集转载，署名"张恨水"；1993年8月收入太原北岳文艺出版社《张恨水全集·真假宝玉》，署名"张恨水"；1998年10月收入广州新世纪出版社《真假宝玉》，署名"张恨水"。

28.《找事》，1926年1月25日北京《世界日报》副刊"明珠"发表，署名"恨水"；1929年5月16日至17日北京《北平朝报》副刊"鹊声"转载，署名"恨水"；1931年收入上海鲜花出版社《张恨水短篇小说集》，署名"张恨水"。

29.《创作家之美的创作》，1926年2月25日北京《世界日报》副刊"明珠"发表，署名"恨水"。

30.《失婢案》，1926年3月15日北京《世界日报》副刊"明珠"发表，署名"恨水"。

31.《别语》，1926年4月5日北京《世界日报》副刊"明珠"发表，署名"恨水"。

32.《十年重逢》，1926年5月1日至2日北京《世界日报》副刊"明珠"连载，署名"舒伯"。

33.《病室中拾来的日记》，1926年5月18日至21日北京《世界日报》副刊"明珠"连载，署名"舒伯"。

34.《新捉鬼传补遗》，1926年6月14日北京《世界日报》副刊

"明珠"发表，署名"水"。

35.《李太太屈服了》，1926年7月17日至18日北京《世界日报》副刊"明珠"连载，署名"蝤"。

36.《干卿底事》，1927年3月13日至3月20日北京《世界画报》第77至78期连载，署名"恨水"；1932年上海《礼拜六》第453期至455期转载，署名"恨水"。

37.《雪湖双溺记》，1927年3月27日北京《世界画报》第79期发表，署名"张恨水"；1934年4月1日上海《金钢钻月刊》第1卷第7集转载，署名"张恨水"；1993年4月收入北京中央民族学院出版社《鸳鸯蝴蝶派言情小说集粹》，署名"张恨水"。

38.《摧花碎玉记》，1927年4月17日北京《世界画报》第82期发表，署名"恨水"。

39.《一家人》，1927年5月1日至15日北京《世界画报》第84期至86期连载，署名"张恨水"；1931年上海《新家庭》杂志第1卷第5号转载，署名"张恨水"；同年收入上海鲜花出版社《张恨水短篇小说集》，署名"张恨水"。

40.《大老板外传》，1927年5月13日至15日北京《世界日报》副刊"明珠"连载，署名"拾遗"。

41.《黄梅酒徒传》，1927年5月29日至6月12日北京《世界画报》第88期至89期连载，署名"恨水"。

42.《没有钱？》，1927年6月19日北京《世界日报》副刊"明珠"发表，署名"哀梨"；2015年8月收入长春时代文艺出版社《明珠》发表，署名"张恨水"。

43.《不做衣》，1927年6月19日北京《世界日报》副刊"明珠"发表，署名"哀梨"；2015年8月收入长春时代文艺出版社《明珠》，署名"张恨水"。

44.《误了事》，1927年6月19日北京《世界日报》副刊"明珠"发表，署名"哀梨"；2015年8月收入长春时代文艺出版社《明珠》，署名"张恨水"。

45.《是善人？》，1927年6月19日北京《世界日报》副刊"明珠"发表，署名"哀梨"；2015年8月收入长春时代文艺出版社《明珠》，署名"张恨水"。

46.《前倨后恭》，1927年6月28日至7月6日北京《世界日报》副刊"明珠"连载，署名"舒伯"。

47.《情电》，1927年10月30日至11月6日北京《世界画报》第108期至109期连载，署名"恨水"；1932年上海《礼拜六》杂志第455期转载，署名"恨水"。

48.《晚归》，1927年11月13日至20日北京《世界画报》第110期至111期连载，署名"水"。

49.《难言之隐》，1927年11月27日至12月25日北京《世界画报》第112期至第115期连载，署名"水"；1932年8月1日上海《万岁》杂志第1卷第1期转载，署名"张恨水"；1993年8月收入太原北岳文艺出版社《张恨水全集·真假宝玉》，署名"张恨水"；1995年12月收入陕西人民出版社《中国现代小说精品·张恨水卷》，署名"张恨水"；1998年10月收入广州新世纪出版社《真假宝玉》，署名"张恨水"。

50.《说书摊》，1928年3月4日至11日北京《世界画报》连载，署名"水"。

51.《诗人之家》，1928年6月24日至7月15日北京《世界画报》第139期至144期连载，署名"恨水"。

52.《张碧娥》，1928年7月2日北京《益世报》副刊"益世俱乐部"发表，署名"恨水"；1993年8月收入北岳文艺出版社《张恨水全集·真假宝玉》，署名"张恨水"；1998年10月收入广州新世纪出版社《真假宝玉》，署名"张恨水"。

53.《战地斜阳》，1929年1月25日至2月8日北京《世界晚报》副刊"夜光"连载，署名"恨水"；1931年收入上海鲜花出版社《张恨水短篇小说集》，署名"张恨水"；1993年8月收入太原北岳文艺出版社《张恨水全集·真假宝玉》，署名"张恨水"；1995年12月收入陕西人民出版社《中国现代小说精品·张恨水卷》，署名"张恨水"。

54.《明天见》，1929年北京《安琪儿》画刊第2期至第6期连载，署名"恨水"；1931年收入上海鲜花出版社《张恨水短篇小说集》，署名"张恨水"。

55.《一碗冷饭》，1929年4月18日至5月12日北京《北平朝报》副刊"鹊声"连载，署名"恨水"；1993年8月收入太原北岳文艺出版社《张恨水全集·真假宝玉》，署名"张恨水"；1998年10月收入广州新世纪出版社《真假宝玉》，署名"张恨水"。

56.《滚过去》，1929年8月27日北京《世界日报》副刊"明珠"发表，署名"水"；1993年8月收入太原北岳文艺出版社《张恨水全集·真假宝玉》，署名"张恨水"。

57.《三家水账》，1929年9月1日北京《世界日报》副刊"明珠"发表，署名"水"。

58.《不得已的续弦》，1929年9月3日北京《世界日报》副刊"明珠"发表，署名"恨水"；1993年8月收入太原北岳文艺出版社《张恨水全集·真假宝玉》，署名"张恨水"。

59.《死与恐怖》，1929年9月7日北京《世界日报》副刊"明珠"发表，署名"水"；1993年8月收入太原北岳文艺出版社《张恨水全集·真假宝玉》，署名"张恨水"。

60.《上月份的津贴》，1930年11月20日至22日北京《世界晚报》副刊"夜光"连载，署名"恨水"。

61.《平安包》，1931年收入上海鲜花出版社《张恨水短篇小说集》出版，署名"张恨水"。

62.《蛇肉》，1931年收入上海鲜花出版社《张恨水短篇小说集》出版，署名"张恨水"。

63.《呼之欲出》，1931年收入上海鲜花出版社《张恨水短篇小说集》出版，署名"张恨水"。

64.《五年之间》，1931年收入上海鲜花出版社《张恨水短篇小说集》出版，署名"张恨水"。

65.《三个时代》，1931年6月10日至23日的上海《申报》副刊"自由谈"发表，署名"张恨水"。

66.《每况愈下》，1931年9月上海《小说晶》发表，署名"张恨水"。

67.《以一当百》，1932年1月1日上海《新闻报》副刊"快活林"发表，署名"恨水"；同年3月收入北平远恒书社《弯弓集》，署名"张恨水"；同年4月上海《大晶报》转载，署名"张恨水"；1993年8月收入太原北岳文艺出版社《张恨水全集·真假宝玉》，署名"张恨水"；1998年10月收入广州新世纪出版社《真假宝玉》，署名"张恨水"。

68.《一件棉袄》，1931年收入上海鲜花出版社《张恨水短篇小说集》，署名"张恨水"；1932年更名为《一件女袄》，上海《礼拜六》第458期至459期连载，署名"张恨水"。

69.《一张当票》，1932年上海《礼拜六》第462期至463期连载，署名"张恨水"。

70.《无名英雄传》之《江湾送粥老姬》《汽车夫胡阿毛》《不歇劲》《神枪手》《盘肠勇将》《两士兵》《却里张》《大刀队七百名》《冯木匠》，1932年3月收入北平远恒书社《弯弓集》，署名"张恨水"；同年4月21日至5月6日上海《中国日报》转载，署名"张恨水"；1993年8月收入太原北岳文艺出版社《张恨水全集·真假宝玉》，署名"张恨水"。

71.《仇敌夫妻》，1932年3月收入北平远恒书社《弯弓集》，署名"张恨水"；同年4月21日至5月8日上海《福尔摩斯》转载，署名"张恨水"；1993年8月收入太原北岳文艺出版社《张恨水全集·真假宝玉》，署名"张恨水"。

72.《风檐爆竹》，1932年3月收入北平远恒书社《弯弓集》，署名"张恨水"；同年4月上海《大晶报》转载，署名"张恨水"；1993年8月收入太原北岳文艺出版社《张恨水全集·真假宝玉》，署名"张恨水"；1998年10月收入广州新世纪出版社《真假宝玉》，署名"张恨水"。

73.《最后的敬礼》，1932年3月收入北平远恒书社《弯弓集》，署名"张恨水"；同年4月24日至28日上海《大晶报》转载，署名"张恨水"；1993年8月收入太原北岳文艺出版社《张恨水全集·真假宝玉》，署名"张恨水"。

74.《一月二十八日》，1932年5月14日上海《大陆新报》发表，署名"张恨水"。

75.《赛金花参与的一个茶会》，1932年6月上海《旅行杂志》第

6卷第6期发表，署名"张恨水"；1985年6月收入长沙岳麓书社《赛金花本事》，署名"张恨水"。

76.《借皇历》，1933年1月1日上海《新闻报》副刊"新园林"发表，署名"恨水"。

77.《妻之女友》，1935年1月上海《金刚钻月刊》第2卷第1集发表，署名"恨水"。

78.《逆来顺受》，1935年9月21日上海《立报》副刊"花果山"发表，署名"拾得"。

79.《王先生要出洋》，1935年10月29日上海《立报》副刊"花果山"发表，署名"山人"。

80.《证明文件》，1939年1月1日《文艺月刊》第2卷第9~10期合刊发表，署名"张恨水"；1993年8月收入太原北岳文艺出版社《张恨水全集·真假宝玉》，署名"张恨水"；1995年12月收入陕西人民出版社《中国现代小说精品·张恨水卷》，署名"张恨水"；1998年10月收入广州新世纪出版社《真假宝玉》，署名"张恨水"。

81.《狮子输血》，寓言小说，1939年3月8日重庆《新民报》副刊"最后关头"发表，署名"水"；1993年8月收入太原北岳文艺出版社《张恨水全集·最后关头》，署名"张恨水"；2015年8月收入长春时代文艺出版社《最后关头》，署名"张恨水"。

82.《诗警察》，1942年6月19日《重庆新民报晚刊》副刊"西方夜谈"发表，署名"布衣"；2015年8月收入长春时代文艺出版社《山窗小品》，署名"张恨水"。

83.《人心大变》，1943年6月29日至7月9日《成都新民报晚刊》副刊"出师表"发表，署名"恨水"；1946年2月16日至26日《南京

新民报晚刊》副刊"夜航船"转载，署名"恨水"；1946年3月2日
至18日《重庆新民报晚刊》副刊转载，署名"张恨水"；1993年8月
收入太原北岳文艺出版社《张恨水全集·真假宝玉》，署名"张恨
水"；1995年12月收入陕西人民出版社《中国现代小说精品·张恨
水卷》，署名"张恨水"。

　　84.《多变之姑娘》，1944年9月12日至13日《成都新民报晚刊》
副刊"出师表"连载，署名"於戏"。

　　85.《江边野哭人》，1946年3月北京《人民文艺》第1卷第3期发
表，署名"张恨水"。

　　86.《三十六岁》，1947年1月1日《北平新民报日刊》"元旦增
刊"第四版发表，署名"恨水"；同年1月15日至16日《南京新民报
晚刊》转载，署名"张恨水"；1993年8月收入太原北岳文艺出版社
《张恨水全集·真假宝玉》，署名"张恨水"；1998年10月收入广
州新世纪出版社《真假宝玉》，署名"张恨水"；2015年8月收入长
春时代文艺出版社《山窗小品》，署名"张恨水"。

　　87.《醉春风》，1950年上海《大报》发表，署名"张恨水"。

　　88.《群兽的大会议》，寓言小说，2015年8月收入长春时代文艺
出版社《小月旦》，署名"张恨水"。

　　　　注：《怪诗人张楚萍传》《大老板外传》《黄梅酒徒传》《赛
　　金花参与的一个茶会》《无名英雄传》《诗警察》等文的主
　　人公均为现实人物，其中不乏细节描写乃至对话，充满小
　　说元素，可视作用小说手法创作的人物小传，亦可当作披
　　着人物小传外衣的小说。

附录1：一稿多名的张恨水小说

1.《爸爸信来》，又名《爸爸的信来了》。

2.《怪诗人张楚萍传》，又名《张楚萍传》。

3.《一件棉袄》，又名《一件女袄》。

4.《新斩鬼传》，又名《新捉鬼传》。

5.《天上人间》，又名《金碧争辉》。

6.《春明新史》，又名《满城语》。

7.《剑胆琴心》，又名《世外群龙传》《铁血情丝》。

8.《斯人记》，又名《京尘影事》。

9.《似水流年》，又名《黄金时代》《锦样年华》。

10.《满城风雨》，又名《支那的自画像》《银色春秋》。

11.《自朝至暮》，又名《一日之间》。

12.《锦片前程》，又名《胭脂泪》。

13.《满江红》，又名《旧时月》《红粉世家》。

14.《欢喜冤家》，又名《天河配》。

15.《过渡时代》，又名《新人旧人》。

16.《杨柳青青》，又名《东北四连长》。

17.《屠沽列传》，又名《市井列传》。

18.《现代青年》，又名《青年时代》《少年绘形记》。

19.《平沪通车》，又名《征途》《京沪通车》《上海快车》。

20.《中原豪侠传》，又名《新游侠传》《红羊劫后奇人传》。

21.《丹凤街》，又名《负贩列传》。

22.《巷战之夜》，又名《冲锋》《天津卫》。

23.《石头城外》，又名《到农村去》。

24.《牛马走》，又名《魍魉世界》。

25.《傲霜花》，又名《第二条路》。

26.《虎贲万岁》，又名《武陵虎啸》。

27.《五子登科》，又名《西风残照图》。

28.《开门雪尚飘》，又名《贫贱夫妻》。

29.《磨镜记》，又名《陈三五娘》。

30.《白蛇传》，又名《白夫人之恋》。

31.《翠翠》，又名《重起绿波》《翠浪重铺》。

32.《凤求凰》，又名《卓文君传》。

注：除上述小说外，张恨水在回忆文章中将《桃花港》误写为《红花港》，将《新游传》误写为《游侠外传》，将《梅花劫》误写为《桃花劫》；有关研究专著将《紫玉成烟》误写为《紫玉生烟》，《秘密谷》误写为《神秘谷》，将《敌国的疯兵》误写为《帝国的疯兵》，将《雨霖铃》误写为《雨淋铃》《雨淋淋》《雨淋霖》，将《人迹板桥霜》误写为《人

迹板桥西》，将《艺术之宫》误写为《艺术之家》；安徽文
艺出版社 1986 年 2 月出版的《燕归来》将书名误印为《雁
归来》；还有多种印本的《啼笑因缘》被误印为《啼笑姻缘》。
另外必须说明的是，《纸醉金迷》系分四集出版，每一集都
有各自集名，分别是《纸醉金迷》《一夕殷勤》《此间乐》《谁
征服了谁》。

附录2：冒名张恨水的小说伪作简目

1.《悲欢姻缘》，分订四册，上海时还书局1935年出版；上海文业书局1937年5月出版；上海惠记书局出版，残本，无出版时间。

2.《镜花水月》，分订二册，奉天（沈阳）文艺画报社1935年11月10日初版印刷，同年12月10日初版发行。奉天三友书局1938年3月15日初版发行；1941年6月15日三版印刷，同年7月15日三版发行。

3.《春去花残》，志同书店1936年出版。

4.《摩登小姐》，奉天三友书局1936年出版。

5.《美景桃源》，奉天关东印书馆1937年4月20日印刷，同年4月30日发行；1939年再版。

6.《化身姑娘》，奉天三星出版社1937年6月1日初版印刷，1937年7月1日初版发行。

7.《摩登少爷情史》，京津书店1938年出版。

8.《春恨花残》，上海玲玲书局1938年初版，1939年再版。

9.《春江落雨》，奉天益新书局1938年出版。

10.《征途》，上海《晶报》1938年1月19日至9月23日连载。系半伪作，据《平沪通车》篡改。新京启智书店亦更名为《京沪通车》印行。

11.《情天恨海》，奉天中央书店1938年3月15日初版印刷，同年4月10日初版发行；奉天大东书店1939年出版。

12.《少年绘形记》，分订二册，上海励进出版社1938年9月初版。系半伪作，据《现代青年》更名后盗印，其序为伪作。

13.《雨后梨花》，奉天益新书局1938年11月25日初版印刷，同年12月25日初版发行；1939年4月20日再版印刷，同年5月20日再版发行。

14.《夕阳残月》，奉天世界书局1938年12月再版印刷，1939年1月再版发行。初版时间未知。

15.《风花雪月》（又名《灯光剑影》），奉天章福记书局1938年12月1日初版印刷，1939年1月10日初版发行；1941年3月20日再版印刷，同年4月20日再版发行。

16.《新游侠传》，上海《晶报》1938年12月15日至1940年5月22日连载。系半伪作，据《中原豪侠传》篡改。

17.《怨凤啼凰》，分订二册，奉天大东书店1938年12月30日初版。

18.《春江泪痕》，奉天东方书局1939年初版，1942年再版。

19.《沦落天涯》，奉天鸿兴书局1939年出版。

20.《春雨百花》，上海永华书局1939年2月出版。

21.《情海波澜》，奉天文艺书局1939年3月25日初版印刷，同年4月25日初版发行。

22.《支那的自画像》，日本东京冈仓书房1939年6月15日印刷，同年6月20日发行。系半伪作，据《满城风雨》翻译并篡改的日文版。

23.《夜来风雨》，奉天紫坞书店1939年9月20日初版印刷，同年10月15日初版发行。

24.《欲海回澜》，天津大通书店1939年10月出版。

25.《狂恋遗恨》，新京（长春）益智书店1939年12月出版。

26.《三对情人》，北京翠文书局1940年出版。

27.《花粉飘零》，上海益新书局1940年出版。

28.《离恨天》，奉天世界书局1940年初版。

29.《桂香小姐》，北京文英出版社1940年出版。

30.《艳阳天》，分订二册，上海新中国图书局1940年出版；上海远东书局1943年10月出版。

31.《桃李争艳》，上海远东书局1940年10月五版（初版时间未知）；新京启智书店出版，残本，无出版时间。

32.《秋水天长》，分订四册，奉天东方书店1940年8月20日初版印刷，同年9月25日初版发行；1940年12月25日再版印刷，1941年1月25日再版发行；1942年1月25日三版印刷，同年4月15日三版发行。

33.《褛衣鸳鸯》，积记书社1940年10月初版。

34.《海月情花》，上海远东书局1940年10月五版，1941年4月六版（初版时间未知）。

35.《绿珠小姐》，分订四册，上海文明书局1940年10月出版；上海志新书局1941年4月出版；上海文明书店1943年出版；上海国民书局出版，残本，出版时间不详。

36.《故都春梦》，分订四册，奉天东方书店1940年10月20日初版印刷，同年11月20日初版发行。

37.《地狱天堂》，奉天广艺书局1941年出版；奉天艺声书局出版，残本，无出版时间。

38.《桃李花开》，奉天广艺书局1941年出版。

39.《水不解花》，分订二册，奉天文艺书局1941年2月15日初版印刷，同年3月15日初版发行；1943年再版。

40.《青春世家》，奉天文艺书局1941年2月20日初版印刷，同年6月20日初版发行。

41.《春残梦断》，文艺书店1941年3月出版。

42.《怒海鸳鸯》，奉天时代书局1941年3月10日初版印刷，同年4月10日初版发行。

43.《香江歌女》，分订二册，奉天艺光书局1941年3月10日初版印刷，同年4月10日初版发行。

44.《爱河遗恨》，奉天文艺书局1941年4月15日初版印刷，同年5月15日初版发行。

45.《才子佳人》，奉天艺光书店1941年4月20日初版印刷，同年5月20日初版发行；1942年10月1日再版印刷，同年11月1日再版发行。

46.《孤岛泪》，分订二册，东方书局1941年4月20日初版印刷，同年5月25日初版发行。

47.《金银世界》，奉天广艺书局1941年5月初版。

48.《脂粉飘零》，分订二册，奉天大东书局1941年5月20日初版印刷，同年6月20日初版发行。

49.《沦落艳迹》，分订二册，奉天广艺书局1941年6月5日初版印刷，同年7月5日初版发行。

50.《青年镜》，萃文书店1941年10月初版；文运书店出版，残本，无出版时间。

51.《玉洁冰清》（一名《玉洁水清》），分订二册，新京启智书店1941年11月20日初版印刷，同年12月26日初版发行。

52.《孤鸿泪史》，上海文华书局1941年12月出版。

53.《风流艳史》，志同书店1942年出版。

54.《爱人的谎话》，上海文华书局1942年出版。

55.《冷月孤魂》，奉天大东书局1942年出版。

56.《碧海断魂录》，上海新明书局1942年出版。

57.《青年迷梦》，分订二册，上海三友书社1942年出版；文运书店出版，残本，无出版时间。

58.《雨溅梨花》，同光书局1942年出版。

59.《露冷芭蕉》，奉天新亚书店1942年出版。

60.《蝶梦飘零》，分订二册，新京文化社1942年1月10日初版印刷，同年1月20日初版发行。

61.《一缕痴情》，上海三友书社1942年5月出版。

62.《我一生之情史》（张恨水在回忆录中误写作《我一生的事情》），大连聚胜堂立记书局1942年5月4日初版印刷，同年5月10日初版发行；1943年6月22日再版印刷，同年6月30日再版发行。

63.《恼人春色》，分订二册，新京文化社1942年6月1日初版印刷，同年7月5日初版发行。

64.《蝶恋花》，分订二册，大连聚胜堂立记书局1942年6月22日初版印刷，同年6月29日初版发行；1943年10月14日再版印刷，同年10月21日再版发行。

65.《豆蔻女郎》，分订二册，大连影艺社书局1942年7月5日初版印刷，同年7月12日初版发行。

66.《桃李门墙》，分订二册，奉天复庆永书局1942年7月15日初版印刷，同年8月20日初版发行。

67.《续豆蔻女郎》，大连影艺社书局1942年7月28日初版印刷，同年8月2日初版发行。

68.《想思曲》（注：非《相思曲》），大连影艺社书局1942年8月15日初版印刷，同年8月20日初版发行。

69.《纸醉金迷》（非《张恨水全集》收录的同名小说），分订二册，奉天新亚书店1942年8月25日初版印刷，同年9月25日初版发行。

70.《京尘影事》，上海《大众》杂志1942年11月1日至1945年5月1日自创刊号至总第30号连载；上海新新书店1943年10月出版，分订五册。系半伪书，据《斯人记》篡改。

71.《天上人间》，奉天文艺书局1943年出版。

72.《锦城春秋》，上海远东书局1943年出版。

73.《香闺泪》，上海百新书店1943年出版。

74.《热血冰心》，奉天惠迪吉书局1943年出版。

75.《落英缤纷》，上海励志书店1943年出版。

76.《春之花》，上海远东书局1943年出版。

77.《乳莺出谷》，上海远东书局1943年出版。

78.《悲欢因缘》，上海慧记书局1943年出版。

79.《大地回春》，上海远东书局1943年出版。

80.《落花流水》，上海远东书局1943年5月出版。

81.《乐》，分订二册，新京新兴合作出版社1943年9月20日印刷，同年10月15日发行。

82.《胭脂泪》，上海万象书屋1945年10月初版；1946年5月再版一印，同年10月再版二印；1948年5月十版。新京国民书店出版，分订二册，上册1943年2月1日印刷，同年3月1日发行；下册同年4月1日出版。系半伪作，据《锦片前程》篡改。

83.《香妃怨》，分订二册，上海三友书店1946年9月出版。

84.《碧波梨影》，分订二册，上海百新书店1947年出版。

85.《红羊劫后奇人传》，重庆陪都书店1947年1月初版。系半伪书，据《中原豪侠传》篡改。

86.《雾中行》，上海第一出版社出版，残本，无出版时间。

87.《春风秋雨》，分订二册，奉天艺光书店出版，残本，无出版时间。

88.《暴雨梨花》，分订二册，京津书局出版，残本，无出版时间。

89.《双艳情花》，分订二册，奉天广艺书局出版，残本，无出版时间。

90.《春水微波》，分订二册，奉天震亚书局出版，残本，无出版时间。

91.《桃李春风》，奉天沈阳书店出版，残本，无出版时间。

92.《桃李花开》，奉天广艺书局出版，残本，无出版时间。

93.《续啼笑因缘》，新京启智书店出版，残本，无出版时间。

94.《雨后梨花》，奉天益新书局出版，残本，无出版时间。

95.《铁版红泪》，上海摄影社出版，残本，无出版时间。

96.《人间天上》，上海摄影社出版，残本，无出版时间。

97.《两个苦命女郎》，上海摄影社出版，残本，无出版时间。

98.《玉人来》，分订二册，上册著者名为"张恨水"，下册著者名为"张永馨",残本,无出版时间和出版社。

99.《旧京史艳》,分订二册,残本,无出版时间和出版社。

100.《月暗花残》,分订二册,残本,无出版时间和出版社。

101.《难为情》,分订二册,残本,无出版时间和出版社,封面上署名恨水、陈秋圃合著,内页为陈秋圃著,恨水批注。

102.《薄命花》,残本,无出版时间和出版社。

103.《幻影》,残本,无出版时间和出版社。

104.《天府之国》,残本,无出版时间和出版社。

105.《玉笑珠啼》,残本,无出版时间和出版社。

106.《塔里的女人》,残本,无出版时间和出版社。

107.《一门四杰》,残本,无出版时间和出版社。

宋海东《张恨水小说图志》读后（跋）

龚明德

有人已把"图志"说成是他自己的独特发现，而后运用于"中国新文学"，于是便印行了先是名为《二十世纪中国文学图志》后易名为《中国新文学图志》的厚部头图书，而且他自己说卖得很好。详见生活·读书·新知三联书店二〇〇九年五月印行的《中国现代文学图志》一书的几个序跋。三部异名其实就是一部书的这位"主笔"先生，弄了一些年的"中国现代小说史"，再一鸡多吃地弄"图志"，如今又去弄打通从古至今的"中国文化史"大事业了。好多年前，我真佩服此公的天才加勤奋，后来我研究杨振声《玉君》的文本和版本，细化到《玉君》印行的一些史实情节，参考此公的巨著，方知"通吃"的人才哪怕是"中国现代小说史"这个小范围的"通吃"人才，决不会有。杨振声的《玉君》才五万字，此公连该小说的发表处都给弄得一塌糊涂，他说的别的话，我真不敢轻易相信了。

　　以上这些貌似说是道非的话，是我在浏览海东《张恨水小说图志》之初想到的。去查阅我的《累遭误解的〈玉君〉》一文，拙文至今最后的成稿编入二〇〇九年三月内蒙古教育出版社印行的《有些事，要弄清楚》一书中，齿及今名《中国现代文学图志》"主笔"先生的一段话就在此书此文中，是可以复案的。

　　海东为他这本《张恨水小说图志》写的《自序》，交代了他写此书用了十多年时间。仅仅《〈张恨水全集〉遗漏的小说》一文，海东说他就"花费了三年多功夫"。别人信不信，我不管；反正我确信无疑，因为我常有此类相同的经历。或许海东和我，都不是"通吃"人才即所谓"通才"的缘故吧。

　　如此笨笨地长期搜集一个特定研究对象的作品各种印本，持续阅读和消化，在寻找出可以作文的思路时落笔为文。这还不够，文章发表了，又发现了新材料，再进一步补充完善。更多的场合，是我们这类力争把一部作品"说够"的文章，根本永远都定不了稿，而且随时随地都牵挂着尚未找得的一些必备史料，弄得满脑子全是"遗憾"。然而，我们确实又乐在其中。

　　浏览海东这部《张恨水小说图志》，首先给我的印象是其有根有据的述说。有根有据的述说，在海东的这本书中随处可见，使我尤为高兴。比如巴金"也是《春明外史》的忠实读者"这一重要讯息，海东明确写出得知于"二〇〇六年七月二十一日的《文汇读书周报》"上发表的"上海作协研究室主任冯沛龄"的《此情绵绵无尽期》一文，接下去引录冯沛龄文中写及的史实，让读者放心地阅读。与此同时，我在读到海东述说张恨水《南国相思谱》时说的"我手头存有几份一九一八年的《皖江日报》，可惜并没有在上面觅得该作"，就带给我小小的遗憾，难道这部张恨水"'落伍'的小说"就石沉大海了，还是本来就没有过呢？自然，海东写及这部找不到的张恨水小说时，他肯定比我还难受。怎么办呢？唯一的出路是耐性等待发现这小说的机会，别无他途。

海东在《自序》中提及我，除了鼓励我，就是说我与这部书稿"相通"的关联。应该是我先在石家庄《藏书报》上读到海东叙述张恨水小说的系列文章，见到光临成都访问张恨水亲属和相关人员的家顺教授即大型著作《张恨水年谱》著者谢家顺先生时，两人几乎同时提到了湖北武汉有一个系列考察张恨水小说的宋海东。好像就是在成都接待光临寒舍的家顺兄时，谢教授提出让我给海东的书写一篇序，我一口应承说"我应该写"。海东并不是专职的文学研究人士，不像家顺和我这样在大学任职，他是武汉某一个区的基层公务员。我出身农家，天生地深深佩服这样的没有家学背景的同行的苦苦读写。

再后来，在网络上与海东有了联系，但联系其实也很少，因为我几乎不主动打开电脑去看电子邮件。但一得知海东此书要公开出版，并给我以作一篇序跋的光荣，我也是一口应承。但我真诚地讲，家顺和海东都是当之无愧的张恨水研究专家了。给海东这书写序跋，家顺比我更合适。我仍是勇敢地写了这篇"读后"，表明我对张恨水研究大事业情有独钟。但，我研究张恨水，正经文章只有两篇。其中一篇便是《张恨水〈八十一梦〉的版本》，截至目前最后的补订文稿编入台湾秀威资讯科技股份有限公司二〇一〇年三月出版的拙著《昨日书香——新文学考据与版本叙说》一书中。这回我把此文重读了一遍，发现该书出版后，我又旁注了一些史料，如涉及《八十一梦》第三十二梦《星期日》物价修改"丝袜子由每双十块涨到二十块"之侧，就抄了常任侠一九四三年五月十五日的日记中"买短线袜一双，竟价五十元"以及九月一日日记中的"今千元，不过抵战前二三元耳"。更有事涉通俗文艺出版社"删节本"《八十一梦》操刀大事的一大段：

　　据一九五一年五月一日出版的《人民文学》总第十九期第八十四页所载《一九五一年文学工作者创作、研究、翻译计划调查摘录（四）》中的张恨水自述的"我自四九年得脑出血病，直至今日方有起色，惟手脑尚不能并用"。到一九五四年秋，张恨水的"脑出血病"如不重犯，"手脑"是可以恢复"并用"的。也就是说，删改《八十一梦》不排除是作者自己所为这个可能。

　　看来，我的"《八十一梦》之梦"还一直在做着。这里的补充，是一个明证。

　　这回通读海东此部书稿，我又翻阅了近些年论及《八十一梦》的文章，发现不少没有根据的虚拟"史话"还在疯传之外，更有本该严谨的学者在文中仍然写着不够严谨的话。试举两例。

　　收在中国文化出版社二〇一五年七月印行的《张恨水研究论文集（九）》中的《张恨水〈八十一梦〉的戏仿策略与鸳鸯蝴蝶派阅读共同体》一文第一部分引述张恨水《八十一梦》末章《尾声》时，把"用梦来作书的"录为"用梦字作书名"、把"海上繁华梦"录为"海上繁花梦"、把"南柯梦"录为"勘梦"，都让我感到不安。

　　再举一个例子吧。

　　苏光文先生是我在西南大学进修时（三十多年前我入读时的校

名还叫"西南师范学院"）的指导教师，不料他老人家在《论张恨水〈八十一梦〉的批判意识与自省意识》一文中也有"小说名为《八十一梦》，实则只写有9个梦（有版本为14梦）"的模糊陈述，苏文载二〇一五年八月印行的《张恨水抗战作品研究文集》一书中。

这就说明海东的工作，真是功德无量，但任重而道远，还得努力。

在我书房里一直放着一堆张恨水书刊资料，还有一纸我从一九四二年四月二十四日《中央日报》头版紧挨着报头部位全文抄录的一则广告。现将排版样式弄成文章样式，全文抄录，供海东参考，也以此结束我的这篇"读后"。

张恨水入川后第一部巨著长篇小说
《八十一梦》出版了

冲淡的意境，而有热烈的情绪；巧妙的布局，更有纯熟的词藻。

读者诸君应忆及下列一事实：重庆运到张先生旧著多种，售价奇昂，不出一周，抢售一空，现本书既是新著，定价又极平凡，销售必易，购应从速，全书共廿万言，平装一厚册，定价十元外埠邮费加一。

张先生的小说，原用不着文字介绍。但《八十一梦》的特长，不妨透露一点。

就技巧上说：《儒林外史》《水浒传》是化零为整，《八十一梦》却是化整为零。

　　就意义上说：《西游记》《封神演义》是寓假于真，《八十一梦》却是寓真于假。

二〇一八年五月写于成都